Erik LARSON

LES PASSAGERS DE LA FOUDRE

Traduit de l'anglais (États-Unis)
par Marc Amfreville

cherche midi

du même auteur
au **cherche midi**

Le Diable dans la Ville blanche, traduit de l'anglais (États-Unis) par Hubert Tézenas, 2011.

Dans le jardin de la bête, traduit de l'anglais (États-Unis) par Édith Ochs, 2012.

Directeur de collection : Arnaud Hofmarcher
Coordination éditoriale : Marie Misandeau

Titre original : *Thunderstruck*
Éditeur original : Crown Publishers

23, rue du Cherche-Midi
75006 Paris

À ma femme et mes filles,
en mémoire de ma mère, la première
à m'avoir parlé de Crippen

11
12
13
14
15
16
PARK

BACON'S
NEW
MAP OF
LONDON
1902
DIVIDED INTO HALF-MILE SQUARES AND CIRCLES
FROM CHARING CROSS
Metropolitan & District Railways
Other Railways
Tubes and Stations
Tubes under Construction
Tram Routes Coloured thus
Four-mile Cab Radius
Theatres
Councils Schools
County Courts
Police Courts
Churches and Chapels +
The figures along the roads show the height in feet above the Sea level thus
Reprinted by Old House Books, Moretonhampstead, Devon UK
www.OldHouseBooks.co.uk
HACKNEY DOWNS
HACKNEY COMMON
VICTORIA PARK
KING EDWARD ROAD
VICTORIA PARK ROAD
STEPNEY
18
19
20
21
22
C
D
E
F
G
H
I
J

Note aux lecteurs

Il y a du crime dans ce livre, le deuxième plus célèbre jamais commis en Angleterre, mais j'ai pour ambition d'écrire ici autre chose que la simple saga d'une affaire de violence. P. D. James, dans *La Salle des meurtres*, fait dire à l'un de ses personnages : « Le meurtre, crime unique s'il en est, est toujours le paradigme de son époque. » En écrivant la chronique des histoires convergentes d'un assassin et d'un inventeur, j'espère avoir réussi à brosser un tableau neuf des années 1900 à 1910, période où Édouard VII régnait sur l'Empire britannique d'une main assez malodorante et jaunie par ses éternels cigares, et assurait à ses sujets que si accomplir son devoir avait son importance, savoir s'amuser en avait aussi. « Peu importe ce que vous faites, avait-il coutume de dire, pourvu que vous n'effrayiez pas les chevaux. »

Ce crime passionnait Raymond Chandler et ne manqua pas de fasciner à son tour Alfred Hitchcock qui en incorpora plusieurs éléments dans ses films, en particulier dans *Fenêtre sur cour*. Suivie par des millions de lecteurs de journaux dans le monde entier, la course-poursuite qui s'ensuivit contribua à l'essor d'une invention technologique que nous considérons aujourd'hui comme aussi naturelle que l'air que nous respirons. « La nouvelle était époustouflante, commenta le dramaturge et essayiste J. B. Priestley, lui-même fils de cet âge édouardien, un événement venait de se produire pour la première fois dans l'histoire de l'humanité. » Il y avait là aussi quelque chose de poignant, parce que cette affaire se produisit durant ce que de nombreux observateurs considéreraient avec le recul comme les derniers moments de soleil avant la nuit de la Première Guerre mondiale, ou comme le dit Priestley : « Avant que les vraies guerres ne se déchaînent, avant que de funestes télégrammes ne parviennent dans toutes les grandes maisons. »

Ce livre est ce qu'on appelle aujourd'hui de la « non-fiction ». Tout ce qui apparaît entre guillemets est tiré d'une lettre, de mémoires, ou d'un autre type de document écrit. J'ai beaucoup utilisé les rapports d'enquête de Scotland Yard, dont certains n'ont, à ma connaissance, jamais été publiés à ce jour. Je prie mes lecteurs de pardonner mon goût de la digression. Si, par exemple, vous en apprenez davantage que vous ne le souhaiteriez sur le destin d'un lambeau de chair humaine, je vous remercie par avance de ne pas trop m'en vouloir. Pourtant, je dois avouer que c'est sans conviction que je formule ces excuses.

Un moyen infaillible, mais assez terrifiant, de faire ressurgir
le passé, c'est d'ouvrir un tiroir bourré à craquer.
Si vous cherchez quelque chose de particulier,
vous ne le trouverez pas, mais si un objet en émerge tout seul,
c'est souvent beaucoup plus intéressant.

J. M. Barrie
« Dedication »
Peter Pan
1904

Les passagers mystérieux

Mercredi 20 juillet 1910, alors qu'un léger brouillard glissait le long de l'Escaut, le capitaine Henry George Kendall préparait son navire, le *Montrose*, à ce qui aurait dû être une traversée de pure routine, d'Anvers à Québec. À 8 h 30 du matin, le flot des passagers – des « âmes », disait-il – commença à envahir la passerelle. Le registre du bateau en comptait deux cent soixante-six en tout.

Le capitaine Kendall avait la mâchoire volontaire et une grande bouche qui se fendait volontiers en un large sourire qu'appréciaient tous les passagers, et les femmes en particulier. Il avait toujours de bonnes histoires à raconter et il riait facilement. Il ne buvait pas. Âgé de trente-cinq ans, il était jeune pour commander son propre navire, mais il n'avait rien d'un novice. Il avait déjà vécu une existence aussi aventureuse que celle des héros imaginés par Joseph Conrad, dont les passagers réclamaient invariablement les œuvres dès que le *Montrose* pénétrait dans l'immensité indigo de l'Atlantique, même si les énigmes policières et les romans à suspense, ainsi que les tout derniers livres sur la menace d'une invasion allemande, étaient également très demandés.

Jeune matelot, Kendall avait servi à bord du *Iolanthe,* véritable théâtre de violence malgré son nom charmant. Il y avait été témoin du meurtre d'un camarade de bord par un membre de l'équipage déséquilibré, qui s'était ensuite mis à traquer Kendall pour l'empêcher de parler. Le jeune homme avait alors quitté le navire et tenté sa chance comme chercheur d'or en Australie, puis il avait dû abandonner la partie, sans un sou et l'estomac creux. Il s'embarqua clandestinement sur un autre bateau, mais quand le capitaine le découvrit, il l'abandonna sur l'île Thursday, dans le détroit de Torres, au large du Queensland. Après une brève période consacrée à pêcher des perles, il rejoignit l'équipage d'un petit barquentin norvégien – un voilier à trois mâts – qui transportait du guano vers les fermes d'Europe, mais plusieurs tempêtes ayant arraché des portions entières de ses mâts, le voyage se transforma en une épopée périlleuse marquée par la faim et une insoutenable puanteur qui dura cent quatre-vingt-quinze jours. Son amour des bateaux et de la mer demeura intact cependant. Il s'engagea sur le *Lake Champlain*, un petit cargo à vapeur appartenant originellement à la Beaver Line canadienne, mais soudain racheté par la Canadian Pacific Railway. En mai 1901, il était déjà second lieutenant quand le *Lake Champlain* fut le premier bateau de la marine marchande à être équipé d'une radio. Remarqué par ses supérieurs, Kendall se vit confier la charge de premier lieutenant sur le paquebot transatlantique de cette compagnie ferroviaire, l'*Empress of Ireland.* Dès 1907, il fut nommé capitaine du *Montrose.*

Ce n'était pas le plus somptueux des bateaux, comparé à l'*Empress*, qui était neuf, presque trois fois plus grand, et infiniment plus luxueux. Le *Montrose*, lui, avait été lancé en 1897, et, au cours des années suivantes, il avait transporté des troupes lors de la guerre des Boers et du bétail vers l'Angleterre. Il n'avait qu'une seule cheminée, peinte aux couleurs de la Canadian Pacific – chamois à la base et noir au-dessus –, et arborait le drapeau à carreaux rouges et blancs de la maison. Il ne comportait que deux classes, seconde et troisième, cette dernière communément appelée « l'entrepont », terme qui désignait les salles situées sous le pont réservé au pilotage. Un panneau horaire de la Canadian Pacific de l'époque décrivait les cabines de seconde classe. « À bord du *Montrose*, les cabines sont situées dans la partie médiane du bateau où tangage et roulis se ressentent le moins. Elles sont vastes, claires et bien aérées. On y trouve un salon réservé aux dames et un fumoir, ainsi qu'une spacieuse coursive pour les promenades. Le restaurant est d'excellente qualité. Des médecins et des hôtesses d'accueil sont présents à chaque traversée. » La devise de la compagnie était : « Un peu mieux que le meilleur. »

Le manifeste de la traversée prochaine ne faisait état que de vingt passagers en seconde classe, et de deux cent quarante-six en troisième, pratiquement tous des immigrants. Par ailleurs, l'équipage du *Montrose* comptait cent sept membres, parmi lesquels un opérateur radio, Llewellyn Jones. La Canadian Pacific avait mené une énergique politique d'équipement de ses navires transatlantiques en matière de radio, et le *Montrose*, malgré son âge et son cadre plutôt rustique, avait été doté du matériel le plus récent.

Pour être un bon capitaine, Kendall le savait, il fallait davantage qu'une maîtrise consommée de la navigation et du maniement du navire. Il devait se montrer charmant, paraître élégant, posséder le don de la conversation, tout en restant attentif aux milliers de détails de fonctionnement : il lui fallait s'assurer par exemple que les canots de sauvetage étaient solidement arrimés, que provisions et vins de bonne qualité avaient bien été embarqués, et – toute nouvelle responsabilité – que l'équipement Marconi et son antenne étaient bien en état de marche et prêts à capter l'inévitable avalanche de petits messages sans importance qui assaillaient tout bateau en partance. Bien que les blagues, les vœux de bon voyage et les devinettes soient sans surprise aucune, ils reflétaient l'émerveillement des gens devant ce nouveau moyen de communication, quasiment surnaturel. Les passagers néophytes semblaient fascinés par l'étincelle bleue qui jaillissait chaque fois qu'on enfonçait la touche et le minuscule claquement de tonnerre qui s'ensuivait, même si les compagnies avaient appris à leurs dépens que pareille excitation retombait rapidement chez ceux dont les cabines étaient trop proches du poste de transmission. Elles avaient aussi compris qu'il valait mieux installer l'équipement Marconi à bonne distance de la timonerie pour ne pas perturber le champ magnétique enregistré par la boussole du bateau.

Avant chaque traversée, Kendall tentait de lire autant de journaux que possible pour se tenir au courant de l'actualité et affronter au mieux ses obligations quotidiennes d'hôte à la table du dîner. Il se passait dans le monde des choses extraordinaires et les sujets de conversation ne manquaient pas. Un an plus tôt, Louis Blériot avait traversé la Manche en avion de Calais à Douvres. Exposé chez Selfridges, le grand magasin, son appareil attira cent vingt mille visiteurs. Les découvertes scientifiques semblaient occuper la première place dans tous les esprits. On parlait de rayons X, de radiations et de vaccins à tous les dîners. Si le sujet venait à s'épuiser, il restait toujours l'Allemagne, qui devenait chaque jour plus grandiloquente et plus belliqueuse. Un autre moyen sans faille de ranimer une conversation moribonde et même de déchaîner les passions était d'aborder la question du déclin manifeste des valeurs morales, comme l'avait montré de façon tout à fait choquante la récente pièce de George Bernard Shaw intitulée *Mésalliance*: Beatrice Webb, cette économiste aux idées pourtant progressistes, l'avait jugée « brillante mais répugnante », « tous rêvant de coucher les uns avec les autres ». Si rien de tout cela ne réussissait à lancer un débat, on pouvait toujours se rabattre sur les fantômes. Le pays entier semblait désespérément à la recherche de preuves de vie dans l'au-delà, et les exploits de la vénérable Société de recherches parapsychologiques figuraient souvent en bonne place dans les nouvelles. Alors, si par hasard les esprits s'échauffaient trop, on pouvait toujours rappeler la triste nouvelle de la mort du roi Édouard, et l'étrange coïncidence qui avait voulu que la comète de Halley apparût pratiquement au moment de son décès.

Peu de temps avant l'embarquement de ses passagers, Kendall s'acheta un exemplaire de l'édition continentale du *Daily Mail* londonien, un journal en anglais distribué dans toute l'Europe. La une abondait en détail sur l'affaire du Dr Crippen et le cadavre découvert au fond d'une cave dans les quartiers nord de Londres, ainsi que sur l'accélération des recherches dans la poursuite des deux suspects, un médecin et sa maîtresse. À Londres, d'ailleurs, le bateau avait reçu la visite de deux inspecteurs de Scotland Yard qui patrouillaient les quais dans l'espoir d'empêcher les coupables présumés de s'enfuir.

Qui n'aime pas les énigmes ? Kendall comprit tout de suite que cette affaire alimenterait l'essentiel des conversations durant la traversée : pas question cette fois d'avions, de rois morts et de manoirs hantés, mais le meurtre dans ce qu'il a de plus crapuleux.

Une question paraissait primordiale : où se trouvaient maintenant les deux amants en fuite ?

La traversée commença de façon ordinaire : Kendall accueillit ses hôtes de seconde classe alors qu'ils montaient à bord. Les passagers semblaient toujours à leur mieux avant qu'on ne lève l'ancre. Élégamment vêtus, l'expression sur leur visage trahissait un mélange d'excitation et d'appréhension. Ils descendaient de la passerelle avec à la main un léger bagage, l'essentiel – la plupart du temps de multiples malles et valises – ayant été entreposé sous le pont ou porté dans leurs cabines. Ils étaient nombreux à choisir de conserver sur eux une mallette contenant ce qu'ils emportaient de plus précieux, comme les papiers personnels, les bijoux et les souvenirs. Rien d'inhabituel n'arrêta l'attention de Kendall.

Le *Montrose* s'éloigna doucement du quai dans l'explosion ordinaire de mouchoirs blancs et entreprit de descendre l'Escaut jusqu'à la mer du Nord. Des stewards aidaient les passagers à trouver la bibliothèque du bateau, sa salle à manger et ses espaces de détente, appelés « salons ». Malgré les modestes proportions du *Montrose*, ses passagers se sentaient aussi choyés qu'à bord du *Lusitania*. Les stewards et les hôtesses leur distribuaient plaids et livres, et prenaient leurs commandes de thé, de chocolat belge et de whisky. Ils étaient munis de blocs et d'enveloppes, et les passagers pouvaient rédiger des messages qui seraient ensuite transmis à l'aide de la radio Marconi. Kendall mettait un point d'honneur à arpenter les coursives plusieurs fois par jour pour vérifier que les uniformes restaient impeccables, que tous les cuivres brillaient et qu'aucun problème ne survenait ; il s'appliquait à saluer chaque passager par son nom, une bonne mémoire étant l'une des qualités indispensables au capitaine d'un paquebot.

Ils avaient levé l'ancre depuis trois heures quand Kendall remarqua deux de ses passagers qui se tenaient immobiles près d'un canot de sauvetage. Il savait qu'il s'agissait des Robinson, père et fils, et qu'ils rentraient dans leur pays, en Amérique. Kendall marcha vers eux, mais s'arrêta en chemin.

Il vit qu'ils se tenaient par la main, d'une façon inhabituelle pour un père et son fils, si d'aventure on s'attendait à ce qu'un jeune homme au seuil de la maturité continue à marquer ainsi son affection à son père. Le garçon serrait la main de son compagnon avec une intensité qui semblait indiquer une intimité plus grande encore. Kendall y vit « quelque chose d'étrange et d'anormal ».

Il marqua une pause, marcha jusqu'à parvenir à leur hauteur. Il s'arrêta alors pour leur souhaiter une matinée agréable. Ce faisant, il nota soigneusement chaque détail de leur apparence. Il sourit, leur lança un « bon voyage » avant de s'éloigner.

Il ne souffla mot de ces passagers ni à ses lieutenants ni à son équipage, mais, par précaution, il demanda aux stewards de ramasser tous les journaux et de les remiser en lieu sûr. Il avait toujours un revolver dans sa cabine en cas d'urgence ou de problème sérieux, et il décida de le glisser dans sa poche.

« Je ne tentai rien d'autre ce jour-là ni ne pris aucune mesure parce que, avant de donner l'alerte, je voulais être sûr de ne pas me tromper. »

En moins de vingt-quatre heures, le capitaine Kendall allait découvrir que le *Montrose* était devenu le plus célèbre des bateaux en mer à cet instant, et que lui-même faisait l'objet de toutes les conversations du petit déjeuner de Broadway à Piccadilly. Il était par hasard confronté à la rencontre de deux histoires totalement étrangères l'une à l'autre, et leur télescopage sur son bateau en cette fin de l'ère édouardienne allait avoir des répercussions dans le monde entier sur le siècle à venir.

Première partie

FANTÔMES ET FUSILLADE

Guglielmo Marconi.

Hawley Harvey Crippen.

DISTRACTION

Selon l'opinion ardemment soutenue par l'un des deux camps, l'histoire avait véritablement commencé la nuit du 4 juin 1894, au 21 Albemarle Street, à Londres, c'est-à-dire au siège de la Royal Institution. Bien qu'il s'agisse d'une des plus prestigieuses sociétés savantes de Grande-Bretagne, elle occupait des locaux de dimensions modestes et ne comportait que trois étages. Les fausses colonnes plaquées contre sa façade avaient été ajoutées après-coup, dans le but sans doute de donner à l'ensemble un peu de majesté. Elle abritait un amphithéâtre, un laboratoire, des appartements de fonction et un bar où les membres pouvaient discuter des dernières avancées de la science.

Dans l'amphithéâtre, un physicien de grand renom s'apprêtait à donner sa conférence du soir. Il espérait surprendre son public, assurément, mais il était loin de soupçonner que cette communication serait la plus importante de sa vie et une source de conflits pour des décennies à venir. Il s'appelait Oliver Lodge, et il fut indéniablement responsable des événements à venir : c'était là une nouvelle manifestation de ce qu'il reconnaissait lui-même comme une erreur fondamentale dans sa façon d'appréhender son travail. Durant les quelques instants précédant sa prise de parole, il vérifia une dernière fois tout un dispositif d'appareils électriques installés sur une table de démonstration, dont certains paraissaient familiers, au contraire de tout ce qu'on voyait d'ordinaire dans ces lieux.

Dans Albemarle Street, la police tentait de régler les problèmes de circulation habituels. Des dizaines de voitures encombraient la rue et lui donnaient l'allure d'une longue veine de charbon noir. Alors que dans le quartier environnant de Mayfair, l'air embaumait le tilleul et le riche parfum capiteux des fleurs de serre, ici la rue empestait l'urine et le crottin, malgré les efforts déployés par un bataillon de jeunes employés municipaux vêtus de chemises rouges, qui se frayaient un chemin entre les chevaux pour ramasser les déjections malvenues. Des sergents de ville invitaient les cochers à quitter rapidement les lieux après avoir déposé leurs passagers. Les hommes étaient vêtus d'habits noirs, les femmes de longues robes strictes.

Créée en 1799 « pour assurer la diffusion du savoir et faciliter la mise en place de toutes sortes d'indispensables progrès mécaniques », la Royal Institution avait été le théâtre de grandes découvertes. Dans ses laboratoires, Humphry Davy avait isolé le sodium et le potassium, puis inventé la lampe de sûreté pour les mineurs qui porte son nom ; Michael Faraday avait découvert l'induction électromagnétique, le phénomène qui permet à l'électricité produite dans un circuit de passer dans un autre, le conducteur. Les communications présentées au sein de cette institution, « Les conférences du vendredi soir », furent bientôt si courues et la circulation à proximité devint si chaotique que les Autorités durent faire d'Albemarle Street la première rue à sens unique de la capitale.

Lodge était professeur de physique au nouvel University College de Liverpool, où on lui avait aménagé un laboratoire dans une ancienne cellule capitonnée d'asile psychiatrique. Au premier coup d'œil, il semblait être la parfaite incarnation de la science britannique la plus institutionnelle. Il portait une barbe fournie parsemée de poils gris, et son crâne – « cette grosse tête », comme l'avait défini un ami – était aussi chauve qu'une coquille d'œuf jusqu'au-dessus des oreilles, sous lesquelles ses cheveux bouclaient. Il mesurait un mètre quatre-vingt-dix et pesait plus de quatre-vingt-quinze kilos. Une jeune femme rapporta un jour que valser avec Lodge lui avait donné l'impression de danser avec le dôme de la cathédrale Saint-Paul.

Bien que considéré comme un homme bon, il y avait eu en lui dans sa jeunesse une veine cruelle qui, avec les années, lui avait causé regrets et étonnement. Alors qu'il était élève dans une petite école, Combs Rectory, il avait ouvert un club, la Société de destruction des nids d'oiseaux, dont les membres se donnaient pour tâche de débusquer les nids et de les détruire, écrasant les œufs et tuant les oisillons, avant de s'en prendre aux parents à l'aide de leurs frondes. Lodge se rappelait avoir un jour frappé un chien avec un martinet, mais il minimisait l'incident en le présentant comme un exemple de perversion infantile. « Je ne suis bien sûr pas exempt de défauts, mais la cruauté n'en fait pas partie ; c'est pour moi le trait de caractère le plus abominable. »

Lodge avait atteint l'âge adulte au moment où les savants commençaient à faire émerger des brumes toute une série de phénomènes auparavant invisibles, en particulier dans les domaines de l'électricité et du magnétisme. Il se rappelait comment les conférences de la Royal Institution enflammaient son imagination. « Il m'arrivait de me promener dans les rues de Londres ou à Fitzroy Square, possédé par le sentiment que tout ce qui m'entourait était irréel, comme si les secrets les plus enfouis de l'univers affleuraient soudain, et que les objets ordinaires perçus par mes sens étaient plongés dans les ténèbres. La place et ses grilles, les maisons, les charrettes, et même les gens ressemblaient alors à des ombres fantomatiques, des apparitions spectrales qui à la fois dissimulaient et révélaient la réalité psychique et spirituelle qui se cachaient derrière. »

La Royal Institution devint pour Lodge « une sorte d'enceinte sacrée, écrivit-il, où la science pure trônait en majesté afin d'être adorée pour elle-même ». Il pensait que rien ne surpassait la science théorique, et il méprisait ceux qu'il appelait avec les autres chercheurs partageant son avis « les praticiens », ces nouveaux païens, inventeurs, ingénieurs et bricoleurs, qui délaissaient la recherche théorique au profit des expérimentations aveugles et dont la seule motivation était l'appât du gain. Lodge décrivit un jour le système des brevets comme « inopportun et répugnant ».

Comme il avançait dans sa carrière, on lui demanda bientôt de donner quelques « conférences du vendredi soir », et il prit un réel plaisir à présenter au grand jour les secrets de la nature. Quand une découverte scientifique importante se produisait, il s'appliquait à être le premier à en parler, comme il l'avait fait dès 1877 en acquérant un des premiers phonographes qu'il avait rapporté en Angleterre pour une démonstration publique, mais son goût immodéré pour la nouveauté n'allait pas sans effets secondaires : il risquait sans cesse de se laisser distraire. Il témoignait d'un dilettantisme hautain dont il devait reconnaître beaucoup plus tard qu'il avait constitué une erreur impardonnable. « Je dois avouer, écrivit-il, que je me suis intéressé aux sujets les plus divers, et que j'ai communiqué sur les domaines les plus variés – une façon de procéder qui, j'imagine, a été bénéfique pour mon édification personnelle mais n'a pas produit de résultats prolifiques. » Chaque fois que ses recherches scientifiques menaçaient de déboucher sur une avancée conséquente, il se voyait, notait-il encore, « affligé par une sorte d'excitation qui [le] contraignait à s'arrêter et à abandonner ce chemin de lumière avant de toucher le but… C'est une impression étrange, sans doute la raison pour laquelle je suis arrivé à si peu de conclusions, incapable de suivre la route sur laquelle je m'étais engagé. »

Pour la plus grande consternation de ses pairs, une de ses sources de distraction était le monde du surnaturel. Il était membre de la Société de recherches parapsychologiques, fondée en 1882 par un groupe d'individus à la tête froide, pour la plupart philosophes ou savants, qui voulaient poser un regard scientifique sur les fantômes, les séances de spiritisme, la télépathie et autres phénomènes paranormaux, ou bien, comme l'annonçait la Société dans sa revue : « examiner sans préjugés ni préconceptions, et dans un esprit scientifique, ces facultés humaines qui paraissent inexplicables selon les hypothèses les plus généralement admises ». La charte de la Société stipulait clairement que l'adhésion n'impliquait en aucune façon une croyance quelconque en « d'autres lois que celles reconnues par les sciences physiques ». Que la SRP ait un comité spécialement chargé des maisons hantées ne dissuadait personne. Ses membres étaient de plus en plus nombreux et inclurent rapidement soixante professeurs d'université et quelques-uns des cerveaux les plus brillants de l'époque, parmi lesquels John Ruskin, H. G. Wells, William E. Gladstone, Samuel Clemens (mieux connu sous le nom de Mark Twain) et le révérend C. L. Dodgson (célèbre sous celui, tout aussi prestigieux, de Lewis Carroll). La liste comptait aussi Arthur Balfour, futur Premier ministre d'Angleterre, et William James, un pionnier de la psychologie, qui dès 1894 avait été élu président de la Société.

Ce fut la curiosité de Lodge, et non pas une quelconque croyance en l'occulte, qui le conduisit à devenir membre de la SRP. Le paranormal n'était pour lui qu'un domaine invisible de plus à explorer, la province la plus reculée de la toute nouvelle science qu'était la psychologie. Les découvertes au cours de la vie de Lodge de tant de phénomènes physiques jusque-là insoupçonnés, entre autres celle, par Heinrich Hertz, des ondes électromagnétiques, lui suggéraient que le monde de l'esprit devait lui aussi cacher ses secrets. Le fait que les ondes pouvaient franchir l'espace semblait confirmer l'existence d'un autre niveau de réalité. Si on y parvenait, était-ce dès lors tellement absurde de supposer que les êtres humains possédaient une essence spirituelle, une âme électromagnétique, qui puisse elle aussi exister dans ce même espace, et qui donc expliquerait les manifestations des esprits dont on parlait si souvent dans les légendes ? Les témoignages affirmant la présence de fantômes dans des manoirs de campagne, des esprits frappeurs hantant les abbayes, d'autres cognant sous les tables au cours de séances de spiritisme, tout cela semblait aux yeux de Lodge et des autres membres de la Société aussi digne d'être impartialement analysé que les déplacements invisibles d'une onde électromagnétique.

Quelques années après qu'il eut rejoint les rangs de la SRP cependant, plusieurs événements se chargèrent de faire perdre à Lodge sa distance scientifique. À Boston, William James commença à entendre parler dans sa propre famille d'une certaine « Mme Piper » – Lenore Piper –, un médium que ses étranges pouvoirs étaient en train de rendre célèbre. Décidé à démontrer qu'il s'agissait d'une charlatane, James organisa une séance et se trouva littéralement fasciné. Il suggéra que la Société invite Mme Piper en Angleterre pour mener à bien différentes expériences. Accompagnée de ses deux filles, elle s'embarqua donc pour Liverpool en novembre 1889, puis se rendit à Cambridge, où une série de séances de spiritisme furent organisées sous l'œil attentif des membres de la SRP. Lodge en arrangea une supplémentaire en privé, et il se retrouva à écouter feue sa tante Anne, une parente tendrement aimée et très intuitive, qui l'avait soutenu dans son désir de faire des études scientifiques contre l'avis de son père. Elle avait un jour dit à Lodge que, après sa mort, elle reviendrait lui rendre visite si cela était possible, et voilà qu'en ce jour mémorable, d'une voix qu'il reconnut parfaitement, elle vint honorer sa promesse. « C'était là, écrivit-il, une chose tout à fait inhabituelle. »

Lodge vit dans cette rencontre la preuve qu'une certaine partie de l'esprit humain persiste après la mort. Il fut dès lors, nota-t-il, « parfaitement convaincu de cette survie de l'âme, mais aussi de la possibilité pour elle de communiquer, sous certaines conditions, avec ceux qui sont restés sur terre ».

L'hétérogénéité de ses centres d'intérêt et le plaisir qu'il prenait aux nouvelles découvertes firent de lui, dès juin 1894, un des orateurs les plus célèbres de la Royal Institution.

Ce soir-là, la conférence était consacrée aux travaux de Heinrich Hertz. Le célèbre physicien était mort un peu plus tôt dans l'année, et la Royal Institution invita Lodge à venir parler de ses expériences. Lodge avait un grand respect pour Hertz ; il était également persuadé que si lui-même n'avait pas eu cette fâcheuse tendance à se laisser distraire, il aurait pu avoir avant l'Allemand une place dans les livres d'histoire. Par respect pour sa mémoire, Lodge n'alla pas jusqu'à suggérer que c'était lui, et non pas Hertz, qui le premier avait démontré l'existence des ondes électromagnétiques. Et de fait, Lodge avait été sur le point de réussir, mais, au lieu de pousser plus loin de fascinantes découvertes, il avait laissé tomber la question et livré ses conclusions dans un article sur les paratonnerres paru dans un quotidien.

Le grand amphithéâtre était comble. Après quelques mots d'introduction, Lodge se lança dans sa démonstration. Il provoqua une étincelle dont le craquement sec riva l'attention des spectateurs. De façon plus étonnante encore, cette étincelle provoqua une réaction – un éclair de lumière – dans un appareil électrique placé à distance et indépendant. La partie centrale de cette machine se composait d'un dispositif imaginé par Lodge et qu'il appelait « cohéreur », un tube empli de limaille de fer inséré dans un circuit électrique conventionnel. Au départ, la limaille n'avait aucun pouvoir de conduction, mais quand Lodge eut provoqué l'étincelle et ainsi créé un champ électromagnétique dans tout l'amphithéâtre, les déchets métalliques devinrent soudain conducteurs – la limaille avait « cohéré » – et pouvaient désormais transmettre le courant. En tapotant doucement sur le tube, Lodge rendit la limaille à son état initial et le circuit s'interrompit.

Il s'agissait apparemment d'un phénomène tout simple, mais l'auditoire n'avait jamais rien vu de semblable : Lodge avait réussi à canaliser l'énergie invisible – les ondes de Hertz – pour provoquer une réaction dans un appareil distant, sans recourir à aucun fil électrique de liaison. L'expérience déclencha un tonnerre d'applaudissements.

Lord Rayleigh, mathématicien et physicien éminent, secrétaire de la Royal Society, monta à la tribune pour féliciter Lodge. Il n'ignorait rien de ses tendances à se laisser distraire. Ce que Lodge venait de démontrer semblait indiquer la voie de recherches que lui-même pourrait trouver dignes d'attention. « Eh bien, vous pouvez maintenant poursuivre votre travail, lui dit Rayleigh. C'est assurément l'œuvre d'une vie. »

Mais Lodge ne suivit pas ce conseil. Au lieu de cela, manifestant une fois de plus son incapacité à mener des recherches à leur terme, il partit en Europe passer des vacances au cours desquelles il voulait poursuivre un but scientifique complètement différent. Il se rendit en France, dans l'île du Grand-Roubaud sur la côte méditerranéenne, où de bien étranges phénomènes ne tardèrent pas à retenir son attention, à un moment pourtant crucial pour sa carrière et l'avancée de la science.

Parce qu'au moment même où Lodge faisait ses expériences sur l'île du Grand-Roubaud, beaucoup plus au sud encore quelqu'un d'autre travaillait d'arrache-pied – ingénieusement, inlassablement, compulsivement – à explorer les forces du monde invisible, avec les mêmes outils que Lodge avait employés au cours de sa démonstration à la Royal Institution, pour la plus grande consternation et les regrets ultérieurs de l'Anglais.

LE GRAND SILENCE

Ce n'était pas exactement une vision, comparable aux apparitions de la Vierge dans un tronc d'arbre, mais plutôt une certitude, une assertion qui se forma soudain dans son cerveau. Au contraire d'idées qui vous frappent comme la foudre, celle-ci, au lieu de s'estomper, conserva sa netteté et sa précision. Marconi devait expliquer plus tard qu'elle avait quelque chose de divin, comme s'il avait été choisi pour en recevoir la révélation. D'abord une question le rendit perplexe : pourquoi lui plutôt qu'Oliver Lodge, ou même que Thomas Edison ?

L'idée lui était venue de la façon la plus prosaïque qui soit. Au cours de l'été 1894 – il avait alors vingt ans –, ses parents résolurent d'échapper à l'extraordinaire canicule qui s'était abattue sur l'Europe en se réfugiant dans la fraîcheur des sommets. Ils quittèrent Bologne pour la petite ville de Biella dans les Alpes italiennes, juste en contrebas du Santuario di Oropa, un ensemble d'édifices religieux consacrés à la légende de la Vierge noire. Durant ce séjour familial, il acheta par hasard une revue scientifique intitulée *Il Nuovo Cimento*, dans laquelle il lut l'éloge funéraire de Heinrich Hertz rédigé par Augusto Righi, un voisin, professeur de physique à l'université de Bologne. Quelque chose dans cet article lui fit l'équivalent intellectuel d'une étincelle, et mit instantanément de l'ordre dans ses pensées éparses, un peu comme les particules de limaille de fer dans le tube de Lodge.

« Mon problème principal était que l'idée en question paraissait si élémentaire, d'une logique si simple, que j'avais du mal à croire que personne ne l'eût jamais mise en pratique, expliqua-t-il par la suite. En fait, Oliver Lodge s'y était essayé, mais il avait manqué la bonne réponse d'un millimètre. L'idée même m'apparaissait si évidente que je ne soupçonnais même pas qu'elle puisse paraître saugrenue à d'autres. »

Ce à quoi il rêvait – et qu'il comptait bien réussir à mettre en œuvre –, c'était de faire parcourir de grandes distances à des messages en utilisant les ondes invisibles de Hertz. Rien dans les lois de la physique telles qu'on les concevait alors n'aurait pu suggérer qu'un tel exploit fût possible. C'était même tout l'inverse. Aux yeux du reste du monde scientifique, ce qu'il proposait là était de l'ordre des spectacles de magie et des séances de spiritisme, une forme de télépathie électrique.

Le hasard voulut qu'il bénéficie alors de deux circonstances favorables : son ignorance et l'aversion de sa mère pour les prêtres.

Ce qui frappait le plus les gens qui rencontraient Guglielmo Marconi pour la première fois était qu'il paraissait, à n'importe quel moment de sa vie, beaucoup plus vieux que son âge. De taille moyenne, les cheveux bruns, il avait le teint pâle et les yeux bleus hérités de sa mère irlandaise. Il arborait en permanence un air sobre et grave, une sévérité qu'accentuaient ses sourcils droits et noirs, et les lignes de sa bouche et de ses lèvres qui, au repos, dessinaient toujours une moue de déplaisir et d'impatience. Tout cela changeait quand il souriait, à en croire ceux qui le connaissaient. Il faut cependant sur ce point faire confiance à leurs seuls témoignages. Même en examinant une bonne centaine de photographies, il est peu probable qu'on trouve mieux qu'un seul cliché où il sourit à demi, son expression la moins séduisante et apparemment empreinte de dédain.

Son père, Giuseppe Marconi, exploitant agricole et entrepreneur prospère, était un homme austère, qui avait voulu que son fils prenne sa suite. Sa mère, Annie Jameson, fille du célèbre magnat du whisky irlandais, avait une nature plus impulsive et curieuse. Guglielmo, leur second fils, était venu au monde le 25 avril 1874. On racontait dans la famille que, peu de temps après sa naissance, un vieux jardinier s'était exclamé devant la taille de ses oreilles : « *Che orecchi grandi ha !* » (« Mais quelles grandes oreilles ! »), et, de fait, elles étaient plus grandes qu'on aurait pu le souhaiter. Annie le prit mal. Elle répliqua : « Il sera capable de capter la petite musique paisible de l'air. » On racontait aussi dans la famille que, en plus de son teint clair et de ses yeux bleus, le garçon avait aussi hérité du caractère décidé de sa mère, ce qui l'avait rendu ombrageux et imprévisible. Des années plus tard, Degna, sa propre fille, devait le décrire comme « un mélange de contradictions : à la fois patient et sujet à d'incontrôlables colères, courtois et brusque, timide et friand de compliments, capable d'une attention passionnée et – ce dernier point étant pour elle particulièrement douloureux – indifférent à beaucoup de ceux qui l'aimaient ».

Marconi grandit dans la propriété familiale, la Villa Griffone, à Pontecchio, sur les bords du Reno, à moins de vingt kilomètres au sud de Bologne, là où le terrain commence à s'élever pour former les Apennins. Comme de nombreuses villas en Italie, celle-ci ressemblait à un gros cube en pierre de trois étages, avec des murs en stuc peint de la couleur du blé à l'automne. Vingt fenêtres disposées en trois rangées trouaient la façade, chacune entourée de lourds volets verts. Des jardinières plantées de citronniers agrémentaient la terrasse devant la porte principale. Une loggia était envahie des grappes mauves d'un paulownia. En direction du sud, les Apennins dressaient leurs sommets bleus dans l'éclat du midi. À la tombée du jour, ils rosissaient sous les feux du soleil couchant.

L'électricité commença à fasciner Marconi dès son plus jeune âge. À l'époque, tous ceux qui avaient un goût pour la science trouvaient le sujet irrésistible, et c'était particulièrement vrai à Bologne, associée depuis longtemps aux recherches en la matière. C'est en effet là qu'un siècle plus tôt, Luigi Galvani avait fait subir d'affreux traitements à des grenouilles mortes : il leur avait inséré des crochets de cuivre dans la moelle épinière et les avait suspendues à des rails métalliques pour voir comment elles se trémoussaient, afin de vérifier son hypothèse selon laquelle leurs muscles contenaient un fluide vital, qu'il appelait « électricité animale ». C'est également à Bologne que le pair et rival de Galvani, le comte Alessandro Volta, fabriqua sa célèbre « pile » dans laquelle il entassa des disques d'argent et de zinc, imprégnés d'eau salée, donnant ainsi naissance à la première batterie capable de produire un courant électrique régulier.

Enfant, Marconi se montrait possessif à l'égard de la nouvelle énergie. Il disait régulièrement « mon électricité ». Il se concentra de plus en plus sur ses expériences et y passa le plus clair de son temps. Le talent qu'il manifestait pour le bricolage ne s'étendait cependant pas aux études, même si l'attitude de sa mère était en partie responsable de son manque d'intérêt. « Un des mystères qui continue d'entourer Marconi est son manque d'instruction scolaire, écrivit son petit-fils, Francesco Paresce, physicien à Munich au XXIe siècle. Je pense que cela était certainement lié à la profonde méfiance d'Annie pour l'Église catholique, enracinée en elle par une éducation protestante irlandaise, et probablement renforcée par sa fréquentation de la société bolognaise à la fin du XIXe siècle. » À l'époque, la ville entretenait des liens étroits avec le Vatican. Dans une lettre à son mari, Annie demandait des garanties que son fils serait toujours éduqué « selon les justes principes de [sa] religion » et qu'il ne « serait jamais en contact avec ces superstitions dans lesquelles sont élevés les jeunes enfants en Italie ». Les meilleures écoles de la ville étaient tenues par des jésuites, et cela, aux yeux d'Annie, suffisait à les discréditer. Elle fit jurer à son mari que jamais il ne laisserait son fils « être instruit par les curés ».

Elle se chargea elle-même de lui faire l'école ou bien engagea des tuteurs, et lui permit de se concentrer sur la physique et l'électricité, au détriment de la grammaire, de la littérature, de l'histoire et des mathématiques. Elle lui donna aussi des leçons de piano. Il se prit de passion pour Chopin, Beethoven et Schubert, et découvrit qu'il avait un don pour déchiffrer à vue et transposer mentalement les partitions d'une clé à l'autre. Elle lui enseigna également l'anglais, qu'elle voulait l'entendre parler de façon impeccable.

L'instruction que reçut Marconi fut donc à tout le moins épisodique, et il la reçut à l'endroit où la famille choisissait de passer son temps, parfois Florence, ou Livourne, un port maritime important que les Anglais appellent *Leghorn.* Il connut l'école proprement dite pour la première fois à l'âge de douze ans, quand ses parents l'inscrivirent à l'Istituto Cavallero de Florence, où son éducation jusque-là solitaire se révéla avoir été un handicap. Il était timide et n'avait jamais appris les techniques nécessaires à se faire des amis que les autres possédaient depuis leurs premières années d'école. Sa fille, Degna, écrivit plus tard : « Le masque posé sur le visage de Guglielmo, que ses camarades prenaient pour un mépris aristocratique, dissimulait en fait timidité et inquiétude. »

À l'*istituto*, il se rendit compte que l'apprentissage de l'anglais avait significativement dégradé son italien. Le principal lui lança un jour : « Tu parles de façon abominable ! » Pour étayer ses dires, ou simplement pour humilier le garçon, il ordonna à Marconi de réciter un poème étudié en classe le matin même : « Et tâche de te faire entendre ! » ajouta le principal.

Marconi avait à peine fini le premier vers que déjà le fou rire gagnait la classe entière. Comme le nota Degna : « Ses camarades se comportèrent comme des chiens de chasse qui ont flairé la piste du gibier. Ils hurlèrent, se tapèrent sur les cuisses et se lancèrent dans des pantomimes élaborées. »

Des années plus tard, un de ses professeurs devait confier à un journaliste : « Il avait toujours une conduite exemplaire, mais pour ce qui est de son cerveau – oh, il vaut mieux ne pas s'étendre sur le sujet. Je crains bien qu'il ne se soit attiré de nombreuses et mémorables corrections, mais il les endurait avec une patience d'ange. À cette époque, il était incapable d'apprendre quoi que ce soit par cœur. Cela lui était impossible, me disais-je alors. Je n'avais jamais rencontré d'enfant avec une aussi faible mémoire. » Ses enseignants l'appelaient « le petit Anglais ».

D'autres écoles et d'autres tuteurs suivirent, ainsi que des cours particuliers d'électricité dispensés par un des plus éminents professeurs de Livourne. Marconi fut alors présenté à un télégraphiste à la retraite, Nello Marchetti, qui était en train de devenir aveugle. Ils s'entendaient très bien, et Marconi se mit à faire régulièrement la lecture au vieil homme. En échange, Marchetti lui apprit le Morse et les techniques qui permettaient d'expédier des messages au moyen du télégraphe.

Des années plus tard, la communauté scientifique partagerait l'étonnement de Marconi : n'était-il pas improbable qu'il ait, lui, réussi à comprendre un phénomène à côté duquel étaient passés les esprits les plus éclairés de son temps ? Au fil du siècle suivant, bien entendu, sa découverte paraîtrait élémentaire et banale, mais, à ce moment-là, elle était tout à fait étonnante, et la surprise fut telle qu'on le traita d'imposteur et de charlatan – pire encore, de charlatan *étranger* – et que son avenir s'en trouva considérablement compliqué.

Pour apprécier pleinement cette nouveauté, il faut préalablement s'intéresser de plus près à cet immense pan d'histoire que Degna devait appeler plus tard : « le Grand Silence ».

Au commencement, au royaume invisible où se déplace l'énergie électromagnétique, était le vide. Cette énergie existait, bien sûr, et se déplaçait sous forme d'ondes émises par le soleil, l'éclair ou toute autre étincelle imprévisible. Mais ces émanations déferlaient sans but ni sens, à la vitesse de la lumière. Quand les hommes découvrirent les étincelles à l'aube des temps, quand la foudre par exemple frappait leurs voisins, ils n'eurent d'abord aucune idée de la nature ni de la cause du phénomène, si ce n'est qu'il se déchaînait avec une violence extraordinaire. Les historiens font en général remonter la prise de conscience initiale par les humains du caractère distinctif des phénomènes électriques à la Grèce antique, et plus précisément à un savant nommé Thalès, qui découvrit qu'en frottant de l'ambre il pouvait attirer vers cette résine fossile différents petits éléments, comme des poils de barbe et des peluches. Le mot grec ancien pour l'ambre était *elektron*.

Au fur et à mesure du développement de leur vision scientifique, les hommes se mirent à créer des dispositifs capables de générer leurs propres étincelles. Il s'agissait de machines électrostatiques qui fonctionnaient grâce au frottement d'une substance contre une autre, soit manuellement, soit par le recours à un mécanisme rotatif, jusqu'à ce que suffisamment de charge électrique – l'électricité dite statique – se soit accumulée dans l'appareil pour produire une étincelle, ou, dans le jargon des ingénieurs spécialisés, une décharge disruptive. À l'origine, les scientifiques se contentèrent de produire pareille étincelle, comme le fit Isaac Newton en 1643, mais la technologie progressa rapidement et, en 1730, elle permit à un certain Stephen Gray de mettre au point une expérience qui, de par l'audace de son inventivité, allait plus loin que tout ce qui l'avait précédée. Il habilla un garçonnet de lourds vêtements jusqu'à ce que son corps soit totalement isolé, tout en lui laissant les mains, la tête et les pieds nus. Au moyen de fils de soie non conducteurs, il le suspendit en l'air, puis lui toucha le pied avec un tube de verre électrifié, provoquant ainsi une étincelle qui lui jaillit par le nez.

L'étude de l'électricité fit un bond spectaculaire en 1745 avec l'invention de la bouteille de Leyde, le premier dispositif capable d'emmagasiner et d'amplifier l'électricité statique. Il fut imaginé presque simultanément en Allemagne et à Leyde, aux Pays-Bas, par deux hommes aux noms imprononçables: Ewald Jürgen von Kleist et Pieter van Musschenbroek. Un savant français, l'abbé Nollet, simplifia les choses en appelant l'invention «la bouteille de Leyde», même si pendant un certain temps quelques Allemands attachés à leurs droits continuèrent à parler de «bouteille von Kleist». Telle qu'on la voit sur la reproduction la plus connue, la bouteille de

Leyde consistait en un récipient en verre tapissé de feuilles de métal à l'intérieur et à l'extérieur. Un générateur de friction était utilisé pour charger ou remplir la bouteille d'électricité. Quand on reliait les deux couches métalliques protectrices au moyen d'un fil de fer, la bouteille libérait son énergie sous la forme d'une puissante étincelle. Dans l'intérêt de la science, l'abbé Nollet entreprit de faire connaître la bouteille en réalisant d'étranges expériences sur des groupes témoins conséquents, comme le jour où il invita deux cents moines à se tenir par la main et où il déchargea une bouteille de Leyde sur le premier, ce qui provoqua un mouvement général de soutanes qui claquèrent au vent.

Naturellement, une lutte sans merci s'ensuivit pour savoir qui pouvait provoquer l'étincelle la plus longue et la plus forte. Un chercheur suédois installé en Russie, Georg Richmann, prit tristement la tête de la compétition en 1753 : alors qu'il tentait d'exploiter l'énergie de la foudre pour charger un dispositif électrostatique, une immense étincelle jaillit et le frappa au crâne, lui donnant le désastreux privilège d'être le premier homme de science à mourir d'électrocution. En 1850, Heinrich D. Ruhmkorff mit au point une façon d'enrouler un faisceau de fils de fer autour d'un noyau en fer, puis d'envelopper l'ensemble dans un nouveau faisceau de fils de fer, de façon à fabriquer une « bobine à induction », produisant ainsi des étincelles facilement et sans danger. Incidemment, il avait commencé à tracer le chemin qui amènerait à la création de la première bobine d'allumage pour les automobiles. Quelques années plus tard, des physiciens anglais réalisèrent une bobine de Ruhmkorff assez puissante pour produire une étincelle d'un mètre zéro six de long. En 1880, John Trowbridge, de Harvard, en provoqua une de plus de deux mètres.

Entre-temps, les scientifiques avaient commencé à penser que l'éclat soudain des étincelles devait cacher des secrets plus profonds. En 1842, Joseph Henry, professeur à Princeton qui devait plus tard prendre la tête de la Smithsonian Institution, avança l'idée qu'une étincelle pouvait bien ne pas être une décharge unique d'énergie à un moment donné, mais une rapide série d'explosions ou d'oscillations. D'autres physiciens parvinrent à la même conclusion, et, en 1859, l'un d'eux, Berend Feddersen, le démontra de façon incontestable en réalisant des photographies du phénomène.

Toutefois, ce fut James Clerk Maxwell qui marqua l'avancée la plus spectaculaire en publiant en 1873 son *Traité d'électricité et de magnétisme.* Il y affirmait que pareilles oscillations produisaient des ondes électromagnétiques invisibles, dont il décrivait les propriétés sous la forme d'une série de célèbres équations. Il soutenait également l'idée que ces ondes avaient quasiment les mêmes propriétés que la lumière et qu'elles se déplaçaient à travers le même milieu, ce royaume invisible et mystérieux que les physiciens de l'époque appelaient encore l'éther. Personne n'avait jamais réussi à en capturer le moindre échantillon, mais cela n'empêcha pas Maxwell d'en calculer la densité relative, qu'il estima à environ 936/1 000 000 000 000 000 000 de celle de l'eau. En 1886, Heinrich Hertz démontra l'existence des ondes en question par des expériences réalisées en laboratoire, et découvrit également qu'elles se déplaçaient à la vitesse de la lumière.

Dans le même temps, d'autres scientifiques avaient découvert un étrange phénomène : apparemment, une étincelle modifiait les propriétés conductrices des limailles de métal. L'un d'eux, le Français Édouard Branly, inséra de la limaille dans des tubes en verre pour mieux démontrer cet effet et découvrit qu'il suffisait de tapoter sur le tube pour rendre à cette limaille ses propriétés non conductrices. Il publia ses conclusions en 1891, mais il ne mentionnait pas avoir utilisé son invention pour détecter les ondes électromagnétiques, bien que le choix retenu pour son dispositif eût quelque chose de prophétique. Il l'appelait le « radioconducteur ». Au début, ses travaux ne retinrent l'attention de personne, jusqu'à ce qu'Oliver Lodge et ses pairs commencent à supposer que les ondes de Hertz étaient peut-être ce qui rendait la limaille conductrice. C'est alors que Lodge mit au point une version améliorée du tube isolant de Branly, son « cohéreur », l'instrument dont il dévoila l'usage à la Royal Institution.

Les commentaires que fit Lodge par la suite sur sa propre conférence révèlent qu'il ne croyait pas lui-même à l'utilité des ondes hertziennes. Il est certain en tout cas que l'idée de s'en servir dans le domaine des communications ne lui était jamais venue à l'esprit. Il ne les pensait pas capables de se déplacer sur de grandes distances – il déclara que huit cents mètres était sans doute la limite probable. Si bien qu'à l'été 1894 il n'existait encore aucun moyen de communiquer sans câbles à des distances supérieures à celle d'un champ de vue. Il s'ensuivait un réel isolement de tous les endroits qui n'étaient pas physiquement reliés par une installation électrique, mais cette absence de liaison n'était nulle part plus sensible qu'en mer – une évidence difficile à mesurer pour les générations ultérieures, habituées au contact immédiat avec le reste du monde par les ondes courtes et les téléphones portables.

La radicalité de cet éloignement des affaires terrestres fut cruellement ressentie par Winston Churchill en 1899, à la veille de la guerre des Boers, alors que, jeune journaliste en mission spéciale, il s'était embarqué pour Cape Town aux côtés du commandant des forces britanniques à bord du *Dunottar Castle.* Il écrivit à cette époque : « Alors que la question de la paix ou de la guerre semblait connaître ses derniers flottements, et avant que le premier coup de feu irrévocable ne fût tiré, nous essuyions les tempêtes de juillet. Il n'y avait, bien entendu, aucune radio en mer à cette époque, et c'est pourquoi, en ce moment d'une intensité dramatique rare, le commandant en chef des forces britanniques perdit pour ainsi dire tout lien avec le reste du monde. Au bout de quatre jours de traversée, le navire fit escale à Madère où aucune nouvelle n'était parvenue. Douze jours se passèrent dans le silence le plus complet, et ce ne fut qu'à deux jours de Cape Town que le bateau repéra la présence d'une autre embarcation en provenance du lieu où l'on savait ce qui se passait et porteuse de nouvelles vitales. Des signaux visuels furent adressés au bateau à vapeur, un tramp, pour lui demander des informations. Ce dernier dévia alors sa course pour se rapprocher du *Dunottar Castle*, et hissa un tableau noir sur lequel on pouvait lire : "Trois batailles. Penn Symons abattu." Puis il reprit sa route, et le commandant en chef, dont les troupes étaient entrées en action à son insu, se prit à méditer à ce mystérieux message. »

De retour des Alpes, Marconi entreprit immédiatement de mettre au point des dispositifs capables de transformer son idée en réalité, avec pour seul guide sa conviction que sa vision pouvait se matérialiser. Sa mère s'aperçut que quelque chose en lui avait changé. Le bricolage de Marconi avait désormais un but précis. Elle comprit aussi qu'il lui fallait un espace officiellement consacré à ses expériences, bien qu'elle n'eût qu'une idée assez vague de ce qu'il tentait de faire. Elle persuada son mari de laisser leur fils transformer une partie du grenier de la villa en laboratoire. Là où ses ancêtres avaient autrefois élevé des vers à soie, Marconi enroula des bobines de fils de fer et fabriqua des bouteilles de Leyde d'où jaillissaient les lueurs bleues de l'énergie électrique.

Par les jours de grosse chaleur, le grenier se transformait en un Sahara immobile et brûlant. Le jeune homme perdit du poids, son teint devint plus pâle encore. Sa mère commença à s'inquiéter. Elle déposait des plateaux de nourriture sur le palier devant la porte de sa tanière. Le père de Marconi, Giuseppe, se montra de plus en plus irrité par l'obsession de son fils et ses effets dévastateurs sur les habitudes familiales. Il tenta de réaffirmer son autorité en réduisant le montant du soutien financier déjà peu conséquent qu'il accordait à son fils pour mener à bien ses expériences. Degna rappela que « Giuseppe punissait Guglielmo de toutes les manières imaginables. Il considérait l'argent comme une arme puissante. » À un certain moment, Marconi dut même vendre une paire de chaussures pour acheter du fil de fer et des piles, mais c'était évidemment un acte symbolique destiné à se gagner la sympathie de sa mère, parce qu'il en possédait de nombreuses paires.

Dans son laboratoire de fortune, Marconi se retrouva en conflit avec le monde physique qui ne se comportait pas comme, à son avis, il aurait dû le faire. Ses lectures lui avaient appris les caractéristiques élémentaires de l'appareil qu'il allait devoir fabriquer. Une bouteille de Leyde ou une bobine de Ruhmkorff pourrait générer l'étincelle nécessaire. Comme récepteur, Marconi construisit un cohéreur pareil à celui qu'avait imaginé Branly et que Lodge avait su améliorer, et il le connecta à un galvanomètre, un appareil capable d'enregistrer la présence d'un courant électrique.

Mais Marconi se retrouva dans une impasse. Il parvenait facilement à générer l'étincelle mais pas à provoquer une réaction dans son cohéreur. Il bricola. Il tenta d'utiliser un tube plus court que celui de Lodge, et il essaya différentes tailles de copeaux métalliques et combinaisons de limailles. Il finit par obtenir un résultat, mais rien de systématique. Le cohéreur «fonctionnait parfois à dix mètres de l'émetteur, écrivit Marconi, mais, à d'autres moments, il refusait de marcher, même quand on le rapprochait jusqu'à un mètre, un mètre vingt».

C'était exaspérant. Il continua de perdre du poids, devint plus pâle encore, mais il s'obstina. «Jamais je ne perdis courage.» Mais selon Degna, «il y perdit sa jeunesse», et il se fit de plus en plus taciturne, un trait de caractère qui, à en croire sa fille, devait pour toujours colorer sa façon d'être.

Ce qui intéressait Marconi, c'était la distance. Il savait que si sa télégraphie sans fil devait un jour se transformer en un moyen de communication viable, il fallait qu'il parvienne à envoyer des signaux à plusieurs centaines de kilomètres. Et pourtant dans son laboratoire, parfois, il ne détectait pas d'ondes à moins de un mètre de l'étincelle. De plus, à en croire les théories existantes, la transmission de signaux au-delà d'une certaine distance, par-delà l'horizon par exemple, n'était tout simplement pas possible. Les véritables physiciens, comme Lodge, avaient conclu que les ondes devaient se déplacer comme la lumière. Cela signifiait que si les signaux pouvaient être envoyés à des centaines de kilomètres, ils continueraient en ligne droite à la vitesse de la lumière et s'éloigneraient de la surface courbe de la Terre.

N'importe qui d'autre aurait décidé que les physiciens avaient raison – que les communications n'étaient pas possibles sur de trop longues distances. Mais Marconi n'acceptait pas ces limites. Il renouvela ses essais, analysa ses erreurs, avec une intensité telle qu'elle s'apparentait à de l'obsession. Il devait d'ailleurs s'en tenir à cette méthode durant les dix années de recherche suivantes. Les théoriciens imaginaient des équations pour expliquer les phénomènes existants ; Marconi, lui, coupait du fil électrique, l'enroulait sur lui-même, fabriquait des circuits qu'il inondait de courant pour voir ce qu'il se passait : tout cela paraissait obéir à une méthode anarchique mais était en fait gouverné par sa conviction d'avoir raison. Il fut bientôt persuadé, par exemple, que la composition de la limaille métallique dans le cohéreur influait directement sur les résultats. Il acheta ou récupéra des métaux de toutes sortes qu'il attaqua aux ciseaux pour récolter des copeaux de différentes tailles, puis il les tria. Il essaya le nickel, le cuivre, l'argent, le fer, le laiton et le zinc, en différentes proportions et quantités. Il introduisait chaque nouveau mélange dans un fragile tube de verre, ajoutait un bouchon d'argent à chaque extrémité, scellait le tout et plaçait l'engin dans son circuit de réception.

Il testa chaque mélange de nombreuses fois. Aucun instrument n'existait alors pour enregistrer la force ou la nature des signaux qu'il lançait dans l'espace. Il se contentait de juger d'instinct et de s'en remettre au hasard. Il continua pendant des jours, des semaines, sans jamais s'interrompre. Il essaya jusqu'à quatre cents variations avant de choisir ce qu'il pensait être la combinaison optimale pour alimenter son cohéreur : une poussière fine composée de 95 % de nickel et de 5 % d'argent, avec un soupçon de mercure.

Il commença par utiliser son émetteur pour déclencher une sonnerie à l'autre extrémité de son laboratoire. Parfois cela fonctionnait, parfois non. Il en rendit responsable le cohéreur de Branly, qu'il jugeait « beaucoup trop erratique et trop peu fiable » pour obtenir des résultats. Entre chaque tentative, il devait tapoter son tube du bout du doigt pour rendre la limaille à son état non conducteur. Il tenta de réduire la taille du tube. Il vida des thermomètres, chauffa le verre et en modifia la forme. Il rapprocha les bouchons d'argent l'un de l'autre pour réduire la masse de limaille que le courant aurait à traverser, jusqu'à ce que le cohéreur entier ne mesure plus que quatre centimètres de long et qu'il ait le diamètre d'un gros clou ordinaire. Il affirma un jour qu'il lui fallait environ mille heures pour fabriquer un seul cohéreur. Comme le résuma plus tard un futur collaborateur : « Il avait le sens du travail de longue haleine. »

L'obsession de Marconi pour les distances s'intensifia. Il déplaça la sonnette jusqu'à la pièce voisine et découvrit avec quelle facilité les ondes traversaient les obstacles. Tandis qu'il travaillait, une peur le saisit, une terreur presque : ne risquait-il pas en se réveillant un matin de s'apercevoir que quelqu'un avait atteint son but avant lui ? Il comprit que la recherche dans le domaine des ondes électromagnétiques avançant, un autre homme de science, un inventeur, un ingénieur, risquait de concevoir ce que lui-même avait imaginé.

Et de fait, il avait raison de le craindre. Les chercheurs du monde entier menaient à bien leurs expériences sur les ondes électromagnétiques, même s'ils continuaient pour l'instant à s'intéresser avant tout à leurs propriétés optiques. C'était Lodge qui s'était approché au plus près de la vision de Marconi, mais, inexplicablement, il n'avait pas poursuivi dans cette voie.

LA CICATRICE

La jeune femme qui se présenta ce jour-là au cabinet du Dr Hawley Harvey Crippen à Brooklyn, et qui devait bouleverser la vie du médecin, s'appelait Cora Turner. Du moins, c'était son nom pour l'instant. Elle avait dix-sept ans, Crippen, déjà veuf, en avait trente, mais l'écart qui les séparait n'était pas si grand que le suggérait la seule chronologie, parce que Mlle Turner avait l'allure et la présence physique d'une femme beaucoup plus mûre. Ses formes étaient bien rondes et appelaient inévitablement à l'esprit le mot « voluptueuses ». Ses yeux brillaient de cette lueur qu'ont ceux qui ne tirent pas leur savoir des livres mais auxquels les difficultés de la vie ont donné une morale plus élastique que les prêtres de Brooklyn auraient souhaitée pour leurs paroissiens. Elle était en fait la patiente du médecin qui possédait ce cabinet, un certain Dr Jeffrey, et elle était venue consulter pour ce que la pudeur victorienne désignait comme un « problème féminin ».

Crippen était un homme solitaire, et son héritage génétique avait fait en sorte qu'il le reste. Il n'était pas beau, et sa petite taille et sa stature plutôt frêle ne suggéraient ni force ni virilité. Même son crâne l'avait trahi, ses cheveux ayant entamé une retraite précipitée plusieurs années auparavant.

Il avait cependant quelques atouts. Bien que myope, il avait de grands yeux, pleins de chaleur et de sympathie, pourvu qu'il porte ses lunettes. Récemment, il s'était mis à arborer une étroite barbichette taillée en pointe, qui lui conférait une élégance toute continentale. Il s'habillait avec soin, les cols raides et les costumes à la coupe bien nette, comme le voulait la mode de l'époque, le faisaient se détacher sur le paysage ambiant comme un trait d'encre de Chine souligne les contours d'un dessin. Enfin, il était médecin. Désormais, cette profession était reconnue comme scientifique, on y voyait un synonyme d'intelligence et de statut social, et de plus en plus, de prospérité.

Crippen tomba immédiatement sous le charme de Cora. L'extrême jeunesse de la patiente ne constituant pas vraiment un obstacle, il se mit à lui faire la cour, l'invita à déjeuner, à dîner et à partager ses promenades. Peu à peu, il apprit son histoire. Son père, un Polonais d'origine russe, était mort alors qu'elle était toute petite ; sa mère, allemande, s'était remariée, mais elle aussi avait aujourd'hui disparu. Cora parlait couramment l'allemand et l'anglais. Son beau-père, Fritz Mersinger, habitait Forrest Avenue à Brooklyn. Elle confia à Crippen que pour l'un de ses anniversaires, il l'avait invitée à l'opéra à Manhattan, et que cette expérience avait fait naître en elle le désir de devenir une grande diva.

Quand il apprit à mieux la connaître, Crippen comprit que cette passion avait viré à l'obsession, qui à son tour l'avait conduite sur une pente obscure. Elle vivait seule dans un appartement que louait pour elle un certain C. C. Lincoln, un homme marié, fabricant de poêles, qui était domicilié ailleurs. Il l'entretenait et lui payait, outre ses vêtements, des leçons de chant. En échange, il partageait son lit et profitait de la compagnie d'une femme jeune et vive, au physique étonnamment avantageux. Mais une complication imprévue survint : elle se retrouva enceinte. Le problème qui l'avait amenée dans le cabinet du Dr Jeffrey où consultait Crippen n'était pas une plainte ordinaire de patiente. « Je suppose qu'elle avait dû faire une fausse couche, ou quelque chose du genre », dit Crippen. Mais il pouvait s'agir là d'une façon détournée et codée de parler de circonstances plus éprouvantes encore.

En tout cas, Crippen était fasciné, et Cora le sentit. À chaque nouvelle rencontre, elle venait avec l'intention de plus en plus clairement avouée de l'amener à l'aider dans sa rupture avec Lincoln et à réaliser son rêve : devenir une célèbre chanteuse lyrique. Elle savait comment attirer et retenir son attention. Durant l'une de leurs sorties, elle lui annonça que Lincoln voulait s'enfuir avec elle. Vraie ou fausse, la nouvelle eut l'effet escompté.

« Je lui répondis que je ne pourrais pas le supporter », reconnut Crippen.

Quelques jours plus tard, le 1er septembre 1892, ils se marièrent au cours d'une cérémonie privée chez un prêtre catholique de Jersey City, dans le New Jersey. Le brave homme ignorait sans doute tout de la grossesse passée.

Peu après le mariage, Cora révéla à Crippen un trait de son caractère qui allait prendre de plus en plus de place au cours des années à venir : elle avait le goût du secret. Elle lui avoua que son vrai nom n'était pas Cora Turner – même si celui qu'elle lui confia alors ne semblait guère plus plausible, et ressemblait davantage au nom de scène d'une chanteuse de cabaret. Elle s'appelait en fait, prétendit-elle, Kunigunde Mackamotzki.

Elle prévoyait cependant de continuer à se présenter comme Cora. C'était son surnom depuis l'enfance, mais, surtout, Kunigunde Mackamotzki ne paraissait pas très indiqué pour devenir célèbre sur les scènes de l'opéra.

Presque aussitôt, les jeunes mariés prirent de mauvaises décisions et se retrouvèrent en butte à des forces incontrôlables.

Hawley Harvey Crippen était né à Coldwater, Michigan, en 1862, au beau milieu de deux conflits, la lointaine guerre de Sécession et, plus proche, la guerre menée contre Satan, un ennemi que la plupart des habitants de la ville considéraient comme tout aussi réel, bien qu'un peu moins tangible que les soldats du Sud dans leurs uniformes gris.

Le clan des Crippen s'installa de bonne heure et en force à Coldwater, leur arrivée étant décrite dans une histoire de Branch County au XIXe siècle comme celle d'une « colonie de méthodistes ». Ils contribuèrent généreusement à l'édification d'une église méthodiste à Coldwater, bien qu'un membre éminent au moins de la famille fût spiritualiste. Il n'était d'ailleurs pas un cas isolé, parce que Coldwater était un foyer protestant bien connu et même un haut lieu de l'Église spiritualiste, apparemment enracinée dans la région. Comme bon nombre de leurs voisins, les Crippen avait quitté l'ouest de l'État de New York pour émigrer vers le Michigan, région qu'on surnomma bientôt « la proie des flammes », à cause de son penchant pour ces nouvelles religions pleines de passion.

Le grand-père de Crippen, Philo, arriva en 1835 et s'empressa d'épouser une certaine Mlle Sophia Smith un peu plus tard la même année. Il ouvrit une mercerie qui prospéra jusqu'à devenir un des établissements les plus importants de la ville et une présence significative dans Chicago Street, la plus grande artère commerçante, traversée par la route à péage menant à Chicago. Les Crippen furent vite des citoyens de tout premier plan. L'un d'eux tenait une minoterie dans Pearl Street ; un autre ouvrit un magasin qui vendait des produits alimentaires ainsi que des articles divers. Une Crippen prénommée Hattie jouait de l'orgue à l'église méthodiste, et une autre encore, Mae, devint directrice d'une des écoles de la ville. Un immeuble et une rue étaient connus sous ce nom.

La ville de Coldwater connut une expansion rapide, parce qu'elle était située à la fois au bord de la route nationale à péage et sur la ligne de chemin de fer de la Lake Shore Michigan Southern Railroad, si bien que Chicago Street se retrouva au cœur de toutes les transactions commerciales de la partie sud du Michigan. Pourvu qu'il ait les poches pleines, un homme déambulant dans cette rue pouvait tout y acheter dans une série de boutiques spécialisées qui vendaient respectivement des bottes, des armes, des chapeaux, des montres, des bijoux, des cigares et des charrettes manufacturés localement, pour lesquels la ville devenait de plus en plus célèbre. L'activité la plus prestigieuse était l'élevage de chevaux. Une ferme en particulier possédait des pur-sang qui gagnèrent des courses au niveau national, parmi lesquels Vermont Hero, Hambletonian Wilkes et, le plus célèbre de tous, Green Mountain Black Hawk.

Coldwater était une ville prospère, et ses habitants bâtirent des maisons à la mesure de cette opulence, constellant les quartiers du centre d'élégants édifices en bois, en brique et en pierre, dont certaines devaient rester debout jusqu'au XXIe siècle, et transformèrent Coldwater en une véritable Mecque pour les spécialistes d'architecture victorienne. Dans une des premières éditions du guide municipal, il était noté que « les parcs et les allées, délicieusement ombragés par de généreux érables, les nombreux kilomètres de trottoirs parfaitement entretenus, les rues bien éclairées, les habitations élégantes et de belle taille, les entreprises d'allure particulièrement soignée – tout contribue à attirer dans cette ville une population de citadins instruits, intelligents et soucieux des autres dont toutes les actions, publiques comme privées, sont fidèlement et résolument américaines ».

Philo Crippen et sa femme eurent rapidement un fils, Myron, qui à son tour épousa une certaine Andresse Skinner, et finit par reprendre l'empire de la mercerie familiale, tout en exerçant les fonctions de contrôleur des impôts pour un secteur entier de la ville et de représentant commercial pour une entreprise de machines à coudre. En 1862, Myron et Andresse eurent leur premier enfant, Hawley Harvey, qui vit le jour en plein chaos national. Chaque jour, les journaux de Coldwater annonçaient les pertes, tandis que les éleveurs expédiaient des chevaux pour soutenir les efforts de l'Union – plus de trois mille bêtes d'ici la fin de la guerre. Le *Coldwater Union Sentinel* daté du 29 avril 1864, alors que Hawley Harvey avait juste deux ans, assombrit la ville entière : « La campagne du printemps semble mal se terminer, pouvait-on lire à la une. Débâcle, défaite ou retraite semblent avoir été au rendez-vous à chaque offensive lancée par nos armées. » Les jeunes hommes de Branch County rentraient bras et jambes mutilés, affligés de cicatrices grotesques, et racontaient des histoires de manœuvres héroïques et de boulets de canon bondissants. À cette époque, les conversations dans la mercerie de Philo ne manquaient ni d'exubérance ni de détails sanglants.

Malgré la guerre, Hawley connut une enfance privilégiée. Il grandit dans une maison au 66 de North Monroe Avenue, juste au-dessus de Chicago Street, sur une artère bordée d'arbres majestueux dotés de feuillages denses et verts. En été la lumière du soleil filtrait jusqu'au trottoir et laissait tout un canevas d'ombres bleues qui rafraîchissait l'air autant que les esprits.

Les dimanches étaient paisibles. Ces jours-là, il n'y avait pas de journaux. Les habitants de la ville se croisaient en chemin vers leurs églises respectives. Dans la chaleur de l'été, les cigales chantaient sur un rythme qui inspirait somnolence et piété. Le grand-père de Hawley, Philo, était d'allure austère, ce qui n'était pas rare chez les hommes de sa génération à Coldwater. Une photographie prise un peu après 1870 montre le rassemblement d'une vingtaine des plus anciens résidents de Coldwater, y compris Philo. Il est certain qu'à l'époque, les hommes se composaient un visage fermé devant l'objectif, en partie par habitude, en partie parce que la photographie n'était pas encore très au point, mais il est également possible que tous ces gens n'avaient pas souri pendant près d'un siècle. Les femmes semblent hésiter entre mélancolie et fureur, et sont entourées par des vieillards aux barbes étranges : on dirait qu'on a posé des pointes de colle en différents endroits de leurs visages avant d'y jeter au hasard des seaux de poils blancs. Le vent devait souffler le jour où ce cliché fut pris, parce que la plus étrange et la plus longue des barbes qui orne les joues du plus vieux citoyen présent, Allen Tibbits, ressemble au bouillonnement flou et blanc d'une cataracte. Le grand-père Philo se tient au dernier rang, grand et chauve au sommet du crâne, avec des touffes de cheveux blancs sur les côtés et quelques poils le long de chaque maxillaire. Il a de grandes oreilles, transmises à Hawley par le destin et l'hérédité.

Homme de caractère attaché à sa foi méthodiste, le grand-père Philo exerçait sur le clan Crippen une espèce de force de gravité, supprimant passion et sautes d'humeur chaque fois qu'il entrait dans une pièce. Il traquait le mal dans tous les coins. Il demanda même au Conseil méthodiste d'« interdire aux clochettes de sonner lors des ventes aux enchères ». En ce temps-là, les membres de la congrégation rétribuaient leur pasteur pour leurs sièges à l'église, les bancs les plus chers au premier rang se payant jusqu'à 40 dollars par an. C'était une somme considérable – plus de 400 dollars d'aujourd'hui – mais Philo s'en acquittait, et obligeait Hawley et les autres membres de la famille à s'y asseoir à ses côtés tous les dimanches. Dès qu'il s'agissait du Seigneur, aucune dépense n'était trop grande.

Le culte ne devait pas s'arrêter avec le dernier amen du pasteur. Chez lui, le grand-père Philo lisait la Bible à haute voix, en insistant particulièrement sur le triste sort qui attendait les pécheurs, et surtout les pécheresses. Des années plus tard, Hawley devait déclarer à un associé : « Le diable s'était installé chez nous quand j'étais petit, et il n'a plus jamais quitté notre maison. »

À un certain moment au cours de ces trois générations, un affaiblissement se produisit. Le grand-père Philo et son frère Lorenzo avaient des visages exprimant force et endurance, qui, avec le temps, en vinrent à ressembler davantage à des blocs de pierre dynamités plutôt qu'à de la chair. Deux générations plus tard, Hawley arrivait : pâle, petit et myope, harcelé de temps à autre par des brutes, alors qu'il était lui-même d'une nature douce et qu'aucun labeur ne l'avait endurci. Il grandit nonchalamment, les jours succédant aux jours sans grand changement, mis à part de loin en loin des temps forts d'excitation pour la communauté, comme l'installation d'un toboggan en 1866, ou l'incendie de 1881 qui détruisit l'Armory Hall de Coldwater, l'unique théâtre de la ville. Ce désastre poussa un des plus opulents fabricants de cigares, Barton S. Tibbits, à édifier un superbe opéra : bientôt Coldwater se mit à attirer des célébrités comme James Whitcomb Riley, qui lisait ses poèmes sur scène, et toute une série d'artistes moins intellectuels, y compris les ménestrels de J. Haverly et leurs « chiens savants à 10 000 dollars », des compagnies itinérantes qui voulaient à tout prix monter *La Case de l'Oncle Tom*, d'innombrables médiums et télépathes, et la plus mémorable de toutes les troupes : Les Dames ménestrels de Duncan Clark dans une nouvelle version des *Mille et Une Nuits*, décrites dans le *Coldwater Republic* comme « huit femmes à peine vêtues ». Le *Courier*, lui, vilipendait « le plus indécent des spectacles jamais montés à Coldwater ».

Crippen s'inscrivit à l'École d'homéopathie de l'université du Michigan en 1882, à un moment où cette pratique connaissait une grande popularité parmi les médecins et le public. L'inventeur en était un praticien allemand, Samuel Hahnemann, dont le nom fut ensuite donné à de nombreux hôpitaux dans tous les États-Unis. Son *Organon de l'art de guérir*, publié pour la première fois en 1810, devint la bible de l'homéopathie : il y affirmait qu'un médecin pouvait soigner en utilisant différents remèdes et techniques capables de susciter les mêmes symptômes que ceux liés à la maladie ou au dérèglement qui avait au départ assailli le patient. Sa technique tenait en trois mots : *simila similibus currentur* (le même soigne le même).

Crippen quitta l'école en 1883 sans décrocher son diplôme et partit pour Londres dans l'espoir d'y poursuivre ses études. La faculté de médecine anglaise l'accueillit avec scepticisme et même avec mépris, mais l'autorisa néanmoins à assister aux cours et à travailler comme externe dans certains hôpitaux, notamment Saint Mary of Bethlehem. Originellement un asile de fous, son nom avait été raccourci jusqu'au populaire « Bedlam », qui, sans majuscule, entra dans le dictionnaire et devint en anglais synonyme de chaos et de confusion. C'est là que Crippen fut le mieux accueilli, parce que peu de médecins s'intéressaient au traitement des malades mentaux. Rien ne pouvait soigner la folie. Tout au plus, les psychiatres pouvaient-ils calmer les patients internés pour les empêcher de se nuire ou de faire du mal à autrui. Dans un environnement où aucune médecine ne semblait efficace, il fallait donner sa chance à toute nouveauté porteuse d'espoir.

Crippen avait dans ses bagages une série de savoir-faire et une connaissance des composés chimiques que la direction de l'asile jugea utiles. En tant qu'homéopathe, il dominait les effets non seulement des opiacés ordinaires, mais encore des poisons comme l'aconit, tiré de la racine de la plante homonyme ; de l'atropine, dérivée de la belladone (communément appelée « herbe du diable ») ; et du *Rhus toxicodendron*, extrait du sumac vénéneux. Consommés à larges doses, chacun de ces produits pouvait être mortel, mais administrés par infimes quantités, le plus souvent combinés à d'autres substances, de tels composés chimiques entraînaient toute une palette de réactions physiques qui reproduisaient les symptômes des maladies connues.

À Bethlehem Hospital, Crippen ajouta une drogue à son panier, le bromhydrate d'hyoscine, dérivé d'une plante de la famille de la belladone, le *Hyocyamus niger*, communément appelé « jusquiame noire ». Il l'utilisa là pour la première fois bien qu'il ait découvert ce produit lors de ses études en Amérique, où on l'employait dans les asiles comme sédatif pour apaiser les patients souffrant de délire et d'accès maniaques, ainsi que pour traiter les alcooliques atteints de *delirium tremens*. Les médecins injectaient cette substance en quantités infinitésimales d'environ un centième de grain et même moins (un grain étant une unité de mesure historiquement calculée sur le poids moyen d'un unique grain de froment, mais ensuite précisément équivalente à 0,0648 gramme). Crippen savait aussi que la jusquiame était utilisée dans les traitements ophtalmologiques du fait de sa capacité à dilater la pupille des humains et des animaux, y compris les chats – propriété qui s'avérerait importante dans la vie de Crippen par la suite. Toute erreur de calcul aurait été funeste. Rien qu'un quart de grain – soit 0,0162 gramme – aurait assurément été mortel.

Crippen ne resta pas très longtemps à Londres. Dans l'ensemble, il avait trouvé l'accueil reçu aussi glacial que le climat. Il rentra aux États-Unis et s'inscrivit à la faculté de médecine du Cleveland Homeopathic Hospital. Il y étudia la chirurgie, mais devait déclarer plus tard qu'il s'agissait seulement de théorie – il n'avait jamais opéré aucun patient, ni vivant ni mort. Plus tard, il eut l'occasion d'insister : « Je n'ai jamais pratiqué d'autopsie de toute mon existence. »

La ville de Coldwater attendait beaucoup de Crippen. Il n'était pas particulièrement à l'aise avec les hommes, au contraire de ses oncles Lorenzo et le général Fisk ; c'était plutôt un intellectuel, et la médecine semblait pour lui une bonne idée de carrière. Les journaux locaux retraçaient ses voyages. Le 21 mars 1884, le *Coldwater Courier* annonçait par exemple : « Hawley Crippen, fils de Myron Crippen, est de retour en ville. » Il était venu assister à l'enterrement de sa grand-mère, Mme Philo Crippen, décédée quelques jours auparavant. On prétendait que les derniers mots de la vieille dame – hautement improbables – avaient été : « Ô espoir béni de gloire immortelle ! » Dans un article du lendemain, on relevait dans le même journal que Hawley Crippen « sera[it] diplômé du Medical College de Cleveland la semaine suivante ».

Une fois ce titre décerné, Crippen ouvrit un cabinet de médecine homéopathique à Detroit, mais, deux ans plus tard, il partit pour New York afin d'étudier l'ophtalmologie au New York Ophthalmic Hospital, un établissement d'obédience homéopathique situé au croisement de la 3e Avenue et de la 33e Rue. Quelques décennies plus tôt, l'hôpital avait opéré un virage décisif de la médecine allopathique – dont les praticiens tentaient de soigner les maladies en faisant naître des symptômes *opposés* à ceux qui faisaient souffrir le patient – à l'homéopathie. Il s'était en conséquence débarrassé de tous ses spécialistes en leur donnant « un congé permanent ». Avec ce nouveau protocole, et grâce au cadre défini par la nouvelle équipe médicale, « le succès de l'établissement avait été aussi remarquable que son échec précédent », à en croire *L'Histoire de l'homéopathie*, publiée en 1905 par un ardent adepte, le Dr William Harvey King. Un des directeurs de cette nouvelle école portait le fâcheux patronyme de « Deady ». Les annales de l'hôpital montrent que Crippen obtint son diplôme en 1887, au nombre des rares étudiants qui chaque année passaient les examens avec succès. King explique : « La véritable valeur de cet établissement réside dans les succès remportés pour soulager l'humanité souffrante plutôt que dans le nombre de jeunes médecins à avoir reçu leur diplôme de fin d'études extrêmement prisé. »

Désormais âgé de vingt-cinq ans, Crippen fut engagé comme interne au Hahnemann Hospital de New York, où il rencontra Charlotte Jane Bell, une élève infirmière qui avait quitté Dublin pour l'Amérique. Le *Coldwater Courier* publia bientôt un entrefilet juteux : peu avant Noël 1887, Hawley Harvey Crippen s'était marié.

Charlotte et lui quittèrent New York pour San Diego, où Crippen ouvrit un cabinet. Tous deux se délectaient de cette absence d'hiver et de la belle clarté bleue de la côte. Les parents de Crippen, Myron et Andresse, avaient délaissé Coldwater pour s'installer à Los Angeles, à un jour de train plus au nord. Charlotte fut bientôt enceinte et, le 19 août 1889, elle donna naissance à un garçon prénommé

Otto. La famille déménagea de nouveau, pour Salt Lake City cette fois, où Charlotte attendit son deuxième enfant. En janvier 1892, peu de temps avant la naissance attendue du bébé, Charlotte mourut subitement, un décès attribué à une crise d'apoplexie. Crippen envoya le petit Otto, alors âgé de trois ans, vivre à Los Angeles avec ses grands-parents, avant de retourner s'installer à New York. C'est à ce moment-là qu'il rejoignit le cabinet du Dr Jeffrey, s'installa chez son employeur et rencontra la femme qui devait changer le cours et la nature de son existence.

À peine mariés, Crippen et Cora partirent vivre à Saint-Louis, où Crippen travailla comme ophtalmologiste chez un opticien. Ils n'y restèrent pas longtemps. La ville n'avait ni l'éclat ni l'énergie de New York et avait peu à offrir à une femme qui voulait se faire une place au soleil. C'est sans aucun doute sur l'insistance de Cora que le couple s'établit de nouveau à New York.

Le « problème féminin » de la jeune épouse empira. Elle souffrait maintenant de douleurs et de saignements. Elle consulta un spécialiste : il lui expliqua qu'il s'agissait d'un dysfonctionnement des ovaires. Il en recommanda l'ablation par voie chirurgicale : une ovariectomie. Crippen hésitait. Il avait vu suffisamment d'opérations pour savoir que les techniques chirurgicales avaient grandement progressé depuis les pratiques barbares de la guerre de Sécession, mais, néanmoins, pareille intervention ne pouvait pas être traitée à la légère. Les avancées en matière d'hygiène notamment avaient réduit les risques d'infection catastrophiques, et celles réalisées dans le domaine de l'anesthésie avaient rendu cette épreuve plus supportable, mais une opération restait quelque chose de dangereux. Toutefois, Cora souffrait trop et elle accepta de subir l'intervention.

Peu de temps après, la jeune femme rendit visite à sa sœur, Mme Teresa Hunn, qui vivait à Long Island, et lui montra la cicatrice. Encore « fraîche », elle ressemblait à une couture écarlate entre des chairs tuméfiées. Lors d'une visite ultérieure, Mme Hunn la vit de nouveau. Elle paraissait suffisamment impressionnante pour s'imprimer dans la mémoire de cette dame qui, des années plus tard, restait capable de la décrire en détail : « Elle était beaucoup moins marquée que la première fois où je l'avais vue. Elle mesurait dix à douze centimètres de long et environ deux ou trois de large, je ne saurais le dire exactement. Elle était plus beige que le reste de sa peau, plus pâle aussi. Les bords de la cicatrice elle-même étaient plus clairs encore que le centre. » Un détail échappa cependant à Mme Hunn qui ne remarqua pas si l'opération avait exigé qu'on retire aussi le nombril de sa sœur, une procédure courante dans ce type d'intervention.

Cora n'aurait donc jamais d'enfants, ce qui lui causa une grande peine. Une amie proche, Mme Adeline Harrison, devait déclarer plus tard : « Il n'y avait que je sache qu'une seule petite ombre dans leurs vies. Ils aimaient tous deux passionnément les enfants, et elle ne pouvait pas en avoir. » Que Crippen ait partagé ce désir de sa femme n'est pas certain, cependant, si l'on se rappelle qu'il avait envoyé son propre fils à Los Angeles et ne songeait apparemment pas à le ramener auprès de lui.

Une des demi-sœurs de Cora, Mme Louise Mills, dit que la jeune femme « mourait d'envie d'être mère », et que l'absence d'enfants pesait lourd sur le couple. « Quand je leur ai rendu visite il y a quatre ans, ils semblaient filer un parfait bonheur », rapporta-t-elle, mis à part le fait que Cora « se plaignait de ne pas avoir de bébé. Je crains que, dans la dernière partie de sa vie conjugale, elle se soit sentie de plus en plus seule. »

Dans une lettre adressée à une autre de ses demi-sœurs, Cora écrivait : « J'adore les bébés. Je suis certaine qu'un enfant fait toute la différence dans sa famille. Alors je t'envie. Oh, crois-moi, cela n'a rien à voir, d'en avoir un à soi. »

Les difficultés s'accumulèrent. Remise de son opération, Cora se lança dans les cours de chant que Crippen était heureux de pouvoir lui offrir. Il aimait savoir sa jeune femme heureuse. En mai 1893, alors que le pays sombrait dans une grave dépression – la Panique de 93 –, le nombre des patients de Crippen chuta brusquement. Il paya les cours de chant tant qu'il le put mais fut bientôt contraint de lui demander d'arrêter, au moins pour un certain temps. Ils déménagèrent dans un appartement moins luxueux. Comme leurs revenus diminuaient, ils déménagèrent encore et encore, et prirent une décision que Cora, au moment où elle avait épousé le jeune et prospère Dr Crippen, n'aurait jamais imaginé devoir prendre. Elle aurait déjà dû être montée sur les planches à ce moment-là, et connaître le luxe dans un bel appartement à New York, ou bien Londres, Paris ou Rome, à tout prendre. Au lieu de quoi, son médecin de mari et elle se trouvaient non seulement de retour à Brooklyn, ce qui en soi était suffisamment déprimant, mais ils durent de surcroît affronter une situation des plus humiliantes : ils emménagèrent chez Fritz Mersinger, le beau-père de Cora.

Pour elle, ce fut un tournant décisif. D'abord, il y avait eu Saint-Louis, à peine mieux qu'un avant-poste noirci de fumées industrielles. Puis un déclin régulier, de barreau en barreau, sur l'échelle sociale, au fur et à mesure que la crise s'accentuait, que les gens perdaient leur emploi et que les parents devaient lutter pour fournir à leur famille de quoi manger et de quoi se chauffer.

Cora exhorta Crippen à trouver un travail qui leur assure de meilleures conditions de vie et leur permette de quitter la maison de Mersinger à Brooklyn. Elle voulait se rapprocher du monde entrevu lors de sa première soirée à l'opéra : les hommes en habits et capes sombres, coiffés de hauts-de-forme, les femmes dont les rivières de diamants étincelaient dans leurs loges comme des constellations dans le ciel d'hiver. La médecine reconnue, et l'homéopathie l'était encore même si elle attirait de moins en moins de patients, n'avait pas suffi à leur assurer le confort nécessaire.

Il est vraisemblable, étant donné le caractère de Crippen, qu'il aurait tout simplement préféré attendre que la roue tourne, quand une visite chez le médecin paraîtrait à nouveau nécessaire et financièrement abordable, et non plus un luxe dont on peut se passer.

Cora, elle, n'en pouvait plus. Attendre, se montrer patiente et accepter ce que le destin avait à offrir ne lui ressemblait guère. Filson Young – son nom complet était Alexander Bell Filson Young –, éminent journaliste et essayiste au début du XXe siècle, décrivit Cora comme une nature « robuste et animale. Elle avait cette vitalité exubérante et agressive, extrêmement physique, qui semble épuiser les ressources de l'atmosphère qui l'entoure et est assurément très fatigante à supporter au quotidien. »

Quand Crippen avait fait sa connaissance dans le cabinet du Dr Jeffrey, il avait été attiré, en plus de sa beauté et de ses rondeurs généreuses, par sa nature impulsive et bouillonnante, son énergie et sa détermination à ne pas se laisser écraser par les exigences de la vie urbaine en cette fin du XIXe siècle. Mais ce qui avait d'abord semblé spontané et charmant s'était révélé de plus en plus superficiel et lassant, voire inquiétant.

Des années plus tard, évoquant Cora dans la première phase de leur mariage, Crippen dit qu'elle « était toujours un peu fébrile et impatiente ». Il savait cependant qu'elle laissait rarement transparaître cet aspect de son caractère. « Pour le monde extérieur, poursuivait-il, elle était tout à fait aimable et charmante. »

La tension se mit à monter entre les époux.

ÉTRANGES FAITS ET GESTES

L'île du Grand-Roubaud fait partie d'un archipel de petites îles situées en Méditerranée sur la côte varoise. Elle ne comptait alors que deux maisons, l'une occupée par un gardien de phare, la seconde, à l'autre extrémité de l'île, par un homme de sciences, Charles Richet, éminent physiologiste qui devait remporter vingt ans plus tard le prix Nobel pour sa description de l'anaphylaxie, une réaction allergique extrême provoquée par les piqûres d'abeilles, les cacahuètes et autres agents déclencheurs. Il se retirait dans cette maison pour échapper à la chaleur du continent, mais à cette époque de l'année, même sur l'île, la température était très élevée. Ce mois d'août 1894 entra dans les annales pour la canicule qui s'abattit sur l'Europe. Les invités rassemblés chez Charles Richet furent cependant bientôt distraits de la fournaise par une série d'événements qui auraient poussé n'importe quel être humain ordinaire à s'éloigner de l'île à coups de rame pour regagner la côte au plus vite.

La soirée était claire, l'air chaud, immobile et chargé d'embruns. Charles Richet, Oliver Lodge et deux autres invités – un homme et une femme – étaient dans la salle à manger tandis qu'un cinquième membre du groupe se tenait dans le jardin juste sous une fenêtre, un calepin à la main, pour consigner les observations qu'on lui dictait depuis la maison. Des rideaux d'un voilage aérien encadraient la fenêtre mais, dans cette chaleur sans brise, ils ne remuaient guère.

L'unique femme présente, Eusapia Palladino, était italienne. Elle s'installa sur une chaise devant la table située au centre de la pièce. Les hommes placèrent entre ses jambes un appareil pourvu d'une alarme qui se déclencherait si le contact était perdu avec l'un des pieds. Afin de l'empêcher d'utiliser un pied « pour faire le travail des deux », comme l'exprima Lodge, ils installèrent un écran autour de chaque. Ils éteignirent toutes les lampes. Il faisait encore plus sombre qu'au-dehors, les fenêtres se découpant comme de pâles rectangles bleus.

Richet s'assit à côté d'Eusapia Palladino. Un autre homme, ami de Lodge, prit place de l'autre côté. Il s'agissait de Frederic W. H. Myers, poète, inspecteur d'académie et cofondateur de la Société de recherches parapsychologiques. Myers avait coécrit un catalogue des témoignages de phénomènes spectraux et télépathiques intitulé *Fantasmes de la vie*, publié en 1886 en deux gros volumes contenant ce que les auteurs pensaient être l'analyse impartiale de sept cents incidents. Cela avait conduit Myers et plusieurs membres de la Société à produire un « recensement des hallucinations », pour lequel quatre cent dix personnes de par le monde distribuaient un questionnaire qui commençait ainsi : « Vous est-il déjà arrivé, alors que vous vous croyiez complètement endormi, d'avoir la nette impression qu'un objet vivant ou inanimé vous regardait ou vous touchait, ou encore que vous aviez entendu une voix, rien de tout cela ne provenant, à votre connaissance, d'aucune source naturelle ? » 12 % des femmes et 7,8 % des hommes interrogés avaient répondu oui. Les auteurs concluaient : « Entre la mort et les apparitions d'agonisants, il existe une connexion qui n'est pas due au seul hasard. Nous considérons cela comme un fait établi. »

Ce jour-là, dans la salle à manger plongée dans l'obscurité, Lodge s'approcha de la table et se posta derrière Eusapia Palladino. Richet prit sa main droite, Myers, la gauche. Lodge posa ses paumes de part et d'autre de la tête de la jeune femme et les maintint fermement en place.

Eusapia Palladino avait quarante ans. Selon tous les témoignages, elle était illettrée, ou presque. Elle racontait s'être trouvée tôt orpheline – sa mère, morte en lui donnant naissance, et son père, assassiné par des bandits quand elle avait douze ans. Elle avait ensuite été placée dans une famille de Naples et gagné sa vie comme lingère. La famille en question avait un penchant pour l'occulte et organisait souvent des séances de spiritisme auxquelles Eusapia participait. Un soir, ils apprirent de façon frappante que la petite était plus intéressante qu'il n'y paraissait : durant la séance, les meubles s'étaient mis à bouger.

Le bruit du prétendu don d'Eusapia courut rapidement et sa présence fut bientôt recherchée. Dans le jargon des recherches ésotériques, elle était un « médium spirite », au contraire d'un « médium à transes ». Ces derniers n'étaient qu'une sorte de relais vivant avec l'au-delà. Les médiums spirites connaissaient eux aussi des transes mais savaient surtout faire apparaître des forces qui serraient les mains, touchaient les visages et déplaçaient les meubles. Durant des séances des deux types, une entité parapsychique connue sous le nom de « guide » permettait, disait-on, d'établir la communication avec ceux qui se trouvaient de l'autre côté du miroir.

Eusapia Palladino avait les dons les plus recherchés au meilleur moment. Le spiritisme était en plein essor, les témoignages concernant les fantômes, les esprits frappeurs et les prémonitions réalisées étaient légion. On achetait des oui-ja et on jouait à se causer de terribles frayeurs. Des médiums de légende se firent alors un nom, parmi lesquels deux des plus célèbres, Mme Helena Blavatsky (qui fut plus tard accusée d'escroquerie) et D. D. Home, dont le don convainquit les plus sceptiques.

En 1894, Eusapia était elle aussi internationalement connue. Lodge, Myers et Richet étaient désormais résolus à tester ses mystérieux pouvoirs.

Les hommes maintinrent la pression. La pièce était sombre, silencieuse et il faisait très chaud. Quand Eusapia entra en transe, une entité spirituelle appelée « John King », son « guide », prit la direction des opérations. « Je ne prétends pas juger de qui était en fait ce John King, écrivit Lodge, mais tout donnait à penser qu'elle était effectivement guidée par un homme très imposant. »

À chaque nouvelle manifestation, ces messieurs échangeaient leurs impressions et dictaient au secrétaire installé sous la fenêtre la description de ce qui venait de se passer, avec les mains et la tête d'Eusapia toujours solidement maintenues. Ils s'exprimaient en français, « s'écriant sans relâche au bénéfice des autres à chaque fois qu'un nouveau phénomène se produisait », comme l'expliqua Lodge.

Myers cria : « J'ai la main gauche[1]. »

Richet : « J'ai la main droite[2]. »

---

1. et 2. En français dans le texte original. (*NdT*)

Dans l'obscurité, Lodge eut la sensation qu'on lui serrait les deux mains, alors que celles d'Eusapia étaient solidement immobilisées.

« On me touche ! » s'exclama-t-il.

Lodge nota ensuite : « C'était comme s'il y avait quelque chose ou quelqu'un dans la pièce, capable de se déplacer et de saisir les gens par le bras ou la nuque, et d'exercer une pression, exactement comme une personne qui aurait pu se mouvoir librement. Ces phénomènes étaient très fréquents, et chacun à cette table put tôt ou tard en faire l'expérience. » À un moment donné, Lodge sentit « une longue barbe hirsute » qui frôlait le sommet de son crâne. « Il était entendu que c'était celle de John King, et cette sensation me parut bien étrange sur mon crâne déjà en partie dégarni. »

Une écritoire était appuyée contre un mur. Dans le noir, les hommes lui emprisonnant toujours les mains, la jeune femme parvint néanmoins à le leur désigner. « Chaque fois qu'elle nous le montrait, le meuble basculait légèrement vers le mur, comme si elle l'eût poussé de la pointe d'un bâton. » Ce mouvement se renouvela trois fois. Cela rendit Lodge perplexe mais il ne s'en effraya apparemment pas. « Il doit exister une connexion mécanique pour que la matière puisse bouger. L'activité mentale serait incapable de provoquer pareil phénomène », consigna-t-il. Ces oscillations suggéraient l'existence d'« une structure inconnue de la science, capable de transmettre une force à distance ».

Au fil de la séance, Lodge nota encore : « On aurait dit que de son flanc, à travers ses vêtements, jaillissait une sorte de bras surnaturel. » Il s'agissait d'une extension spectrale, pâle et à peine visible ; néanmoins, pour Lodge, elle était indubitablement présente et fluide, et n'avait rien à voir avec une apparition statique et vacillante, telle qu'en aurait produit un appareil caché sous les vêtements de la jeune femme. Lodge – physicien éminent, professeur à l'University College de Liverpool, membre de la Royal Institution, conférencier adulé, bientôt président de l'université de Birmingham et destiné à être anobli – écrivit : « J'ai vu cette excroissance s'étendre progressivement dans la pénombre, jusqu'à ce qu'elle finisse par atteindre Myers qui portait une veste blanche. Je l'ai vue s'approcher, reculer, hésiter et finalement le toucher. »

Myers annonça : « On me touche* », et expliqua paisiblement qu'une main venait de lui agripper les côtes. L'histoire ne dit pas pourquoi Myers ne s'était pas mis à hurler et enfui en courant dans la nuit.

Lodge s'efforça de ramener ces phénomènes du monde des fantômes à celui des lois mécaniques fondamentales. « Pour ce qui est de la physique des mouvements, nota-t-il, ces derniers obéissaient tous, à mon avis, aux lois ordinaires qui régissent la matière. » Les émanations du corps d'Eusapia amenèrent Richet à inventer un mot pour décrire pareils phénomènes : « ectoplasme ». Lodge commenta : « La formation ectoplasmique en action n'était pas normale ; mais il s'agit d'une anormalité qui relève de la physiologie ou de l'anatomie. Les biologistes devraient s'y pencher. » Il reconnaissait que le terrain était miné et il prévenait que le plus grand soin devrait présider à la distinction entre les manifestations authentiques et leurs faciles imitations. « Notons bien que l'ectoplasme proprement dit est davantage qu'une sécrétion ou qu'un épanchement de matière ; le véritable phénomène a des capacités opératoires, il peut exercer une certaine force et donner naissance à diverses formes. Une simple sécrétion de la bouche, qui pend sans rien faire d'autre, ne présente évidemment aucun intérêt. »

Les événements qui s'étaient produits sur l'île persuadèrent Lodge qu'une partie de l'esprit humain pouvait perdurer après la mort. Dans le rapport officiel qu'il rédigea pour la Société, on peut lire : « Toute personne sans aucun préjugé contre ce type de constatation et ayant connu la même expérience en arriverait à la conclusion générale que ce qui paraissait jusque-là impossible peut en fait se produire. »

Lodge s'intéressa avec de plus en plus de passion à l'exploration de l'air, où il pensait pouvoir trouver la convergence des lois physiques et des phénomènes parapsychiques. « S'il existe un milieu physique pour la communication télépathique, si l'éther peut être précisément ce vecteur, et si la poursuite de notre existence est associée à cette substance plutôt qu'à la matière, nous ne le savons pas avec certitude, écrivit-il. Les disparus semblent penser que c'est le cas, et pour ce que j'en sais, ils pourraient avoir raison. »

Les pouvoirs que possédait en apparence Eusapia Palladino avaient une fois de plus suscité cette propension à se laisser distraire dont Lodge souffrait depuis toujours. Jusqu'alors, ce défaut de caractère ne lui avait pas causé beaucoup de tort.

UN COUP DE FEU

Chaque instant comptait. Marconi réduisit la taille de son cohéreur jusqu'à ce que l'espace contenant la limaille ne soit plus qu'une étroite fente entre les deux bouchons d'argent. Il essaya de chauffer le tube juste avant de le sceller : dès que l'air à l'intérieur aurait refroidi et se serait contracté à la température ambiante, un vide partiel se créerait. Cette manipulation marqua un net progrès dans la sensibilité de l'appareil.

Il restait irritant de devoir tapoter à chaque fois sur le cohéreur pour qu'il puisse à nouveau réagir aux ondes qui le traversaient. Aucun système de télégraphie ne pourrait se satisfaire d'une manœuvre aussi imprécise et fastidieuse.

Marconi mit au point un battant, pareil à celui d'une cloche, qu'il inséra dans le circuit de réception. « Chaque fois que j'envoyais une série d'ondes électriques, écrivit Marconi, le battant touchait le tube et rendait le détecteur à son état originel de sensibilité. »

Il réalisait ses expériences à l'extérieur. Il réussit à envoyer la lettre S, composée de trois points dans l'alphabet Morse, à un récepteur installé sur la pelouse devant la villa. Avec un peu de bricolage et quelques modifications supplémentaires pour améliorer l'efficacité de ses circuits, il augmenta la portée de plusieurs centaines de mètres. Il poursuivit ses ajustements mais ne parvint pas à obtenir de meilleur résultat.

Un jour, par hasard ou par intuition, Marconi installa un des fils électriques de son émetteur sur un poteau de haute taille, créant ainsi une antenne plus longue que toutes celles qu'il avait fabriquées auparavant. Aucune théorie existante n'aurait pu laisser penser qu'une telle tentative soit utile. C'était seulement une expérience qu'il n'avait jamais tentée et qui valait donc la peine de l'être. En fait, il venait de découvrir le moyen d'augmenter de façon spectaculaire la longueur d'onde des signaux émis, multipliant leur capacité à couvrir des distances importantes et à contourner les obstacles.

« C'est à ce moment-là que j'ai vu une nouvelle voie s'ouvrir à moi, déclara plus tard Marconi. Pas encore un triomphe. Le triomphe, c'était pour plus tard. Mais j'ai compris alors que j'étais sur le bon chemin. Mon invention avait pris vie. Je venais de faire une découverte capitale. »

Sa découverte était celle d'un « praticien ». Il avait si peu de connaissances théoriques des lois physiques sous-jacentes qu'il devait plus tard affirmer qu'il n'utilisait pas des ondes hertziennes mais un autre phénomène encore non identifié.

À l'aide de son frère aîné, Alfonso, et de quelques employés du domaine, il fit l'expérience de hauteurs et de configurations différentes pour ses antennes. Il les mit à la masse en enfonçant une plaque de cuivre sous la terre. Au sommet, il fixa un cube ou un cylindre en fer-blanc. Alfonso fut chargé de l'émetteur qu'il devait porter dans les champs devant la maison.

Marconi commença à repérer un schéma de fonctionnement. Chaque augmentation de la hauteur de son antenne semblait entraîner un accroissement de la distance qui devenait proportionnellement beaucoup plus grande. Une antenne de deux mètres lui permettait d'envoyer un signal à une vingtaine de mètres. Avec une antenne de quatre mètres, il atteignait les cent mètres. Cette relation semblait avoir la force d'une loi physique, mais à ce moment-là, il était incapable d'imaginer jusqu'où il irait un jour pour en tester la validité.

Finalement, Marconi envoya Alfonso si loin qu'il dut l'équiper d'un grand bâton surmonté par un mouchoir que son frère devait agiter à réception d'un signal.

Le gain de distance était encourageant. « Mais, dit Marconi je savais que mon invention resterait insignifiante tant que je n'aurais pas réussi à rendre la communication possible par-delà les obstacles naturels que sont les collines et les montagnes. »

Nous étions alors en septembre 1895, et l'heure du test le plus important jamais réalisé était venue.

Il s'assit à la fenêtre de son laboratoire et regarda depuis le grenier tandis que son frère et deux employés, un fermier nommé Mignani et Vornelli, un charpentier, entreprenaient de traverser le champ écrasé de soleil devant la maison. Le charpentier et le fermier portaient un récepteur et une haute antenne, Alfonso, un fusil de chasse.

Les hommes devaient escalader une colline lointaine, la Célestine, et continuer sur le flanc opposé jusqu'à disparaître du champ de vision : à ce moment-là Marconi enverrait un signal. La distance était supérieure à tout ce qu'il avait essayé jusque-là – environ mille cinq cents mètres –, mais surtout, c'était la première fois qu'il tenterait d'envoyer un signal à un récepteur hors de vue, et donc placé hors d'atteinte de tous les moyens de communication optiques existants. Si Alfonso recevait le signal, il devait tirer un coup de fusil.

Il faisait très chaud dans le grenier, comme d'habitude. Les abeilles filaient à vive allure et s'abattaient en pluie sur les massifs de fleurs en contrebas. Dans un bosquet tout proche, les oliviers au tronc gris argenté étaient constellés de fruits noirs.

Peu à peu, les silhouettes des hommes qui marchaient dans le champ s'amenuisèrent et ils entreprirent d'escalader la Célestine. Ils finirent par disparaître derrière le sommet dans une brume dorée.

La maison était silencieuse, l'air brûlant et immobile. Marconi appuya sur la touche de son émetteur.

Un instant plus tard, un coup de feu résonna dans l'air éclatant de soleil.

À ce moment précis, le monde changea, même si un certain temps et beaucoup d'agitation seraient nécessaires avant que l'on puisse pleinement apprécier le sens de ce qu'il venait de se produire.

DOULEURS LOCALES ATTÉNUÉES

Malgré la Panique de 1893, une branche de la médecine se mit à prospérer : l'industrie des produits pharmaceutiques brevetés. La dépression économique avait peut-être même favorisé cet essor : les gens qui ne pouvaient plus se permettre d'aller consulter leur médecin décidèrent de se soigner tout seuls en utilisant à la maison des remèdes qui pouvaient être commandés par la poste ou achetés à une pharmacie locale. Impossible d'ignorer ce développement spectaculaire. Crippen n'avait qu'à ouvrir le journal pour trouver des dizaines de réclames vantant élixirs, toniques, cachets et baumes, tous censés posséder des vertus miraculeuses. « Avez-vous l'impression qu'on vous cogne sur la tête avec un marteau ? Que des milliers d'étincelles jaillissent de vos yeux ? demandait une entreprise pharmaceutique. Ressentez-vous de terribles maux d'estomac ? Notre Amer purifiant à la bardane saura vous soigner. »

Une des plus célèbres entreprises vantant ce type de produits était la Munyon Homeopathic Home Remedy

Co., dont le siège se trouvait à Philadelphie. Photographies et portraits stylisés de son fondateur et président-directeur général, le professeur J. M. Munyon, apparaissaient dans de nombreuses réclames. Son visage devint célèbre aux États-Unis, puis dans le monde entier. Le Munyon en question qui vous fixait d'un œil sévère sur ces publicités avait environ quarante ans, le crâne couvert d'une jungle de cheveux noirs et drus, le front si haut et si large que le reste de ses traits semblaient tirés par la gravité vers le bas de son visage. Sa bouche à l'air décidé soulignait un air de sobre détermination, comme s'il avait résolu d'éradiquer la maladie de la planète entière. « Je peux garantir que mon Soin antirhumatismal soulage le lumbago, la sciatique et toutes les douleurs causées par les rhumatismes en deux ou trois heures, et les fait disparaître au bout de quelques jours. » Un flacon de ce produit, promettait-il, pouvait s'acheter chez « n'importe quel droguiste » pour la somme de 25 cents. Et en effet, de petites étagères fabriquées par son entreprise se trouvaient en vitrine chez presque tous les pharmaciens, emplies de remèdes pour les maux de toutes sortes, mais elles visaient surtout à mettre en valeur son produit phare, une pommade cicatrisante appelée l'Onguent Munyon : « Contre les hémorroïdes, soit tuméfiées soit saignantes, internes ou externes. Les démangeaisons s'arrêtent presque instantanément, les inflammations s'apaisent et les douleurs locales sont atténuées. Nous en recommandons l'usage pour les crevasses, les ulcérations, les fissures, et autres affections similaires de la zone anale. »

Dans d'autres publicités, le professeur Munyon établissait un lien entre ses remèdes et le bon Dieu lui-même. Toujours avec la même expression sévère, il tendait les bras vers le ciel et enjoignait à ses lecteurs de ne pas se contenter d'acheter ses produits, mais de renforcer leur action par « le signe de croix ». Plus tard, durant la guerre hispano-américaine, il publia les partitions de la « Chanson de Munyon pour la Liberté », avec, sur la couverture, des photographies du président William McKinley, de l'amiral George Dewey et autres dignitaires, en ajoutant un grand cliché de lui-même au dos, associant implicitement son nom à ceux des grands hommes de son temps.

En 1894, Crippen postula pour un emploi dans les bureaux new-yorkais de Munyon, au croisement de la 14e Rue Est et de la 6e Avenue, un des quartiers les plus chics de la ville. Quelque chose en lui dut plaire à Munyon – son diplôme d'homéopathe, peut-être, ou son expérience à Londres auprès de patients dans le plus célèbre asile du monde – parce qu'il l'engagea et lui offrit même d'emménager avec sa femme dans un appartement situé au-dessus des bureaux.

Crippen accepta. Il se révéla tout à fait compétent pour préparer la ligne de produits existants et pour imaginer les formules de nouveaux remèdes. Munyon devait déclarer : « Crippen était un des hommes les plus intelligents que j'aie rencontrés, un tel expert que je l'engageai sur-le-champ, et je ne l'ai jamais regretté. »

Il avait aussi été impressionné par la douceur du caractère de son nouvel employé. Il le décrivit comme « aussi docile qu'un chaton ». Mais Cora, elle, était complètement différente. « Une écervelée qui causait beaucoup de soucis à son mari. »

Il détecta chez Crippen les signes d'une tristesse de plus en plus grande qu'il attribua à la conduite de sa femme. Elle se lançait volontiers dans de grandes conversations avec des hommes. Elle déployait alors candeur et énergie, jouissant de l'impression que provoquaient sa forte personnalité et son étonnante présence. Elle éveillait l'appétit. Crippen en éprouvait de plus en plus de jalousie, et Munyon pensait que tout homme aurait ressenti la même chose. Duke, le fils de Munyon, avait aussi remarqué ce manège. Il déclara : « Elle aimait la compagnie d'autres hommes que son mari, et le Dr Crippen s'en inquiétait beaucoup. »

DEUX POUR LONDRES

Marconi comprit que le temps était venu de faire connaître son invention au monde. Sa première idée, si l'on en croit la légende, fut de l'offrir au gouvernement italien, en particulier au ministère des Postes et Télécommunications, mais sa proposition aurait été rejetée. Dans une rapide notice biographique cependant, son petit-fils, Francesco Paresce, contredit cette version : « Bien que l'on trouve sans doute cette théorie séduisante, et si elle peut apparaître plausible même aujourd'hui dans un pays comme l'Italie, il n'existe aucune preuve définitive que mon grand-père ait seulement songé à le faire. » La légende était trop belle pour être vraie et semblait oublier qu'à vingt et un ans, Marconi possédait la ruse et l'ambition d'un homme d'affaires deux fois plus âgé. Ne perdant jamais de vue l'importance d'être le premier à revendiquer une découverte, il est probable que Marconi avait toujours eu en tête ce qu'il comptait faire ensuite.

Il résolut d'aller présenter son invention à Londres. C'était assurément le centre du monde, mais aussi le siège d'un système de brevets qui garantissait de larges droits à quiconque déposait une idée le premier, même si le requérant n'avait ni inventé ni découvert la technologie sous-jacente.

La mère de Marconi soutint son fils dans ses plans et persuada son mari que le voyage était nécessaire. En février 1896, mère et fils partirent pour Londres, Marconi chargé d'une caisse scellée contenant son appareil. Il portait une de ces casquettes de chasseur à rabats que l'on devait ensuite associer à Sherlock Holmes.

Quand il arriva en Angleterre, les douaniers zélés eurent tôt fait de confisquer son équipement, craignant qu'il ne s'agisse d'une bombe ou d'un autre engin représentant une menace pour la reine.

Au cours de leurs fouilles, ils endommagèrent sérieusement l'appareil.

Chez Munyon, Crippen s'enrichit. Sa carrière progressa rapidement. Après quelques mois à New York, il fut muté à Philadelphie, où Cora et lui vécurent pendant environ un an. Le professeur Munyon l'envoya ensuite à Toronto pour prendre la tête de sa succursale canadienne. Le couple y demeura six mois avant de repartir pour Philadelphie.

Si tout allait au mieux pour l'avancement professionnel de Crippen, Cora était de plus en plus rétive. Ils étaient mariés depuis bientôt dix ans, et son rêve de devenir diva n'avait pas progressé d'un pouce. Elle annonça à Crippen qu'elle voulait reprendre ses études musicales. Elle exigeait les meilleurs professeurs et insista pour retourner à New York.

Toujours indulgent, Crippen accepta de lui louer un appartement et de subvenir à tous ses besoins. Il était alors très bien payé par le professeur Munyon. Les produits pharmaceutiques brevetés étaient lucratifs, et l'argent coulait à flot dans les coffres de l'entreprise. Crippen pouvait payer les leçons de Cora et les frais occasionnés par sa vie à New York. Il était néanmoins un peu inquiet de l'y savoir seule, sans sa présence pour l'empêcher de fréquenter d'autres hommes. La suite des événements devait prouver que, pour Cora, cette liberté était au moins aussi importante que l'aura de ses professeurs de chant.

En 1897, Munyon confia à Crippen sa plus grande responsabilité à ce jour : la direction des bureaux de son entreprise à Londres. Il lui proposait un salaire de 10 000 dollars par an, une somme équivalente à environ 220 000 dollars du XXIe siècle, versé de surcroît à une époque où n'existaient pas encore les impôts fédéraux. Crippen annonça la nouvelle à Cora, pensant qu'elle jugerait irrésistible la perspective d'aller vivre à Londres.

Il se trompait. Elle se plaignit de ne pas pouvoir abandonner ses cours de chant et lui annonça qu'il devrait partir seul et qu'elle le rejoindrait plus tard. Pour ce qui était de la date, elle restait étonnamment vague.

Comme toujours, il accepta, même si un océan allait désormais les séparer et si la liberté de Cora serait totale.

Triste et inquiet, le petit médecin s'embarqua pour l'Angleterre en avril 1897. Désireux de s'établir à Londres pour toujours, il emporta tous ses biens, y compris sa réserve de poisons favoris.

Il arriva sans encombre.

À Londres, Crippen et Marconi connurent tous deux une période d'anxiété sans précédent. Sur la scène extérieure, les pierres de l'Empire restaient en place, bien ajustées, solides et noblement noircies, mais dans certains quartiers, on sentait que le monde connaissait une période de grand tumulte et que la Grande-Bretagne, et sa reine de plus en plus fragile, avaient connu des jours meilleurs.

Londres était toujours la plus grande et la plus puissante cité du monde : quatre millions et demi d'habitants, huit mille rues (dont de nombreuses mesuraient moins de cent mètres), sept mille cinq cents pubs et onze mille taxis tirés par vingt mille chevaux (qui se répartissaient entre les calèches et les cabriolets, dont le nom anglais *hansom* pourrait signifier beau et élégant, mais renvoie en fait à leur inventeur Joseph Hansom). Crippen rejoignait ainsi les quinze mille Américains environ qui vivaient déjà à Londres – nombre qui par hasard coïncide avec celui des malades mentaux résidant alors dans les cinq hôpitaux psychiatriques de la capitale. Surtout, Londres demeurait à la tête d'un empire qui contrôlait un quart de la population du globe et un quart de ses terres.

On sifflait pour appeler les taxis, un coup pour les calèches, deux pour les cabriolets. Les omnibus tirés par des chevaux embouteillaient les rues. Ils avaient deux niveaux, avec une impériale à ciel ouvert, qu'on atteignait par un escalier en spirale qui permettait aux dames de descendre sans souci. Les automobiles à moteur ajoutaient depuis peu une couche de bruit, de mauvaises odeurs et de danger. En 1896, leur nombre croissant avait forcé à abroger une loi qui limitait la vitesse à trois kilomètres à l'heure, et exigeait qu'un laquais marche devant en brandissant un drapeau rouge. La nouvelle loi concernant la locomotion sur les grandes routes autorisa une vitesse de vingt-cinq kilomètres à l'heure, et renonça avec raison aux laquais. Sous les pavés de la ville, l'enfer grondait. Les passagers qui s'aventuraient dans le métro souterrain devaient affronter un rugissement sismique accompagné d'une surabondance de fumée et de vapeur dans l'espace restreint du *Tube*, ce tunnel dans lequel les trains glissaient avec l'aisance de pistons dans un cylindre.

Il y avait certes du brouillard, parfois plusieurs jours de suite. Il était d'une épaisseur telle qu'on le classait dans une espèce distincte de tous les autres phénomènes comparables. Les habitants avaient surnommé leurs jours d'obscurité « la spécialité londonienne ». Le brouillard était si épais et sulfureux qu'il réduisait la flamme des réverbères en des fentes étroites et ambrées, tels des yeux de chat, laissant les rues si sombres et tellement sinistres que les enfants des pauvres offraient leurs services pour éclairer au moyen de torches le chemin des piétons qui insistaient pour s'aventurer dans les artères les plus obscures. Le halo formait autour des passants une sorte de mur de tulle que les autres promeneurs traversaient aussi brusquement que des fantômes. Certaines nuits, cette impression de mystère était particulièrement marquée, surtout après qu'on eut consacré sa soirée au nouveau passe-temps favori des Londoniens : les séances de spiritisme. Le chemin de retour semblait parfois bien long, empreint de deuil et de tristesse, ponctué de regards furtifs qu'on jetait par-dessus son épaule.

Cet intérêt soudain pour l'au-delà était largement dû à Darwin. En réduisant l'évolution de l'homme à un processus lié davantage au hasard qu'à Dieu, ses théories avaient ébranlé la foi de l'Angleterre en cette fin de l'ère victorienne. L'abîme béant de ces nouvelles « ténèbres darwiniennes », pour reprendre les mots d'un écrivain célèbre, poussa certains à embrasser la science comme nouvelle religion, mais en précipita de nombreux autres dans les bras du spiritisme, les amenant à chercher les preuves d'une existence par-delà la mort sur les planchettes oui-ja. Au milieu des années 1890, la Grande-Bretagne comptait cent cinquante sociétés spiritistes ; en 1908, près de quatre cents. La reine Victoria en personne aurait elle-même souvent consulté un médium qui prétendait être en contact avec son cher disparu, Albert, le prince consort.

D'autres signes presque imperceptibles commençaient à annoncer que la confiance et la prospérité qui avaient marqué le règne de Victoria allaient en s'amenuisant. Le taux de natalité était en chute libre. La Panique de 93 avait ébranlé les magnats de l'industrie. La guerre menaçait entre la Grande-Bretagne et la France, même si, en fait, les événements qui se préparaient en Allemagne, encore ignorés de la majorité de la population, allaient bientôt recentrer l'attention nationale et mettre fin à la traditionnelle politique de « splendide isolement », ancrée dans l'idée que l'Empire, grâce à sa puissance économique et militaire, n'avait nul besoin d'alliés.

Déconcertante aussi, la clameur montante des suffragettes qui exigeait le vote des femmes. L'hostilité suscitée par ce mouvement dissimulait mal la peur plus profonde d'une montée des passions sexuelles et de leur pouvoir. Personne n'en parlait, mais la sexualité illicite était partout, dans toutes les strates de la société. Dans les esprits et dans les cœurs. Dans les ruelles obscures aussi bien que dans les lits à baldaquin des plus élégants manoirs. Les nouveaux spécialistes du cerveau se penchaient sur la sexualité et, en droite ligne de la révolution initiée par Darwin, ils tentaient de la décrire sous forme de schémas associant stimulus et adaptation des besoins. À partir de 1897, Henry Havelock Ellis commença de publier une série de six volumes sur la question : une étude pionnière intitulée *Études de psychologie sexuelle*, dûment documentée par des récits d'une crudité et d'une perversité inattendues. Une phrase mémorable tirée du volume IV, « Les préférences sexuelles de l'homme », expliquait par exemple que « le contact de la langue d'un chien avec sa seule bouche suffisait par la suite à évoquer pour elle le plaisir orgasmique ».

Se faisait également jour une conscience grandissante de la pauvreté et de l'écart qui se creusait entre les conditions de vie des riches et des pauvres. Le duc et la duchesse du Devonshire possédaient un domaine, Chatsworth, si vaste qu'il pouvait accueillir quatre cents invités pour le week-end ainsi que les cohortes de domestiques qui les accompagnaient. Les nantis servaient des repas absolument extravagants, se souvient entre autres J. B. Priestley, qui « comprenaient par exemple, selon la fantaisie du chef, une de ces idioties remontant à l'époque romaine : des oiseaux cuits à l'intérieur les uns des autres comme des poupées russes ». Barbara Tuchman, dans *L'Autre Avant-Guerre : 1890-1914*, rapporte comment, lors d'un déjeuner donné au Savoy pour la diva Nellie Melba, les invités se régalèrent d'un dessert composé de pêches fraîches « qu'ils s'amusèrent ensuite à jeter par les fenêtres sur les passants ».

La prise de conscience de ce fossé entre riches et pauvres fit naître la peur que des extrémistes ne tentent d'exploiter les divisions des classes sociales afin de faire basculer la Grande-Bretagne dans la révolution. L'anarchisme avait provoqué des flambées de violence dans toute l'Europe, et c'était souvent un Italien qui grattait l'allumette. Fin 1892, Scotland Yard arrêta deux Italiens qui reconnurent être en train de préparer l'explosion de la Bourse royale. Le bien nommé Errico Malatesta – littéralement « mauvaise tête » – prêchait la révolution dans toute l'Europe et rencontrait des publics conquis d'avance. Le 24 juin 1894, un jeune boulanger italien, Sante Caserio, assassina le président français, Sadi Carnot, avec une arme blanche. Une bombe explosa dans l'élégant quartier de Mayfair mais ne fit pas de victimes. En Angleterre, beaucoup craignaient que le pire ne reste à venir et rendaient responsable de toute cette agitation la politique permettant à trop d'étrangers de venir trouver refuge à l'intérieur des frontières. Il y avait tellement d'anarchistes français à Londres que l'un d'eux, un certain Charles Malato, publia un guide pour déjouer les contrôles policiers, et un bref lexique de phrases et expressions utiles comme « je vais te tirer les oreilles ! ».

Mais ces peurs et ces tensions n'étaient qu'une sorte de trémolo à l'arrière-plan, que seuls entendaient les écrivains, les journalistes et les réformateurs qui se faisaient un devoir d'écouter. Sinon, les Britanniques avaient de quoi être satisfaits d'eux-mêmes. Bien que le nombre d'assassinats fût en hausse constante, les chiffres des délits en général baissaient. La police métropolitaine, plus connue sous le nom de Scotland Yard, avait augmenté ses effectifs et emménagé dans de nouveaux locaux à Whitehall, quai Victoria, sur la rive nord de la Tamise. L'édifice et ces services de police furent désormais connus sous le nom de New Scotland Yard. Cet emplacement se révéla d'abord plutôt problématique, mais finalement cohérent avec sa vocation. En creusant les fondations, au beau milieu de la terreur provoquée par l'affaire de Jack l'Éventreur, des ouvriers avaient découvert le buste d'une femme, sans tête, ni bras ni jambes, et on se mit à craindre qu'il s'agisse là aussi de l'œuvre de ce criminel. L'histoire prit même un tour plus sinistre encore. Un médecin légiste de la police tenta d'adapter sur ce torse un bras amputé au niveau de l'aisselle, qui avait été retrouvé dans la Tamise plusieurs semaines auparavant. Ils correspondaient parfaitement. Ensuite, un chien, amené sur le lieu des fouilles par un journaliste, déterra une jambe gauche. Ce membre aussi était le bon. Peu de temps après, une seconde jambe fut repêchée dans le fleuve.

Mais ce n'était pas la bonne.

Après examen, on détermina qu'il s'agissait d'une jambe gauche : un étudiant en médecine avait dû la jeter à l'eau pour faire le malin. L'affaire fut désormais connue sous le nom de « Mystère de Whitehall » et ne fut jamais résolue. Quand la police prit possession de ses nouveaux locaux, elle laissa derrière elle, à son adresse précédente, le service des objets trouvés, où on recensa 14 212 parapluies perdus.

De façon générale, on peut dire que l'esprit britannique s'égaya un peu. Et si quelqu'un représentait ce changement, c'était bien le prince de Galles, Albert Édouard, héritier du trône. Au printemps 1897, il avait cinquante-six ans et était célèbre pour un insatiable appétit de plaisirs, de bonne chère et de femmes (en dépit de ses trente-quatre années de mariage avec la princesse Alexandra). Que le prince ait eu des escapades avec d'autres femmes était considéré comme un fait établi mais pas comme un sujet de conversation. Non plus d'ailleurs que son poids. Il buvait avec modération mais il adorait manger. Il aimait par-dessus tout la tourte au pigeon, le potage à la tortue, le pâté de biche, les grouses, les perdrix et les coqs de bruyère, sans oublier les cailles, et, quand la saison le permettait, il consommait des montagnes d'huîtres grillées. Personne n'aurait osé lui faire remarquer qu'il était gros parce que cela lui aurait causé de la peine, mais en privé ses amis le surnommaient affectueusement « Tum Tum », c'est-à-dire « la Bedaine ». Quand il ne mangeait pas, il fumait. Avant le petit déjeuner, le prince s'autorisait un unique cigarillo et deux cigarettes. Durant le reste d'une journée ordinaire, il en fumait vingt de plus et une douzaine de véritables barreaux de chaise.

Le prince détestait la solitude, il adorait les fêtes et les clubs, et raffolait des soirées entre amis dans les music-halls londoniens où il ne risquait pas de manquer de compagnie.

À la fin des années 1890, les spectacles de variétés dans les music-halls étaient devenus la distraction la plus populaire de Grande-Bretagne, et ils perdaient rapidement leur image sulfureuse acquise durant l'ère victorienne. Le nombre de théâtres de variétés se multiplia rapidement dans la capitale. On en compta bientôt plus de cinq cents, y compris les plus célèbres comme le Tivoli, l'Empire, le Pavilion, l'Alhambra et le Gaiety. Chaque soir, l'affiche typique de ces théâtres annonçait une douzaine de petits spectacles qu'on appelait « numéros » : comédie, acrobatie, ventriloquisme, télépathie, et des saynètes où des hommes prétendaient être des femmes, et vice versa.

À la tête de cet empire en mutation, la reine Victoria. En 1896, elle fêtait son soixante-dix-septième anniversaire. Elle régnait depuis près de soixante ans, une période au cours de laquelle son empire était devenu le plus vaste et le plus puissant jamais connu. Durant cette même période, elle s'était peu à peu affaiblie. Pendant plus de trente ans, elle avait vécu dans un état de deuil quasi permanent à la suite du décès de son mari en 1861. À compter de ce jour, la veuve de Windsor n'avait plus porté que du satin noir. Elle gardait un moulage de la main d'Albert sur sa table de chevet, et y glissait la sienne quand elle avait besoin de réconfort. Sa vue avait terriblement baissé, et elle était affectée par des moments d'irrépressible torpeur. Elle avait régné si longtemps et de façon si bienveillante et maternelle que tous avaient du mal à imaginer un avenir sans elle. Un homme né l'année de son accession au trône, en 1837, était déjà presque considéré comme vieux en 1897. Et pourtant, reine ou non, la Nature a ses lois : Victoria allait mourir et, étant donné son état de santé et son âge, cela ne tarderait sans doute plus.

Alors que la fin du siècle approchait, une question se posait dans le cœur de tous les sujets britanniques à travers les vingt-huit millions de kilomètres carrés de l'Empire. Sans Victoria, à quoi ressemblerait le monde ?

Que se passerait-il alors ?

Deuxième partie

TRAHISON

Belle Elmore.

LA BOÎTE MYSTÉRIEUSE

Il est tentant de s'imaginer l'arrivée de Marconi et de sa mère à Londres comme une scène extraite d'un roman de Dickens – tous deux pénétrant dans un royaume froid et inconnu, abasourdis par l'immensité, la fumée et les clameurs de la ville. Mais en fait, ils furent chaleureusement accueillis au sein de la famille Jameson et trouvèrent leur place au centre d'un écheveau de liens familiaux et de relations commerciales qui se ramifiait dans une bonne partie de l'Empire britannique. À Victoria Station, Henry Jameson Davis, un des cousins de Marconi, les attendait et les entraîna immédiatement dans la soie et la flanelle de la grande bourgeoisie londonienne, avec ses dîners mondains, ses jours de derby et ses promenades du dimanche en cabriolet à travers Hyde Park. Notre inventeur n'avait jamais connu la faim, sauf par choix ou par obsession personnelle, et il n'était pas près de commencer.

Le retard causé par la destruction de son équipement accrut sa peur toujours présente qu'un autre inventeur, possédant un appareil aussi performant ou même meilleur que le sien, ne surgisse soudain de nulle part. Avec l'aide de Jameson Davis, il acheta les matériaux nécessaires et entreprit de reconstruire son appareil. Il en montra le fonctionnement à son cousin et à d'autres membres de la famille Jameson. L'effet était aussi étonnant que si la voix d'un parent décédé venait de se faire entendre par la bouche d'un médium. Ce moyen de communication permettait de franchir l'espace mais aussi de traverser les murs.

Ils échafaudèrent des plans pour l'avenir. Avant toute chose, il fallait un brevet. Un parrainage serait également bien utile : peut-être les Postes britanniques, qui contrôlaient déjà toute la télégraphie du pays.

À ce stade, le réseau de connaissances des Jameson se révéla indispensable. Grâce à un intermédiaire, Jameson Davis arrangea une rencontre entre Marconi et William Preece, ingénieur électricien en chef des Postes britanniques. Grâce à sa position, Preece, à deux ans de l'âge légal de la retraite des services postaux fixé à soixante-cinq ans, était l'homme le plus important dans le domaine de la télégraphie britannique et l'un des conférenciers les plus célèbres de l'Empire. Ses collègues ingénieurs et les autres employés l'appréciaient, mais il était détesté par Oliver Lodge et ses alliés, qui formaient un groupe de physiciens férus de théorie, connus sous le nom de « Maxwelliens » en raison du respect qu'ils témoignaient à Clerk Maxwell et son recours aux mathématiques pour postuler l'existence des ondes électromagnétiques. Pour eux, Preece était le roi des « praticiens ». Lodge et lui s'étaient plus d'une fois livrés à de véritables joutes verbales sur la question de la préséance de la théorie ou de l'expérience quotidienne dans la recherche de la vérité scientifique.

Marconi avait entendu parler de Preece et il savait qu'il avait essayé non sans succès de transmettre par induction des signaux sur de petites distances, utilisant ce phénomène qui permet par sympathie de faire passer un courant d'un circuit à un autre. Preece, lui, ignorait tout de Marconi, mais, avec sa bienveillance naturelle, il accepta de le recevoir.

Peu de temps après, Marconi fit donc son apparition au siège des Postes, trois vastes bâtiments situés sur Saint Martin's-le-Grand, un peu au nord de la cathédrale Saint-Paul. L'un de ces édifices, nommé General Post Office East, occupait le côté est de la rue et se chargeait du tri et de l'acheminement de 2 186 800 000 lettres par an dans tout le Royaume-Uni, soit 54,3 lettres par habitant, avec des distributions à Londres qui pouvaient atteindre 12 par jour. De l'autre côté de cette artère, se trouvait la General Post Office West qui abritait la division des Télégraphes, sur laquelle régnait Preece et où, pourvu qu'il soit muni d'une lettre de recommandation émanant « d'un banquier ou de tout autre citoyen en vue », chacun pouvait visiter les galeries du Télégraphe et découvrir le cœur du royaume télégraphique de Grande-Bretagne. Là, dans une salle de plus de deux mille cinq cents mètres carrés se trouvaient cinq cents postes de travail et leurs opérateurs, la plus grande station télégraphique du monde. Quatre immenses moteurs à vapeur alimentaient des tubes pneumatiques qui permettaient l'envoi immédiat des télégrammes depuis ces galeries jusqu'aux bureaux du centre financier de Londres, la City, et le quartier attenant, le Strand, auquel le boulevard qui longe la Tamise donne son nom.

Marconi portait deux gros sacs emplis de matériel. Il installa sa bobine à induction, son générateur d'étincelles, son cohéreur ainsi que d'autres instruments, mais apparemment il avait omis d'apporter un manipulateur de Morse. Un des assistants de Preece, P. R. Mullis, lui en trouva un et, ensemble, ils entreprirent d'installer des circuits de diffusion et de réception sur deux tables. À ce moment-là, Preece tira sa montre de son gousset et dit paisiblement : « Il est plus de midi. Conduisez donc ce jeune homme au bar et assurez-vous qu'on lui serve un déjeuner convenable sur mon compte. Ensuite, revenez ici aux environs de 14 heures. »

Mullis et Marconi déjeunèrent et sirotèrent une tasse de thé, puis ils allèrent faire un tour du côté de Farringdon Road, où le jeune Italien marqua un grand intérêt pour les charrettes des vendeurs ambulants, « couvertes de tout un bric-à-brac d'objets divers, de livres et de fruits ». À en croire Mullis, ce déjeuner fut particulièrement agréable et détendu. Marconi l'aurait sans doute décrit différemment. Craignant toujours que quelqu'un ne le coiffe au poteau, il avait commis l'imprudence d'aller manger et se promener, alors que sa précieuse machine se trouvait dans le bureau de Preece, exposée à tous les regards.

À 14 heures, ils rejoignirent Preece. Marconi était jeune, maigre et pas très grand, mais il y avait en lui quelque chose de fascinant. Il parlait un anglais parfait et s'habillait de façon élégante, un costume de bonne coupe avec un pantalon aux plis impeccables. Les explications qu'il fournissait sur les différents composants de sa machine étaient limpides. Il ne souriait jamais. En le regardant rapidement, on aurait pu avoir l'impression qu'il était beaucoup plus âgé, mais en l'observant de plus près, on aurait remarqué son absence de rides et la clarté de ses yeux bleus.

Marconi régla ses circuits. Il pressa sur la touche. Une sonnette retentit sur l'autre table. Il tapota le cohéreur du bout du doigt et appuya de nouveau. Une fois de plus, la sonnette retentit.

Mullis regarda son patron. « Je compris en observant l'air tranquille et le sourire du chef que quelque chose d'inhabituel venait de se produire. »

Marconi avait effectivement plu à Preece. Celui-ci comprit que son cohéreur était une version modifiée d'instruments déjà utilisés par d'autres, y compris Lodge, mais il remarqua aussi que le jeune Italien les avait assemblés de façon élégante, et s'il fallait en croire cet homme – cet enfant –, il avait réussi à faire quelque chose que Lodge et les Maxwelliens considéraient comme impossible : transmettre un signal lisible non seulement sur de longues distances, mais jusqu'à un point situé hors du champ de vision.

Preece et Marconi étaient faits pour s'entendre. Tous deux croyaient en la nécessité du travail et d'expériences quotidiennes pour découvrir des vérités utiles sur les forces qui régissent le monde. Dans la bataille qui opposait la pratique et la théorie, Marconi pouvait devenir l'arme secrète de Preece. Ce jeune homme était un inventeur, un amateur, à peine adulte, et pourtant il avait surpassé les plus grands esprits scientifiques de son temps. Lodge avait déclaré que huit cents mètres était sans doute la plus grande distance que pourraient parcourir des ondes électromagnétiques, alors que Marconi affirmait avoir envoyé des signaux au moins deux fois plus loin, et prédisait ce jour-là, dans ce bureau des transmissions, des distances plus grandes encore : Preece le trouvait décidément très convaincant.

Preece reconnaissait que ses propres tentatives de recours à l'induction pour parvenir à une forme primitive de radiotélégraphie avaient atteint leurs limites. Très récemment, il avait tenté d'établir une communication avec un bateau-phare qui signalait aux navires la présence des funestes bancs de sable de Goodwin Sands au large des côtes anglaises. Il avait enroulé un fil électrique autour de la coque et fait descendre un énorme câble spiralé au fond de la mer, si bien que le bateau, où que le poussent les vagues, le vent ou la marée, restait toujours au-dessus de ses anneaux. En interrompant le courant dans le câble, il espérait produire des coupures similaires dans la bobine sur le bateau, ce qui aurait permis de diffuser des signaux en Morse de l'un à l'autre. L'expérience fut un échec. Plus tard, Preece devait se rappeler : « Marconi me rendit visite au moment opportun, après l'échec cruel de mon expérience avec le bateau-phare de Goodwin. »

À deux ans de la retraite, Preece devina que le fait d'avoir découvert Marconi serait sans doute la dernière réussite éclatante que l'histoire retiendrait de ses longues années à la tête des Postes britanniques. N'était-il pas infiniment préférable de rester dans les mémoires comme celui qui avait contribué à amener une révolution dans les télécommunications plutôt que comme un ingénieur dont les tentatives de télégraphie sans fil avaient été un échec patenté ?

Le soir tombait quand le cocher de Preece fit son apparition pour le ramener chez lui à Wimbledon, le claquement des sabots marquant la mesure dans l'air frais du printemps.

Marconi décrivit cette rencontre dans une lettre adressée à son père, et révéla un certain nombre de points qui durent surprendre son destinataire, lequel, un an plus tôt encore, s'était montré si sceptique à propos des aventures électriques de son fils. « Il m'a promis, si j'en avais besoin pour conduire mes expériences, que je pourrais utiliser n'importe quel local appartenant aux Télégraphes dans n'importe quelle ville du Royaume-Uni, de même que je pourrais (sans frais, bien entendu) compter sur l'aide de tout employé de ce ministère que je jugerais nécessaire. Il a ajouté qu'il avait à sa disposition des bateaux sur lesquels je pourrais installer et essayer mes équipements au cas où une expérience en mer d'une embarcation à une autre serait utile. »

Preece détacha plusieurs ingénieurs de son personnel auprès de Marconi et choisit des outilleurs de l'atelier de mécanique des Postes pour améliorer les instruments de l'Italien et les rendre plus résistants. Il se mit également sur-le-champ à organiser des démonstrations destinées à d'autres hauts fonctionnaires de l'administration.

Marconi se retrouva bientôt sur le toit des Postes à envoyer des signaux d'un bâtiment à l'autre, l'étincelle de son émetteur claquant si fort qu'on l'entendait depuis la rue en contrebas. En juillet 1896, il atteignit une distance de près de trois cents mètres, beaucoup moins que sa performance à la Villa Griffone, mais néanmoins jugée tout à fait impressionnante par Preece et ses ingénieurs.

Preece organisa la démonstration la plus importante à ce jour, en présence d'observateurs de l'armée et de la marine, sur un terrain d'essais militaires dans la plaine de Salisbury, non loin de Stonehenge. Avant la fin de la journée, Marconi avait réussi à transmettre des signaux déchiffrables sur une distance de trois kilomètres.

Le succès de cette expérience fit la gloire de l'inventeur. Le ministère de la Guerre réclama des expériences supplémentaires ; Preece, presque aussi ravi que Marconi, renouvela sa promesse de lui fournir tout l'équipement et l'assistance nécessaires. Jusqu'alors, l'intensité avec laquelle Marconi poursuivait son idée n'avait été alimentée que de l'intérieur. Soudain, elle suscitait également des attentes extérieures.

« *La calma della mia vita ebbe allora fine* », dit-il. (« À ce moment-là, c'en fut fait de ma vie paisible. »)

Marconi comprit qu'il était désormais essentiel de déposer un brevet pour son instrument. De plus en plus de gens avaient vu son invention, et sa peur qu'on lui vole son idée augmentait dans les mêmes proportions. Il enregistra une « description provisoire » datée certifiant qu'il était le premier à avoir réussi les expériences qu'il avait menées. Il lui faudrait établir un dossier plus complet par la suite.

Convaincu que Marconi avait véritablement accompli une avancée décisive, Preece décida d'annoncer sa découverte au monde.

Il donna une série de conférences importantes, durant lesquelles il présenta Marconi comme l'inventeur d'un tout nouveau moyen de communication. La première eut lieu en septembre 1896 lors d'une réunion de l'*Association britannique pour le progrès de la science*, généralement connue sous le nom d'« *Association britannique* », au cours de laquelle il révéla qu'« un jeune Italien avait mis au point un appareil à l'origine d'un tout nouveau système de télégraphie dans l'espace ». Il en fit une rapide description et annonça combien l'expérience avait été concluante dans la plaine de Salisbury. Dans la salle, se trouvaient des hommes de science parmi les plus éminents de Grande-Bretagne, dont, bien entendu, Oliver Lodge et plusieurs de ses alliés maxwelliens, entre autres un physicien de renom : George FitzGerald. Même dans les circonstances les plus favorables, pour Lodge et FitzGerald, écouter Preece était sur le plan intellectuel aussi désagréable que d'entendre une craie grincer sur un tableau noir. Mais ce jour-là, en s'apercevant qu'il décrivait Marconi comme le premier homme à avoir jamais tenté une expérience sur les ondes hertziennes, ils furent absolument scandalisés. Ils pensaient que c'était précisément ce qu'avait déjà fait Lodge lors de sa conférence sur Hertz à la Royal Institution en juin 1894.

FitzGerald écrivit à un ami : « Avant-hier, Preece nous a tous pris de court en annonçant qu'il avait engagé un aventurier italien qui n'avait pourtant rien fait de plus que Lodge et les autres en observant les radiations hertziennes à distance. Nous étions beaucoup à nous indigner de cette façon de mépriser le travail de nos concitoyens pour favoriser celui d'un amateur étranger. La science "*made in Germany*", nous y sommes habitués, mais le "*made in Italy*" par une entreprise totalement inconnue, c'était un comble. » Lodge écrivit à Preece pour s'en plaindre : « Je ne vois absolument rien de nouveau dans les découvertes de Marconi. »

Il est possible que la découverte ait paru déjà dépassée à Lodge et à ses amis, mais le monde en général n'en fut pas moins ébloui. On ne parla bientôt plus que de cet Italien qui venait d'*inventer* la télégraphie sans fil. Les journaux parlaient des « ondes Marconi », ce qui pour Lodge et ses alliés représentait une insulte à la mémoire de Hertz. Cet Italien n'avait rien inventé, insistaient-ils. Si quelqu'un pouvait prétendre au titre d'inventeur, c'était Lodge, et nul autre.

Preece savait qu'il avait sérieusement irrité les partisans de Maxwell, et il s'en réjouissait sans aucun doute, parce qu'il ne recula pas d'un pouce. Au contraire : il décida de consacrer intégralement sa prochaine grande conférence à Marconi et à sa télégraphie sans fil. Elle était prévue le 12 décembre 1896 au Toynbee Hall de Londres, un centre d'œuvres sociales fréquenté par des réformateurs, et situé dans les quartiers déshérités de l'East End, l'ancien terrain de chasse de Jack l'Éventreur. Preece savait que, là, sa conférence n'attirerait pas que des scientifiques, mais une frange non négligeable de la communauté intellectuelle et de représentants de la presse quotidienne. La British Association n'avait été qu'un simple hors-d'œuvre.

Alors que la date approchait, Preece entreprit de rédiger sa conférence. Il voulait créer le maximum d'effet. Les physiciens en avaient appris de plus en plus au sujet des ondes hertziennes ces dernières années, mais pas le grand public.

Une démonstration de télégraphie sans fil allait sûrement frapper le public du Toynbee comme quelque chose de magique frôlant le surnaturel.

Marconi accepta le principe d'une démonstration mais il redoutait de révéler les secrets de son dispositif. Il envisageait davantage les choses comme un magicien qui veut protéger ses trucs que comme un scientifique qui s'apprête à dévoiler une découverte devant ses pairs. Il écrivit : « Je crois préférable à ce stade de ne donner aucune explication sur les moyens que j'emploie pour obtenir certains effets, parce que je crains que cela n'entraîne des discussions que je préférerais éviter jusqu'à ce que mon étude complète puisse être exposée devant une société savante ou une autre. »

Marconi satisfit son goût du secret en dissimulant son instrument. Il fabriqua deux boîtes qu'il peignit en noir. Dans l'une, il installa son émetteur, dans l'autre son récepteur, muni d'une clochette. Au début de la conférence, la première se trouvait sur l'estrade, l'autre au bout de la salle.

Preece entama sa conférence en exposant brièvement ses propres tentatives pour transmettre des signaux par induction de part et d'autre d'une masse d'eau. Mais ce soir-là, il venait avant tout pour révéler la découverte remarquable d'un jeune inventeur italien, Guglielmo Marconi. Puis, dans la plus pure tradition des causeries scientifiques de la fin du XIXe siècle, la démonstration commença.

D'abord Preece appuya sur la touche dans la boîte qui contenait l'émetteur. Le public entendit le claquement sec d'une étincelle. Au même instant, la clochette du récepteur se mit à tinter.

La plupart des spectateurs avaient déjà assisté à des numéros de magie, et sans doute nombreux étaient ceux qui étaient allés au moins une fois aux célèbres représentations de l'Egyptian Hall à Piccadilly, « L'Angleterre est le pays de tous les mystères», mises en scène par un magicien nommé Nevil Maskelyne. Comparé à des femmes qui se faisaient scier en deux ou à des hommes qui montaient en lévitation jusqu'au plafond, à première vue, ce n'était rien de spécial. Il fallut à l'audience une minute ou deux pour se rendre compte qu'il ne s'agissait pas là d'un tour de passe-passe, mais d'une manifestation scientifique provoquée par le célèbre William Preece des Postes britanniques, qui se tenait devant eux avec son air parfaitement crédible, ses grands yeux disparaissant sous ses grosses lunettes, sa barbe fournie accompagnant chaque mouvement de tête du bruissement de ses favoris poivre et sel broussailleux. Néanmoins, un certain nombre de personnes présentes réagirent, comme autrefois le père de Marconi, en se demandant où ce rusé avait caché le fil qui reliait les deux boîtes.

Preece et Marconi se lancèrent bientôt dans la deuxième partie de la démonstration, destinée à emporter la conviction des sceptiques. Sur un signe de Preece, Marconi s'empara de la boîte noire du récepteur et traversa toute la salle. L'étincelle crépitait, la clochette tintait sans arrêt, mais, cette fois, les spectateurs pouvaient clairement constater qu'aucun fil ne suivait Marconi dans ses déplacements. Ils virent aussi que l'Italien était un tout jeune homme, et cela accrut encore leur émerveillement. Quel que soit l'endroit où Marconi se postait, la clochette recommençait à tinter.

La célébrité ne se fit pas attendre. La presse non spécialisée se mit à rechercher un nom pour l'invention de Marconi, et parla de télégraphie dans l'espace, de télégraphie céleste, ou simplement de télégraphie sans fil. Le *Strand Magazine* dépêcha un écrivain, H. J. W. Dam, pour interviewer Marconi à son domicile.

Il écrivit : « C'est un jeune homme grand et mince, qui semble avoir au moins trente ans, aux manières posées et sérieuses ; il s'exprime avec une gravité et une précision qui le font paraître beaucoup plus mûr. »

Marconi confia à Dam qu'il avait peut-être découvert une sorte d'ondes différentes de celles de Hertz. Sommé d'expliquer en quoi consistait cette différence, il déclara : « Je ne sais pas. Je ne suis pas un scientifique. Mais à mon avis, aucun scientifique ne pourrait vous le dire. »

Il refusa de parler des composants de sa machine, mais il expliqua tout de même au journaliste que ses ondes « pouvaient pénétrer n'importe quelle paroi », y compris celle de la coque blindée d'un cuirassé. Ce point retint l'attention du chroniqueur. « Et pourriez-vous, depuis cette pièce, faire exploser une caisse de poudre à canon entreposée dans la maison située de l'autre côté de la rue ?

– Oui », répondit Marconi d'un ton toujours très détaché. Il précisa cependant qu'il lui faudrait au préalable insérer deux fils de fer ou deux plaques métalliques dans la poudre afin de produire l'étincelle nécessaire à cette détonation.

Des rumeurs au sujet des exploits de Marconi se répandirent à l'étranger. Des représentants militaires de l'Empire austro-hongrois demandèrent et obtinrent une démonstration. En Allemagne, le Kaiser Guillaume en entendit également parler et, comme on allait bientôt l'apprendre, il décida que cette prouesse technologique avait besoin de recherches plus approfondies. L'ambassadeur d'Italie en Angleterre invita Marconi à un dîner à l'issue duquel les deux hommes prirent un fiacre de l'ambassade pour gagner les Postes afin de procéder à une démonstration. Dans une lettre à son père, Marconi rapporta que l'ambassadeur « s'excusa même un peu de ne pas lui avoir témoigné d'attention plus tôt ».

Lodge et ses alliés étaient bien sûr furieux, mais, dans les plus hautes sphères de la société britannique et dans les cercles scientifiques les plus prestigieux, il se trouvait également un certain nombre de gens pour considérer Marconi avec suspicion, voire avec un certain mépris. C'était un personnage embarrassant, et pas seulement parce qu'il avait fait breveter un appareil que Lodge et d'autres avaient utilisé avant lui. Il était nouveau dans le paysage. Comme il le concédait lui-même, il n'était pas un homme de science. Sa compréhension de la théorie en sciences physiques était minimale, ses connaissances en mathématiques, inexistantes. C'était un entrepreneur, tel que le monde ne s'y habituerait environ qu'un siècle plus tard, avec l'éclosion de ces entreprises que l'on nomme « start-up ». À son époque, ce genre de comportement était considéré comme louche – ainsi, par exemple, ces hommes qui faisaient rapidement fortune en vendant des médicaments miracles, immortalisés par H. G. Wells dans son roman, *Tono-Bungay*.

Son obsession du secret restait sur le cœur de ses contemporains. Voyez un peu ce jeune Italien se proclamant l'inventeur d'une technologie révolutionnaire qui violait tout ce qui tenait à cœur au monde scientifique britannique en refusant de révéler les détails du fonctionnement de sa machine ! Marconi avait réussi à faire quelque chose réputé impossible, mais *comment* y était-il parvenu ? Comment avait-il pu, si jeune, obtenir des résultats que personne n'avait obtenus ? Et pourquoi se montrait-il si réticent à publier ouvertement son travail, ce que n'importe quel scientifique aurait fait comme allant de soi ? Lodge écrivit, avec une malveillance dissimulée : « Le public a été instruit par une boîte mystérieuse plus qu'il ne l'aurait été par plusieurs volumes de *Transactions philosophiques* et d'innombrables débats de la Société des sciences physiques. »

Ajoutez à ce scandale le fait que Marconi était un *étranger*, à l'époque où les Britanniques s'inquiétaient chaque jour davantage du nombre croissant d'anarchistes, d'immigrants et de réfugiés sur leur sol.

Malgré toute cette hostilité, Marconi demeurait confiant. Ses premières lettres à son père étaient empreintes d'une froideur calculatrice. Il avait, d'une façon ou d'une autre, acquis une foi en sa vision que rien ne pouvait plus ébranler. Il s'inquiétait uniquement de savoir s'il réussirait à développer son invention assez vite pour damer le pion aux autres inventeurs qui, la nouvelle de son succès faisant le tour de la planète, allaient sans doute redoubler d'efforts dans leurs travaux sur les ondes électromagnétiques.

Dans cette course, il ne ressentait aucune obligation de loyauté, ni envers Preece, ni envers personne.

ANARCHISTES ET SPERME

Crippen s'installa dans le quartier de Saint John's Wood près de Regent's Park. Son bureau à la Munyon était à une certaine distance sur Shaftesbury Avenue, qui serpentait paresseusement entre Bloomsbury et Piccadilly Circus parmi les boutiques, les bureaux et les restaurants, et traversait des rues habitées par des acteurs, des musiciens, des émigrés français et allemands et autres « étrangers », ainsi que par quelques prostituées. S'y trouvaient aussi trois des plus célèbres théâtres de Londres, le Palace, le Shaftesbury et le Lyric. Les bureaux de la Munyon faisaient face au Palace.

Crippen s'assura que sa femme avait tout l'argent nécessaire pour vivre confortablement à New York et continuer à prendre ses cours de chant. Mais l'opéra enthousiasmait de moins en moins Cora, qui reconnaissait enfin ce que ses professeurs avaient observé depuis longtemps : elle n'avait ni la voix ni la présence scénique suffisantes pour atteindre un objectif aussi élevé. Elle écrivit à Crippen qu'elle avait désormais l'intention de tenter de faire carrière en montant des « numéros de music-hall ». En Amérique, ce genre de spectacles étaient connus sous le nom de « vaudeville », les Anglais les appelaient « variétés ».

Cette nouvelle perturba Crippen : l'idée de pareils numéros lui paraissait bien vulgaire comparée à l'opéra, et même à côté des spectacles de variétés qui connaissaient pourtant la faveur du public londonien et devenaient de plus en plus respectables. On disait que même le prince de Galles faisait la tournée de pareils établissements. Alors que certains music-halls servaient encore de lieux de racolage et de repaires pour les pickpockets, la plupart étaient devenus propres et sûrs. Sarah Bernhardt, Marie Lloyd et Vesta Tilley elles-mêmes y montaient des numéros, et, moins de dix ans plus tard, Anna Pavlova et les Ballets russes seraient présentés pour la première fois au Palace.

Crippen écrivit à Cora et la pressa de reconsidérer cette idée. Il lui conseillait de venir au plus vite le rejoindre. Là, au moins, elle pourrait se lancer dans les variétés sans avoir à en rougir.

Elle accepta, bien que sans doute ni l'amour ni la supplique de Crippen n'aient eu grande part dans cette décision. Il est plus probable que les numéros montés à New York avaient aussi été un échec, et elle voulait maintenant tenter sa chance à Londres, où elle pourrait se produire devant un public averti capable d'apprécier son véritable talent. Son arrivée imminente exigeait que Crippen se mette en quête d'un appartement plus vaste, et surtout plus luxueux, pour accueillir une épouse si imbue de sa personne et si exigeante. Il en choisit un à Bloomsbury, dans une jolie rue en forme de demi-cercle, un des nombreux « croissants » londoniens. En l'occurrence, il s'agissait du South Crescent, donnant sur Tottenham Court Road, à un pâté de maisons du British Museum et à une distance à pied tout à fait raisonnable des bureaux de la Munyon sur Shaftesbury Avenue.

Cora arriva en août, et Crippen sentit tout de suite que quelque chose avait changé. «Je peux dire que, quand elle quitta l'Amérique et débarqua en Angleterre pour me rejoindre, ses manières n'étaient plus les mêmes. Elle avait développé un caractère tout à fait irascible et elle semblait penser que je n'étais pas assez bien pour elle. Elle se vantait sans cesse des hommes importants qui lui avaient fait la cour sur le paquebot, et, de fait, certains d'entre eux vinrent lui rendre visite à la maison, mais je ne sais pas comment ils s'appelaient.»

En élisant domicile à Bloomsbury, Crippen avait choisi un quartier dans lequel toute une série de forces qui aspiraient à un changement en profondeur du pays étaient très actives. Tout près, un peu plus à l'est, se trouvaient Bloomsbury Square et Bloomsbury Road, où d'ici quelques années Virginia et Vanessa Stephen, le critique Roger Fry, John Maynard Keynes et les autres membres de ce groupe, réunissant des écrivains et autres brillantes personnalités, deviendraient vite légendaires sous l'appellation de «Groupe de Bloomsbury». Bientôt Virginia épouserait Leonard Woolf et deviendrait célèbre sous le nom de son mari. Quelques rues plus à l'ouest, de l'autre côté de Tottenham Court Road, se trouvait un quartier que les arts visuels revendiqueraient comme l'homologue de Bloomsbury, le Groupe de Fitzroy Street, dont les membres se retrouvaient volontiers à la Fitzroy Tavern, contruite en 1897 à l'angle de Charlotte Street et de Windmill Street, à quatre pâtés de maisons seulement de la nouvelle adresse des Crippen. Le plus célèbre – et finalement le plus ignoble – des membres du groupe était le peintre Walter Sickert, dont on penserait plusieurs fois dans les années suivantes qu'il n'était autre que Jack l'Éventreur. Les Crippen vivaient ainsi à proximité des plus éminents intellectuels de l'époque, entre autres G. K. Chesterton, H. G. Wells et Ford Madox Hueffer (plus tard connu sous le nom de Ford Madox Ford), sans parler de tous les professeurs de l'University College et du British Museum.

Le quartier vibrait d'énergie sexuelle. Au sein du Groupe de Bloomsbury, dès qu'il eut atteint sa maturité intellectuelle, les conversations sur la sexualité allaient bon train. Tout commença, à en croire Virginia Woolf, un jour où Lytton Strachey, le célèbre critique et biographe, entra dans le salon où elle se tenait avec sa sœur.

Virginia écrivit : « La porte s'ouvrit et la longue et lugubre silhouette de M. Lytton Strachey s'encadra sur le seuil. Il pointa du doigt une tache qui marquait la robe blanche de Vanessa. "Du sperme ?" s'enquit-il. "Comment en être tout à fait sûre ?" demandai-je, et nous éclatâmes tous de rire. Avec ce seul mot, toutes les barrières de la réticence et de la réserve venaient de s'écrouler. »

La frontière entre Bloomsbury et Fitzrovia, comme on finit par appeler le quartier entourant la Fitzroy Tavern, était dessinée par la Tottenham Court Road, qui se trouvait également être une ligne de faille politique à la surface du monde, et constituait une source de l'immense intérêt général qu'avait porté Londres à la New Scotland Yard et la police française de la Sûreté. Pendant plusieurs années, les sous-sols du 4, Tottenham Court Road avaient abrité les locaux du Club des travailleurs communistes, où des fauteurs de troubles de tout poil avaient prononcé des discours rageurs ou mielleux. Non loin de là, au 30, Charlotte Street, se trouvait la tout aussi célèbre mais plus radicale encore Épicerie française, centre du mouvement anarchiste international, tenue sous surveillance par des policiers français en civil. Là, des hommes s'enflammaient contre la fracture entre riches et pauvres qui était alors si marquée en Grande-Bretagne.

Tous les matins, alors qu'il se rendait à son travail dans les somptueux bureaux de la Munyon sur Shaftesbury Avenue, Crippen descendait le long de Tottenham Court Road et passait devant le célèbre sous-sol où il voyait les policiers de la Section spéciale et les agents français monter la garde dans la rue et ses environs.

Personne n'accordait la moindre attention au petit médecin, ses gros yeux embusqués derrière ses lunettes et sa démarche en canard, qui ne s'intéressait pas non plus à toute l'agitation qui l'entourait.

Cora Crippen tenta donc sa chance dans les salles de music-hall de Grande-Bretagne. Elle avait un avantage de taille : le public anglais adorait les numéros venus des États-Unis. Elle décida de faire ses débuts sur un petit morceau de musique composé par ses soins dans lequel, bien entendu, elle tenait le rôle principal. Elle demanda à Crippen de payer les frais de production et il accepta avec joie, car cette activité semblait améliorer l'état général de Cora et sa conduite envers lui, même si elle restait sujette à de brusques sautes d'humeur, apparemment convaincue qu'un caractère soupe-au-lait était aussi nécessaire à une diva qu'une belle voix et une robe de prix (que Crippen avait également offerte sans broncher).

Cora avait esquissé un livret pour son spectacle, mais elle reconnut qu'il avait besoin d'être revu et corrigé. Elle organisa une rencontre avec Adeline Harrison, actrice de music-hall et pigiste à ses heures, qui aidait aussi ses congénères à mettre sur pied de nouveaux numéros et à améliorer leurs scénarios. Crippen avait sans doute joué un rôle dans l'appel à ce renfort, car les deux femmes se rencontrèrent dans les bureaux de la Munyon.

Adeline Harrison se rappelle son premier contact avec Cora: «Soudain, les deux rideaux verts s'écartèrent et une femme apparut, qui me fit immédiatement penser à un oiseau resplendissant et bavard au plumage magnifique. La pièce semblait trop petite pour elle. Ses yeux noirs et brillants étincelaient de joie de vivre. Un sourire après l'autre illuminait son visage rond et enjoué. Elle découvrait ses dents et on aurait cru voir un rayon de soleil.»

Une photographie de l'époque montre Cora en train de poser pour la scène. On l'y voit assise en train de chanter en lisant une partition, à côté d'une corbeille débordant de fleurs luxuriantes, sans doute des orchidées ou des lys calla, ou peut-être un mélange des deux. Elle est franchement ronde, avec des doigts boudinés et quasiment pas de cou. Sa robe et ses innombrables jupons lui donnent une allure encore plus imposante, ressemblant davantage à un gros canon qu'à une femme. La robe a des motifs de pétales pareils à des poignards. Les flots de tissu qui enrobent les épaules font paraître son corset encore plus volumineux, mais soulignent aussi l'invraisemblable minceur de sa taille, sans doute sanglée dans le célèbre «Patti», créé par la Y. C. Corset Company, qui devait son nom à Adelina Patti, une des sopranos les plus adulées du monde. Cora arbore un air de confiance et d'autosatisfaction. Pas hautain, mais vaniteux et suffisant. Franchement imposant.

Adeline Harrison lut le script de Cora. Il n'y avait pas là beaucoup de grain à moudre. «Quelques lignes de dialogue sans grand intérêt», nota-t-elle.

Cora lui expliqua qu'elle voulait obtenir quelque chose de plus long et lui demanda comment s'y prendre. Elle souhaitait en faire une petite opérette indépendante plutôt qu'un simple numéro de music-hall.

« Je lui suggérai qu'une intrigue pourrait améliorer l'ensemble », ajouta Adeline Harrison.

Le spectacle qui en résulta s'appelait *La Quantité inconnue* et débuta à l'Old Marylebone, un music-hall qui n'était pas exactement le haut du panier dont avait rêvé Cora. Ce théâtre s'était fait une sorte de spécialité des mélodrames dans lesquels on voyait des cercueils, des cadavres et du sang, mais c'était néanmoins un lieu connu et respectable qui lui donnerait l'opportunité de faire la preuve de son talent. Elle ne demandait rien de plus. Dès que Londres aurait jeté son regard sur elle, son avenir serait assuré.

Un programme de cette époque présente Cora comme Maca Motzki – son nom de jeune fille coupé en deux –, actrice principale de la « compagnie American Bright Light de Vio & Motzki, se produisant dans les plus grands théâtres des États-Unis. » Son faire-valoir était un ténor italien nommé Sandro Vio, présenté dans le même programme comme « administrateur et unique metteur en scène ». Crippen y figurait lui aussi comme « gérant ». Il s'agissait d'une histoire d'amour mêlée à une affaire d'extorsion de fonds, et, à un moment donné, Cora devait jeter au visage de son comparse une poignée de billets de banque. Elle insista pour qu'on emploie de vraies coupures, mais la bagarre qui s'ensuivit dans le public, le soir de la première, força la direction du théâtre à exiger qu'on en utilise de fausses pour les représentations ultérieures. Le spectacle ne resta qu'une semaine à l'affiche. Cora fit preuve d'un tel manque de talent qu'un critique moqueur la surnomma « la Boulette de matza de Brooklyn ».

Humiliée par cet échec, Cora abandonna les variétés, de manière provisoire du moins.

Les Crippen quittèrent leur appartement de South Crescent pour Guildford Street, à un pâté de maisons de l'endroit où avait vécu Dickens, mais, peu de temps après, en novembre 1899, le professeur Munyon rappela Crippen en Amérique pour lui confier la direction du siège de l'entreprise à Philadelphie pendant quelques mois. Cora resta à Londres.

Durant cette période, il dut se passer quelque chose, bien qu'on ne sache pas exactement quoi. Quand Crippen revint à Londres en juin 1900, il n'était plus employé par la Munyon. Il prit la tête d'une autre entreprise de produits pharmaceutiques, la Sovereign Remedy Company, dans la toute proche Newman Street. À la même époque à peu près, Cora et lui emménagèrent de nouveau à Bloomsbury, cette fois dans Store Street, où avait vécu Mary Wollstonecraft un siècle plus tôt. Le nouvel appartement des Crippen se trouvait à une centaine de mètres de celui qu'ils occupaient à South Crescent et à une petite distance à pied de son nouveau bureau.

Pour son plus grand déplaisir, Crippen apprit qu'en son absence Cora avait recommencé à chanter dans de petits concerts réservés aux messieurs. Elle lui annonça de surcroît qu'elle avait l'intention de se lancer à nouveau dans la carrière de chanteuse de variétés et qu'elle avait adopté un nouveau nom de scène, Belle Elmore. Elle était surtout devenue plus imprévisible encore. « Elle passait son temps à me faire des reproches, se plaignait-il, et chaque soir elle inventait une nouvelle raison de me chercher querelle, si bien qu'invariablement nous nous couchions fâchés. Un peu plus tard, quand je me rendis compte que les choses commençaient à durer et qu'elle voulait éviter toute sorte de rapprochement, je lui demandai de me dire quel était le problème. »

Et Cora – Belle, désormais – n'hésita pas à répondre. Durant l'absence de son mari, elle avait rencontré un homme du nom de Bruce Miller, et Crippen expliqua plus tard que « cet individu lui rendait visite, sortait en ville avec elle, qu'il l'aimait beaucoup et qu'elle le lui rendait bien ».

L'ESPION ALLEMAND

Guillaume II s'était immédiatement intéressé aux découvertes de Marconi. Depuis toujours, le Kaiser s'irritait de la supériorité autoproclamée de la Grande-Bretagne, étant pourtant lui-même neveu d'Édouard, prince de Galles, successeur désigné de la reine Victoria. Il ne cherchait pas à dissimuler son intention de faire de l'Allemagne une puissance impériale digne de ce nom et de doter son armée et sa marine de la technologie la plus récente, entre autres, si cela valait la peine, de la télécommunication sans fil.

Durant une nouvelle batterie de tests organisés dans la plaine de Salisbury, au cours desquels Marconi atteignit le nouveau record de dix kilomètres, un Allemand répondant au nom de Gilbert Kapp écrivit à Preece pour solliciter une faveur. Il faisait cette requête, expliqua-t-il, de la part d'un ami, membre du conseil privé du Kaiser. Il s'agissait d'Adolf Slaby, professeur à l'Institut technologique de Berlin. Kapp le présenta comme « le conseiller scientifique personnel du souverain », et il ajouta : « Toutes les inventions et découvertes passionnent l'Empereur et il ne manque jamais de demander à Slaby de les lui expliquer. Récemment, Sa

Majesté a lu un compte-rendu des expériences que vous menez avec Marconi et souhaite que Slaby lui fasse un rapport sur la question. »

Kapp poursuivait par deux questions.

« 1) L'invention de Marconi représente-t-elle effectivement une avancée importante ?

2) Si c'est le cas, serait-il possible que Slaby et moi-même voyions la machine en question et assistions aux expériences si nous venions à Londres à la fin de la semaine prochaine ? »

Il ajoutait : « Je vous prie de traiter cette lettre comme strictement confidentielle et de ne pas parler à Marconi de l'Empereur. »

Même si désormais, la peur qu'avait Marconi d'être espionné était plus vive que jamais, Preece invita Slaby à venir assister à une nouvelle série d'expériences prévues pour la mi-mai 1897, au cours desquelles l'Italien devait pour la première fois tenter de transmettre des signaux de l'autre côté d'une étendue d'eau.

Dans l'intervalle, Marconi concoctait de son côté une petite surprise pour Preece.

Jusqu'à présent, l'Italien avait toujours pensé qu'un contrat avec les Postes serait le meilleur moyen de tirer les bénéfices de son invention et d'obtenir en même temps les ressources nécessaires à son développement afin d'en faire un moyen viable de télégraphie. Mais, toujours inquiet du temps perdu, Marconi avait été de plus en plus gêné par la lenteur avec laquelle l'administration prenait ses décisions. Il écrivit à son père : « Pour ce qui est du gouvernement, je ne sais pas s'il compte m'acheter rapidement mes droits. Je crains également qu'il ne soit pas prêt à me payer très cher. »

Dans le sillage des conférences de Preece, des investisseurs s'étaient rapprochés de Marconi pour lui faire des offres précises. Deux Américains proposaient 10 000 livres sterling – environ un million de dollars d'aujourd'hui – pour le brevet outre-Atlantique. Marconi pesait le pour et le contre de cette offre ainsi que de plusieurs autres avec la froide lucidité d'un homme de loi, et il n'en trouva aucune qui vaille sans hésiter la peine d'être acceptée. En avril, cependant, son cousin Henry Jameson Davis lui proposa de créer une entreprise avec un consortium d'investisseurs liés à la famille Jameson. Ce consortium verserait 15 000 livres sterling cash à Marconi – 1,6 million de dollars d'aujourd'hui –, lui donnerait la majorité des actions et lui accorderait 25 000 livres pour les expériences à venir.

Marconi étudia la proposition avec la même attention scrupuleuse qu'il avait accordée à toutes les précédentes. Les termes en étaient généreux. À l'époque, 15 000 livres représentaient une véritable fortune. Dans *Tono-Bungay,* le roman de H. G. Wells, un personnage est fou de joie à l'idée de gagner 300 livres par an, parce que cette somme va lui permettre de trouver une petite maison et d'assurer sa subsistance et celle de sa jeune épouse. De surcroît, Jameson Davis était un membre de sa famille. Marconi pouvait lui faire confiance. Les investisseurs étaient quant à eux parfaitement connus dans l'empire Jameson. L'offre était vraiment trop alléchante pour être repoussée, mais il sentait bien qu'en l'acceptant il risquait de se mettre à dos Preece et l'administration des Postes. Il lui fallait trouver un moyen d'éviter que la déception de Preece ne fasse des Postes un puissant ennemi.

Il s'ensuivit une campagne savamment orchestrée pour que Marconi apparaisse totalement étranger à l'origine de cette offre, mais ayant néanmoins, en homme d'affaires avisé, été obligé de la considérer sérieusement pour le bien même de son invention.

Marconi s'adjoignit les services d'un avocat spécialiste des brevets, J. C. Graham, qui connaissait bien Preece. Le 9 avril 1897, Graham écrivit à ce dernier pour lui exposer les termes de l'offre et il ajouta : « Marconi hésite vraiment à signer, de peur de sembler manquer de gratitude à votre égard, tant il est extrêmement reconnaissant de tout ce que vous avez fait pour lui. La question paraissant particulièrement pesante pour lui, tant il semble avoir pour seul but de faire les choses correctement, je me suis dit qu'il serait sans doute utile que je vous écrive. Je ne sais évidemment rien de plus du cas de conscience que je vous ai exposé. »

À la première lecture, le but poursuivi par Graham n'était pas clair et Preece dut s'y reprendre à plusieurs fois pour tenter de le comprendre. Était-il en quête de son opinion, ou s'agissait-il déjà d'annoncer avec précaution que Marconi avait l'intention d'accepter cette offre et qu'il espérait qu'il ne lui en tiendrait pas rancune ?

Le lendemain matin, un samedi, Marconi passa par le bureau de Preece, mais il était absent. De retour dans son appartement de Talbot Street, dans le quartier de Westbourne Park, Marconi entreprit d'écrire à son bienfaiteur.

Il commença par ces mots : « Je me trouve face à un problème. »

Le reste de la lettre semblait suivre un plan soigneusement mis au point par Marconi, Jameson Davis et peut-être Graham. Sa teneur était semblable à la lettre de ce dernier, et ne mentionnait pas non plus le fait que Jameson Davis était le cousin du jeune inventeur.

Marconi parlait de Jameson et de ses actionnaires comme « ces messieurs », et s'exprimait en des termes tels qu'en lisant sa lettre quiconque aurait conclu que toute l'affaire s'était produite sans qu'il l'ait voulu, en tout cas sans qu'il ait favorisé cette proposition. Le malheureux jeune homme s'était soudain trouvé poussé à répondre à une offre surgie de nulle part, et si généreuse qu'il se voyait contraint de la considérer sérieusement, même s'il n'éprouvait aucun plaisir à le faire.

Après avoir exposé chaque détail, il ajoutait : « Je me permets de vous assurer, cependant, que je n'ai rien fait pour susciter cette proposition ni même encouragé ceux qui me l'ont soumise. »

Ensuite, il écrivit à son père qu'il pensait, sur la foi de ce qu'il avait entendu dire des associés de Preece, « qu'ils resteraient bons amis ». Ce faisant, il révélait un trait de son caractère qui, sa vie durant, allait colorer et même entraver ses relations commerciales et personnelles : une sorte de surdité sociale qui l'empêchait de ressentir les conséquences de ses actes sur autrui.

Car, en fait, Preece était profondément blessé. Des années plus tard, dans des mémoires assez succincts qui parlaient étrangement de lui à la troisième personne, il écrivit : « Fin 1897, Marconi tomba naturellement sous la coupe des hommes d'affaires qui finançaient sa nouvelle entreprise, et il ne fut donc plus possible pour Preece en tant que haut fonctionnaire de l'État de poursuivre les relations antérieures, cordiales et presque familiales, qu'il avait toujours entretenues avec le jeune inventeur. Personne ne le regretta davantage que Preece. »

L'importance de cette blessure et de ses conséquences ne se manifesta pas avant plusieurs mois. Pour l'heure, les nouvelles émanant de Marconi ne firent pas varier Preece dans son intention de placer l'Italien au centre de sa présentation de juin à la Royal Institution. Il ne lui retira pas non plus immédiatement son soutien financier pour la poursuite de ses expériences. La nouvelle entreprise n'était pas encore officiellement fondée, et Preece pensait qu'il restait une chance au gouvernement d'acheter les brevets de Marconi.

Dix ans plus tard, un comité d'investigation parlementaire conclurait que Preece n'avait pas réellement tout essayé. S'il l'avait fait, précise le rapport du comité, « une entreprise d'envergure nationale ne serait pas ainsi passée aux mains d'une société privée et de graves difficultés à venir auraient pu être évitées ».

En avril 1897, alors que les expériences en mer de Marconi étaient prévues pour le mois suivant, la Grande-Bretagne fut à nouveau traversée par une crise de panique devant le péril que représentait à ses yeux le nombre croissant d'anarchistes et d'immigrants sur son sol. Une bombe explosa dans un train du réseau souterrain du métropolitain, avec pour conséquence un mort et de nombreux blessés. Le terroriste ne fut jamais arrêté mais on accusa néanmoins les anarchistes. Les étrangers. Les Italiens.

Le monde devenait chaque jour plus chaotique et son rythme plus effréné. On apercevait par exemple Rudyard Kipling passer dans son automobile à six chevaux à près de vingt-cinq kilomètres à l'heure. La compétition entre les grandes compagnies navales pour voir quel paquebot traverserait l'Atlantique dans le moins de temps possible s'intensifiait et devenait toujours plus coûteuse au fur et à mesure que la taille et la vitesse des navires augmentaient, et que la rivalité entre les compagnies britanniques et allemandes était aiguillonnée par une charge toujours plus lourde d'orgueil national. En avril 1897, dans les chantiers navals de la Vulcan à Stettin en Allemagne, des milliers d'ouvriers se hâtaient de mettre la dernière main au plus grand, au plus somptueux et au plus rapide des paquebots pour son lancement prévu le 4 mai, date à laquelle il irait rejoindre la flotte allemande de la Lloyd Line. Chaque détail de ce superbe bâtiment témoignait de l'aspiration nationale à devenir une puissance mondiale, à commencer par son nom, le *Kaiser Wilhelm der Grosse,* et sa décoration intérieure, qui comprenait des portraits grandeur nature de l'Empereur, de Bismarck et du maréchal Helmuth von Moltke, dont le neveu ne tarderait pas à entraîner son pays dans la Première Guerre mondiale. La mise à flot devait être réalisée en présence de Guillaume II en personne.

Début mai, Adolf Slaby s'embarqua pour la Grande-Bretagne et se dirigea vers le canal de Bristol, entre l'Angleterre et le Pays de Galles, où Marconi, à l'aide d'un ingénieur des Postes appelé George Kemp, préparait sa prochaine démonstration importante.

Marconi espérait réussir à transmettre des messages à travers les quatorze kilomètres du canal de Bristol, mais il voulait d'abord faire un essai plus modeste : télégraphier depuis la pointe de Lavernock au Pays de Galles jusqu'à un minuscule îlot baptisé Flat Holm à six kilomètres de distance. Vendredi 7 mai, Kemp rejoignit l'île sur un remorqueur en emportant un émetteur et s'installa « dans une petite maison qui appartenait à l'employé du crématorium ».

Slaby débarqua à Lavernock. Généreusement, mais sans doute imprudemment, Marconi confia un petit récepteur à Slaby pour qu'il puisse suivre au plus près les expériences.

Jeudi 13 mai, une semaine après le début des tests, Marconi télégraphiait le message suivant : « À la grâce de Dieu va, ainsi soit-il ! »

Les étincelles générées par son émetteur fendirent l'air. Les spectateurs durent se boucher les oreilles pour se protéger contre le coup de tonnerre miniature produit par chaque décharge bleue. Les cascades d'ondes ainsi provoquées traversèrent le canal à la vitesse de la lumière, de Flat

Holm à la pointe de Lavernock, où le récepteur de Marconi parvint à les capter sans la moindre distorsion.

Slaby comprit sur-le-champ la valeur que son empereur accorderait à cette découverte. Il vénérait Guillaume. Dans une lettre adressée à Preece, il écrivit dans son anglais rudimentaire : «Je ne peux pas l'aimer plus, il est le meilleur et le plus beau monarque assis sur un trône, avec une compréhension si complète des progrès de son temps. Plus que jamais, je regrette que cette horrible politique l'ait rendu si étranger à vos compatriotes et à tout votre pays que lui aime pourtant profondément.»

Mais cette admiration inconditionnelle transforma Slaby de chercheur sans parti pris en véritable espion. À Berlin, il avait tenté ses propres expériences avec des cohéreurs et des bobines à induction pour générer des ondes électromagnétiques. Il possédait les bases de la technique, mais là il put prendre des notes précises sur la façon dont Marconi avait conçu, réalisé puis assemblé les éléments de son dispositif. Si Marconi avait deviné l'étendue des informations enregistrées par Slaby, il lui aurait certainement refusé l'accès aux tests, mais, apparemment, il était trop concentré sur son expérience pour s'en rendre compte.

D'autres messages suivirent.

«Il fait froid ici et le vent s'est levé.»

«Comment allez-vous ?»

«Allez vous coucher.»

«Prenez donc le thé.»

Et puis cet exemple d'humour télégraphique, sans doute le premier.

«Allez donc vous faire Douvres !»

Marconi essaya ensuite de faire passer des signaux d'une rive à l'autre du canal. Bien qu'à peine déchiffrables, ils atteignirent bel et bien l'autre côte, à quatorze kilomètres de distance, un nouveau record. Pour Slaby, une telle distance franchie était inimaginable. « Moi, je n'avais jamais pu télégraphier à plus d'une centaine de mètres, écrivit-il. Il m'apparut immédiatement que Marconi avait dû ajouter quelque chose de nouveau à tout ce qu'on connaissait déjà. »

Après cette démonstration, Slaby se hâta de rentrer en Allemagne. En deux jours, il était déjà à Berlin et il écrivit aussitôt à Preece pour le remercier d'avoir rendu possible cette visite. « Je suis venu comme un étranger et j'ai été reçu en ami. Une fois de plus j'ai vu confirmer mon idée que les peuples sont peut-être séparés par la politique et les journaux, mais que la science les unit. »

Marconi ne partageait pas ces sentiments chaleureux. Tout comme Preece se sentait trahi par son protégé, il eut l'impression d'avoir été trahi par son bienfaiteur qui avait invité Slaby à assister aux tests. À l'aide de l'administration des Postes, il poursuivit néanmoins ses expériences, et Preece continua à préparer la conférence qu'il devait donner à la Royal Institution, une des plus attendues à Londres cette année-là.

À Berlin, Slaby se mit au travail sans attendre pour reproduire le dispositif de Marconi.

À Liverpool, Oliver Lodge s'arracha à son flirt avec les rayons X et les fantômes. Furieux de l'attention que s'attirait Marconi sous le patronage de Preece, il engagea son propre avocat. Le 10 mai 1897, il déposa une demande de brevet pour un moyen permettant de régler la fréquence des transmissions sans fil de telle façon que les signaux produits par un émetteur n'interfèrent pas avec ceux émis par un autre. Dans la même demande, il voulait également déposer son propre cohéreur et un dispositif qui, en tapotant automatiquement sur le tube après chaque émission, permettait de rendre la limaille à son état de non-conduction.

Il fut cependant contraint de retirer ces deux demandes, le brevet de Marconi étant antérieur et prioritaire.

Cela n'apaisa en rien la rancune grandissante de Lodge ; non plus d'ailleurs que l'annonce de la conférence de Preece devant la Royal Institution au sujet de la télégraphie sans fil « inventée » par Marconi. Pour Lodge, c'en était trop. Samedi 29 mai 1897, il écrivit à Preece pour lui rappeler les termes de sa propre conférence dans les mêmes lieux trois ans auparavant :

« Les journaux semblent traiter la méthode de Marconi comme radicalement novatrice. À l'évidence, vous savez qu'il n'en est rien, et pourvu que mes confrères scientifiques en soient bel et bien informés, peu importe ce que prétend la presse populaire.

« Les tensions causées par les considérations financières vous ont peut-être conduit à oublier la description détaillée que j'ai publiée en 1894. J'utilisai déjà alors de la limaille de cuivre sous vide. Tout aurait pu être mené à bien trois ans plus tôt si j'avais soupçonné l'intérêt commercial de toute l'affaire. J'avais déjà mis au point le dispositif automatique de tapotage et tout le reste. »

Preece donna néanmoins la conférence qu'il avait prévue à la Royal Institution. Marconi et lui inclurent une démonstration semblable à celle à laquelle ils s'étaient livrés à Toynbee Hall avec des « clochettes tintant gaiement » dans des espèces de boîtes de conserve, pour reprendre les mots de *The Electrician.* Cette revue jugea l'expérience « proche de la sorcellerie ».

Preece expliqua au public : « La distance à laquelle ces signaux ont été transmis est tout à fait remarquable. » Et il ajouta : « Notez que nous sommes loin d'avoir encore atteint la limite. » Il lançait ainsi une pique à Oliver Lodge. Sans jamais le nommer, Preece faisait allusion aux déclarations de ce dernier, trois ans plus tôt, selon lesquelles les ondes hertziennes ne pourraient sans doute jamais dépasser les huit cents mètres. « Il est toujours intéressant de lire les conjectures des autres, dit encore Preece. Huit cents mètres apparaissait alors comme le rêve le plus fou ! »

Et là, toujours selon *The Electrician*, Preece venait de marquer un point décisif.

À la fin de la conférence, des applaudissements nourris montèrent de la salle. Lodge et les Maxwelliens donnèrent libre cours à leur fureur. En un manquement étonnant au décorum qui régissait le monde scientifique victorien, Lodge explosa publiquement. Dans une lettre adressée au *Times*, il écrivit : « Apparemment, certains avancent que la méthode consistant à transmettre des signaux dans l'espace au moyen des ondes hertziennes captées dans un tube de Branly empli de limaille de métaux serait une découverte due au *signor* Marconi. Les physiciens n'ignorent cependant pas, et le public sera sans doute ravi de l'entendre, que j'ai moi-même fait la démonstration d'une méthode de transmission pour l'essentiel identique en 1894. » Il se plaignait de ce que « le vocabulaire employé au cours des derniers mois dans la presse populaire sur ce sujet, décrivant les "ondes de Marconi" et parlant de "découvertes importantes" et de "brillantes nouveautés", était encore plus absurde que de coutume ».

Cette attaque en règle surprit même son ami et collègue physicien, George FitzGerald, bien qu'il soit exactement du même avis. Peu de temps après la publication de la charge en question, FitzGerald écrivit à Lodge pour l'avertir : « Il faudrait surtout éviter d'en faire une affaire personnelle entre vous et Marconi. Le public ne s'intéresse pas à ce genre de choses et se dira : il s'agit d'une querelle privée, laissons-les s'en débrouiller ensemble. »

FitzGerald n'en voulait pas à Marconi. « Ce jeune garçon, on me dit qu'il a à peine vingt ans – il en avait en fait vingt-trois –, mérite toute notre admiration pour sa persévérance, son enthousiasme et son courage. C'est sans doute quelqu'un de très intelligent, et on pourrait difficilement s'attendre à ce qu'il soit capable d'assez de sagesse pour savoir reconnaître à chacun les mérites qui sont les siens en la matière. » Marconi n'avait certes pas été « très ouvert, écrivait-il encore, mais comment le blâmer si les circonstances lui ont un peu fait tourner la tête. Par ailleurs aucun Italien, ni d'ailleurs aucun étranger en général, n'ayant jamais su se montrer équitable dans ses jugements, il serait donc tout à fait déraisonnable de s'attendre à ce qu'il le soit. »

Le vrai problème, c'était Preece, accusait FitzGerald. Il recommanda à Lodge de concentrer ses attaques sur lui, et en particulier sur la façon dont lui et les Postes – « d'une ignorance crasse, comme d'ordinaire » – n'avaient pas su s'intéresser aux découvertes scientifiques qui avaient permis à Marconi de fabriquer son dispositif, et s'étaient laissé séduire par une « boîte mystérieuse ».

Il ajoutait : « Preece, je pense, se moque de façon évidente et délibérée des hommes de science, et il mérite une sévère réprimande. »

Le 2 juillet 1897, Marconi reçut son brevet complet et officiel et, sans s'en ouvrir à Preece, se sentit de plus en plus prêt à accepter la proposition que lui avait faite Jameson de créer une entreprise.

Il est possible que Preece ait cru avoir réussi à étouffer ce plan dans l'œuf. Dans une lettre adressée à ses supérieurs hiérarchiques datée du 15 juillet dans laquelle il défendait l'idée que le moment était venu de penser à acheter les droits de l'invention de Marconi, il écrivit : « Je lui ai clairement fait valoir que, parce qu'il a soumis son système à l'examen des Postes, de l'Amirauté et du ministère de la Défense, il ne lui est moralement pas possible d'entamer des négociations avec qui que ce soit, ni même d'écouter des propositions financières qui pourraient aboutir à une sorte de chantage à l'encontre de ses seuls et sans doute uniques clients. Il l'accepte et reconnaît le bien-fondé de cette position. »

Preece suggérait que le gouvernement se contente de payer 10 000 livres pour ce brevet – environ un million de dollars d'aujourd'hui – et selon lui, Marconi ne serait pas vraiment en position de discuter. « Il faut se rappeler que M. Marconi est un très jeune homme… et un étranger. Il a démontré sa nature ouverte et candide, et a su résister à des offres très tentantes. Il possède très peu d'expérience. Par ailleurs, il ne peut pas faire grand-chose sans notre aide, et son système ne peut trouver d'application pratique dans le domaine de la télégraphie en Grande-Bretagne qu'à travers nous. »

Cinq jours plus tard néanmoins, Marconi créait sa propre entreprise. Ses avocats l'enregistrèrent sous le nom de Wireless Telegraph and Signal Company. Le siège social était déclaré à Londres. Jameson Davis fut nommé président-directeur général, et il était entendu que quand l'entreprise serait bien lancée, il démissionnerait. Marconi reçut soixante mille actions d'une valeur d'une livre chacune, ce qui représentait 60 % des parts, 15 000 livres en liquide, et l'engagement que l'entreprise en consacrerait 25 000 de plus au développement de sa technologie.

Six mois plus tard, la valeur du portefeuille de Marconi avait triplé et ses soixante mille actions valaient soudain

180 000 livres, soit 20 millions de dollars d'aujourd'hui. À vingt-trois ans, il était riche et célèbre.

À Berlin, Adolf Slaby n'avait pas perdu son temps. Le 17 juin, un mois après avoir assisté aux tests du canal de Bristol, il écrivit à Preece : « J'ai réussi à reproduire tout le dispositif de M. Marconi, et il fonctionne plutôt bien. Après mes vacances, que j'ai l'intention de passer au bord de la mer, je vais essayer d'accroître la distance de transmission. Croyez que je vous serai toujours reconnaissant de votre extrême gentillesse en me rappelant ces jours si agréables et si intéressants à Lavernock. »

Mais les remerciements empressés de Slaby dissimulaient de plus grandes ambitions, tant pour lui-même que pour son pays. En compagnie de deux associés, il se mettrait bientôt à commercialiser son propre système, et avec le soutien enthousiaste du Kaiser et d'une batterie de puissants investisseurs allemands, il entrerait dans une guerre secrète contre Marconi qui préfigurerait les hostilités qui allaient embraser le monde.

Pour l'instant cependant, Slaby prétendait que seuls comptaient la science et le savoir. Il écrivit encore à Preece : « Heureux que nous sommes de n'avoir pas à nous soucier de politique. L'amitié que la science a nouée est inébranlable et je veux vous redire les sentiments si sincères et chaleureux que je vous porte. »

BRUCE MILLER

Bruce Miller avait autrefois été boxeur professionnel et gardait un beau visage cabossé pour le prouver. Il avait abandonné les combats pour la scène et était arrivé en Angleterre, quelques mois avant de rencontrer Belle, dans l'espoir de faire carrière dans les variétés. C'était littéralement un homme-orchestre : il jouait de la batterie, de l'harmonica, du banjo, et tout ça en même temps, se produisant à Londres et en province, de Southend-on-Sea à Weston-super-Mare, entre autres. Quand il avait fait la connaissance de Belle cependant, il s'apprêtait à partir pour Paris et l'Exposition de 1900, où il devait se produire en partenariat au cours de certaines « attractions ». Il la rencontra un soir de décembre 1899, un mois environ après le départ de Crippen pour Philadelphie. Il partageait un appartement avec un colocataire, un professeur de musique américain, sur Torrington Square à Bloomsbury, tout près de l'University College. Ce soir-là, Belle vint dîner avec le colocataire en question qui les présenta l'un à l'autre. Ce jour-là, rapporta Miller, « je lui ai seulement serré la main avant de sortir ».

Ils se revirent, peut-être par l'entremise du colocataire, et devinrent amis. Belle était à l'évidence attirée par sa stature et ses beaux traits taillés à la serpe, lui par son énergie inépuisable, son entrain et sa sensualité généreuse. Il avait bien une femme en Amérique, qu'il avait épousée en 1886, mais, pour lui, ce mariage était un échec et n'était plus qu'un mot sur ses papiers.

« Je ne peux pas dire que j'avais franchement expliqué à Belle Elmore que j'étais marié, concéda-t-il plus tard, mais si je le lui ai dissimulé, ce n'était pas volontaire. Je n'ai jamais rien eu à cacher, ni aucune raison de ne pas lui en parler. J'étais déjà séparé de ma femme quand je suis arrivé en Angleterre. Elle m'a écrit plusieurs lettres pour me supplier de rentrer vivre avec elle, et je les ai montrées à Belle Elmore. » Belle pensait d'ailleurs qu'il ferait mieux de retourner vivre avec elle.

Belle ne parlait pas non plus très volontiers de son propre mariage. « Lors de notre première rencontre, on me l'avait présentée comme Mlle Belle Elmore, se rappelait Miller. Nous nous sommes revus plusieurs fois avant que j'apprenne qu'elle était mariée. Elle parlait fréquemment du Dr Crippen, et, curieux de savoir qui c'était, j'avais fini par le lui demander. "C'est mon mari. Votre ami ne vous a pas dit que j'étais mariée ?" »

Crippen parti en Amérique, Miller se mit à fréquenter l'appartement de Guildford Street deux ou trois fois par semaine, « parfois l'après-midi, confia-t-il, et parfois le soir », tout en insistant sur le fait qu'il ne pénétra jamais dans d'autres pièces que le salon.

Il se mit à appeler Belle « Noisette », à cause de la couleur de ses yeux. Il lui offrit des photos de lui, dont une qu'elle fit trôner sur le piano de son appartement. Ils sortaient souvent ensemble, notamment dans des restaurants fréquentés par les gens de théâtre, comme le Jones's et le Pinoli's, le Kettner's à Soho, le Trocadero – « le Troc » – et le plus célèbre et mal famé de tous, le Café royal de Regent Street, tout près de Piccadilly Circus, où venaient souvent George Bernard Shaw, G. K. Chesterton, le sexologue Havelock Ellis, cet obsédé de Frank Harris, et avant sa chute, le si sexuellement contestable Oscar Wilde. On racontait qu'une certaine Lady de Bathe, mieux connue sous le nom de Lillie Langtry, y avait un jour lancé une glace dans le dos d'Édouard, le futur roi. (L'anecdote n'est vraie qu'en partie : l'incident eut bel et bien lieu, mais ailleurs et avec une autre actrice.) Les bookmakers côtoyaient les avocats et commandaient des cocktails comme l'Alabazan, la Divine Caresse, l'Orgie de Citron et le Remontant des Vieux Potes.

Bruce Miller et Belle, quant à eux, préféraient le champagne et, pour commémorer leurs rencontres, ils en écrivaient la date sur chaque bouchon, jusqu'à en obtenir un véritable chapelet que Belle garda en sa possession. « Mon mari ne se plaint jamais de rien, expliquait-elle à Miller. Je lui dis toujours tout. »

Quand Crippen rentra, Miller était à Paris. Il écrivait à Belle « assez souvent pour se montrer sociable, pour rester bons amis ». Crippen ne le rencontra jamais, mais Belle tint à ce qu'il en apprenne davantage qu'il aurait sans doute aimé en savoir. Elle continua à exposer à la maison au moins une photographie de Miller. En mars 1901, elle lui envoya une enveloppe contenant six clichés d'elle-même, en précisant qu'ils avaient été pris par Crippen « avec son Kodak ». Elle sous-entendait que son mari savait qu'elle les lui expédiait.

Un jour, soit par accident, soit parce que Belle s'était arrangée pour que cela arrive, Crippen tomba sur des lettres de Miller qui se terminaient toutes par : « Avec amour, mille baisers à ma Noisette. »

Ces missives causèrent dans le cœur du petit médecin un sentiment qui ressemblait à du chagrin.

Plus tard, Miller serait interrogé sur ces lettres et sur ce que signifiaient exactement ces derniers mots.

ENNEMIS

Malgré la reconnaissance officielle de Marconi par la City, la fronde gagna du terrain, menée comme toujours par Oliver Lodge, rejoint par de nouveaux alliés.

En septembre 1897, la revue scientifique spécialisée la plus célèbre de Grande-Bretagne, *The Electrician*, fut à deux doigts d'accuser Marconi d'avoir volé les fruits du travail de Lodge. « En fait, le Dr Lodge avait publié suffisamment de détails pour permettre à un "praticien" même débutant de mettre au point un système de télégraphie directement utilisable sans faire varier la méthode préconisée par le professeur d'un iota. » À propos du brevet déposé par Marconi, le rapporteur ironisait : « Il est de notoriété publique qu'un avocat habile peut transformer n'importe quelle demande en acte du Parlement en bonne et due forme. Si ce brevet est confirmé par une cour de justice, on s'apercevra qu'il est tout aussi simple pour un conseiller juridique en la matière d'obtenir un brevet valide à partir des trouvailles d'un autre cerveau, dûment et publiquement décrites. »

Dans l'intervalle, le grand public commençait à s'agacer des cachotteries de Marconi et de son incapacité à convertir son invention en un système de télégraphie utilisable, malgré tout ses succès remportés dans les locaux des Postes, dans la plaine de Salisbury et au bord du canal de Bristol. L'époque en était venue à considérer les progrès scientifiques comme son dû. « Nous exigeons que la lumière soit faite sur ces succès discutables, écrivit un lecteur dans une lettre publiée par *The Electrician*. Je les appelle "discutables" parce que ce retard, ce suspense entretenu sur les applications pratiques, m'amène quelques doutes à l'esprit que je ne suis pas le seul à souhaiter voir dissiper au plus vite.

« Quelles sont les difficultés rencontrées ? Se trouvent-elles dans l'émetteur, le récepteur ou dans l'air qui les sépare, ou bien encore sont-elles liées au consortium financier, qui sur la foi d'expérimentations tenues secrètes et quelques articles de journaux sans valeur, s'est laissé embarquer dans cette grande et mystérieuse aventure ? »

Auparavant, Marconi aurait pu compter sur William Preece et l'administration des Postes pour assurer sa défense, mais maintenant, son ancien protecteur s'était retourné contre lui – même si Marconi semblait peu conscient de ce changement et des dangers qu'il représentait. Au début du mois de septembre 1897, par exemple, les Postes interdirent tout à coup à Marconi d'assister à des tests organisés à Douvres, alors même que son dispositif y était utilisé. Marconi s'en plaignit à Preece : si on n'autorisait pas sa présence, les tests seraient assurément un échec. Il craignait aussi qu'entre d'autres mains, son télégraphe ne fonctionne pas au maximum de son potentiel et savait également que les ingénieurs des Postes n'avaient pas intégré ses plus récentes améliorations. Il avait vingt-trois ans, Preece, soixante-trois, et pourtant il lui écrivait comme pour gronder un écolier : « J'espère que vous renoncerez vite à cette nouvelle attitude, qui risque de porter de sérieux préjudices à mon entreprise en cas d'échec des tests de Douvres. »

Peu de temps après, il débaucha George Kemp des Postes et fit de lui son plus proche collaborateur. Ce fut une des décisions d'embauche les plus importantes qu'il prit jamais.

Jusqu'alors, tout s'était déroulé loin des yeux du public, mais au début de l'année 1898, les Postes exposèrent ce qui apparut comme la première manifestation officielle de la déception de Preece. Le rapport annuel du ministre des Postes et Télécommunications pour les douze derniers mois, daté du 31 mars 1898, révéla que des tests avaient été réalisés sur le dispositif de Marconi mais qu'« aucuns résultats pratiques n'avaient pu être atteints ».

Marconi en fut piqué au vif. Il pensait avoir amplement démontré que la télégraphie sans fil était une technologie applicable, prête à être adoptée. En décembre 1897, Kemp et lui avaient planté un poteau sans fil sur l'île de Wight au beau milieu du parc de l'hôtel Needles dans la baie d'Alun – la première station télégraphique permanente du monde – et avaient réussi à établir une communication avec un remorqueur qui croisait à environ dix-sept kilomètres de là. En janvier 1898, ils avaient installé une deuxième station sur la terre ferme, dans un autre hôtel, le Madeira House de Bournemouth, à une vingtaine de kilomètres plus à l'ouest le long de la côte. Depuis cette date, les deux stations communiquaient entre elles.

Apparemment sourd au changement d'attitude de Preece, Marconi proposa de vendre aux Postes le droit d'utiliser son invention sur le territoire britannique pour la somme de 30 000 livres – un prix exorbitant, équivalent à 3 millions de dollars actuels. Cette offre fleurait l'impudence. Le gouvernement la refusa.

C'est alors que Preece frappa de nouveau. En février 1899, il eut soixante-cinq ans, l'âge de la retraite obligatoire dans son administration, mais au lieu de faire valoir ses droits, il réussit à décrocher une nomination en tant qu'ingénieur consultant des Postes. Dans cette position, les circonstances contribuèrent à faire de lui un adversaire plus dangereux encore. Ses supérieurs lui demandèrent de préparer un rapport sur l'invention de Marconi dans l'idée de déterminer si le gouvernement devrait lui accorder une licence lui permettant de traiter les messages déposés dans les bureaux du télégraphe abrités par les Postes. Telle qu'elle était rédigée, la loi, qui concédait aux Postes le monopole sur toute la télégraphie dans les îles Britanniques, l'interdisait formellement.

Dans son rapport de novembre 1899, Preece se prononça contre l'attribution de la licence en question. Il fallait d'abord que Marconi ait réussi à établir un service commercial opératoire quelque part, expliquait-il. Lui accorder une licence à ce jour ne ferait qu'enrichir Marconi et ses soutiens financiers en causant une « excitation infondée » parmi les investisseurs. « Une nouvelle compagnie serait alors créée avec un capital plus important, le public se précipiterait pour souscrire à une entreprise reconnue d'utilité publique par le ministre des Postes et Télécommunications, et le gouvernement favoriserait ainsi une nouvelle "Bulle des mers du Sud". »

Preece écrivit ensuite à Lodge : « Je veux vous montrer mon rapport. Il est actuellement entre les mains du ministre de la Justice. Il s'oppose très énergiquement en tout point aux propositions de Marconi. »

Lodge se réjouit de cette disposition. Il écrivit à Sylvanus Thompson à propos de ce qu'il appelait « la tentative de Preece de faire capoter tous les projets de leurs ennemis ».

Il ajoutait : « Je ne peux m'empêcher de penser que c'est plutôt mérité et juste, bien que cela vienne un peu tard. »

Marconi dut reconnaître qu'il avait lui aussi besoin d'alliés, à la fois pour neutraliser l'opposition de Lodge et pour l'aider à convaincre les sceptiques qui considéraient encore que la télégraphie ne serait qu'une passade.

Il commença par courtiser un des hommes de science les plus respectés de Grande-Bretagne, Lord Kelvin. Quelque temps auparavant, Kelvin s'était déclaré sceptique sur l'avenir pratique de la technologie sans fil, justifiant son point de vue, chacun s'en souvenait, en disant : « La télégraphie, c'est très bien, mais je préfère quant à moi dépêcher un domestique sur un poney. »

En mai 1898, Kelvin visita les bureaux de Marconi à Londres où l'inventeur en personne lui fit la démonstration du fonctionnement de sa machine. Kelvin se déclara impressionné mais demeura dubitatif quant aux perspectives d'avenir. À ce stade, Marconi et Lodge essayaient tous deux de développer des méthodes permettant d'encoder les messages pour éviter que les signaux d'un émetteur ne viennent perturber ceux d'un autre, mais Kelvin continuait de penser que l'interférence représenterait un problème de plus en plus important avec l'accroissement des distances et des charges électriques. Kelvin écrivit à Lodge : « Mon objection principale à une utilisation viable sur des distances d'environ vingt-cinq kilomètres est que deux personnes en train de se parler monopoliseraient presque complètement l'espace et l'air alentour sur plusieurs dizaines de kilomètres carrés. Je ne pense pas qu'on puisse réussir à faire communiquer entre elles une douzaine de personnes par cette méthode dans un rayon de quinze kilomètres. »

Un mois plus tard, Kelvin et sa femme visitèrent la station de l'hôtel Needles sur l'île de Wight, où Marconi invita l'homme de science à émettre lui-même un message sur une longue distance. Kelvin sembla enfin s'éveiller au potentiel commercial de l'invention. Il insista pour régler ce service à son hôte, le premier télégramme payant et, incidemment, le premier revenu de l'entreprise.

Marconi demanda à Kelvin de devenir son ingénieur consultant. Le 11 juin, Kelvin accepta non sans quelques hésitations, et l'importance de son soutien se fit immédiatement sentir. Le jour même, il écrivait à Lodge : « Je pense que vous seriez bien inspiré d'adresser directement à Marconi un message de paix. » Il expliquait qu'après avoir passé deux jours en compagnie de Marconi, il s'était fait de lui une opinion très favorable : « Il m'a même encouragé à vous écrire… Je sais qu'il aimerait beaucoup s'assurer de votre collaboration et je pense qu'à tous égards, il ne serait que justice que vous soyez associé à cette entreprise. » Il informait ensuite Lodge de sa décision de rejoindre Marconi en tant qu'ingénieur consultant et précisait : « J'ai suggéré que vous soyez engagé sur les mêmes bases et il a tout à fait approuvé ma suggestion. Mais avant de songer à prendre part moi-même à l'affaire, je voulais déjà encourager la signature de ce traité de paix, et j'espère – et suis d'ailleurs convaincu – que vous me rejoindrez sur ce point. »

Il ajoutait un post-scriptum enthousiaste sur les moments passés à la station de l'hôtel Needles : « J'ai vu fonctionner et fait l'expérience du télégraphe depuis la station jusqu'à Bournemouth, aller et retour. C'est tout simplement admirable. Et tout à fait réalisable !!! »

Kelvin semblait presque sûr de vouloir rejoindre la compagnie, mais il eut soudain des hésitations qui n'avaient rien à voir avec Marconi ni sa technologie. Ce qui le troublait était l'idée qu'en s'alliant avec l'Italien, il allait entrer dans une entreprise dont le but n'était pas seulement de pénétrer les secrets de la nature, mais aussi de réaliser autant de profits que possible. Le 12 juin, le lendemain du jour où il avait écrit à Lodge, Kelvin reprit la plume : « Avant d'accepter de devenir ingénieur consultant, je pose pour condition qu'on ne réclame plus d'argent au contribuable, pour l'instant du moins. Il m'apparaît en effet que le présent consortium a un capital suffisant pour l'entreprise prévue… Je suis évidemment loin d'être certain que cette condition paraîtra acceptable aux promoteurs. Mais dans le cas contraire, je me verrai contraint de reprendre mon engagement. »

Pour Marconi, cette condition était inadmissible et Kelvin ne devint jamais ingénieur consultant.

Le jeune homme décida donc de concentrer ses efforts sur Lodge.

Lodge exultait d'être devenu l'objet de toute l'attention de Marconi. Pour l'aider dans ses tractations avec l'Italien, il demanda les services d'un ami, Alexander Muirhead, dont l'entreprise fabriquait des instruments télégraphiques de pointe. Muirhead rencontra Jameson Davis au Reform Club de Londres, et fit ensuite immédiatement son rapport à Lodge : « L'entrevue d'aujourd'hui n'était que le début de la partie. Je suis convaincu désormais qu'ils veulent s'unir à nous. Tout vient à point à qui sait attendre. »

En juillet, Muirhead proposa de vendre la technologie de sélection des ondes mise au point par Lodge pour la somme de 30 000 livres, le même prix exorbitant qu'avait avancé Marconi pour céder ses droits aux Postes. Dans une lettre datée du 29 juillet 1898, Jameson Davis écrivit à Lodge : « Cette somme nous a frappés, moi et mes plus proches collaborateurs, comme extraordinairement élevée, surtout si l'on considère que nous ne possédons pas vraiment d'informations concernant cette invention. » Il demandait des précisions, mais à cette date, il n'avait reçu aucune réponse. « Comme nous sommes réellement désireux de vous compter parmi nous, je serais tout à fait heureux de recevoir vos éclaircissements sur ce point afin de parvenir à un accord satisfaisant pour les deux parties. »

Marconi prit la plume à son tour, apparemment pour tenter de favoriser le rapprochement en exhibant ostensiblement sa toute nouvelle réussite : il indiquait comme adresse où il était possible de lui répondre :

L'Osbourne, yacht royal
Cowes
Île de Wight.

Tous ceux qui lisaient le journal savaient qu'en ce moment le prince de Galles était en convalescence à bord du yacht royal pour se remettre des blessures à la jambe causées par une chute dans un escalier durant un bal donné à Paris. Sa mère, la reine Victoria, aurait aimé qu'il passe cette période dans le domaine royal d'Osbourne House où elle séjournait, mais Édouard préférait le yacht… et un peu de distance. Le bateau était amarré à quelque trois kilomètres dans le Solent, ce bras de mer qui sépare l'île de Wight de l'Angleterre. Jusqu'à très peu de temps auparavant, cette distance aurait protégé l'intimité du prince, mais sa mère avait lu des articles sur Marconi et elle venait de lui demander d'assurer une liaison sans fil entre le château et l'*Osbourne.*

Toujours désireux d'attirer l'attention de la presse, Marconi accepta. Sur ses indications, les ouvriers allongèrent le mât du yacht et firent courir un fil électrique sur toute la longueur, produisant ainsi une antenne qui s'élevait à environ vingt-cinq mètres au-dessus du pont. Il installa un émetteur qui inonda de lumière le poste d'envoi et provoqua un claquement de tonnerre miniature qui le força à se boucher les oreilles avec du coton. À Osbourne House, dans une dépendance appelée Ladywood Cottage, Marconi supervisa la construction d'un autre mât, d'une hauteur de trente mètres.

À un certain moment, pour ajuster ses équipements, Marconi tenta de traverser les jardins alors que la reine s'y promenait dans son fauteuil roulant. Victoria tenait beaucoup au respect de son intimité et demandait à son personnel de veiller à prévenir toute intrusion. Un jardinier arrêta Marconi et lui ordonna de « rebrousser chemin et de faire le tour ».

Marconi, du haut de ses vingt-quatre ans, refusa tout net, et annonça au jardinier qu'il traverserait ce parc ou abandonnerait le projet. Il fit demi-tour et rentra à l'hôtel.

Un domestique rapporta la réaction de Marconi à la reine. De son ton à la fois doux et impérieux, elle dit : « Trouvez un autre électricien.

– Hélas, Votre Majesté, répondit le domestique. L'Angleterre n'a pas d'autre Marconi. »

La reine réfléchit, puis fit envoyer une calèche royale à l'hôtel de Marconi pour le ramener. Ils se rencontrèrent et discutèrent. Elle avait soixante-dix-neuf ans, lui émergeait à peine de l'adolescence, mais il parlait avec l'assurance d'un Lord Salisbury et elle tomba sous le charme. Elle loua son travail et lui souhaita une belle réussite.

Avant peu, la reine et son fils communiquaient régulièrement grâce à la télégraphie sans fil. Au cours des deux semaines suivantes, Victoria, Édouard et Sir James Reid, le médecin du prince, échangèrent environ cent cinquante messages, dont la nature suffit à prouver que, quelle que soit l'innovation technologique employée pour l'acheminement de leurs messages, les hommes et les femmes trouveront toujours le moyen de les rendre insipides.

Le 4 août 1898, Sir James à Victoria :

« S.A.R. le Prince de Galles a passé une exceliente nuit, il est de très belle humeur et en parfaite santé. Son genou ne donne aucun signe d'inquiétude. »

Le 5 août 1898, Sir James à Victoria :

« S.A.R. le Prince de Galles a passé une excellente nuit et son genou est au mieux. »

On trouve aussi trace d'un échange passionnant entre une invitée du prince, à bord de l'*Osbourne*, et une autre femme qui séjournait au château. « Pourriez-vous venir prendre le thé avec nous demain ? »

Et la réponse qui fendit l'air immédiatement : « Impossible, désolée. »

Cette nouvelle technologie intriguait fort Édouard, et il était ravi d'avoir Marconi à bord. En gage de sa gratitude, il offrit à l'inventeur une épingle à cravate royale. Du bateau, Marconi écrivit à Lodge pour lui dire qu'il avait réussi à établir la liaison entre la reine et son fils. « Je suis heureux de pouvoir dire que tout s'est déroulé au mieux depuis le tout début ; nous avons pu échanger des milliers de mots sans jamais devoir en répéter un seul. » Bien que la distance ne soit que de trois kilomètres, il faisait remarquer que les deux endroits étaient hors de portée visuelle, une colline s'élevant au milieu.

Il terminait en ajoutant : « Je suis terriblement pressé », et soulignait sa signature d'un trait appuyé de la plume, ce qu'il ne manquerait plus jamais de faire par la suite.

Au milieu de cette tentative de séduction de Lodge, la compagnie de Marconi fit l'expérience de son premier accident mortel, bien que cette fatalité n'eût rien à voir avec la télégraphie sans fil.

Un des employés de Marconi, Edward Glanville, s'était rendu jusqu'à la lointaine île de Rathlin, à une dizaine de kilomètres de la côte d'Irlande du Nord, pour participer à la mise en place d'une expérience commanditée par la Lloyd's de Londres. Sa mission était d'installer des émetteurs et des récepteurs sans fil à Rathlin et en Irlande, à Ballycastle, qui devraient signaler au siège londonien de la Lloyd's le passage de certains bateaux. Un bras de mer houleuse séparait Rathlin de Ballycastle et avait jusque-là rendu les communications problématiques.

À Ballycastle, où George Kemp s'occupait d'une moitié de l'opération, le dispositif fut placé dans la chambre d'un enfant « chez une dame dont la maison se trouvait sur la falaise », et les fils de l'antenne passaient par la fenêtre. Si tout se passait bien, des messages provenant de Rathlin seraient transmis à Ballycastle grâce à la technologie sans fil, sans avoir à se soucier du brouillard ni des tempêtes, et ensuite transmis par le télégraphe conventionnel jusqu'aux bureaux de la Lloyd's.

Un jour, Glanville fut porté disparu. Les secouristes retrouvèrent son corps au pied d'une falaise haute d'une centaine de mètres.

Depuis qu'il travaillait pour Marconi, George Kemp avait été appelé à s'acquitter de nombreuses tâches, mais jamais aussi tristes que celle-ci. Le 22 août 1898, Kemp nota dans son journal : « J'ai télégraphié à Londres et j'ai réglé la question de l'expédition du cercueil, de l'arrivée du coroner et du bateau à vapeur, puis, à 6 heures, je me suis rendu à Rathlin et j'ai examiné la dépouille avec un médecin. J'ai lavé le corps et l'ai placé dans le cercueil. Une enquête a été diligentée et le coroner a conclu à "la mort par accident". Apparemment, les habitants de l'île l'avaient souvent vu escalader les falaises, un marteau à la main, à l'aide duquel il sondait les différentes strates de la terre, et c'était sans doute là la cause du décès. »

La mort de Glanville avait momentanément interrompu les conversations qui s'étaient engagées entre la compagnie de Marconi et Lodge, puis la tentative de séduction reprit. Lodge résista, et refusa même de faire une démonstration de son invention devant Marconi.

Marconi s'impatienta. Le 2 novembre 1898, il écrivit : « J'espère sincèrement que vous pourrez nous faire cette démonstration ou que, d'une façon ou d'une autre, vous prendrez vos dispositions pour que nous puissions travailler ensemble plutôt que l'un contre l'autre, ce qui, j'en suis convaincu, serait préjudiciable à nous deux. Entre-temps, ajoutait-il, les choses seraient sans doute facilitées si vous acceptiez de bien vouloir répondre aux questions suivantes. » Il demandait à Lodge de préciser combien de ses émetteurs pouvaient opérer dans une zone donnée sans provoquer d'interférences, quelle distance il avait pour l'instant réussi à atteindre, et quelle distance lui paraissait accessible dans un avenir proche.

Là encore, Marconi témoignait de son manque de sens des relations sociales. Il questionnait Lodge sur les détails de son invention, alors que seulement deux semaines plus tôt, il avait refusé de lui révéler ses secrets en déclarant : « Je regrette infiniment que des considérations commerciales m'interdisent, au moins pour l'instant, de partager les résultats que nous sommes en train d'obtenir. »

C'était exactement ce qu'il ne fallait pas dire à Lodge, qui jugeait si détestable l'intrusion du commerce dans le monde de la science, mais Marconi semblait ne pas avoir compris cette aversion.

Dans la même lettre, Marconi demandait allègrement à Lodge s'il accepterait d'être un des deux parrains nécessaires à sa demande d'intégrer la prestigieuse Institution of Electrical Engineers de Grande-Bretagne.

Lodge refusa tout net.

Un autre ennemi se dressait maintenant contre Marconi : le mauvais temps. L'Italien avait déjà compris que la technologie sans fil se révélerait absolument inestimable en mer parce qu'elle mettrait fin à l'isolement des bateaux. Toutefois, pour atteindre cet objectif, il fallait d'abord mener des expériences sur l'océan et le long des côtes exposées aux conditions climatiques les plus hostiles que le monde connaissait. Plus le test était ambitieux et plus le facteur météorologique devenait crucial, comme le démontra l'expérience menée à la fin 1898 à Trinity House. Le service responsable de tous les phares et des bateaux-phares de Grande-Bretagne accepta de laisser Marconi mener des tests à l'aide de l'*East Goodwin*, le même bateau-phare où l'application du principe d'induction tentée par William Preece avait échoué – détail qui n'avait sûrement pas échappé à l'attention de plus en plus amère et jalouse de Preece.

Marconi envoya George Kemp à bord pour superviser l'installation d'une antenne, d'un émetteur et d'un récepteur. Kemp décrivit minutieusement dans son journal toutes les difficultés rencontrées.

À 9 heures du matin, le 17 décembre 1898, il prit la mer depuis la grève du village de Deal, célèbre dans l'histoire de la navigation à la fois pour le nombre de cadavres fréquemment rendus par la mer après les naufrages survenus dans le sable de Goodwin, et pour la fâcheuse habitude qu'avaient certains résidents au cours des siècles, comme l'a par exemple rapporté Daniel Defoe, de voir dans chaque épave une source possible d'enrichissement personnel. L'embarcation de Kemp mit trois heures et demie à atteindre le bateau-phare ancré en mer à une vingtaine de kilomètres au nord-est du phare de South Foreland, près de Douvres, où Marconi avait édifié une station sur le littoral pour mener à bien ses expériences.

À son arrivée, Kemp trouva le bateau-phare « en proie au tangage et au roulis » sur une mer particulièrement grosse. Kemp et l'équipage réussirent néanmoins à ériger une extension de sept mètres au sommet d'un des grands mâts. L'antenne s'élevait alors à environ trente mètres au-dessus du pont. « À part ça, indiqua-t-il dans son journal, il nous fut pratiquement impossible de travailler parce que tout le monde avait apparemment le mal de mer. » Il quitta le bateau-phare à environ 16 h 30 dans une embarcation qu'il identifia comme un canot de sauvetage, et ne rejoignit Deal qu'à 22 heures. Passé maître dans l'art de la litote, il consigna : « La traversée dans ce frêle esquif fut assez mouvementée. »

Il retourna à bord du bateau-phare le 19 décembre et, cette fois, il y demeura quelque temps. Il avait apporté des provisions pour une semaine et se mit immédiatement à l'ouvrage pour installer son dispositif et faire passer des fils électriques par un trou ménagé dans un hublot. Dans son journal, il rapporta que les vagues venaient s'écraser sur le pont du bateau.

Après une brève accalmie les 21 et 22 décembre, le temps devint plus mauvais encore. En fin d'après-midi le 23, « le vent se déchaîna et le bateau-phare se mit à tanguer terriblement ». Le soir venu, « c'était presque intolérable ». Il persévéra malgré tout et, le soir du réveillon de Noël, il télégraphia ses vœux à Marconi, confortablement installé à South Foreland. Ce soir-là, Kemp se porta volontaire pour surveiller la balise afin que le reste de l'équipage puisse réveillonner, ce qu'ils firent « jusqu'aux petites heures du matin ».

Le jour de Noël, après que Kemp et l'équipage « eurent réussi à digérer le repas du réveillon », une tempête se déchaîna et le bateau se mit à tanguer dangereusement. Ancré au fond de la mer, il ne pouvait pas manœuvrer à la manière d'un bateau ordinaire. « Les choses étaient vraiment très dures à bord », écrivit-il encore, surtout quand le vent et la marée s'unirent pour que leur embarcation présente son flanc à la houle.

Durant les deux jours suivants, la mer ballotta le bateau-phare sans relâche. L'eau coulait à flots par les écoutilles. Kemp continuait d'émettre ses signaux. « Tout ce qui se trouvait sous les ponts était aussi trempé que ceux qui stationnaient dessus », consigna-t-il le 27 décembre.

Le lendemain n'amena aucune amélioration. « La météo était toujours aussi mauvaise et je dis à ceux de Foreland que je ne me sentais vraiment pas bien, mais je réussis néanmoins à provoquer une étincelle de trois centimètres. » Malgré les conditions de plus en plus éprouvantes, Kemp nota des « résultats magnifiques », même si l'on a peine à imaginer ce qu'il avait bien pu réussir à faire par ce temps. « Les vagues se brisaient encore sur le bateau et je ne pouvais même pas monter sur le pont pour respirer un peu d'air frais. J'avais très froid, j'étais trempé, désemparé, et j'avais très peu dormi. »

Le 30 décembre, même le si loyal Kemp commença à se décourager. Les conditions étaient si dangereuses qu'il ne pouvait plus s'aventurer dehors. Il utilisa le télégraphe du bateau pour expédier un message personnel : « J'ai dit à M. Marconi que je ne me sentais pas assez bien pour rester à bord plus longtemps et qu'il fallait venir me chercher dès que le vent tomberait... Je lui ai dit aussi que nous avions besoin de viande fraîche, de légumes, de pain et de lard, mais il a manifestement pris cela pour une plaisanterie. Le fait que je sois monté à bord le 19 avec des provisions pour une seule semaine avait à l'évidence été oublié, de même qu'on semblait ignorer que j'étais à bord depuis douze jours, et que ces derniers temps, j'avais été contraint de subsister sur des quarts de rations, et que j'avais dû en conséquence mendier et même voler de quoi me nourrir auprès des matelots du bateau-phare. »

Le jour du nouvel an 1899, son quatorzième jour à bord, il faisait froid et humide, la mer était grosse, le vent, violent, et la pluie, battante. Le lendemain, il écrivit : « J'étais si raide et me sentais si faible que je ne parvenais plus à bouger. »

Le 4 janvier, enfin, la météo s'améliora et on enregistra « une accalmie ». Des provisions arrivèrent pour Kemp : « Du mouton, une volaille, deux bouteilles de bordeaux, deux miches de pain, des pommes de terre, un chou, des choux de Bruxelles et des fruits. » Il ajouta, en soulignant chaque mot : « Enfin quelques produits frais au bout de dix-sept jours ! »

Quatre mois plus tard, la radio du bateau-phare fournit une démonstration éclatante de ce que Marconi espérait depuis longtemps. En avril, dans l'épais brouillard qui était tombé sur le sable de Goodwin, un cargo d'environ quatre-vingt-dix mètres de long transportant deux mille tonnes de charbon, le *R. F. Matthews*, en provenance de Newcastle, éperonna le bateau-phare. L'équipage utilisa l'émetteur sans fil de Marconi pour prévenir Trinity House et la Lloyd's de l'accident. Les dommages étaient minimes et personne n'était blessé.

Malgré ce succès et quelques autres, y compris les premiers messages transmis à travers la Manche, l'année 1899 se révéla inféconde pour Marconi et son entreprise, sans le moindre revenu tiré de son invention. Trinity House s'était déclarée impressionnée par les expériences de Goodwin, mais ne proposa aucun contrat. La Lloyd's de Londres non plus, bien que ses représentants se soient montrés satisfaits des tests de l'île de Rathlin. Ils auraient assurément maintenu le dispositif opérationnel si William Preece, arguant du monopole des Postes sur la télégraphie en Grande-Bretagne, n'était pas intervenu pour le faire fermer et remplacer par un de ses propres systèmes à induction. Le mur de scepticisme qui entourait Marconi semblait aussi haut et inébranlable que jamais. On continuait de soupçonner la pureté de ses motivations, ses « emprunts », et la nature même du phénomène qu'il avait instrumentalisé, ainsi que ses dangers potentiels. Une rumeur se répandit selon laquelle la télégraphie sans fil pouvait être utilisée pour faire exploser les navires de guerre.

Chez certains, ces soupçons se muèrent en véritables peurs, comme le démontra un incident survenu à la station que Marconi avait construite en France pour les besoins de ses communications à travers la Manche. Elle se trouvait à Wimereux sur la côte d'Opale, à un peu moins de cinquante kilomètres de la station de South Foreland en Angleterre, édifiée pour les premiers essais avec le bateau-phare.

En passant la nuit à proximité de la pièce où se tenait l'opérateur, on ne pouvait ignorer les pulsations de lumière bleue et le craquement sonore de chaque étincelle, un spectacle presque surnaturel et infiniment déconcertant, surtout les soirs de brume où la lumière se difractait comme celle d'une aurore pâle. À l'intérieur, la juxtaposition du dispositif de Marconi et du décor rendait les choses encore plus étranges. Le papier peint, le tapis et la nappe sur laquelle était posée la machine étaient tous imprimés, teints ou brodés de motifs floraux terriblement criards.

Une nuit de tempête, un ingénieur du nom de W. W. Bradfield était posté devant l'émetteur de Wimereux quand la porte s'ouvrit soudain avec fracas. Sur le seuil, un homme aux cheveux ébouriffés par le vent était apparemment en proie à une sérieuse crise d'angoisse. Il en accusa les transmissions et hurla qu'elles devaient cesser. Le revolver qu'il tenait à la main n'était pas sans ajouter une certaine gravité à ses propos.

Bradfield répondit avec le calme d'un horloger. Il expliqua à l'intrus qu'il comprenait le problème et que ce qu'il ressentait n'était pas rare. Il avait de la chance, cependant, ajouta Bradfield, parce qu'il était « tombé précisément sur le seul homme au monde capable de le soigner ». Il allait falloir procéder à une « inoculation électrique », après laquelle, lui promit l'ingénieur, « il serait immunisé contre les ondes électromagnétiques pour le restant de ses jours ».

L'homme accepta. Bradfield lui expliqua que pour sa propre sécurité, il lui fallait se défaire de tout ce qu'il pouvait porter de métallique, y compris les pièces, la montre, et, bien sûr, le revolver qu'il tenait toujours en main. L'intrus fit ce qu'on lui demandait et Bradfield lui administra une puissante décharge électrique, pas assez forte pour le tuer, mais suffisamment pour le calmer.

L'inconnu repartit, convaincu qu'il était bel et bien guéri.

Les concurrents de Marconi faisaient face à la même méfiance d'un monde qui hésitait à se lancer dans cette nouvelle technologie, mais ils avançaient néanmoins dans leurs recherches. En Amérique, un nouveau venu nommé Reginald Fessenden commença à attirer l'attention, et en France, l'inventeur Eugène Ducretet fit la une des journaux en transmettant des messages de la tour Eiffel au Panthéon. En Allemagne, Slaby avait apparemment uni ses forces avec ses compatriotes le comte Georg von Arco et Karl Ferdinand Braun, deux physiciens qui s'intéressaient aussi à la technologie sans fil. En Angleterre, Nevil Maskelyne, le magicien qui dirigeait l'Egyptian Hall, fit sensation quand il installa un émetteur de sa fabrication dans un ballon et l'utilisa pour faire détoner des explosifs sur le sol en contrebas. Parallèlement, Lodge, sans doute stimulé par cette nouvelle excitation ambiante, sembla temporairement mettre de côté son hostilité à la commercialisation de la science, et commença à se comporter moins en docte érudit qu'en homme décidé à fonder sa propre entreprise. D'autres encore travaillaient dans le même champ, leurs progrès apparaissant par bribes dans la presse spécialisée. À l'évidence, chacun pensait que d'autres concurrents ne tarderaient pas à apparaître.

La course pour la mise en place du premier système de télégraphie sans fil utilisable par tous – tout étant une question de distance – avait bel et bien commencé. Il fallait un gagnant, et il valait mieux laisser toute timidité de côté. Marconi était convaincu qu'il allait devoir mettre en scène une démonstration plus spectaculaire et plus audacieuse que jamais. Depuis plusieurs mois, il ruminait une idée qui aurait parfaitement eu sa place dans un roman de H. G. Wells, mais qui, il le savait, risquait de provoquer des cauchemars, pour ne pas parler de crises d'apoplexie, chez les membres de son comité exécutif.

ÉTIEZ-VOUS SON AMANT, MONSIEUR ?

Avec le temps, Scotland Yard se mit à s'intéresser à la nature exacte des liens qui unissaient Bruce Miller et la femme de Crippen, ce qui donna lieu à une audition menée par un avocat du nom d'Alfred. A. Tobin, membre d'une petite escouade d'hommes de loi londoniens volubiles et brillants, chargés au tribunal des affaires civiles et criminelles. Certains agissaient en tant que substituts, nommés à cette fonction par le procureur général ; le reste des cas qu'ils traitaient leur étaient amenés par des avocats de moindre importance qu'on appelait « conseillers juridiques ». L'audition de Miller eut lieu à Old Bailey, le tribunal de grande instance de Londres. Le motif : les lettres qu'il avait adressées à Belle Elmore.

« Était-ce en tant qu'amant que vous lui écriviez ? »

Miller : « Non.

– Étiez-vous attaché à elle ?

– Oui.

– Lui avez-vous jamais dit que vous l'aimiez ?

– Je ne crois pas l'avoir formulé comme ça.

– Le lui avez-vous donné à entendre, cependant ?

– Elle en avait toujours été persuadée.

– Donc, effectivement, vous deviez l'aimer, je suppose ?

– Ce n'est pas ce que j'ai dit. Je n'étais pas exactement amoureux. Je pensais beaucoup à elle, mais comme amie. C'était une femme mariée, et il n'y a pas grand-chose à ajouter. Notre amitié était platonique.

– La différence entre amour et amitié ne vous échappe pas, n'est-ce pas ?

– Non.

– Étiez-vous davantage qu'un ami ?

– Je n'aurais pas pu l'être. Elle était mariée et moi aussi.

– Étiez-vous davantage qu'un ami, monsieur ?

– Je ne pouvais pas être davantage. Et je ne l'étais pas. »

Le juge qui présidait la séance, Lord Alverstone, entra dans les débats.

« Répondez à la question : l'étiez-vous ou non ?

– J'étais seulement son ami.

– Y avait-il entre vous des relations inconvenantes ?

– Non. »

Puis, de nouveau Tobin :

« Lui avez-vous adressé des lettres d'amour ?

– Je lui ai sans doute écrit des lettres très gentilles.

– Vous savez ce qu'est une lettre d'amour. Lui avez-vous jamais écrit de lettres d'amour ?

– Je ne me rappelle pas avoir formulé les choses de cette façon. Je lui ai souvent adressé des lettres très chaleureuses. Je pourrais dire que c'étaient des lettres tendres.

– Donc vous lui avez adressé des lettres tendres. Lui avez-vous envoyé des lettres d'amour ?

– Des lettres tendres.

– Qui se terminaient par : “Avec amour, mille baisers à ma Noisette” ?

– Je le reconnais.

– Dites-moi, monsieur, pensez-vous qu'il soit convenable d'adresser pareilles lettres à une femme mariée ?

– Au vu des circonstances… oui.

– Reconnaissez-vous qu'il s'agissait là de lettres extrêmement importantes si l'on considère qu'elles étaient adressées à une femme mariée en l'absence de son époux ?

– Non, je ne le pense pas, au vu des circonstances.

– Étiez-vous son amant, monsieur ?

– Absolument pas.

– Vous êtes-vous rendu avec elle dans un lieu ou un autre à Londres dans le but de vous engager dans des relations illicites ?

– Jamais.

– Pas même à Bloomsbury ?

– Nulle part.

– L'avez-vous jamais embrassée ?

– Oui.

– Mais rien de plus qu'un baiser ?

– Rien d'autre.

– Pourquoi vous en êtes-vous tenu là ?

– Parce que je me suis toujours conduit avec elle en gentleman, et je ne suis jamais allé plus loin. »

Cette audition ne fit rien pour éclaircir la nature de leurs relations.

FLEMING

Un des premiers messages que Marconi envoya à travers la Manche était un télégramme succinct émis depuis sa station française de Wimereux jusqu'à South Foreland, où l'un de ses hommes le porta dans un bureau des télégraphes des Postes pour qu'il soit transmis par voie de terre conventionnelle et réexpédié vers Londres. Un petit livreur le porta jusqu'à l'University College à Bloomsbury, près du British Museum, où le télégramme poursuivit son chemin jusqu'à son destinataire, John Ambrose Fleming, professeur d'ingénierie électrique et ami d'Oliver Lodge. Ce jour-là, le 28 mars 1899, Fleming avait quarante-neuf ans et était presque aussi connu et important dans le monde de la recherche que Lodge. C'était un spécialiste de l'amplification et de la distribution du courant électrique.

Le télégramme disait tout simplement :

Heureux de pouvoir vous faire parvenir ces vœux qui ont traversé par voie aérienne les quarante-cinq kilomètres qui séparent Boulogne de South Foreland, et le reste de la distance au moyen du télégraphe conventionnel.

Même s'il semblait n'y avoir là qu'un message parfaitement neutre approprié à l'occasion, il marquait en fait le début d'une nouvelle tentative de séduction menée par

Marconi, et assurément la plus importante, comme le prouverait la suite des événements.

Marconi avait conscience que, sans revenus d'activité, sans contrat, et devant la force du scepticisme ambiant, il avait plus que jamais besoin d'un allié à la stature et à la crédibilité inattaquables. Par l'entremise de Fleming, cependant, Marconi espérait aussi des bénéfices plus tangibles. Sa nouvelle idée, l'exploit qui allait lui attirer à jamais l'attention du monde, nécessitait davantage d'électricité et était donc potentiellement plus dangereuse, tant physiquement que financièrement, que tout ce qu'il avait entrepris jusqu'alors.

En matière de recours à l'électricité à haute tension, Fleming était, Marconi le savait, l'homme à consulter.

Au contraire de Lodge ou de Kelvin, Fleming était sensible à la flatterie et souhaitait se faire remarquer : il s'assura, en recevant le télégramme du jeune Italien, que le *Times* de Londres en reçoive immédiatement une copie. Le *Times* le publia dans le cadre de son reportage sur les succès remportés par Marconi dans la Manche. Fleming se mit ensuite en devoir de venir visiter la station de South Foreland. Il en fut profondément impressionné, au point d'adresser au *Times* une longue lettre dans laquelle il chantait les louanges de Marconi et de son système, reconnaissant que l'inventeur avait su arracher la technologie sans fil au « domaine des expériences de laboratoire, aussi délicates qu'incertaines ». Désormais, ajoutait-il, on pouvait parler d'un dispositif tout à fait viable, caractérisé par « la fiabilité des actions menées et la facilité des manipulations ».

Marconi y vit le succès de sa stratégie consistant à gagner de la crédibilité par réfraction. Oliver Lodge, lui aussi, dut reconnaître que la lettre de Fleming conférait à l'Italien une nouvelle respectabilité, et il trouva cet acte déloyal. Il écrivit à Fleming : « Mon attention a été attirée par une lettre que vous avez signée dans le *Times*. Il semble que vous m'attaquiez, ainsi que les autres hommes de science qui tiennent à maintenir la flamme du respect dû au souvenir de Hertz. » Il parlait de ces lignes comme d'« une attaque en règle contre les scientifiques » et exigeait une explication.

Fleming se cabra. « Je n'ai attaqué ni vous ni aucun homme de science dans ma lettre adressée au *Times*, répliqua-t-il. J'ai attiré l'attention sur certaines réalisations importantes dont je pense qu'il est de l'intérêt public qu'elles soient remarquées et décrites. » Il précisait qu'il se contentait là de soulever une question déjà posée par d'autres. « Le temps n'était-il pas venu d'une reconnaissance un peu plus généreuse des travaux du *signor* Marconi comme une invention originale ? » Et il terminait en disant : « Il s'agit là d'un point sur lequel on peut avoir des opinions différentes et vous avez tout à fait le droit d'entretenir la vôtre. »

Peu de temps après, Marconi demanda à Fleming de devenir conseiller scientifique dans sa compagnie. Le 2 mai 1899, Fleming écrivit à Jameson Davis pour poser certaines conditions et définir « [sa] position et [ses] vues avec une certaine précision ».

Si Jameson Davis grinça des dents en lisant cette phrase, craignant une répétition de ce qui s'était produit avec Lord Kelvin, il fut bientôt rassuré. Fleming écrivait : « Je suis tout à fait convaincu de l'avenir commercial des inventions de M. Marconi, en marge de leur intérêt scientifique, pourvu qu'elles reçoivent l'attention qu'elles méritent. Je serai ravi de voir se développer sur ces bases une entreprise compétente et solide. » Il ajoutait un paragraphe dont les événements ultérieurs démontreraient qu'il était en contradiction avec certains aspects de son caractère, en particulier son inextinguible soif de reconnaissance personnelle. « Tout ce qu'un conseiller scientifique réalise en matière d'invention, de suggestion ou de conseil doit à mon avis demeurer la stricte propriété de ceux qui l'emploient pour traiter leurs affaires. J'ai pu observer que toute autre façon de considérer les choses menait invariablement tôt ou tard à de sérieuses difficultés, voire à des querelles. »

Fleming accepta un contrat de un an, renouvelable à la discrétion des deux parties, contre la somme de 300 livres sterling par an. Sur le moment, cela paraissait suffisamment généreux.

Marconi lui révéla alors la nature de la sublime expérience qui hantait toutes ses pensées depuis peu. Elle allait nécessiter l'édification de deux gigantesques stations sans fil et exigerait une production électrique infiniment supérieure à tout ce qu'il avait déjà mis en place.

À l'heure même où la distance maximale qu'il ait jamais atteinte était de cinquante et un kilomètres, Marconi avait maintenant l'intention d'expédier des messages de l'autre côté de l'Atlantique.

LES DÉBUTS DE LA LIGUE DES FEMMES ARTISTES

La faiblesse avouée de Belle pour Bruce Miller ne fut pas sans conséquences. Elle dit à Crippen qu'elle ne l'aimait plus et menaça de le quitter pour Miller. Ils dormaient dans le même lit, mais ils ne partageaient ni tendresse ni chaleur. Ils conclurent un marché. À l'extérieur, personne ne devrait rien soupçonner de leurs difficultés conjugales. « Nous avions résolu depuis le début que chacun traiterait l'autre comme s'il n'y avait jamais eu de problème », expliqua Crippen.

Il continua à l'entretenir comme par le passé, « avec la même générosité, pour combler tous ses besoins à n'importe quel moment. Si elle me demandait de l'argent, je ne le lui refusais jamais. » Elle achetait des fourrures, des bijoux et des robes innombrables. Un jour, il lui donna 35 livres – 3 800 dollars d'aujourd'hui – pour qu'elle puisse s'acheter une cape en hermine. En public, elle l'appelait toujours « chéri ».

En septembre 1903, Crippen alla jusqu'à ouvrir un compte joint à la Charing Cross Bank sur le Strand. Ce compte courant nécessitait leurs deux signatures, mais ils n'avaient pas besoin d'être tous les deux présents pour qu'un chèque soit encaissé. Trois ans plus tard, les Crippen ouvrirent un compte épargne dans la même banque, avec un dépôt initial de 250 livres – 26 000 dollars –, à leurs deux noms.

Crippen payait pour les soirées que Belle passait avec ses amis, et s'y montrait parfois, jouant le rôle du mari affectueux et indulgent. Il payait même celles qu'elle partageait avec Miller.

Plus tard, Miller affirmerait que, quand il se rendait chez les Crippen, il avait le sentiment que le mari était là, réfugié dans une autre pièce.

Un soir, Miller arriva dans l'appartement de Store Street ; la table était dressée pour trois. Belle tarda « assez longtemps » avant de donner le signal du dîner. « Je suis inquiète, expliqua Belle. J'attendais quelqu'un d'autre. »

L'invité en question ne se montra jamais, mais Belle dit à Miller : « On me pose souvent des lapins de ce genre. »

Elle ne prononça jamais le nom du troisième convive, mais Miller était « sûr qu'il devait s'agir du Dr Crippen ».

Crippen déclara : « Je n'ai jamais tenté d'entraver sa liberté de mouvements. Elle allait et venait à sa guise, et faisait ce qu'elle voulait. Cela ne m'intéressait en rien. »

Cependant, il n'était pas tout à fait franc avec elle sur ce point. « Bien sûr, j'espérais qu'un jour elle renoncerait à cette idée » – et par là il entendait son idée de le quitter un jour pour aller vivre avec Bruce Miller.

L'autre grand projet de Belle, celui de devenir une vedette de variétés, s'était ranimé et brûlait maintenant d'une flamme plus vive que jamais. Cette fois, cependant, elle abandonna l'idée de faire carrière à Londres et résolut à la place de se faire un nom dans les music-halls et les théâtres des villes et des villages avoisinants, connus sous le nom de « coups doubles» parce qu'on y présentait deux spectacles de variétés par soirée. «Elle décrocha un contrat au théâtre municipal de Teddington où elle devait chanter, et, de temps à autre, elle se faisait aussi engager dans des music-halls», raconta Crippen. Elle fut aussi à l'affiche d'un théâtre d'Oxford comme actrice comique, et elle y resta environ une semaine. Elle monta également des numéros à Camberwell, Balham et Northampton.

Elle finit par entrer au Palace, mais pas celui de Londres. À Swansea, les affiches d'un spectacle la présentaient comme Mlle B. Elmore et annonçaient son numéro entre ceux de deux formations musicales, les Southern Belles et l'Éclipse Trio.

«Elle partait généralement pour environ deux semaines et restait à Londres pendant six, mais elle ne gagnait pratiquement rien», commenta Crippen.

Elle se mit à se teindre les cheveux en blond doré. À l'époque, ce genre de fantaisie était considéré comme révélant une moralité douteuse. «On voyait alors très peu de cheveux teints, écrivit W. Macqueen-Pope dans son *Goodbye Piccadilly*. On considérait cela comme "dissolu" et même comme un signe de prostitution.» Il rapporta comment une romancière, Marie Corelli, parlait dans l'un de ses livres de la propriétaire d'un respectable hôtel de province et de «ses cheveux teints». La dame en question l'attaqua en justice et gagna – même si, effectivement, elle se les teignait. La cour ne lui accorda qu'un quart de penny de dédommagement. «Elle aurait pu obtenir davantage, nota Macqueen-Pope, mais sa couleur était trop voyante.»

Il fallait beaucoup de travail pour entretenir la teinture de Belle. «Le matin, quand elle avait les cheveux lâchés, on apercevait le brun original au niveau des racines», observa Adeline Harrison, l'amie de Belle. La jeune femme appliquait les produits décolorants tous les quatre ou cinq jours, et parfois Crippen l'aidait. « Elle tenait absolument à ce que personne ne soupçonne qu'elle avait le moindre cheveu foncé, dit-il. Elle prenait un grand soin de ses cheveux. Seul un millimètre à la racine quand ils poussaient pouvait être repéré comme brun. »

Les voyages de Belle la conduisirent un jour dans le respectable Empire de Dudley, un théâtre au toit ouvrant, où elle se retrouva à l'affiche avec entre autres un comédien très populaire à l'époque, nommé George Formby. Un autre artiste, Clarkson Rose, assista par hasard à la performance de Belle : « Ce n'était certes pas une artiste de premier plan, mais elle n'était pas si mauvaise – une de ces actrices tragiques et comiques à la fois, agitée et volubile. »

Avec autant de numéros par soir, devant des publics tapageurs, il n'était jamais difficile de juger quels étaient les favoris de la foule. Belle n'en faisait pas partie. Sa façon de chanter n'était ni assez bonne ni assez triste pour séduire son auditoire, et ses numéros comiques étaient accueillis avec tiédeur par des spectateurs habitués à Formby et à Dan Leno, sans doute les comiques les plus populaires du moment. Elle échoua même dans les misérables théâtres de l'East End londonien, considérés comme ce qu'on pouvait faire de pire dans le milieu. Dans son guide de la capitale, *The Night Side of London,* publié en 1902, Robert Machray, notait à propos de la vie nocturne : « Faire un bide même dans une salle de l'East End devait être terrible pour un artiste. Cela ne pouvait signifier, si encore cela signifiait quelque chose, un avenir promis à la rue, la faim, la mort. »

Pas pour Belle cependant. Elle avait Crippen, et son argent. Il lui restait par ailleurs un talent. Elle était de nature grégaire et avait le don de se faire rapidement des amis. Elle abandonna sa carrière, mais ne renonça pas à fréquenter le monde du théâtre. À l'aide des subsides de Crippen, elle continua à participer aux joyeuses virées des acteurs, des dramaturges, de leurs maîtresses, amants et conjoints. Pour garder la face, elle amenait parfois Crippen. Ils tenaient leur engagement d'apparaître comme un couple heureux à la face du monde. Ils se souriaient et racontaient de charmantes histoires sur leur vie commune. Les yeux de Crippen, grossis par ses verres épais, semblaient luire d'une chaleur et d'un plaisir sincères.

Mais pas toujours. Un photographe captura l'image de Crippen à un banquet mondain. Sur le cliché, il porte une tenue de soirée : smoking et pantalon noir, nœud papillon blanc, plastron brillant et immaculé, une fleur à la boutonnière. Il est entouré de femmes vêtues de robes claires, comme s'il était sur le point de disparaître dans un nuage de taffetas, de soie et de dentelle. Belle et deux autres femmes sont juchées sur de hauts tabourets juste derrière lui. Deux jolies jeunes femmes ont pris place de part et d'autre, et elles se tiennent si près que les plis de leurs robes tombent sur les jambes de Crippen, leurs corps devant se toucher sous l'épaisseur des étoffes. La scène a un léger parfum d'érotisme. Le bras de l'une de ses compagnes est posé sur lui. L'appareil photo a saisi sur les visages de ces cinq femmes des expressions différentes, ce qui paraît étrange à une époque où l'on n'était pas censé bouger, ni surtout sourire, face à l'objectif. L'une d'elles a le regard perdu à mi-distance, avec un air de tristesse, d'ennui, ou les deux. Une autre sourit et détourne les yeux. Belle, installée derrière, juste au-dessus de son mari, a l'air affligé de quelqu'un qui essaierait de faire se tenir tranquilles une bande d'enfants tapageurs. Seul Crippen fixe l'objectif. Ses yeux, au centre des verres épais et grossissants de ses lunettes, sont totalement dénués d'expression, comme la marionnette d'un ventriloque, momentanément inerte.

Belle réussit à s'insinuer dans un groupe composé d'artistes de variétés talentueux et de leurs conjoints, parmi lesquels Marie Lloyd, Lil Hawthorne des Hawthorne Sisters, Paul Martinetti, spécialiste du pantomime, Eugene Stratton, au visage grimé en noir, et bien d'autres. Lors d'une rencontre, les femmes décidèrent de fonder une œuvre de bienfaisance pour venir en aide aux comédiens traversant une période difficile, et elles lancèrent la Ligue des femmes de music-hall, la modeste homologue féminine du Grand Ordre des rats d'eau, créé en 1889, que Seymour Hicks, comédien lui-même et auteur de ses mémoires, appelait « la confrérie la plus distinguée de tous les artistes de music-hall internationalement reconnus ». Le président se faisait appeler le Grand Rat. La responsable de la Ligue était tout simplement la présidente. Ce fut d'abord Marie Lloyd, la plus célèbre de ses membres. Belle devint trésorière.

Cette charge conféra à la jeune femme une reconnaissance que la scène ne lui avait jamais donnée. Ses pairs l'aimaient et appréciaient son inaltérable bonne humeur. Les réunions avaient lieu tous les mercredis après-midi, et Belle était toujours présente. Des amitiés intimes naquirent – si intimes que plusieurs de ses nouvelles compagnes avaient entendu parler de la cicatrice qui lui zébrait le ventre, certaines l'avaient vue et même touchée. Belle en était fière. Cette longue ligne sombre la rendait quelque peu mystérieuse. Quand son amie et camarade de la ligue, Clara Martinetti, la découvrit, elle fut horrifiée. Elle n'avait jamais vu de cicatrice de cette taille. « Oh, Belle, est-ce que ça te fait mal ?

– Oh non, pas du tout », répondit-elle en empoignant cette partie de son abdomen à pleines mains.

« UNE EXPÉRIENCE TITANESQUE »

Le plan remit en question toutes les croyances des physiciens sur les caractéristiques optiques des ondes électromagnétiques. Comme les rayons de lumière, les ondes se déplaçaient en ligne droite. La Terre était incurvée. Donc, affirmaient les physiciens, même si les ondes pouvaient parcourir des milliers de kilomètres – ce qui n'était pas le cas –, elles poursuivraient leur chemin rectiligne dans l'espace. Transmettre des ondes de l'autre côté de l'océan n'était pas davantage possible que faire passer un rayon de lumière de Londres à New York. Se posait également une autre question : quel en était l'intérêt ? En quoi la télégraphie sans fil pouvait-elle améliorer les transmissions transocéaniques qui passaient par des câbles sous-marins ? En 1898, il y en avait quatorze qui couraient au fond de l'océan. Douze d'entre eux étaient quotidiennement en fonction et transmettaient de vingt-cinq à trente millions de mots par an, ce qui représentait environ la moitié de leur capacité. Le procédé était certes onéreux mais rapide et efficace.

Et voilà que Marconi souhaitait mettre en place un dispositif sans fil qui rendrait les mêmes services, à l'aide d'une technologie qui n'avait pas encore fait ses preuves, au mépris des lois physiques éprouvées et au risque de ruiner son entreprise. Le coût de deux stations équipées d'antennes sans fil suffisamment hautes et puissantes pour mener à bien ce projet serait immense et, en cas d'échec, provoquerait sa ruine. Pareil fiasco paraissait beaucoup plus probable que le succès. Les dimensions des stations envisagées étaient gigantesques au regard de ses précédentes constructions. C'était un peu comme si un charpentier, ayant édifié sa première maison, se lançait dans la construction de la cathédrale Saint-Paul.

Aux yeux de Marconi, le plus grand risque était de ne pas tenter le coup, même si, d'un strict point de vue financier, sa compagnie était au point mort. Il avait ébloui le monde, mais le monde ne s'était pas ensuite bousculé pour lui commander ses appareils. Pour le public, la transmission sans fil demeurait une incongruité. Marconi sentait qu'il lui fallait frapper fort pour que les gens reconnaissent le pouvoir et la viabilité de sa technologie.

Il ne lui vint même pas à l'esprit que son plan puisse s'avérer irréalisable. Il le *voyait* dans son imagination. À son avis, il avait déjà démontré que les physiciens avaient tort. À chaque nouvelle expérience, il avait accru la distance et la clarté des messages. S'il parvenait à en transmettre de part et d'autre de la Manche, pourquoi ne pas s'attaquer à l'Atlantique ? Tout se résumait pour lui à la hauteur de l'antenne et à l'intensité de la charge électrique qu'il pourrait projeter vers le ciel.

Il reconnaissait néanmoins qu'il avait besoin d'aide pour atteindre son but. Entortiller du fil pour produire une bobine capable de transmettre des signaux à une distance de dix mètres, c'était une chose, mais construire une centrale électrique capable d'envoyer un message à des milliers de kilomètres, c'en était une autre. Pour cela, il lui fallait faire appel à Fleming.

Au début, Fleming se montra sceptique, mais en août 1899, après avoir envisagé les problèmes divers, il écrivit à Marconi : «Je ne doute pas une seconde que nous pourrions construire immédiatement deux mâts d'environ cent mètres de haut, et il s'agit seulement de savoir s'il est possible d'obtenir une charge électrique suffisamment puissante pour que les signaux parviennent en Amérique. »

Pour mieux évaluer les conséquences possibles, et pour réaliser une fructueuse opération publicitaire – la couverture par transmission sans fil de la Coupe d'Amérique au départ de New York, à la demande du *New York Herald* –, Marconi acheta un billet pour sa première traversée vers les États-Unis. Le 11 septembre 1899, accompagné de trois assistants, y compris W. W. Bradfield, il s'embarquait pour New York.

À son arrivée, Marconi fut assailli par une meute de reporters, abasourdis de le voir si jeune – « encore un enfant », observa le *Herald* –, et un journaliste au moins s'étonna de son air étranger. « Quand on rencontre Marconi, il est impossible de ne pas remarquer qu'il n'est "pas de chez nous". On s'en rend compte à chaque détail. Il porte un costume anglais. De stature, il paraîtrait plutôt français. Les talons de ses bottes viennent de l'armée espagnole. Ses cheveux et sa moustache lui donnent un air allemand. Sa mère est irlandaise, son père, italien. Dans l'ensemble, le personnage est assurément cosmopolite. » Ces quelques lignes ne se voulaient pas franchement flatteuses.

Marconi et ses collègues s'installèrent à l'hôtel Hoffman House, à l'angle de Broadway et de la 24e Rue, au cœur de Manhattan, face à un chantier béant et triangulaire où s'édifieraient bientôt les fondations de Flatiron Building. Ils venaient à peine de commencer à vider leurs valises quand la chaudière à vapeur de l'établissement explosa au sous-sol. Un client effrayé en accusa Marconi et son mystérieux équipement. Pour apaiser ses inquiétudes, les hommes de Marconi ouvrirent leurs malles et lui montrèrent le paisible dispositif qui s'y trouvait – et se rendirent alors seulement compte que la malle la plus importante n'était pas là. Sans les cohéreurs qu'elle contenait, Marconi allait devoir renoncer à couvrir la Coupe d'Amérique. Ses prédictions de succès pleines d'assurance avaient été largement diffusées dans la presse aux États-Unis et à l'étranger. Son échec, avec l'excuse boiteuse d'une perte de bagage, ferait l'objet d'une grande publicité, et entraînerait peut-être même la chute des actions de la compagnie ; il anéantirait tout espoir de financement de son aventure transatlantique.

D'ordinaire, Marconi était de nature calme et tranquille. Comme l'avait noté le *Herald*, il se dégageait de lui cet « air étrange et un peu distrait qui caractérise ceux qui se dédient entièrement à l'étude et aux expériences scientifiques ». Le *New York Tribune* l'avait jugé « légèrement lunaire ». Mais là, en s'apercevant qu'il manquait la malle la plus importante, il donna libre cours à sa colère. Avec l'impatience d'un enfant, il déclara qu'il embarquerait pour Londres sur le prochain paquebot en partance.

Ses employés le calmèrent. Bradfield et un autre assistant se précipitèrent vers le quai dans une voiture à cheval pour tenter de localiser la malle, mais sans succès. Ils rentrèrent bredouilles à l'hôtel, craignant sans doute une nouvelle colère de leur patron.

Bradfield se rappela soudain que le jour où leur bateau avait quitté Liverpool, un autre paquebot devait aussi prendre la mer en direction de l'Amérique, mais pour Boston. La malle avait pu être hissée par erreur sur le mauvais navire.

Un reporter du *Herald* prit un train vers le nord pour aller vérifier l'hypothèse.

Il trouva la malle, et la couverture de la régate par Marconi, opposant le célèbre *Shamrock*, propriété de Sir Thomas Lipton, et son adversaire américain, le *Columbia II*, capta l'attention du monde entier. Le *Columbia* l'emporta, et le *Herald* fut le premier journal à obtenir les nouvelles grâce à la télégraphie sans fil.

Malgré ce succès, le 8 novembre 1899, jour de son départ pour l'Angleterre, Marconi n'avait signé aucun contrat en récompense de ses efforts. Il avait espéré faire affaire avec la marine américaine, et tandis qu'il se trouvait encore en Amérique, il avait mené une série de tests sur la côte, mais les autorités regimbaient. Les rapports établis sur les expériences en question dressaient la liste de nombreuses raisons de rester prudent face à la technologie sans fil, y compris celle-ci : « La décharge électrique que produit la bobine peut être très importante voire dangereuse pour une personne atteinte de troubles cardiaques. » Les observateurs de la marine étaient surtout irrités par le refus de Marconi de révéler ses secrets. Il ne leur permettait d'examiner que certains composants. D'autres, se plaignaient ces messieurs, « n'ont jamais été démontés, et leur mécanisme, uniquement expliqué de façon très sommaire. Les dimensions exactes des diverses parties n'ont jamais été divulguées. »

Loin de se laisser décourager, Marconi organisa une expérience supplémentaire, qui devait avoir lieu cette fois lors de son voyage de retour à bord du *Saint-Paul*, un paquebot de luxe très rapide.

Le propriétaire du bateau, l'American Line, accorda à Marconi la permission d'équiper le bâtiment d'un dispositif sans fil et de monter une antenne au-dessus du pont. Marconi projetait de commencer à émettre en direction des stations des hôtels Needles et Haven quand le paquebot approcherait les côtes anglaises, pour vérifier depuis quelle distance les messages pouvaient être reçus.

Tandis que ses assistants installaient leur matériel à bord, Marconi montra un curieux paradoxe de sa personnalité. Bien qu'il puisse être totalement sourd dans ses relations sociales avec les autres, il était néanmoins capable de susciter le dévouement des hommes, jeunes ou vieux. Par ailleurs, comme cette traversée en fit amplement la preuve, la gent féminine lui trouvait un charme irrésistible. Une demoiselle, se rappelant leur première rencontre, déclara plus tard : « Je remarquai d'abord ses mains, particulières et habiles, puis son expression plutôt sévère qui s'illuminait soudain de sourires. » On disait de lui qu'il était pince-sans-rire, mais capable également de décocher des flèches acérées. Durant l'un des tests, agacé par le manque d'agilité d'un opérateur devant son clavier, Marconi demanda dans un message s'il ne pouvait vraiment pas faire plus vite. Quand l'homme répondit qu'il faisait de son mieux, Marconi rétorqua sur l'instant : « Eh bien, essayez avec l'autre pied ! »

Le *Saint-Paul* lui convenait parfaitement. Il avait grandi dans le luxe, mené ses premières expériences dans le luxe, et maintenant, riche et célèbre, il voyageait au milieu d'un luxe exacerbé, parce que les décorateurs des grands paquebots transatlantiques avaient tenté de reproduire dans les cabines et les salons de première classe les opulents intérieurs des châteaux anglais et des palais italiens. Marconi passait son temps en compagnie des passagers les plus riches et les mieux en vue, y compris Henry Herbert McClure, un célèbre journaliste. Marconi était pour sa part le centre de l'attention admirative mais discrète de toutes les femmes du pont de première classe. Toujours amateur de beauté, il leur rendait regard pour regard.

Alors que le *Saint-Paul* approchait des côtes anglaises, Marconi et ses assistants se mirent à leur poste, installés dans une cabine de première classe, et commencèrent inlassablement à émettre leurs signaux en direction des stations du littoral. Se relayant les uns les autres, ils ne s'interrompirent pas de la nuit. Ils ne reçurent cependant pas de réponse, et, de fait, personne n'en attendait aucune à ce stade de la traversée. Dans des conditions optimales, le système avait une portée d'environ quatre-vingts kilomètres.

Mardi 14 novembre 1899, le nouveau président-directeur général de la compagnie de Marconi, le major Samuel Flood Page, se rendit à la station de Needles dans l'île de Wight pour veiller au bon déroulement des opérations. Jameson Davis, qui, en conformité avec les dispositions initiales, avait démissionné quelques mois plus tôt, vint aussi.

Ils calculèrent que le *Saint-Paul* passerait au large à 10 ou 11 heures le lendemain matin, mercredi 15. Pour parer à toute éventualité, ils demandèrent à un opérateur de passer la nuit de mardi au poste de commande, où une clochette reliée à la machine annoncerait la réception de tout signal. Il n'y eut pas le moindre tintement de la nuit.

Flood Page retourna au poste de commande dès l'aube, au moment où le soleil commençait à inonder les Needles, une crête d'aiguilles de craie et de silex d'où l'hôtel avait tiré son nom. « Les Needles ressemblaient à des piliers de sel quand les premiers rayons du soleil les embrasaient l'une après l'autre », nota Flood Page. Les hommes de Marconi scrutaient l'horizon à la recherche de tout bateau qui apparaîtrait entre les brumes de la côte. « Le petit déjeuner terminé, nous arpentions la pelouse sous un soleil délicieux, mais, en mer, les brumes s'étaient changées en brouillard, et aucun signal ordinaire (il entendait par là des signaux optiques) émis par un bateau passant devant l'endroit où nous trouvions n'aurait pu être lu. »

Toujours aucun signe du *Saint-Paul.* Les heures s'égrenaient. Flood Page devait déclarer : « Jamais l'idée d'un échec ne nous traversa l'esprit », mais cela paraît assez peu probable. Une heure passa, puis une autre encore.

Enfin, à 16 h 45, la sonnette retentit.

L'opérateur des Needles demanda : « Est-ce bien vous, le *Saint-Paul* ? »

Un moment plus tard, la réponse leur parvint. « Oui.

– Où êtes-vous ?

– À soixante-six milles marins. »

C'était un nouveau record. Aux Needles et à bord du paquebot, on fêta ce succès, mais, rapidement, les opérateurs ne trouvèrent plus grand-chose à se dire. Sommés d'expédier des informations fraîches, les hommes des Needles envoyèrent les dernières nouvelles de la guerre du Transvaal en Afrique du Sud, qui avait éclaté à la mi-octobre et était maintenant d'une violence croissante. Ils leur firent aussi parvenir d'autres nouvelles.

Quelqu'un – on ne sait pas très bien qui – suggéra de publier ces dépêches sous la forme d'un journal édité à bord, le premier de ce genre jamais diffusé. Le capitaine autorisa Marconi à utiliser l'atelier d'imprimerie du paquebot, où étaient d'ordinaire réalisées des choses aussi prosaïques que les menus. C'est alors que fut imprimé le *Transatlantic Times*, volume 1, numéro 1, un souvenir que les passagers purent acquérir pour la somme d'un dollar qui irait enrichir le Fonds d'aide aux marins. « Comme chacun sait, pouvait-on lire à la une, cette aventure est une première. Un journal publié en mer à partir de messages radiotélégraphiés reçus et imprimés à bord d'un navire croisant à vingt nœuds à l'heure ! »

En lisant attentivement, on pouvait reconnaître les noms de plusieurs passagers dans la liste des noms de l'équipe de rédaction, y compris celui de Bradfield, l'assistant de Marconi, comme rédacteur en chef, et H. H. McClure comme responsable de publication. Toutefois, il y apparaissait aussi celui, tout à fait inconnu, de J. B. Holman, trésorière.

De fait, le hasard avait voulu qu'un autre événement – celui-ci de nature plutôt privée – ait eu lieu durant cette traversée.

Josephine Bowen Holman était une jeune femme issue d'une riche famille d'Indianapolis. Elle vivait désormais avec sa mère à New York, mais ses racines se trouvaient à Woodruff Place, une enclave réservée à quelque cinq cents personnes parmi les plus fortunées d'Indianapolis dans une sorte de village à l'intérieur de la ville, des terrains boisés que l'on appelait les Dark Woods.

Elle avait une épaisse chevelure sombre, qu'elle enroulait au sommet de son crâne comme un précieux turban de soie noire. Les lèvres pleines, de grands yeux et des sourcils qui s'étiraient comme les ailes d'une mouette au-dessus d'un regard franc et direct. Marconi, alors âgé de vingt-cinq ans, avait toujours été grand amateur de beauté féminine et, sans surprise, il fut attiré par elle.

Ils dînèrent et dansèrent ensemble, et malgré le froid de cette traversée de mi-novembre, arpentèrent longuement le pont des premières classes. Il lui enseigna le Morse. Puis il lui demanda sa main, et elle accepta. Ils gardèrent cet engagement secret. Quand il disparut dans la cabine de radiotélégraphie pendant les deux derniers jours du voyage, elle ne s'en inquiéta pas, elle aurait pourtant sans doute dû.

Une fois à terre, pour que sa mère ne découvre rien de la promesse qu'elle avait faite, elle se mit à insérer des passages en Morse dans ses lettres.

Porté par l'amour et le succès de la transmission vers les Needles, Marconi se préparait à révéler son idée au conseil d'administration de sa compagnie et à demander l'accord de ses membres pour l'édification de ses deux stations géantes. Quand arriva l'été, il était prêt.

Les directeurs regimbèrent. Ils considéraient l'idée trop risquée et trop onéreuse, et ils doutaient même qu'une machine capable de générer et d'accommoder la puissance électrique nécessaire puisse jamais être construite – et, dans ce cas improbable, ils se demandaient si la station qui l'abriterait ne risquait pas d'envahir toutes les autres stations Marconi de ses interférences.

Marconi répliqua que le succès de cette entreprise assurerait la suprématie de leur compagnie une fois pour toutes. Sa confiance impressionna le conseil d'administration, mais la nouvelle selon laquelle Nikola Tesla pourrait bien être en train de tenter le même exploit en Amérique les refroidit considérablement. Dans un célèbre article du numéro de juin 1900 du *Century Magazine*, Tesla faisait allusion à différentes découvertes qu'il avait faites lors d'expériences conduites dans son laboratoire de Colorado Springs, Colorado, où il prétendait pouvoir générer des millions de volts d'électricité, une puissance comparable à celle de la foudre. Il ajoutait qu'au cours de ses tests, il avait obtenu la preuve – il parlait de « certitude absolue » – que « la communication sans fil vers n'importe quel point de la planète était tout à fait réalisable ».

Cet article incita J. P. Morgan à inviter Tesla chez lui, où l'homme de science lui révéla son idée d'un « système mondial» de communications sans fil capable de transmettre beaucoup plus que des signaux en Morse. «Il nous sera possible de communiquer les uns avec les autres dans la seconde, et ce quelle que soit la distance, écrivait Tesla dans ce même article du *Century*. Et ce n'est pas tout, à travers la télévision et le téléphone, nous pourrons nous voir et nous entendre aussi parfaitement que si nous étions face à face.»

Ce mot: *télévision*. En 1900!

En juillet, le conseil d'administration de Marconi vota son approbation.

Ce mois-là fut aussi celui d'une étape décisive. Le 4 juillet, l'Amirauté britannique commanda à la compagnie de Marconi l'équipement et l'installation d'appareils de transmission sans fil pour vingt-six navires et six stations à terre, pour la somme de 3200 livres sterling – soit 350000 dollars d'aujourd'hui –, sans parler de royalties annuelles. La compagnie s'engageait à former les marins à l'utilisation des appareils. C'était la première commande importante de Marconi, mais, surtout, elle le convainquit ainsi que ses directeurs de la nécessité de repenser le fonctionnement de l'entreprise.

Même si ce contrat était providentiel, assurant des revenus substantiels au moment précis où Marconi s'apprêtait à se lancer dans son plus grand projet, il contenait en germe la menace de voir la marine royale utiliser les équipements de Marconi pour développer son propre système, ce à quoi l'autorisait expressément une loi britannique stipulant que le gouvernement pouvait adopter toute technologie existante, que celle-ci fasse ou non l'objet d'un brevet, dans l'intérêt de la défense de l'Empire.

Ce contrat amena donc Marconi à reconsidérer la stratégie de l'entreprise visant à produire des bénéfices en manufacturant et en vendant ses appareils à des clients. En l'état, le monopole des Postes interdisait à la compagnie de réclamer une taxe sur les télégrammes privés transmis au moyen de la technologie sans fil, et de surcroît empêchait que les télégrammes des lignes terrestres classiques soient relayés vers les stations Marconi. Il s'ensuivait que les seuls clients possibles étaient les agences gouvernementales, dont on pouvait craindre que très peu d'entre elles s'intéressent jamais à la radiotélégraphie.

Une faille dans la législation des télégraphes britanniques suggéra cependant un nouveau mode d'action. Au lieu de vendre des équipements, Marconi pourrait fournir à ses clients un *service* sans fil qui, doté d'une structure adéquate, contournerait la question du monopole des Postes. Une compagnie de navigation, par exemple, ne paierait plus les messages individuels, mais la location des appareils et des opérateurs de Marconi. Ces derniers seraient payés par la compagnie Marconi et ne communiqueraient qu'avec les stations Marconi. L'Italien réussit à défendre l'idée que la loi autoriserait pareil arrangement parce que tous les messages seraient ainsi considérés comme des communications internes à l'entreprise, d'un point de son réseau à un autre.

Ce changement de stratégie s'accordait parfaitement avec la personnalité de Marconi. Depuis ses toutes premières expériences dans le grenier de la Villa Griffone, il s'inquiétait de la concurrence. Sa nouvelle politique commerciale stipulait que tout bateau utilisant son service de télégraphie ne pourrait communiquer qu'avec d'autres navires équipés de la même façon, sauf en cas d'urgence. Cela signifiait que si une compagnie de navigation louait les équipements de Marconi pour un de ses vaisseaux, il faudrait faire de même pour le reste de sa flotte si elle voulait que ses bâtiments puissent communiquer entre eux. En théorie, cette approche faciliterait aussi la vie des armateurs, qui n'auraient plus à payer l'équipement ni la maintenance de leurs propres stations à terre. Une fois complètement équipée, une compagnie ne risquait plus vraiment de passer à la concurrence.

La nouvelle stratégie paraissait saine, et il ne restait plus qu'une question : ce changement allait-il réussir à vaincre la réticence encore si répandue et convaincrait-elle les clients de passer à la technologie sans fil ? Le succès allait-il enfin venir ?

Il semblait encore plus impératif désormais pour Marconi de faire quelque chose qui assurerait sa suprématie et faire la publicité qu'elle méritait à sa prouesse technique. S'il était couronné de succès, le défi transatlantique lui permettrait d'atteindre simultanément ces deux objectifs, tout en en favorisant un troisième, plus concret : il allait démontrer que sa radiotélégraphie pouvait atteindre non seulement les bateaux voguant près des côtes, mais aussi ceux qui croisaient au large dans le grand bleu.

S'il était couronné de succès. Mis à part la confiance de Marconi en sa bonne étoile, la compagnie prenait là un très gros risque, pariant tout son avenir et la réputation de Marconi sur une seule expérience jugée impossible par pratiquement tous les physiciens reconnus.

Plus tard au cours du même été, Marconi, Flood Page et Richard Vyvyan, un ingénieur récemment engagé, partirent pour les Cornouailles à la recherche d'un emplacement favorable à l'édification de la station qui servirait de terminal anglais à l'expérience transatlantique de l'inventeur. Après avoir arpenté toute la côte, dans le brouillard et au long de chemins qui traversaient des collines envahies de bruyère, d'ajoncs et de fleurs sauvages, ils choisirent un terrain situé au-dessus de la falaise d'Angrouse, près du village de Poldhu, juste à côté du vaste et confortable hôtel du même nom.

Marconi n'avait rien contre les endroits reculés, à condition qu'une source de nourriture de qualité et de bons vins se trouve à proximité.

La première pierre fut posée sur la falaise peu après, en octobre, sous la supervision de Vyvyan. Marconi s'occupa de la conception de l'antenne ; Fleming, des détails d'amplification du courant pour fournir une étincelle suffisamment intense pour créer des ondes capables de traverser l'Atlantique, et de le faire sans danger. Avec pareil voltage traversant le système, le simple fait de taper un message présentait un risque mortel. Aucun manipulateur de Morse existant ne supporterait un tel afflux électrique. Le nouveau prototype serait constitué d'un levier requérant pour l'actionner une certaine force musculaire, et du courage aussi, surtout pour réaliser les traits du Morse, qui nécessitaient davantage d'énergie que les points, et augmentaient le risque de création d'étincelles ou même d'arcs électriques indésirables.

La puissance extrême de cette station raviva les inquiétudes du conseil d'administration : ses signaux n'allaient-ils pas affecter les transmissions d'autres stations de radiotélégraphie plus petites ? Marconi avait entre-temps réussi à mettre au point un système de réglage des transmissions pour lequel il avait reçu le brevet britannique n° 7777, surnommé le « Quatre 7 ». Mais cette technologie avait ses failles, et Fleming et Marconi ne l'ignoraient pas. En fait, ils étaient suffisamment anxieux pour que Marconi ordonne à George Kemp de construire une seconde station, beaucoup plus petite, à environ dix kilomètres de la première, sur une portion de la côte appelée le Lizard, afin de mesurer les risques d'interférences. Ils voulaient aussi y installer un récepteur capable de capter les messages d'essai quand la nouvelle station serait opérationnelle. Là, Kemp supervisa l'édification d'une antenne composée de trois mâts de navire reliés par leurs extrémités et étayés pour résister au vent, d'une hauteur de cinquante mètres.

Aucun lecteur du *Times* n'aurait cependant pu deviner l'inquiétude de Fleming en lisant la dernière lettre adressée au rédacteur en chef et publiée le 4 octobre 1900. Il y vantait une récente série d'expériences qui, disait-il, démontrait parfaitement la capacité qu'avait Marconi de régler la fréquence des transmissions de façon à éviter toute interférence. Fleming ne s'y présentait à aucun moment comme le conseiller scientifique de Marconi. Il décrivait la manière dont des opérateurs avaient expédié simultanément des messages, captés ensuite par deux antennes de réception « sans délai ni erreur ».

« Mais des prodiges plus impressionnants suivirent », écrivait encore Fleming, et à cet instant précis, on peut supposer qu'Oliver Lodge, plongé comme chaque matin dans la lecture du *Times,* avait dû recracher son café.

Fleming rapportait que les opérateurs avaient alors expédié un nouveau lot de deux messages simultanés, l'un en anglais, l'autre en français. Cette fois, les deux messages furent reçus sur la même antenne. Fleming s'extasiait : « Quand on pense que les points et les traits que l'on a sous les yeux sont produits par des gerbes d'ondes électriques toutes emmêlées qui traversent à la vitesse de la lumière les presque cinquante kilomètres de distance, et qu'elles sont captées par un unique fil d'antenne, démêlées et triées automatiquement par les deux machines pour former des messages intelligibles dans deux langues différentes, on n'hésite plus à parler de miracle. »

Néanmoins, en lisant la lettre de plus près, un observateur attentif aurait remarqué qu'elle était tout sauf le récit objectif et vérifiable des expériences en question, et qu'elle tirait tout son crédit du fait que son auteur n'était autre que le grand Ambrose Fleming. Une fois de plus, il demandait aux lecteurs de le croire sur parole.

Cette lettre – avec ses louanges sans nuance et son silence sur les liens qui unissaient désormais Fleming et Marconi – finit par causer plus de mal que de bien. Mais pas immédiatement. Pour l'heure, elle ne fit que susciter la curiosité et le scepticisme professionnel de Nevil Maskelyne, le magicien.

Marconi faisait la navette entre l'hôtel Poldhu à Land's End et l'hôtel Haven à Poole, en passant le plus clair de son temps au second. Il n'y avait pas de liaison ferroviaire entre Poldhu et Poole, Marconi devait donc passer par Londres avant de prendre un second train vers le sud. Cela lui laissait pas mal de temps pour réfléchir, et très peu à consacrer à sa belle Américaine, Josephine Holman.

Leurs fiançailles étaient toujours secrètes, et à voir comment Marconi passait presque tout son temps entre les voyages et le travail, la jeune femme dut parfois se demander si elle n'avait pas rêvé tout cet épisode.

Ils s'écrivaient des lettres et échangeaient des télégrammes. Marconi savait que la nouvelle de ses fiançailles allait bouleverser sa mère, mais il ne semblait pas comprendre que plus il attendait pour lui en parler, plus elle serait blessée de ne pas avoir eu accès à une partie aussi importante de sa vie. Annie Jameson avait toujours été sa plus solide alliée, et elle se sentait encore sa protectrice même pour les petites choses de la vie. Bien qu'il ait désormais vingt-six ans, qu'il soit riche et célèbre dans le monde entier, elle le traitait encore comme un petit garçon enfermé dans le laboratoire du grenier. Elle séjournait souvent à l'hôtel Haven. Dans une lettre expédiée de là, elle disait par exemple : « Après ton départ ce matin, je me suis rendu compte que tu n'avais pas pris ton plaid. Je te l'ai expédié à 3 heures, et j'espère qu'il te parviendra d'ici demain. » Elle lui conseillait avec insistance de bien mettre « plusieurs couvertures » dans son lit. « J'ai mis de l'ordre dans ta chambre autant que possible, et j'ai rangé la clef de ton armoire dans un des petits tiroirs de la psyché, mais il est sûr que cela n'est pas d'une grande utilité parce que toutes ces clefs sont les mêmes. »

Plus tard, de Bologne, elle écrivit : « Je me dis que s'il fait un peu meilleur à l'hôtel Haven, tu vas avoir besoin de ton linge de corps en flanelle plus léger. Mme Woodward a les clés de tes malles. Ton linge de flanelle se trouve dans la malle à deux étages. Les pyjamas d'été sont dans la partie haute. Les maillots de corps d'été sont sous les deux tiroirs. Costumes d'été, vestes, gilets et pantalons se trouvent dans l'armoire (du côté de la fenêtre). »

À Londres, Ambrose Fleming commençait à comprendre qu'en devenant conseiller scientifique il avait accepté une charge beaucoup plus lourde et prenante qu'il ne l'avait cru. Dans une lettre adressée à Flood Page, il se plaignait que la compagnie « exigeait beaucoup de [son] temps », et citait, à titre d'exemple, une longue lettre de l'ingénieur Richard Vyvyan à laquelle « il faudrait plusieurs heures pour répondre ». Son salaire, protestait-il, « n'avait pas du tout été calculé en conséquence ».

Il ajoutait : « Je suis prêt à poursuivre ce travail à condition de recevoir un salaire proportionnel aux responsabilités qu'il implique. Vous vous êtes lancés dans une expérience titanesque en Cornouailles qui, en cas de succès, est de nature à révolutionner la télégraphie transatlantique. »

Pour continuer, écrivait-il encore, ses émoluments devraient passer à 500 livres par an – plus de 50 000 dollars d'aujourd'hui. Il exigeait en outre la promesse d'une gratification supplémentaire « si [son] travail et [ses] inventions s'avéraient matériellement utiles à cette traversée de l'Atlantique».

Une semaine plus tard, le 1er décembre 1900, Flood Page lui répondait que le conseil d'administration avait approuvé l'augmentation. Il ajoutait, cependant, qu'il lui fallait s'assurer que Fleming comprenait parfaitement un point essentiel.

«On me demande de vous dire, écrivit Flood Page, que si les membres du conseil reconnaissent volontiers l'aide inestimable que vous avez apportée à M. Marconi pour la construction de la station de Cornouailles, ils ne peuvent s'empêcher de souligner que, si nous parvenons à traverser l'Atlantique, cette réussite sera portée au crédit du seul M. Marconi. Quant à une gratification en cas de succès, je ne pense pas que vous trouviez à vous plaindre en vous en remettant à la générosité du conseil.»

Il est loin d'être certain que Fleming ait totalement compris le fond des choses, qu'il ait deviné à quel point l'inventeur et sa compagnie étaient décidés à mettre le seul Marconi sous les projecteurs. Fleming était issu du monde scientifique universitaire et il partageait l'idéal britannique du fair-play. Dans la lettre qu'il adressa deux jours plus tard à Flood Page pour entériner leurs accords, il écrivit: «Quant à une reconnaissance spéciale de mes services pour la réussite de la radiotélégraphie transatlantique, je peux en toute confiance remettre cette question à plus tard, ne doutant pas que je ferai alors l'objet d'un traitement généreux.»

Comme en réponse à cet échange, la compagnie changea de nom. La Wireless Telegraph and Signal Company devenait la Marconi's Wireless Telegraph Co., même si le changement de nom ne s'officialisa qu'en février.

Il fallait faire au plus vite. Chaque semaine, *The Electrician* apportait de nouvelles preuves inquiétantes de l'existence d'une concurrence acharnée et omniprésente. Des expériences de télégraphie sans fil étaient menées dans le monde entier, et en Grande-Bretagne les événements les plus récents n'étaient guère rassurants.

La marine royale avait installé trente et un des trente-deux appareils de Marconi, mais, sans l'autorisation de l'inventeur, elle expédia le dernier à une entreprise d'équipements électriques afin de faire fabriquer cinquante répliques pour son usage propre.

En décembre, Nevil Maskelyne réalisa des expériences dans l'estuaire de la Tamise avec son propre dispositif sans fil. La distance était négligeable – quelques kilomètres – mais le client qui avait demandé ces tests ne l'était pas : il s'agissait du colonel Henry Montague Hozier, secrétaire général de la Lloyd's de Londres, un poste qu'il occupait depuis 1874. C'était lui qui en 1898 avait invité Marconi à conduire ses expériences sur l'île de Rathlin, lesquelles, malgré leur succès, n'avaient entraîné la signature d'aucun contrat. Aujourd'hui, Hozier et Maskelyne créaient un consortium indépendant pour développer et commercialiser la technologie mise au point par le magicien.

Et puis il y avait Lodge. Il continuait de faire des expériences de technologie sans fil, et évoquait avec son ami Muirhead, le fabricant d'instruments, la possibilité d'une nouvelle entreprise pour exploiter le système. Heureusement pour Marconi, Lodge se laissa une fois de plus distraire. En 1900, il fut nommé président de l'université de Birmingham.

Il accepta ce poste seulement après avoir reçu l'assurance qu'il serait autorisé à poursuivre ses recherches sur le paranormal.

LA FIN DU MONDE

Crippen se laissa prendre dans la toile mondaine de la Ligue. Il allait à des soirées organisées par des artistes de music-hall, fréquentait leurs clubs, et quand Belle jugeait préférable de venir accompagnée, il dînait avec elle et d'autres membres de la Ligue et leurs maris.

Un après-midi, Seymour Hicks, comédien et mémorialiste, rencontra Crippen au Vaudeville Club de Londres. Une connaissance commune fit les présentations, et ils passèrent une demi-heure ensemble à siroter un cocktail. Hicks savait un certain nombre de choses sur Crippen et sur la dynamique du couple qu'il formait avec Belle. C'était difficile à comprendre : une femme si imposante et si robuste, exsudant l'énergie par tous les pores, mariée à un homme aussi doux et effacé que Crippen.

« Le plus étonnant, c'étaient ses yeux, nota Hicks. Ils étaient franchement exorbités, et semblaient souffrir de quelque chose qui ressemblait à un goitre ophtalmique. De plus, ils étaient énormes et chassieux. Il devait porter des lunettes dotées de verres beaucoup plus épais que la normale, qui magnifiaient tellement ses pupilles que je me demandais si je n'étais pas en train de parler avec une brème, un mulet, ou un quelconque de ces poissons des grands fonds, tout aussi intelligents et aux yeux grands ouverts. Il avait un léger accent américain. »

Ce jour-là, l'ami de Hicks se plaignit d'avoir mal aux dents et Crippen lui tendit immédiatement un remède de Munyon, lui garantissant que « cela ferait instantanément disparaître la douleur dentaire aiguë dont il souffrait ».

Hicks écrivit : « Il est certain qu'au fil des ans la vie conjugale de ce petit représentant en produits pharmaceutiques devait ressembler à tout sauf à une cure de repos, et le Dr Munyon en personne n'aurait rien pu y faire. »

Hicks ressentait de la sympathie pour Crippen. Jetant un regard sur cette période au cours de la sombre année 1939, sachant alors tout ce qui s'était passé, Hicks réfléchit : « Pitoyablement malheureux comme il l'était, il n'aurait pas été humain s'il n'avait pas cherché à se consoler ailleurs. »

Le travail et la peur de la concurrence – de Tesla, Lodge, Slaby et désormais Maskelyne – étaient si intenses que Marconi et ses hommes semblaient ne s'être même pas aperçus du changement de siècle et de la fin de l'ère victorienne. Dans le monde, de l'autre côté des falaises battues par le vent de Cornouailles et des confortables foyers des hôtels Poldhu et Haven, dès le soir de Noël, les premières ombres d'un long crépuscule mélancolique avaient commencé à s'amonceler.

En 1898, aiguillonné par l'amiral Alfred von Tirpitz et les sentiments négatifs entretenus par le peuple allemand à l'encontre de l'Angleterre, le Reichstag allemand vota la première loi navale, qui demandait la mise en chantier de sept nouveaux navires de guerre. Deux ans plus tard, en juin 1900, pour la plus grande inquiétude de l'Amirauté britannique, le Reichstag alla plus loin et passa sa seconde loi navale, qui multipliait par deux le nombre de navires de guerre dans la marine allemande, et mettait en branle la cascade d'événements qui, en quinze ans, allait irrésistiblement mener à la guerre.

Il était déjà largement entendu qu'un conflit d'une forme ou d'une autre était inévitable en Europe, mais personne n'aurait su dire quand ni entre quelles nations. On s'accordait également à penser que les progrès dans les domaines de la science, de l'armement et de l'équipement naval rendraient heureusement cette guerre très brève. Le carnage serait trop important et trop soudain pour que les pays en conflit puissent le supporter très longtemps. Une voix s'éleva contre ces idées reçues. Celle d'Ivan S. Bloch qui, en 1900, écrivit: « D'abord, il y aura des massacres sans précédent – si terribles et à une telle échelle qu'il sera impossible de pousser les troupes vers une issue décisive. » Au début des hostilités, les armées tenteraient de se battre en suivant les vieilles règles de la guerre, mais s'apercevraient bientôt qu'elles n'étaient plus applicables. « La guerre, au lieu d'un corps à corps où les combattants mesurent leur supériorité physique et morale, deviendra une sorte de "pat", où aucune des armées en présence ne peut atteindre l'autre, les ennemis restant figés dans leur opposition, échangeant des menaces, mais incapables de mener une attaque décisive et finale. »

Les armées allaient creuser la terre et camper sur leurs positions. « Ce sera une guerre de tranchées. La pelle sera aussi indispensable au soldat que son fusil. »

En janvier 1901, une tristesse plus grande que la peur de la guerre s'abattit sur le pays. Vingt-trois jours après l'entrée dans le XXe siècle, la reine Victoria quittait ce monde. Le pays entier était littéralement plongé dans le noir alors qu'hommes et femmes prenaient le deuil et que d'épaisses lignes sombres apparaissaient sur les bords de chaque page du *Times*. Un sentiment d'effroi assombrit la vie. Henry James écrivit : « Je pleure pour cette vieille reine bourgeoise, si rassurante et maternelle, qui tenait la nation au chaud dans les plis de son énorme et affreux châle de tartan, et dont la longévité avait été si extraordinairement commode et bénéfique. Je ressens la douleur de sa perte beaucoup plus que je ne l'aurais cru possible ; elle était le symbole qui nous maintenait à flots : aujourd'hui, le déluge des eaux les plus folles nous menace. »

Son fils, le prince de Galles, allait être couronné. James l'appelait « Édouard le Caressant » et craignait que son accession imminente au trône ne soit « le pire présage pour la dignité même des choses ». En un contraste saisissant avec la vieille reine, le futur souverain était affable, indulgent et même spirituel. Alors que Victoria était à l'agonie, quelqu'un posa une question sans attendre de réponse : « Je me demande si elle sera heureuse au paradis ? »

Et Édouard de rétorquer : « Je ne sais pas. Il lui faudra marcher *derrière* les anges, et cela risque de ne pas beaucoup lui plaire. »

Marconi et ses employés pleurèrent la reine mais ne laissèrent pas sa mort retarder leur travail. Le journal de Kemp ne mentionne même pas sa disparition. Le 23 janvier 1901, le lendemain de son décès, Marconi atteignit sa plus grande distance à cette date, enregistrée quand la nouvelle station du Lizard reçut, le jour de son lancement, des messages expédiés depuis l'île de Wight, à 297 kilomètres de là.

La première phase de construction de la station transatlantique de Poldhu était bien avancée, et Marconi se mit à réfléchir à l'endroit où construire sa jumelle. Il étudia une carte des États-Unis et commença à planifier son deuxième voyage en Amérique.

Troisième partie

SECRETS

Marconi et ses associés lancent un cerf-volant à Terre-Neuve.

MISS LE NEVE

En 1901, alors âgée de dix-sept ans, Ethel Clara Le Neve fut engagée par l'Institut Drouet pour les sourds, dans le quartier de Regent's Park, à Londres. Peu de temps après, elle commença à travailler pour un autre nouveau venu dans l'entreprise, le Dr Hawley Harvey Crippen.

Loin de l'élégance suggérée par son nom, l'Institut Drouet n'était rien d'autre qu'une entreprise vendant des produits pharmaceutiques brevetés, une des plus riches et des plus célèbres de son espèce. Dans un avenir proche, le comité chargé des produits pharmaceutiques à la Chambre des communes dénoncerait les pratiques frauduleuses et même dangereuses de cette industrie, et de Drouet en particulier, mais, pour l'heure, l'entreprise fonctionnait sans contrôle, ses luxueux bureaux témoignant des fortunes quotidiennement amassées en assurant d'innombrables commandes passées par courrier. Drouet fabriquait un prétendu remède contre la surdité, et ses arguments de vente étaient si convaincants qu'on estime à un sur dix le nombre de malentendants de Grande-Bretagne ayant eu recours à l'un de ses produits.

Le véritable patronyme d'Ethel Le Neve était Neave, mais elle avait décidé d'adopter le nom de scène de son père, autrefois chanteur. C'était une jeune fille mince, d'environ un mètre soixante-cinq, elle avait les lèvres pulpeuses et de grands yeux gris. Son visage formait un V très doux et pâle, avec des pommettes clairement dessinées, sans qu'elle paraisse pour autant maigre ou décharnée. Pour l'époque, qui appréciait les visages ronds et les corps aux formes généreuses et corsetées, son physique était inhabituel mais indéniablement attirant. Ceux qui l'avaient connue enfant auraient été surpris de voir ce qu'elle était devenue. Enfant, elle était fière d'être un garçon manqué. « Je n'avais aucun goût pour les poupées et autres jouets de petite fille », écrivit-elle. Elle adorait grimper aux arbres, jouer aux billes et manier sa fronde. « À l'époque, je passais le plus clair de mon temps avec mon oncle qui travaillait dans les chemins de fer, se souvint-elle. Rien ne lui plaisait plus que m'emmener voir les trains, et il le fait encore aujourd'hui. Même adulte, disait-elle, peu de choses m'intéressaient autant qu'un moteur. »

Elle avait sept ans quand sa famille s'installa à Londres. Elle y termina l'école et décida de gagner sa vie. Une amie de la famille lui apprit ainsi qu'à sa sœur aînée, Adine, surnommée Nina, la dactylographie et la sténographie. Sa sœur termina cet apprentissage avant elle et se mit en devoir de chercher un emploi. L'Institut Drouet l'engagea et, peu de temps après, Ethel signait à son tour un contrat comme sténodactylo. « Très vite après cela, arriva le Dr Crippen qui devait exercer une influence si étrange sur ma vie. »

Crippen entra à l'Institut Drouet quand son employeur précédent, la Sovereign Remedy Company, se retrouva en faillite. Drouet l'engagea comme médecin consultant, et c'est à ce titre qu'il rencontra Ethel et sa sœur. « Pour je ne sais quelle raison, le docteur nous prit en affection, écrivit-elle, et nous fûmes bons amis presque tout de suite. Mais je dois dire qu'il était très prévenant avec tout le monde. »

Nina devint la secrétaire particulière du Dr Crippen, mais Ethel eut également l'occasion de le connaître mieux. « Je découvris rapidement que le Dr Crippen menait une existence plutôt solitaire. Je ne savais pas à ce moment-là s'il était marié ou pas. Il ne parlait jamais de sa femme. »

Crippen et les deux sœurs prenaient souvent le thé ensemble. Un jour, tandis qu'Ethel et Nina dressaient le couvert, un ami de Crippen passa le voir au bureau. Voyant tous ces préparatifs, l'inconnu soupira : « J'aimerais bien moi aussi avoir quelqu'un pour me faire le thé. »

Avec ce qu'Ethel appelait « sa gentillesse coutumière », Crippen invita le visiteur à se joindre à eux. Il accepta et, durant la conversation qui s'ensuivit, Ethel se rappela que « la femme du docteur avait été mentionnée ». Les sœurs ne firent aucun commentaire, bien que l'information les ait surprises et intriguées. Elles se gardèrent bien de demander des précisions.

Finalement, le visiteur partit. Après qu'Ethel et Nina eurent débarrassé, l'aînée s'approcha de Crippen et lui demanda si ce que l'invité avait dit était vrai. Était-il effectivement marié ?

Crippen se contenta de répondre : « Il faudrait que des avocats se penchent attentivement sur cette question pour y donner une réponse. »

Nina se fiança et, à l'approche de son mariage, elle démissionna de chez Drouet. Ethel devint ainsi la secrétaire particulière de Crippen. Sa sœur lui manquait. « Après son départ, je me sentis très seule. Le Dr Crippen lui aussi était très seul, et notre amitié s'en trouva inévitablement renforcée. Il prit l'habitude de me rendre visite à la maison.

Durant tout ce temps, son épouse demeurait pour moi un mystère. »

Un jour, une femme se présenta au bureau. D'un physique imposant, elle avait l'air énergique, et ses cheveux étaient visiblement teints en blond vénitien. Elle portait beaucoup de bijoux et une robe qui avait sans doute coûté cher mais qui paraissait surtout extravagante et même criarde au goût d'Ethel.

« Elle fit une entrée plutôt tumultueuse. J'étais sur le point de quitter le bureau pour aller déjeuner quand je vis une femme sortir du bureau du docteur et claquer la porte en partant. Elle était manifestement furieuse. »

Ethel se tourna vers un autre employé, William Long, et lui demanda à voix basse qui c'était.

« Vous ne le savez pas ? C'est Mme Crippen.

– Oh ! fit-elle, surprise. Vraiment ? »

Il fallut à Ethel quelques instants pour assimiler cette révélation. Crippen était si gentil et si doux, menu et de petite taille – deux ou trois centimètres de moins qu'elle –, et il était marié à ce menaçant tourbillon de soie et de diamant.

« Après cela, nota Ethel, je ne m'étonnais plus que le Dr Crippen n'ait aucune envie de parler de sa femme. »

Une visite encore plus houleuse eut bientôt lieu – une visite, écrivit Ethel, « qui aurait pu finir de façon tragique ».

De nouveau hors d'elle, l'épouse fit irruption au bureau comme un cyclone, dans un tourbillon d'étoffe et un corset tout usé. « Il y eut un échange assez vif, et, juste avant qu'elle parte, j'ai vu le docteur tomber de sa chaise. »

Belle repartit dans un tumulte d'imprécations et de claquements de portes. Ethel se précipita vers Crippen. « Il paraissait très mal en point, et je pensais qu'il avait avalé du poison. Il m'expliqua qu'il ne pouvait plus supporter les mauvais traitements que lui faisait subir sa femme. »

Elle dénicha du cognac et lui en fit boire pour le réconforter. Par la suite, elle écrivit : « Chacun fit de son mieux pour oublier ce pénible incident. » Mais la violence de cette confrontation et l'expression de douleur profonde sur le visage de Crippen provoquèrent un changement fondamental dans leurs relations. « Je pense que c'est cet épisode, plus encore que tout le reste, qui nous rapprocha. »

Bientôt l'Institut Drouet fit lui aussi faillite, poussé dans cette chute par l'enquête d'un coroner qui identifia l'un des produits de l'entreprise – des pansements d'oreille – comme un des facteurs aggravants ayant entraîné le décès d'un homme dont l'infection des tympans s'était propagée au cerveau avec des conséquences désastreuses. Les réclames de Drouet disparurent d'un jour à l'autre des omnibus municipaux. Bien que l'engouement pour ce type de produits pharmaceutiques ait commencé à diminuer, de nombreuses entreprises continuaient d'en fabriquer et d'en vendre, et Crippen trouva rapidement un emploi comme « spécialiste consultant » pour la compagnie Aural Remedies, une autre firme spécialisée dans les soins de la surdité, même si la seule qualification dont Crippen faisait état était son diplôme d'ophtalmologie de New York.

Les bureaux d'Aural Remedies se trouvaient dans New Oxford Street, achevée en 1847. C'était un emplacement parfaitement adapté, parce que cette rue avait été construite dans l'intention d'éliminer un des quartiers de Londres les plus touchés par la criminalité, la Rookery, qui abritait auparavant escrocs divers, pickpockets et voleurs en tous genres. Cette construction nettoya les pires lieux du quartier et initia une réhabilitation durable, de sorte que désormais seuls les escrocs les plus en vue tels qu'Aural Remedies pouvaient y louer des locaux. Crippen amenait avec lui le savoir-faire acquis chez Drouet. Il amenait aussi Ethel, sa secrétaire.

Dans une lettre probablement dactylographiée par Ethel, Crippen écrivit à un client réticent pour lui parler d'une offre promotionnelle : « Cela met à votre portée la possibilité d'être rapidement soigné, et nul besoin de vous dire que je ne ferais jamais pareille offre si je n'étais pas convaincu de l'efficacité de mon traitement. »

Il proposait que le patient en question paie la moitié du prix mentionné dans une lettre précédente. Crippen lui enverrait alors le traitement – « le matériel complet » – pour qu'il fasse un essai. Si, au bout d'environ trois semaines, il ne voyait aucun résultat, écrivait-il, il n'aurait rien à payer. « En revanche, si vous pensez que le traitement vous a été bénéfique, vous pourrez alors vous acquitter des sommes dues sur le prix d'achat, soit 10 shillings 6 pence. » Jusqu'en 1971, la monnaie britannique se divisait en livres, shillings et pence. Une livre équivalait à 20 shillings – 20 s – qui à leur tour représentaient 240 pence – 240 p. Aujourd'hui la nouvelle livre équivaut à 100 pence, un penny est donc égal à 2,4 pence de l'ancien système.

Bien que la lettre semblait indiquer l'inverse, Aural Remedies n'assumerait pas de véritable perte si le client ne payait pas la deuxième moitié. Les produits pharmaceutiques de ce genre avaient un coût de revient infime. Le prix réduit que proposait Crippen aurait déjà amené un bénéfice substantiel, même si le client ne payait plus rien. L'essentiel était que Crippen ne proposait *pas* de rembourser le paiement initial.

Avec le temps, Aural Remedies et Crippen seraient dénoncés par *Truth*, un magazine exposant les scandales au grand jour, et leurs noms seraient ajoutés à la « liste des mises en garde » indiquant les entreprises à éviter.

Chez les Crippen, les choses ne s'amélioraient pas. Ils emménagèrent dans un autre appartement de Store Street, au numéro 37, mais ce dernier n'était guère plus grand et ne leur permettait toujours pas d'éviter de se croiser. Il leur fallait toujours partager une chambre. Ils ne pouvaient rien se payer de mieux, en tout cas pas à Bloomsbury. S'il gagnait beaucoup moins d'argent que chez Munyon, Crippen continuait néanmoins à laisser Belle dépenser sans compter pour ses vêtements et ses bijoux. Il nota : « Même si, en apparence, nous vivions très heureux, il n'était pas rare en réalité qu'elle fasse des crises de colère très violentes, me menaçant souvent de me quitter et de tout arrêter entre nous pour un autre homme qui n'attendait qu'elle. »

Il était clair pour Crippen que l'homme en question n'était autre que Bruce Miller. Au début avril, Miller rendit visite à Belle pour ce qui se révélerait avoir été la dernière fois. Il voulait prendre congé. Il lui dit qu'il suivait son conseil et rentrait à Chicago pour retrouver sa femme. Il embarqua le 21 avril 1904.

Si le départ de Miller réveilla en Crippen quelque espoir de sauver son mariage, il fut immédiatement et cruellement déçu. Le caractère de Belle empira, la situation financière du couple également, cependant il ne fit rien pour l'amener à réduire ses dépenses. Il entreprit de chercher un autre logement, plus vaste et meilleur marché, ce qui évidemment voulait dire s'éloigner du centre de la ville, au risque de contrarier Belle davantage encore.

La situation affective des Crippen devint de plus en plus compliquée. Lors de ses brèves visites au bureau de son mari, Belle avait remarqué sa secrétaire, Ethel Le Neve. Elle était jeune, mince, et possédait un physique étonnant. Il est possible que sa seule beauté ait suffi à mettre l'épouse mal à l'aise, à moins que Belle n'ait senti un certain degré d'intimité dans la façon dont ces deux-là se comportaient. Toujours est-il que quelque chose chez cette secrétaire dérangeait profondément Belle.

Un beau matin, Maud Burroughs, une amie de Belle qui habitait le même immeuble de Store Street, passa la voir alors qu'elle était en train de s'habiller. Durant leur conversation, Belle mentionna son opération et demanda à Maud si elle voulait voir sa cicatrice.

Elle refusa tout net.

« Donne-moi ta main, dit Belle, je vais te la faire sentir. »

Belle prit la main de Maud et, se souvint celle-ci, « la plaça sur son ventre sous ses vêtements. J'eus l'impression d'avoir touché un trou, autant que je m'en souvienne, légèrement sur le côté, dans la partie inférieure de l'abdomen. »

La conversation dévia sur Crippen qui, désormais, pour des raisons assez obscures, avait décidé de se faire appeler Peter. C'est sous ce nom que les deux femmes parlèrent de lui ce jour-là.

Belle dit : « Je n'aime pas beaucoup cette sténodactylo qui travaille au bureau de Peter.

– Mais alors, pourquoi ne lui demandes-tu pas de se débarrasser d'elle ? »

Belle répondit qu'elle le lui avait déjà suggéré, mais que Crippen avait rétorqué que la jeune femme était « indispensable » à l'entreprise.

Les relations de Crippen et d'Ethel s'intensifièrent. Plus tard, il devait se rappeler un certain dimanche de l'été 1904 : « Nous avions passé toute la journée ensemble, ce qui signifiait beaucoup pour nous à l'époque. Certes, il pleuvait, mais nous étions tellement heureux, avec du soleil plein nos cœurs. » Il s'en souvenait comme d'un temps où elle et lui « étaient en parfaite harmonie. Même si nous n'étions pas mariés. »

Quant à elle, Ethel considérait Crippen comme la seule personne au monde vers qui se tourner pour trouver de l'aide ou du réconfort. « Il y avait un véritable amour entre nous. »

C'est à peu près à ce moment qu'Ethel, « par pur accident », trouva les lettres que Bruce Miller avait adressées à Belle. « Je dois reconnaître que cette découverte soulagea l'embarras que me causait ma liaison avec son mari. »

Six mois plus tard, Aural Remedies faisait faillite à son tour, et Crippen retourna travailler pour la Munyon, cette fois dans de nouveaux bureaux installés dans Albion House, un autre immeuble de New Oxford Street. Ethel le suivit, ainsi qu'un autre employé, William Long. Crippen n'était plus engagé à plein temps, il fonctionnait comme une sorte de représentant payé à la commission. Il gagnait beaucoup moins qu'il l'avait espéré. Louer un appartement moins cher devint impératif, mais il s'agissait d'une véritable gageure. Comment trouver un logement moins onéreux, plus grand, et qui rende Belle heureuse, ou au moins – car, à ce stade, ce but paraissait impossible à atteindre – qui mette fin à la dégradation progressive de son humeur. Ces impératifs conflictuels le conduisirent à chercher de plus en plus loin de Bloomsbury.

« L'USINE À TONNERRE »

La recherche d'un terrain où bâtir sa première station américaine dura plus longtemps que Marconi l'avait imaginé. Accompagné de Richard Vyvyan et d'un employé nommé John Bottomley, neveu de Lord Kelvin, Marconi arpenta les côtes de l'État de New York, du Connecticut, de Rhode Island et du Massachusetts, prenant des trains qui l'amenaient aussi près que possible du rivage, puis poursuivant en charrette ou même à pied. Avant de quitter la Grande-Bretagne, il avait nommé Vyvyan responsable de la construction et de la marche de la future station.

Chaque terrain visité semblait avoir un défaut rédhibitoire. Pas d'eau potable, pas de ville assez proche pour fournir la main-d'œuvre et le matériel, pas de ligne de chemin de fer, et – un problème auquel Marconi était tout particulièrement sensible – pas de ces hôtels de qualité si faciles à dénicher sur les côtes anglaises battues par les vents.

En février 1901, le petit groupe se dirigea vers Cap Cod et atterrit à Provincetown. Sur une carte, ce cap semblait parfait, surtout en sa partie médiane où il formait un coude en direction du nord et où la terre s'élevait pour former des falaises de plus de trente mètres de haut.

À Provincetown, Marconi engagea un guide nommé Ed Cook, dont on disait qu'il connaissait ce bord de mer comme sa poche. Il est certain que le moindre recoin de plage lui était familier. C'était un « pilleur d'épaves » qui récupérait tout ce qu'il trouvait à bord des bateaux en route vers Boston échoués au large du cap. Au siècle précédent, Henry David Thoreau avait exploré les environs et, dans un de ses livres, *Cap Cod*, il décrit comment des pilleurs s'attaquent à l'épave d'un navire, le *Saint John*, à l'heure même où des familles éplorées arrivent sur la plage à la recherche de leurs chers disparus. Cook utilisait l'argent issu de ses récupérations pour acheter des terres.

Il fit faire à Marconi le tour complet du cap dans sa charrette exposée au vent glacial de février. Quand il le conduisit au phare de Highland Light, presque à l'extrémité nord, face à North Truro, Marconi pensa avoir trouvé exactement l'emplacement qu'il cherchait. Le phare surplombait une falaise de près de quarante mètres et dominait les voies de navigation qui conduisaient au port de Boston, environ quatre-vingts kilomètres au nord-ouest. Les gardiens surveillaient l'arrivée des bateaux et consultaient des guides pour les identifier, puis ils télégraphiaient la nouvelle aux armateurs en Amérique et à l'étranger. Leurs messages passaient d'abord par voie terrestre, puis par câbles sous-marins.

Mais les opérateurs de Highland Light ne firent pas confiance à Marconi. « Ils le prirent sans doute pour un charlatan, écrivit sa fille Degna. Et ils *savaient* qu'il venait d'ailleurs. Même Ed Cook ne parvint pas à vaincre leur âpre résistance, typique de la Nouvelle-Angleterre, à l'égard des étrangers et de leurs inventions ultramodernes. » Ils leur refusèrent l'accès.

Cook l'emmena ensuite à quelques kilomètres plus au sud vers une parcelle de terre à la sortie de South Wellfleet, quatre hectares perchés sur une falaise de plus de quarante mètres surplombant la plage où Thoreau avait déambulé un demi-siècle plus tôt. Souffleté par le vent, Marconi arpenta le terrain. Dans toutes les directions, les bourrasques avaient aplani le sol couvert d'herbe rase depuis que, au siècle dernier, les bûcherons avaient abattu tous les arbres pour alimenter les chantiers navals. Marconi comprit qu'il devrait importer les grands mâts indispensables au soutien de son antenne.

Cette parcelle au sommet de la falaise lui plaisait. En regardant vers l'est, il avait sous les yeux l'immense étendue de l'Atlantique. Comme Thoreau l'avait observé : « Il n'y avait rien entre nous et l'Europe que ce farouche océan. »

Dans la direction opposée, il voyait le port de Wellfleet, tout proche et parfaitement distinct. Un chemin de fer passait à quinze cents mètres de là, et le bureau du télégraphe le plus proche, à la gare de Wellfleet, n'était qu'à six kilomètres. Cela signifiait que le bois et l'outillage nécessaires pouvaient être acheminés vers Wellfleet par bateau ou par train, et transportés assez facilement jusqu'au sommet de la falaise. Voici ce que disait un rapport de la compagnie sur l'état des recherches de Marconi : « On trouve pléthore d'eau potable sur le site, et une très mauvaise auberge à cinq kilomètres. Il y a cependant une maison d'habitation à louer pour un prix très raisonnable à moins de deux cents mètres. » Une coïncidence échappa complètement à Marconi : au XVIIIe siècle, Wellfleet s'appelait Poole, du nom d'un village anglais. Ce même Poole dont l'hôtel Haven servait aujourd'hui de quartier général à l'inventeur.

Cook assura Marconi qu'il n'aurait aucune difficulté à convaincre le propriétaire de le laisser construire là. Le propriétaire en question, c'était lui, Cook. Il avait acheté cette terre grâce aux produits de son « travail » de pilleur d'épaves. Nul ne sait si l'un ou l'autre de ces deux hommes releva le paradoxe, mais Marconi, dont l'invention promettait de rendre la mer moins dangereuse, s'apprêtait bel et bien à acheter un lopin de terre à un individu qui avait gagné sa vie en profitant des naufrages que l'Italien espérait éradiquer. Dans les années à venir, ces quelques hectares deviendraient parmi les terres les plus convoitées au monde, mais, à l'époque, ils étaient encore sans valeur. Marconi les acquit pour trois fois rien.

Marconi engagea également Cook comme entrepreneur en titre, avec pour mission de trouver des ouvriers, de leur installer des quartiers d'habitation et de leur fournir des provisions, ainsi que d'acheter les matériaux de construction nécessaires. Au début, Marconi et ses hommes prenaient leurs repas à l'auberge toute proche, mais la nourriture y était si médiocre qu'il jura de ne plus jamais y manger. Il fit le nécessaire pour qu'un menu plus élégant, et les vins qui allaient avec, lui soient livrés de New York et de Boston. Les habitants du cru virent cela d'un mauvais œil et attribuèrent à Marconi la réputation durable d'un palais un peu trop délicat.

Bientôt, Marconi repartit pour l'Angleterre, laissant à Vyvyan le soin d'affronter la vraie nature des lieux.

À Londres, le colonel Hozier de la Lloyd's et Nevil Maskelyne de l'Egyptian Hall, agissant comme un consortium, se rapprochèrent de Marconi et proposèrent de lui vendre le brevet et l'appareil mis au point par le magicien. Marconi les écouta. Tandis que les négociations avançaient, Hozier s'arrangea pour éliminer son associé et discuter pour son propre compte, en dépit du fait que c'était sur l'invention de Maskelyne que reposait le consortium. Hozier réclamait 3 000 livres – soit 300 000 dollars d'aujourd'hui – et une place au conseil d'administration de Marconi. Pour rendre cet arrangement plus alléchant, et même irrésistible, Hozier promit qu'en retour il négocierait un contrat entre Marconi et la Lloyd's.

La manœuvre de Hozier laissa un goût amer dans la bouche de Maskelyne. Mais, pour l'heure, sa colère paraissait sans conséquence.

Le paysage que Vyvyan avait sous les yeux était charmant mais dépouillé. Il y avait bien quelques arbres, mais aucun n'était assez haut pour mériter ce nom et n'aurait pu servir dans la construction de maisons ou de bateaux. L'essentiel de la flore des environs poussait à ras de terre. Il y avait des buissons de raisins d'ours qui poussaient dans le sable, mêlés çà et là à de la bruyère jaune, qu'on appelle aussi « herbe de misère », un nom qui en dit long sur l'austérité ambiante. On trouvait aussi de la camarine noire, de l'aster à feuilles de linaire, de l'épervière, de la verge d'or, ainsi que des pins, plantés au siècle précédent pour éviter que le sable soulevé par le vent n'envahisse les villes situées du côté de la baie. Partout, les rafales balayaient les ajoncs des plages et les couchaient dans le sable jusqu'à ce que leurs pointes y dessinent des cercles parfaitement formés, qui leur valut le nom commun d'« herbes-compas ». Thoreau écrivait : « Cette terre est si dénudée que personne ne vous croirait si on tentait de la décrire. »

Les nuages plombaient souvent le ciel. La station météorologique de Nantucket, la plus proche du cap, comptabilisa pour l'année 1901 seulement quatre-vingt-trois jours de beau temps, cent un jours partiellement nuageux et cent quatre-vingt-un, franchement nuageux. Ces jours-là, toute couleur semblait avoir déserté le monde. Ciel, mer et terre devenaient aussi gris que du schiste et le bleu n'était qu'un lointain souvenir. Lors de fréquentes tempêtes, le vent soufflait de quatre-vingts à quatre-vingt-quinze kilomètres à l'heure et des tourbillons de neige rageuse tombaient du haut de la falaise. Le mugissement de la mer rythmait le jour comme le tic-tac d'une gigantesque horloge.

Le plan de la station prévoyait la construction de quartiers d'habitation pour les ouvriers, une chaufferie pour produire la vapeur qui permettrait de générer de l'électricité, une pièce indépendante contenant l'équipement capable d'accumuler le courant et de générer des étincelles, et une autre encore dans laquelle un opérateur expédierait les messages en Morse. La structure la plus importante, et qui inquiétait le plus Vyvyan, était l'antenne. À Londres, Marconi lui avait montré les plans d'un nouvel ensemble d'antennes qui serait fabriqué à Poldhu. Il lui demanda de fabriquer le même à South Wellfleet. Dès qu'il avait vu ces plans, l'ingénieur s'était montré préoccupé. Il allait devoir façonner vingt mâts, plus ou moins similaires à ceux d'un voilier, avec perroquet, royal et vergue. D'une hauteur finale de soixante mètres, ils seraient disposés en un cercle de soixante mètres de diamètre, une sorte de Stonehenge de bois. La hauteur des mâts ajoutée aux quarante mètres de la falaise conférerait à l'antenne imaginée par Marconi une hauteur de près de cent mètres, ce qui en théorie – enfin, la théorie de Marconi – augmenterait considérablement la capacité d'émission et de réception de la station sur de vastes distances. Un réseau complexe de cordages et de raccords était censé éviter aux mâts de se renverser. Ils formeraient alors le support d'une antenne composée de fils électriques. Un épais filin de cuivre torsadé relierait le sommet de tous les mâts entre eux, et de là partiraient des centaines de câbles plus petits, convergeant pour former un cône géant dont la pointe se trouverait au-dessus de la salle des transmissions.

Un autre câble traverserait le toit pour connecter le cône au générateur d'étincelles installé à l'intérieur.

Ce qui inquiétait le plus Vyvyan, c'était le gréement de l'ensemble. Chaque mât aurait dû avoir son propre arrimage de filins pour éviter, si l'un d'eux tombait, qu'il n'entraîne tous les autres dans sa chute. Au lieu de quoi, la cime de chaque mât était reliée à celles de ses voisins par un « triple étai ». Vyvyan se rendait parfaitement compte que si un mât s'affaissait, ces liens causeraient l'effondrement de la structure entière. Il s'en ouvrit à Marconi, mais celui-ci ne voulut rien entendre et ordonna que la station soit construite comme prévu. Vyvyan accepta cette décision. « Il était clair pour moi cependant que cette structure n'était pas sûre. »

La construction progressait lentement, retardée par ce que la météo appelait « une vague de tempêtes particulièrement violentes ». Le mois d'avril amena des vents qui balayèrent la côte à une vitesse de soixante-dix kilomètres à l'heure. Mai charria des pluies qui dépassèrent tous les records de Nouvelle-Angleterre.

Les hommes engagés par Cook vivaient à Wellfleet et les localités voisines, mais Vyvyan, Bottomley et les employés à plein temps de la compagnie logeaient sur place, dans une petite résidence de plain-pied de moins de soixante mètres carrés d'espace vital, un niveau de confort qui finit par pousser l'ingénieur en chef, W. W. Bradfield, à réclamer une aile supplémentaire contenant plus d'espace de couchage et une salle de détente. Il écrivit : « Étant donné l'isolement de la station, je considère cette requête presque indispensable pour que les hommes soient à l'aise, raisonnablement satisfaits, et qu'ils puissent fournir le meilleur d'eux-mêmes. »

Les employés faisaient leur possible pour améliorer leurs conditions de vie. Ils dînaient sur une table drapée d'une nappe blanche, ornée de quatre chandelles un peu branlantes dans leurs bougeoirs de fortune. Ils lisaient, jouaient du piano, chantaient et, de temps à autre, allaient jusqu'à la baie pour pêcher des huîtres à l'embouchure de la Blackfish Creek, qui tirait son nom des troupeaux de petits cachalots noirs que les gens du cru rabattaient autrefois vers le rivage et massacraient pour en tirer de l'huile. Ils passaient les plages au peigne fin, les sables en contrebas des hautes terres de Truro recelant à l'époque de véritables trésors des suites du grand nombre de naufrages. On ne savait jamais ce qu'on allait y trouver : vaisselle, bagages, savons parfumés et de temps à autre un cadavre, dont les cavités naturelles étaient déjà remplies de sable. Thoreau décrivait la plage comme « une vaste *morgue* », à cause de tous les corps d'hommes et les carcasses d'animaux que la mer avait rejetés. « Et la Nature apparaît là dans sa nudité – sincère et inhumaine, totalement insensible à l'homme, occupée à mordiller lentement les falaises du rivage au-dessus desquelles les mouettes tournoient dans les embruns. »

Cet âge étant celui de la domesticité, la station avait engagé une cuisinière et deux femmes de ménage, qui venaient chaque jour de Wellfleet. Elles portaient des coiffes de bonne et des tabliers. L'une d'elles se nommait Mable Tubman, elle était la fille d'un habitant du cru assez prospère, et attira l'attention d'un des employés de Marconi, Carl Taylor. Une photographie de l'époque montre Carl et Mable assis sur la plage par un jour ensoleillé. Ce qui rend ce cliché extraordinaire, c'est qu'on y voit des gens manifestement en train de prendre du bon temps. Mable porte sa coiffe et son tablier et détourne les yeux vers l'océan. Carl est vêtu d'un costume clair et regarde droit vers l'objectif, un grand sourire lui fend le visage. Lui aussi porte pour rire une coiffe de bonne.

Bien que profondément absorbé par le travail en cours des deux côtés de l'Atlantique et une myriade d'autres rebondissements, Marconi décida apparemment qu'il était assez maître de la situation pour que Josephine Holman et lui puissent enfin annoncer leurs fiançailles – même si, en fait, c'était avant tout la jeune femme qui poussait à cette décision, étant de plus en plus inquiète de savoir quelle était sa place et celle du travail de Marconi. Il n'était toujours pas venu rencontrer la famille de Josephine à Indianapolis.

Annie, la mère de Marconi, se demandait quel allait être son rôle dans la vie de son fils, maintenant qu'il allait se marier. « Le voir partir vers une femme, qu'elle soit riche ou pauvre, alors qu'il venait à peine de quitter la maison, était dur », écrivit plus tard Degna Marconi.

La mère du jeune homme fit de son mieux pour se comporter de façon « discrète », mais elle fut peinée de voir que Josephine ne lui avait même pas écrit et elle s'en plaignit à Marconi. Peu de temps après, une lettre finit par arriver et Annie la qualifia de « très gentille et attendrissante ».

Annie écrivit alors à son fils : « J'aurais aimé recevoir cette lettre [de Josephine] plus tôt, et je regrette de t'en avoir parlé. Tout va bien maintenant, je me sens soulagée et je vais lui répondre bientôt. » Elle ajoutait cependant une bien étrange ligne : « Nos amis ici pensent que ce serait tout à fait normal que j'assiste à ton mariage. » Comme si elle avait sérieusement songé à ne pas le faire.

Le printemps amena son lot de succès et d'épreuves. Le 21 mai 1901, Oliver Lodge décrocha un brevet américain pour la « télégraphie électrique ». William Preece et lui devinrent ainsi des alliés *de facto*, de plus en plus véhéments dans leurs critiques envers Marconi. Lodge lança également une attaque sur un autre front. Il créa une entreprise avec son ami Alexander Muirhead, le consortium Lodge-Muirhead, qui aurait pour mission de vendre les produits technologiques mis au point par Lodge.

Marconi dut supporter de surcroît une humiliation publique. Il avait à nouveau accepté de couvrir par radiotélégraphie la Coupe d'Amérique, pour l'*Associated Press* cette fois, mais il dut faire face à la concurrence de deux firmes américaines naissantes. Les transmissions souffrirent d'interférences au point que Marconi ne parvint pas à envoyer de messages à sa station du littoral pour qu'ils soient expédiés à l'*Associated Press* – et ce, bien qu'il ait clamé haut et fort avoir amélioré la technologie permettant de régler les canaux de transmission pour éviter les problèmes de ce genre. Par la suite, une rumeur se répandit selon laquelle une des entreprises concurrentes avait délibérément créé des interférences en transmettant des traits exceptionnellement longs, allant jusqu'à poser un poids sur leur touche et à la laisser enfoncée de façon à créer ce qu'un observateur appela « le plus long trait jamais transmis par radiotélégraphie ».

Dans un autre domaine, cependant, Marconi avançait. Le 21 mai 1901, le premier navire britannique équipé d'un poste de TSF, le *Lake Champlain*, quittait le port de Liverpool pour traverser l'Atlantique. Dans le même temps, les équipes de Marconi installaient aussi son dispositif à bord du *Lucania* de la Cunard. Durant le voyage de retour du *Lake Champlain*, l'opérateur eut la surprise de recevoir un message du *Lucania* au beau milieu de l'océan. Pour des marins résignés à leur isolement en mer, cet exploit prit des allures de miracle.

Des années plus tard, on s'avisa de remarquer qu'il était étrange que le second du *Lake Champlain* à ce moment décisif ne fut autre qu'un jeune marin nommé Henry Kendall.

Avec le retour d'un temps plus clément, le travail à Cap Cod progressait rapidement, bien que Vyvyan et Bottomley aient découvert qu'au contraire de Poldhu, où les températures demeuraient fraîches et même parfois froides en été, le cap enregistrait souvent les plus fortes canicules de Nouvelle-Angleterre, avec une moyenne de 40 degrés et plus, accompagnées d'une humidité étouffante. La nuit, des orages éclataient, et les pluies d'éclairs donnaient au terrain une pâleur de cadavre. Le brouillard tombait parfois durant plusieurs jours, le bord de la falaise prenait alors des allures de fin du monde. À intervalles réguliers, les hommes entendaient le gémissement des cornes de brume, pareil à celui de veaux abandonnés, tandis que les bateaux à vapeur devaient attendre d'y voir plus clair pour reprendre leur route.

Les inquiétudes de Vyvyan augmentaient avec l'érection de chaque mât. Les vents soufflaient régulièrement à une vitesse de trente à quarante-cinq kilomètres à l'heure, et parfois plus. À la mi-juin, ses ouvriers avaient déjà monté la partie basse de dix-sept mâts sur vingt. Quatorze d'entre eux étaient désormais dotés de leur partie supérieure, et dix avait atteint l'étage supplémentaire, le perroquet. Le plan prévoyait également un quatrième niveau, le royal, une tâche terrifiante pour les hommes qui devaient escalader les mâts et emboîter chaque partie sur la précédente. Une photographie montre ces hommes, appelés gréeurs, au travail : de minuscules silhouettes perchées au sommet de mâts de soixante mètres de haut que la moindre brise faisait osciller.

Avant la fin du mois, la chaufferie, les générateurs et les émetteurs étaient en place, et le cercle de mâts était terminé. Sur les clichés, on voit un bosquet de mâts de soixante mètres, reliés et stabilisés par de gros filins qui ressemblent à des toiles d'araignées suspendues au-dessus d'un chandelier.

Vyvyan testa l'émetteur. La nuit, entre les électrodes, jaillissait une étincelle qui illuminait le ciel avec une telle intensité qu'on la voyait et l'entendait six kilomètres plus loin sur le rivage. De près, le vacarme était proprement assourdissant, comme la détonation d'un pistolet qui aurait donné à l'infini le signal du départ. Un des premiers employés du site, James Wilson, se souvient : « Si on ouvrait la porte et qu'on voulait aller faire un tour dehors, il fallait se boucher les oreilles. »

Quelquefois, les fils de l'antenne étincelaient d'une lumière d'un bleu froid. Pour éviter que le courant ne passe par les filins et qu'il déforme les signaux, les ouvriers installèrent des « caps de mouton », façonnés dans un bois très dur appelé gaïac, à intervalles réguliers le long des fils. Les constructeurs de bateaux utilisaient le même système comme raccords pour le gréage, mais les hommes de Marconi s'en servaient comme isolants pour bloquer le passage éventuel du courant. Ce qui ne l'empêchait pas d'aller vagabonder dans les endroits les plus inattendus. Par induction, il chargeait les conduits d'évacuation et les tuyaux de poêle. Un geste aussi prosaïque qu'étendre la lessive devenait une expérience électrique. Mme Higgins, la cuisinière de la station, se plaignit d'avoir reçu des myriades de petites décharges en accrochant le linge sur le fil.

Août apporta son lot de chaleur et de brouillard, Provincetown battant une fois de plus tous les records de température en Nouvelle-Angleterre avec 33 degrés les 12 et 18 août, mais les orages étaient rares et les vents relativement raisonnables, n'excédant jamais les cinquante kilomètres à l'heure. Et pourtant, nota Vyvyan : « En août, sous la seule influence d'une forte brise, la cime des mâts au vent se penchait de façon dangereuse. »

À cause des étais qui reliaient les cimes entre elles, quand un mât oscillait, ils oscillaient tous de concert.

Marconi gardait le secret. Hors de la compagnie, personne ne savait encore qu'il voulait expédier des messages de part et d'autre de l'océan. Quand un haut fonctionnaire de l'Amirauté, G. C. Crowley, vint en observateur à Poldhu, Marconi enferma le récepteur de la station dans une boîte, comme il l'avait fait lors de ses toutes premières démonstrations. Marconi accepta volontiers de discuter de ses résultats, écrivit Crowley, mais il ne laissa personne regarder à l'intérieur. « Nous appelions ça “la boîte noire de Poldhu”. »

Marconi lui-même ne comprenait pas parfaitement la nature des phénomènes qu'il avait provoqués, et, en conséquence, la mise au point de chaque station était en elle-même une expérimentation. L'immense antenne en forme de cône était le produit de l'intuition de Marconi sur la façon qu'avaient les ondes hertziennes de se comporter. Aucune théorie existante n'avait dicté sa forme. Sa hauteur reflétait la conviction de l'inventeur, partiellement confirmée par l'expérimentation, que la distance parcourue par un signal variait en fonction de la hauteur de l'antenne.

Au-delà de ces hypothèses, il restait un nombre incalculable d'autres variables à résoudre, dont chacune pouvait affecter la performance de l'ensemble. Les ajustements les plus subtils agissaient sur la nature et la puissance du signal. Fleming, conseiller scientifique de Marconi, découvrit qu'en nettoyant tout simplement les bornes métalliques des électrodes, on améliorait considérablement la clarté des signaux. C'était un peu comme une partie d'échecs où les pièces n'auraient obéi à aucune règle, un pion pouvant se transformer en reine le temps d'un coup, puis en cavalier au suivant.

Pour rendre les choses plus difficiles encore, le phénomène que Marconi tentait de maîtriser était invisible, et on n'avait encore aucun moyen de le mesurer. Personne ne savait avec certitude comment les ondes hertziennes se déplaçaient ni à travers quelle substance. Comme Fleming, Lodge et d'autres physiciens reconnus, Marconi pensait que les ondes électromagnétiques étaient portées par l'air, même si personne n'avait réussi à démontrer l'existence de cette mystérieuse substance.

Marconi et Fleming firent tout ce qui était en leur pouvoir pour multiplier la puissance et l'efficacité des émetteurs de Poldhu et de Wellfleet, avec parfois des effets surprenants. Avec cette intensité accrue, le courant ambiant devint de plus en plus difficile à canaliser. À Poldhu, les gouttières des habitations alentour jetaient des étincelles et un éclair bleu traversait régulièrement les brumes de Cornouailles. Le 9 août 1901, George Kemp nota dans son journal : « Nous avons assisté à un curieux phénomène électrique – un terrible coup de tonnerre juste au-dessus des mâts quand jaillirent de tous les raccords des étincelles qui sont ensuite retombées à terre, malgré la présence des rupteurs isolants. Les chevaux sont devenus fous et les hommes se sont enfuis de l'enclos de quatre hectares dans une grande précipitation. »

La station de Poldhu n'était pas encore achevée quand une vague de très mauvais temps s'abattit sur la région et acheva de ralentir les opérations. Les mâts étaient en place, mais les vents violents interdirent aux gréeurs d'en atteindre la cime. Des bourrasques déferlaient sur la falaise. Le 14 août 1901, Kemp nota : « La météo est toujours déchaînée. Les hommes n'ont pas pu sortir travailler aujourd'hui. »

Les rafales continuèrent sans relâche pendant un mois entier, au point que Kemp dut renvoyer chez eux un certain nombre d'ouvriers.

Des pancartes furent placées près des condensateurs qui multipliaient la puissance électrique de la station : « Attention ! Danger ! Interdiction d'entrer ! » La nuit, on pouvait observer des gerbes d'étincelles à plusieurs kilomètres depuis différents points de la côte, suivies du claquement d'un tonnerre artificiel. Un témoin oculaire appelait la station «l'usine à tonnerre».

À Londres, les nouvelles étaient bonnes : les négociations de Marconi avec le colonel Hozier de la Lloyd's portaient leurs fruits. Ce dernier avait abandonné l'idée de vendre brevets et technologies à Marconi quand il s'était rendu compte que le seul aspect de leurs tractations qui l'intéressait était de signer un contrat avec la Lloyd's elle-même.

Hozier négocia pour le compte de la firme, mais aussi en son nom propre, et le 26 septembre 1901, il parvint à un accord avec Marconi. Hozier obtenait son siège au conseil d'administration et recevait 4 500 livres en espèces et en actions, un demi-million de dollars d'aujourd'hui. Marconi gagnait en échange le droit de construire dix stations pour la Lloyd's, qui accepta de n'avoir recours à aucun autre fournisseur d'équipement sans fil pendant quatorze ans.

La clause la plus importante stipulait que les dix stations ne seraient autorisées à communiquer qu'avec des bateaux équipés par Marconi. Cela signifiait qu'au moment où les compagnies de navigation adopteraient la radiotélégraphie, elles choisiraient de recourir aux services de Marconi. Les transporteurs comprenaient que la TSF allaient rendre beaucoup plus sûre et plus efficace l'annonce à la Lloyd's des arrivées et des départs des bateaux : cela leur éviterait notamment de devoir dévier de leur course et se rapprocher des côtes pour être visuellement identifiés par les agents de la compagnie. Avec cet accord, Marconi obtint le monopole sur les communications entre navires, mais cela provoqua aussi un ressentiment non négligeable parmi les gouvernements, les armateurs et les concurrents émergeants qu'irritait déjà la politique commerciale de Marconi interdisant à ses clients d'avoir recours à un autre équipement sans fil.

L'Allemagne en particulier s'en offusqua et, à l'Egyptian Hall de Piccadilly, Nevil Maskelyne bouillait de rage.

CLAUSTROPHOBIE

La recherche d'un nouvel appartement conduisit Crippen dans le faubourg riche en espaces verts de Kentish Town, au nord de Londres proprement dite, à la limite supérieure du quartier d'Islington, où les loyers étaient moins élevés qu'à Bloomsbury. Il y dénicha une maison dans une jolie rue appelée Hilldrop Crescent. Cet endroit semblait une solution parfaite pour la gageure qu'il s'était fixée. Le 21 septembre 1905, il signa un bail de trois ans avec le propriétaire, Frederick Lown. Le montant du loyer s'élevait à 52 livres et 10 shillings par an, soit 5 500 dollars d'aujourd'hui.

Les caractéristiques de cette maison deviendraient avec le temps un sujet d'inextinguible curiosité pour des millions de gens dans le monde entier.

Le quartier était certes moins prestigieux, mais il présentait un avantage indéniable : de nombreux représentants du monde du spectacle y avaient, tout comme les Crippen, été attirés par ses prix raisonnables. On y trouvait des chanteurs, des acrobates, des mimes et des magiciens. Un autre point positif était que la maison choisie par Crippen se trouvait dans une rue en arc de cercle, évoquant les plus jolis quartiers de Londres et rappelant l'adresse précédente du couple à Bloomsbury. La nouvelle rue, Hilldrop Crescent, formait une demi-lune presque parfaite qui partait du nord de Camden Road, la rue principale du quartier. La maison louée par Crippen portait le numéro 39.

Des arbres bordaient la demi-lune, et des arcades de verdure s'offraient à la vue de ceux qui passaient en tram, en omnibus ou en cabriolet le long de Camden Road. Les maisons de Hilldrop Crescent avaient toutes des façades identiques et étaient disposées par groupes de deux, ayant un mur mitoyen avec un voisin, mais séparées du suivant par une étroite pelouse. Chacun faisait de son mieux pour distinguer son habitation de sa jumelle, souvent grâce au jardinage et au moyen de bacs à fleurs dont les formes et les couleurs évoquaient l'Italie, l'Égypte ou l'Inde. Néanmoins, malgré des perrons ainsi décorés de bleu cobalt ou de rose toscan, le quartier exhalait un parfum suranné d'ambitions contrariées.

Comme toutes les autres habitations de ce croissant de lune, celle des Crippen comptait quatre étages, y compris un sous-sol qui traditionnellement servait à la fois de lieu d'habitation et de rangement, avec une cave à charbon sous les marches du perron, une cuisine et une petite salle à manger donnant sur l'arrière. Cette dernière était bien ensoleillée et ouvrait sur un long jardin entouré de murs de brique.

Sur l'avant, le perron conduisait à une vaste porte, dotée d'un lourd heurtoir et d'un bouton au centre du panneau, derrière laquelle se trouvaient les salons et une autre salle à manger. C'était l'entrée officielle, réservée aux princes et aux Premiers ministres, même si aucun invité de cette importance ne se présentait jamais à Hilldrop. Quand des amis venaient dîner ou jouer aux cartes, ils passaient plutôt par la porte située sur le côté. À l'étage au-dessus, il y avait un autre salon et deux chambres. Le quatrième et dernier comprenait une salle de bains et trois chambres supplémentaires, une sur le devant, deux sur l'arrière.

Le jardin clos derrière la maison avait la forme d'un rectangle allongé, au milieu duquel se trouvaient deux petites serres aux parois couvertes de lierre. Derrière l'une de ces serres, il y avait au point d'intersection de deux murs un petit coin caché invisible depuis la maison. On y gardait des centaines de pots de fleurs vides, soigneusement empilés, comme si quelqu'un avait un jour prévu d'aménager un magnifique jardin mais avait finalement renoncé à ce rêve.

Une vingtaine d'années auparavant, cette rue avait été considérée comme une adresse élégante, sans bien sûr rien de comparable au prestige de Mayfair ou de Belgravia. Depuis lors, le déclin s'était amorcé ; un des ouvrages importants consacrés aux réformes sociales au XIXe siècle y fait d'ailleurs allusion.

Dans les années 1880, un homme d'affaires nommé Charles Booth entreprit une étude de Londres rue par rue pour déterminer les conditions économiques et sociales dans lesquelles vivaient ses résidents, afin de contredire les extravagantes thèses socialistes prétendant que la misère en Angleterre était omniprésente. Pour mener à bien ce travail, il engagea une armée d'enquêteurs qui recueillirent leurs informations en accompagnant les inspecteurs pédagogiques lors de leurs visites, et les policiers de Scotland Yard pendant leurs rondes. Durant un certain temps, il employa entre autres Beatrice Potter (connue ensuite sous le nom de Beatrice Webb), qui allait devenir une célèbre militante, à ne pas confondre avec Beatrix Potter, la créatrice de Pierre Lapin, même si elles vécurent au même moment et moururent la même année, en 1943, Beatrice âgée de quatre-vingt-cinq ans, Beatrix, de soixante-dix-sept. Booth fut absolument stupéfait de constater que la misère était encore plus grande que les socialistes l'avaient décrite. Il s'aperçut qu'un peu plus de 30 % de la population de la ville vivait sous le « seuil de pauvreté », une expression dont il fut d'ailleurs l'auteur. Il répartit les habitants en sept groupes, des plus pauvres aux plus riches, et attribua une couleur à chacun, puis appliqua ces couleurs à chaque rue, section par section, sur une carte de Londres en 1889. Les disparités sautaient ainsi aux yeux. Hilldrop Crescent était teinte en rouge. « Plutôt fortuné. Bourgeoisie ». Le deuxième groupe le plus riche dans le classement de Booth.

Dix ans plus tard, Booth estima qu'il était nécessaire de revoir ses conclusions et il recommença son tour des rues de Londres. Au moins trois expéditions menées en profitant d'une ronde policière le conduisirent à Hilldrop Crescent ou dans les rues adjacentes. Dans son compte-rendu de la première, Booth nota : « Les meilleurs résidents sont en train de partir. » Lors d'une autre enquête, Booth suivit Camden Road jusqu'au croisement avec Hilldrop Crescent. Il trouva là « des demeures résidentielles », mais « des habitants d'une classe sociale inférieure à ceux d'autrefois ». Ce déclin poursuivait un mouvement déjà bien entamé dans les secteurs juste un peu plus au nord. Booth consigna : « Ce quartier est en chute libre. »

Diverses raisons étaient à l'origine de cette tendance, entre autres le développement des moyens de transport publics. Le réseau en pleine expansion de chemin de fer souterrain atteignait les faubourgs et permettait aux familles à revenus modestes de quitter les quartiers les plus sombres de la métropole pour des banlieues plus lointaines. Mais le quartier autour de Hilldrop avait aussi la chance ou la malchance de connaître l'implantation de trois institutions qui n'étaient pas exactement de nature à favoriser l'augmentation des prix de l'immobilier. Il est possible que Crippen ait réussi à se convaincre qu'aucune des trois n'aurait d'effet direct sur sa vie, mais il est tout aussi probable qu'il ne remarqua tout simplement pas leur présence quand il fit son choix. Cette ignorance cependant ne put guère durer très longtemps.

L'une d'elles entama sa spectaculaire et odorante expansion à environ une minute à pied de l'angle sud-est de la maison des Crippen. Il s'agissait du marché aux bestiaux municipal situé sur Copenhagen Fields, ouvert en 1855 pour remplacer le célèbre Smithfield Market où, comme l'observe Charles Dickens dans *Oliver Twist*, « le sol était couvert de boue et de saleté qui vous montait à hauteur de cheville », et l'air vibrait « d'un vacarme hideux et discordant ». Le nouveau marché couvrait une surface de douze hectares. Chaque année, quatre millions de bœufs, de moutons et de porc passaient ses grilles pour se faire éviscérer et équarrir, ou bien être vendus les jours désignés dans des box fermés et des stalles spécialisées. Les lieux étaient moins sales qu'à Smithfield, mais le tumulte restait assourdissant, et quand le temps le permettait et que les échanges battaient leur plein, en général le lundi – et en particulier le lundi précédant Noël, toujours le plus animé de l'année –, le chœur des meuglements et des bêlements s'entendaient à plusieurs rues de distance, notamment chez les résidents de Hilldrop Crescent. Charles Booth découvrit que les bêtes étaient conduites au marché par les rues adjacentes, non sans certains épisodes comiques. « Certaines s'échappent », écrivit-il. Un taureau, par exemple, avait vagabondé pendant trente-six heures. Une autre fois, un troupeau de moutons avait envahi un magasin de vêtements. « Le pire, c'est sans doute les porcs en fuite. Ils s'éparpillent à une vitesse incroyable et attirent la foule en un temps record, ridiculisant complètement la police. »

Les environs du marché tendaient à attirer une classe de résidents moins élégants que ceux qu'avait connus Crippen à Bloomsbury. « Un quartier très rude, remarqua Booth. Beaucoup d'hommes travaillent au marché comme conducteurs de bestiaux, assommeurs, porteurs, etc. De nombreux emplois de fortune. Un certain nombre de maisons anciennes en assez mauvais état. »

Les deux autres institutions qui minaient l'élégance de Hilldrop Crescent étaient deux prisons. La première, Holloway Gaol, également désignée sous le nom de Maison d'arrêt municipale, ouvrit en 1852 afin d'abriter principalement les personnes condamnées pour des délits commis dans l'enceinte de la City, le quartier financier de Londres. Jusqu'en 1902, on y incarcérait des hommes et des femmes, y compris, brièvement, Oscar Wilde, mais quand les Crippen emménagèrent dans le quartier, on n'y enfermait plus que des femmes. Elle recevrait d'ailleurs bientôt son premier fourgon de suffragettes arrêtées pour avoir exigé le droit de vote. Le guide de Baedeker, *Londres et ses environs*, édition de 1900, décrit l'édifice comme « assez beau », une appréciation qui ne pouvait provenir que d'un goût pour le sinistre : avec ses tourelles, ses créneaux et ses toits hérissés de cheminées, Holloway Gaol était le genre d'endroits à assombrir durablement le plus clair des jours.

Pourtant, même la présence de Holloway était riante à côté de celle de l'autre prison, Pentonville, donnant sur Caledonian Road, à une petite distance de chez les Crippen en direction du sud-est. Sa façade n'était ni plus ni moins lugubre, mais la fréquence des exécutions qui y avaient lieu semblaient draper ses hauts murs aveugles d'un dais funéraire. Quand elle avait ouvert en 1842, les réformateurs parlaient d'une « prison modèle », à cause de ses plans innovants – quatre galeries de cellules claires et propres partant d'une rotonde centrale où les gardiens pouvaient facilement surveiller tous les étages – et de son régime pénitentiaire, « le système de séparation », qui permettait de placer les cinq cent vingt détenus en ce qu'on appellerait par la suite « isolement cellulaire », un homme par cellule n'ayant aucune chance de pouvoir parler avec ses codétenus. L'idée était de forcer les prisonniers à réfléchir à leurs actions passées et, à travers le travail solitaire, les services religieux quotidiens et la lecture d'ouvrages édifiants, de les encourager à renoncer à leurs conduites coupables. En pratique, ce système rendit fous de nombreux détenus et entraîna une série de suicides.

En 1902, la prison devint un centre d'exécution. Cela ne plut guère aux voisins, même si un soupçon de culture historique aurait pu les amener à voir là un retour logique aux origines du quartier. Dans les années 1700, se trouvait à Camden Town une auberge appelée Mother Red Cap où les diligences faisaient halte fréquemment. C'était aussi le dernier arrêt pour de nombreux condamnés qu'on pendait juste de l'autre côté de la rue. Les exécutions publiques devinrent le lieu d'exactions diverses et firent l'objet de critiques de plus en plus virulentes, jusqu'à ce que le Parlement ordonne qu'elles aient lieu dans l'enceinte des prisons. Quand les Crippen arrivèrent à Hilldrop Crescent, il persistait un héritage des pratiques du passé qui venait tristement rappeler aux familles habitant à proximité de Pentonville qu'entre ses murs des hommes savaient exactement à quel moment ils allaient mourir. La loi exigeait des autorités de la prison que la cloche de la chapelle retentisse quinze fois après chaque pendaison. Cela devait être assez éprouvant pour les voisins, et en tout cas pour les condamnés qui attendaient leur tour de passer au gibet. Belle y vit un nouveau signe de son déclin social.

Un homme qui habitait tout près de la prison, Thomas Cole, prit tellement à cœur la façon dont ces exécutions affectaient les rues adjacentes qu'il s'en plaignit au ministre de l'Intérieur, un tout jeune homme du nom de Winston Churchill. « Cet édifice, écrivit-il, est entouré de maisons appartenant à d'honnêtes gens qui ont beaucoup de mal à les louer. Les maisons sont désertées, au détriment de toutes les parties concernées. » Il terminait en demandant, aimablement, si ces exécutions ne pourraient pas avoir lieu ailleurs – en particulier à Wormwood Scrubs, une prison, lui semblait-il, qui jouissait d'une position isolée.

La plainte de Cole fut transmise par le ministère de l'Intérieur au gouverneur de la prison de Pentonville, qui répondit promptement, en termes tout aussi courtois et non sans compassion. Après avoir observé qu'effectivement plusieurs maisons restaient inoccupées dans une des artères principales jouxtant son établissement, Market Street, il ajoutait : « Je ne pense pas que les exécutions conduites ici soient responsables de ce problème de location, en tout cas pas de façon significative. La seule présence d'une prison ne peut que faire apparaître le quartier comme indésirable. Il est cependant certain que toute cette agitation a bel et bien commencé avec les premières exécutions, en 1902. »

Il défendait toutefois l'idée que sa prison n'était pas la seule cause du déclin du quartier. Les propriétaires demandaient des loyers exorbitants, et « les trams et le métro tendaient à favoriser l'éloignement des travailleurs les plus respectables ». Un autre problème était celui « des rats qui infestaient les habitations du secteur ». La détérioration était incontestable, reconnaissait-il. « J'ai pu observer que les résidents de Market Street ne sont plus tout à fait aussi convenables qu'il y a encore quelques années. En fait, chaque fois qu'un logement est mis à la location, il est apparemment pris par des gens moins fortunés que ceux qui y habitaient auparavant, les déménagements sont donc fréquents. »

Pour conclure, il faisait une suggestion : « On pourrait cesser de sonner la cloche après les exécutions – cette pratique n'a apparemment aucune justification, et si on y mettait fin, je pense que très peu de voisins sauraient qu'un événement inhabituel vient de se produire. »

Il se fit désavouer. Les cloches avaient toujours sonné. Elles continueraient de sonner. C'était la loi, après tout, et on était en Angleterre, n'est-ce pas ?

Belle décorait tout en rose. Elle portait des robes roses, des sous-vêtements roses, y compris un corset en soie rose. Elle achetait des oreillers roses ornés de glands roses, tapissait les murs de tissu rose, et accrochait d'énormes nœuds de velours roses aux cadres des tableaux. Elle détestait le vert qui, d'après elle, portait malheur. Découvrant un papier peint vert dans le salon d'une amie : « Mon Dieu ! C'est un vrai porte-poisse que tu as là ! Du papier peint vert ! Je suis sûre que ça va te porter malheur. Quand j'aurai une maison, moi, je ne mettrai de vert nulle part. Il y aura du rose partout pour porter bonheur. » Et avec un critère pareil, elle aurait effectivement dû avoir beaucoup de chance.

Elle se comportait avec un étrange mélange de frugalité et d'extravagance, à en croire son amie Adeline Harrison. « Mme Crippen était singulièrement économe pour toutes les petites choses liées à leur vie domestique, écrivit-elle. En fait, elle s'y appliquait tellement qu'on aurait pu la penser avare. Elle cherchait les boucheries les moins chères et allait au Caledonian Market pour acheter de la volaille bon marché.

Elle était prête à tout pour économiser trois sous et toujours disposée à dépenser de gros billets.»

C'est en vêtements et en bijoux qu'elle se ruinait véritablement. Pour la maison, elle achetait des bibelots, des babioles sans valeur et des meubles d'occasion dépareillés. Passionnée de marchandage, elle allait certainement au marché aux bestiaux municipal le vendredi, le jour des «bonnes affaires». Au début, ces «bonnes affaires» désignaient les autres animaux que les bœufs, les porcs et les moutons. Il s'agissait par exemple d'ânes et de chèvres, mais, au fil des ans, l'expression englobait tout ce qui pouvait se vendre, animé ou pas. Le vendredi, comme le découvrit Charles Booth quand son enquête sur Londres le conduisit au marché aux bestiaux, «on trouvait pratiquement tout à vendre, et pratiquement tout trouvait acheteur». En parcourant les étals, on dénichait des livres, des vêtements, des jouets, des verrous, des chaînes, des clous rouillés, et toute une batterie d'articles de cuisine cassés et cabossés que Booth décrivit comme «une infâme camelote qui n'aurait pas rapporté de quoi se payer un verre». Un autre chroniqueur nota en 1891 que «vendeurs et acheteurs étaient de tout poil, en aussi piteux état que les marchandises qu'ils s'échangeaient».

Belle décora la maison de plumes d'autruche, et installa même dans une pièce deux pieds d'éléphant, ce qui n'était pas si rare dans un intérieur bourgeois. Ses amies remarquaient avec une joyeuse méchanceté que si Belle prenait grand soin de sa personne et de ses vêtements, chez elle, le ménage était laissé au hasard, avec pour première conséquence une odeur de renfermé, voire de moisi. «Mme Crippen détestait l'air frais et les fenêtres ouvertes, rappela Adeline Harrison. Le ménage n'était pas fait régulièrement. Les fenêtres, y compris celle du sous-sol, étaient rarement ouvertes.» Malgré les dimensions de la maison – ses trois étages sans compter le sous-sol –, Belle refusait de s'offrir les services d'une bonne, même si on pouvait alors engager des domestiques pour des gages que les générations suivantes trouveraient dérisoires. Pour réduire la charge du ménage, elle ferma tout simplement les chambres du deuxième étage et régula l'accès aux autres pièces. « Ils vivaient pratiquement toujours dans la cuisine, laissée dans un état de saleté et un désordre indescriptibles, écrivit Adeline Harrison. Le sous-sol, à cause du manque d'aération, sentait la terre et le moisi. Un étrange sentiment de peur m'envahissait toujours quand j'y descendais, tout était si sombre et si lugubre, alors qu'il se trouvait au niveau du jardin. »

Adeline Harrison se souvient d'être venue un jour où les paradoxes du caractère de Belle lui parurent particulièrement évidents. « Un matin, je la suivis dans la cuisine où elle avait à faire. Il faisait chaud et humide, et les fenêtres aux vitres sales étaient toutes fermées. Sur le buffet se trouvait une masse hétéroclite : de la vaisselle sale, de la nourriture, quelques faux cols du Dr Crippen, un postiche de Belle, plusieurs épingles à cheveux, deux ou trois brosses, des lettres, un porte-monnaie orné de pierreries, et d'autres choses encore. » La cuisinière était abîmée par la rouille et maculée de taches. « Sur la table, s'entassaient emballages, casseroles, couteaux sales et assiettes. Il y avait aussi des fers à repasser, une cuvette et une cafetière. » Et au milieu de ce fatras, une robe en mousseline blanche constellée de fleurs de soie était posée avec « désinvolture » sur une chaise.

Sur le rebord de la fenêtre close, était juché un des chats de Belle. « La petite chatte prisonnière grattait furieusement la vitre pour tenter, mais en vain, d'attirer l'attention d'un galant qui passerait par là. »

Vus de l'extérieur, les Crippen formaient un couple idyllique. Les occupants des maisons adjacentes rapportaient avoir souvent vu les époux travailler ensemble dans le jardin et fréquemment entendu Belle chanter. Une voisine, Jane Harrison, qui habitait au 38, raconta par la suite : « Ils semblaient toujours avoir un comportement très affectueux, et je ne les ai jamais entendus se quereller ni même échanger un mot désobligeant. » En quatre occasions, elle vint aider Belle à préparer des soirées, y compris une grande fête qu'elle donna pour l'anniversaire de George Washington Moore, dit « Pony », impresario des « ménestrels noirs », Moore et Burgess Christy.

Mais ceux qui les connaissaient mieux voyaient bien que les choses étaient loin d'être aussi idylliques. Pendant une courte période, Belle essaya d'engager une bonne, une certaine Rhoda Ray. « M. et Mme Crippen n'étaient pas toujours très aimables l'un avec l'autre, et ils se parlaient très peu », déclara-t-elle par la suite. Quant à John Burroughs, un ami, il remarqua que Belle pouvait « manquer un peu de patience » dans sa façon de traiter son mari. Un changement dans la configuration de leur maison ne sembla pas étonner leurs amis, ce détail se révélerait pourtant d'une grande importance dans les quelques années qui suivirent : pour la première fois depuis leur mariage, les Crippen occupaient des chambres séparées.

Ce que ni ses amies ni ses voisines ne semblaient saisir, c'est que Belle se sentait seule. Elle passait le plus clair de son temps à la maison, même si elle sortait souvent déjeuner, le plus souvent entre 13 et 15 heures. Elle trouvait une consolation auprès des animaux domestiques, et bientôt la maison s'emplit de miaulements, de chants d'oiseaux et, un peu plus tard, de jappements. Elle adopta deux chats, dont un élégant persan blanc ; elle acheta sept canaris qu'elle installa dans une vaste cage dorée, telle qu'on en voyait souvent dans les maisons du voisinage. Ensuite, Crippen et elle acquirent un bull-terrier.

Peu de temps après leur emménagement, Belle décida de chercher des locataires et fit paraître une annonce dans le *Daily Telegraph.* Bientôt, trois jeunes Allemands s'installaient dans les chambres du troisième étage. L'un d'eux, Karl Reinisch, confierait plus tard que Belle voulait davantage que l'argent du loyer.

Il raconta son histoire dans une lettre qui est maintenant la possession du Musée noir de Scotland Yard, accessible seulement aux inspecteurs de police ou sur invitation.

La maison avait « un beau jardin », écrivit Reinisch, et était située dans une « rue tranquille et cossue ». Il s'estimait chanceux d'avoir été accepté comme locataire. « Il était considéré à l'époque plutôt distingué d'obtenir une chambre en pension complète chez le Dr Crippen. » Ce dernier était « extrêmement discret, élégant, non seulement dans sa manière de penser, mais aussi dans son comportement, envers sa femme, moi, et tout le monde. Il idolâtrait son épouse et devinait ses moindres désirs, qu'il s'empressait de satisfaire. » Ce premier Noël, en 1905, en fournit un parfait exemple. « Le Dr Crippen voulait faire une belle surprise à sa femme, quelque chose qui lui fasse vraiment plaisir, en l'occurrence un gramophone. Ces appareils étaient encore terriblement chers à l'époque. Mme Crippen, qui jouait très bien du piano, se montra aussi heureuse qu'une enfant de cette attention, et le Dr Crippen fut plus heureux encore de la voir si joyeuse. Il avait eu beaucoup de mal à se procurer ce gramophone. »

Crippen et Belle avaient des natures opposées, ajoutait Reinisch. Il trouvait Crippen « très placide » et Belle « pleine de vivacité. Blonde, dotée d'un joli visage, elle avait une silhouette un peu lourde, pleine, aux formes, disons, généreuses. » Elle était, à l'en croire, « bonne maîtresse de maison, au contraire de beaucoup d'Anglaises. Notamment, elle cuisinait elle-même, et très bien. » Il remarqua que, malgré « la bonne situation financière du couple », ils n'avaient pas de domestiques.

Il arrivait souvent que Crippen et Belle demandent à Reinisch et à l'un des deux autres locataires de se joindre à eux pour une partie de whist. « Mme Crippen pouvait se mettre très en colère si elle perdait un penny, ou même un demi, et, en revanche, se montrer absolument ravie si elle remportait la même somme. Ce n'était pas l'argent qui comptait, d'ailleurs, mais l'envie de gagner. Pour éviter que sa femme ne se fâche, le Dr Crippen me demandait de mal jouer, comme il le faisait lui-même, pour qu'elle gagne la partie et soit heureuse. »

Dans l'ensemble toutefois, le couple surprit Reinisch à se satisfaire de son sort. « Leur mariage, au moins durant le temps de mon séjour chez eux, était très harmonieux, écrivit-il. Je ne me rappelle pas avoir remarqué de désaccord majeur ni de rancœur entre eux. Je dois ajouter qu'ils menaient une existence relativement retirée. C'est avant tout pour cette raison, pour ne pas se retrouver toujours seuls, qu'ils m'avaient accueilli chez eux. Je me sentais très bien dans cette famille, et je n'eus jamais l'impression de n'être qu'un moyen pour eux de gagner de l'argent, ce qui était si fréquemment le cas ailleurs. »

C'était l'absence d'enfants, pensait Reinisch, qui avait poussé Mme Crippen à chercher des locataires.

« Comme “ersatz” d'enfant, il fallait dans la maison quelqu'un de fiable et de sociable. Ainsi, on posa comme condition à mon arrivée que je ne devrais pas sortir tous les soirs, mais plutôt rester à la maison afin de tenir compagnie à ses occupants… Ce n'était pas très facile, pour un jeune homme qui avait l'intention de profiter des plaisirs de la grande ville, d'accepter cette condition. Je ne l'ai finalement pas regretté, parce que la société de ce couple cultivé eut sur moi une bonne influence, et que les conversations au coin du feu étaient variées, stimulantes et enrichissantes. »

Un des autres locataires, cependant, avait une vision totalement différente des Crippen et il rapporta à Adeline Harrison, l'amie de Belle, toute une série de disputes qui lui paraissaient toujours inéquitables : « Mme Crippen, nerveuse et irritable, harcelant son mari, et Crippen, pâle, silencieux et imperturbable. »

Si la présence de Reinisch et des autres locataires avait sans doute allégé la solitude de Belle, elle ajouta de la tension dans ses relations avec Crippen. Elle forçait son mari à s'occuper de leurs besoins quotidiens, même le dimanche, qui était son seul jour de repos. « Il devait se lever à 6 heures pour cirer les bottes des locataires, monter le charbon du sous-sol, préparer le petit déjeuner, et rendre tous les services possible », écrivit Adeline Harrison. Il faisait les lits, la vaisselle et, le dimanche, il aidait même à préparer le déjeuner, et ce sans l'aide du moindre domestique. « C'était une période éprouvante, ajouta-t-elle, et un effort assez inutile pour tous les deux, parce que Crippen gagnait bien sa vie et subvenait généreusement aux besoins de sa femme. » Belle utilisait l'argent des loyers pour acheter davantage de vêtements et de bijoux.

En juin 1906, après moins d'un an, Belle chassa ses locataires allemands. La tâche était devenue trop lourde, expliqua une amie, mais la peur croissante des espions allemands avait également influencé cette décision. À 9 h 30, le samedi 23 juin, Belle leur écrivit : « Ma sœur s'apprêtant à nous rendre visite, je regrette infiniment de devoir vous demander de quitter la maison. Je souhaite en effet recevoir fréquemment à cette occasion, et la présence de locataires risque de mal s'accorder avec mes projets. J'espère en conséquence que vous trouverez à vous loger confortablement ailleurs. Soyez aimables de partir à votre convenance, je ne souhaite nullement précipiter les choses et vous prie de considérer cette maison comme la vôtre le temps que vous y resterez. J'espère aussi que vous accepterez de nous honorer de votre présence aux réceptions que j'organiserai chaque semaine durant la visite de ma sœur. »

L'aspect du caractère de Belle qui marqua le plus la vie au 39, Hilldrop Crescent était son besoin de dominer Crippen. Débonnaire et malléable, il était presque au même niveau que les animaux familiers de la maison. Il attendait qu'on décide son sort. « Il n'avait apparemment aucun vice, ni même les faiblesses et les petites manies de l'homme ordinaire, rapporta Adeline Harrison. Le contrôle qu'il exerçait sur lui-même était la seule preuve de fermeté de son caractère. Il ne pouvait pas fumer : cela le rendait malade. Aucune consommation d'alcool sous la forme de vins ou de spiritueux, parce que cela avait des conséquences fâcheuses sur son cœur et sa digestion. Il buvait de la bière, blonde ou brune, mais en très petites quantités. Il n'était pas très à l'aise avec les hommes, personne ne l'avait jamais vu se joindre à une virée entre amis. Il rentrait toujours à l'heure, et jamais avec cet air de joie hébétée du noceur à 2 heures du matin en compagnie de ses copains du club d'à côté. »

Peu de temps après leur emménagement à Hilldrop, Belle insista pour qu'il se convertisse au catholicisme. Elle décidait aussi de ce qu'il portait. Le 5 janvier 1909, elle lui acheta trois pyjamas lors des soldes d'hiver chez Jones Brothers, un marchand de vêtements de confection. Cela se révéla par la suite avoir été un des achats les plus importants de sa vie. Elle choisissait la couleur et la coupe de ses costumes. « Les goûts excentriques de Crippen en matière de cravates et de vêtements peuvent être attribués au fait que c'étaient ceux d'une femme, expliqua Adeline Harrison. Son épouse lui achetait ses cravates et décidait des motifs de chaque vêtement. Elle discutait de la couleur de ses pantalons avec le tailleur tandis qu'il assistait à la scène sans se risquer à donner une opinion. »

Le besoin qu'avait Belle de tout régenter s'étendait aussi à ses chats. Elle ne les laissait jamais sortir « de peur qu'ils ne tombent dans le piège des amours illicites », nota encore Adeline Harrison. Elle leur fit construire par Crippen une cage dans le jardin.

Pour faire marcher Crippen au pas, elle brandissait toujours la menace de l'abandonner. Elle laissait une photographie de Bruce Miller bien en vue. Comme un rappel.

Plus tard, Crippen confierait à un ami : « J'ai toujours détesté cette maison. »

En 1907, un homme, qui se faisait appeler M. Frankel, loua un studio dans un immeuble de Wells Street, à quelques pas de Tottenham Court Road en direction de l'ouest. Il se présenta à son nouveau propriétaire comme spécialiste de l'oreille. C'était un petit homme, affublé d'une grosse moustache, avec des yeux chaleureux et un peu protubérants, et il avait tendance à marcher en canard. Il paraissait d'un tempérament doux. « L'appartement occupé par Frankel était presque toujours vide la nuit, expliqua plus tard le propriétaire, mais occasionnellement, durant la journée, je voyais une jeune fille qui descendait l'escalier et semblait venir de chez Frankel. Je serais incapable de l'identifier. »

DÉSASTRE

À Poldhu, la météo était toujours aussi mauvaise. Kemp nota dans son journal que le matin du 17 septembre, une tempête venue du sud-ouest s'abattit sur la station. Marconi était là. Kemp, Fleming et lui menaient des expériences liées à la production d'étincelles. Les rafales s'intensifièrent encore. « À 13 heures, écrivit Kemp, le vent tourna brusquement au nord-ouest, et de violentes bourrasques frappèrent le cercle de mâts avec une intensité redoublée. »

Les mâts se mirent à tanguer. Les étais qui reliaient chacun d'eux à son voisin les faisaient tous danser ensemble. Le vent gémissait en passant entre les fils.

Un premier mât finit par se casser, mais les étais tinrent bon et transmirent la secousse de la chute à tous les autres. Tous les mâts s'écroulèrent. La moitié s'abattit complètement à plat sur le sol gorgé de pluie comme d'immenses arbres. Les autres se brisèrent et firent saillie dans le tas de décombres à des angles divers.

Il n'y eut aucun blessé et, bizarrement, même les condensateurs, les transformateurs et les générateurs dans le bâtiment juste au-dessous échappèrent au danger.

Marconi ne montra pas grand signe d'émotion. Sous le masque cependant, il était terriblement tendu, et presque désespéré. Ce désastre représentait un défi déchirant à son rêve de transmission outre-Atlantique. Il refusa de remettre la tentative à plus tard.

Sous ses ordres, les hommes de Poldhu façonnèrent deux nouveaux mâts, de quarante-neuf mètres chacun, et firent passer un câble épais d'une cime à l'autre. De là, ils suspendirent cinquante-quatre fils de cuivre dénudés, de quarante-cinq mètres de long, qui se rejoignaient au-dessus de l'abri du condensateur, et formaient un immense éventail déployé dans le ciel. Aucune loi physique particulière ne lui avait inspiré ce schéma. Il s'imposa à Marconi comme le bon.

Sept jours après le désastre, la nouvelle antenne était achevée et, peu de temps après, Marconi l'utilisait pour ses premiers tests en direction de la station du Lizard.

Une fois cette nouvelle antenne en place, il donna des instructions pour qu'on construise une station définitive, consistant en quatre tours de soixante mètres chacune, façonnée à partir de traverses de pin entretoisées. Ces quatre tours marqueraient les coins d'une parcelle de terrain de vingt mètres carrés environ. Un épais câble torsadé relierait les sommets, et de là, Marconi ferait partir au moins deux cents fils électriques supplémentaires pour former une gigantesque pyramide inversée qui atteindrait le toit de l'abri du condensateur. Cette fois, Marconi s'assura que les tours étaient capables de résister au plus mauvais temps que les Cornouailles pourraient produire.

Mais la construction d'une station aussi immense prendrait plusieurs mois. Il ne pouvait supporter un tel retard dans son expérience transatlantique. Son impatience était en partie alimentée par des considérations pratiques. Il craignait que son conseil d'administration ne perde confiance. Pour l'heure, le conseil l'avait autorisé – non sans réticence – à dépenser 50 000 livres sterling pour l'édification des stations de Poldhu et de South Wellfleet – 5,4 millions de dollars d'aujourd'hui. Il lui fallait prouver que l'argent avait été judicieusement employé, même si désormais, avec une station en miettes, la preuve en question serait plus difficile à fournir. Il s'inquiétait comme toujours de la concurrence chaque jour plus présente, en particulier celle d'entreprises américaines, et il ressentait encore douloureusement son échec lors de la dernière Coupe d'Amérique. Il savait aussi que le secret concernant son projet transatlantique ne pourrait pas être gardé très longtemps.

Mais la motivation la plus forte venait de l'intérieur. Instinctivement, il était convaincu que ses signaux pouvaient traverser l'océan, même si rien dans les lois de la physique du moment ne permettait d'envisager que cela soit vaguement réalisable.

Le fait que l'antenne provisoire de Poldhu permettait de maintenir les liaisons avec une station qu'il avait bâtie à Crookhaven, en Irlande, à quelque trois cent cinquante kilomètres, lui redonnait confiance. Ainsi d'ailleurs qu'une invention qui lui était tombée du ciel. En août, son compatriote et ami, Luigi Solari, officier dans la marine italienne, était venu le voir à Poldhu. Il avait apporté un nouveau cohéreur mis au point par un de ses sémaphoristes. Marconi le testa et le trouva beaucoup plus sensible aux transmissions que les meilleurs de ses propres récepteurs.

Il imagina un nouveau plan. Le 4 novembre 1901, il expédiait un télégramme conventionnel à Kemp : « Tenez-vous prêt svp à m'accompagner à Terre-Neuve le 26. Si vous voulez congés, prenez-les maintenant. Marconi. »

Il ne dit rien de ce nouveau plan à Fleming.

Marconi était suffisamment réaliste pour reconnaître que sa station avait peu de chances de générer l'électricité et les fréquences nécessaires selon lui à la création d'ondes capables de traverser l'océan jusqu'à Cap Cod. Mais Terre-Neuve, c'était différent. Plus près de la Grande-Bretagne, et pourtant toujours de l'autre côté de l'Atlantique. Cette île était par ailleurs bien reliée par câbles sous-marins, grâce à l'Anglo-American Telegraph Company qui détenait le monopole de la télégraphie entre la Grande-Bretagne et Terre-Neuve. Pour Marconi, c'était un point essentiel. Il avait besoin de pouvoir envoyer et recevoir des télégrammes conventionnels pour donner ses instructions aux opérateurs de Poldhu et évaluer les progrès de l'expérience.

Mais il se trouvait maintenant face à la difficulté la plus importante. Il lui fallait construire une station de réception à Terre-Neuve avec une antenne suffisamment haute pour recevoir les signaux émanant de l'installation provisoire de Poldhu. Il allait falloir qu'elle mesure plusieurs centaines de mètres.

Il imagina une nouvelle solution. Heureusement, il avait tenu toute l'affaire secrète, parce que si les actionnaires avaient eu vent de son plan, leur confiance en lui et en sa compagnie se serait sans doute effondrée.

Kemp fit ses bagages, ainsi qu'un autre ingénieur, Percy Paget, et le mardi 26 novembre 1901, sur les quais de Liverpool, en compagnie de Marconi, ils montaient à bord du *Sardinian* de l'Allan Line, qui levait l'ancre pour Terre-Neuve. Marconi portait ses propres cohéreurs et des copies de l'appareil réalisé par le sémaphoriste italien dont Solari lui avait donné les plans. Remisés dans la soute à bagages, se cachaient deux grands ballons faits de coton et de soie, qui une fois gonflés auraient chacun un diamètre de quatre mètres cinquante. L'équipage avait également rangé là un certain nombre de gros bidons d'hydrogène pour remplir les ballons, des bobines de plusieurs milliers de mètres de fil de cuivre ainsi que le matériel nécessaire à l'assemblage de six cerfs-volants de deux mètres cinquante sur trois, capables chacun de soulever un homme.

Ballons et cerfs-volants, écrivit plus tard Marconi, étaient une concession nécessaire au temps et aux éléments : « Il était clairement impossible à cette époque de l'année, à cause des mauvaises conditions météorologiques et au vu du peu de temps dont nous disposions, d'ériger des mâts suffisamment hauts pour soutenir l'antenne. » Marconi prévoyait d'utiliser cerfs-volants et ballons afin d'élever un fil électrique à cent vingt-deux mètres au-dessus du sol, soit deux fois la hauteur des mâts de Cap Cod. Suivant ses instructions, les opérateurs de Poldhu enverraient sans relâche des signaux à des moments préalablement convenus jusqu'à ce qu'ils soient détectés. Dès qu'il aurait reçu un message, Marconi avait l'intention de se rendre en personne à sa station de South Wellfleet pour expédier sa réponse. Il parviendrait ainsi au moins à un semblant de communication aller-retour à travers l'Atlantique.

Ce soir-là, avant que le *Sardinian* ne quitte le port, Marconi, Kemp et Paget dînèrent ensemble : leur premier repas à bord. Ce fut un véritable festin, les plats et les vins, tous excellents. Il faisait bon sur ce navire confortable, le service était soigné – ce qui n'était guère surprenant, les trois hommes constituant à eux seuls à peu près la moitié des passagers. Paget et Kemp partageaient une cabine, Marconi avait la sienne.

Au milieu du repas, on apporta un télégramme pour Marconi.

À South Wellfleet, le mois de novembre se révélait terrible. La météo locale parla du novembre le plus froid « depuis plusieurs années », avec une température moyenne « exceptionnellement basse ». Durant tout le mois, vent, pluie, grésil et neige se succédèrent, mais la dernière semaine fut particulièrement éprouvante. Samedi 23 novembre, un vent du nord-est se déchaîna et continua à faire rage tout le lendemain. Les deux jours suivants, les bourrasques atteignirent les cent vingt kilomètres à l'heure, force 12, sur l'île de Block. On hissa les drapeaux de tempête, et ils demeurèrent hissés.

Mardi 26 novembre, la tempête arriva à son point culminant. Des rafales de vent violent balayaient le sommet de la falaise et faisaient onduler et ployer les mâts. Les étais qui les reliaient entre eux les forçaient à tanguer à l'unisson, comme les danseurs d'une cérémonie primitive.

La danse devint effrénée. Étrangement, la station de South Wellfleet faisait l'expérience du même désastre qui venait de frapper sa sœur jumelle de Poldhu. Un mât s'écroula, et tous les autres le suivirent dans sa chute. Un tronçon de la taille d'un tronc d'arbre traversa le toit du poste de transmission. Un autre faillit assommer Richard Vyvyan. « Il était tombé, nota-t-il, à moins d'un mètre de l'endroit où je me trouvais. »

La deuxième station était elle aussi en pièces. L'investissement somptuaire de Marconi n'avait produit que l'équivalent d'une douzaine de naufrages en espars, royaux et perroquets, irrémédiablement brisés.

Vyvyan expédia la nouvelle du désastre par câble sous-marin au siège de la compagnie à Londres, qui la fit suivre à Marconi en train de dîner à bord du *Sardinian*. Le télégramme était concis : « Mâts effondrés à Cap Cod. »

LE LIVRE DES POISONS

En septembre 1908, Ethel Le Neve commença à louer une chambre dans une maison située à quelques rues au sud de Hampstead Heath, à un peu plus de un kilomètre à l'ouest de Hilldrop Crescent. Elle appartenait à Emily et Robert Jackson. Lui était représentant pour une entreprise qui vendait de l'eau minérale ; sa femme gérait la location des chambres et assurait les repas des occupants. Mme Jackson et Ethel se plurent immédiatement. Chaque soir, quand la jeune fille rentrait du bureau, sa logeuse lui portait une tasse de thé dans sa chambre, et elles passaient un moment à parler de ce qui s'était passé durant leurs journées respectives. En un rien de temps, Ethel se mit à appeler Mme Jackson « maman ».

Ce que Mme Jackson ignorait, c'est qu'Ethel était enceinte de quatre mois, mais elle l'apprit deux semaines plus tard quand la jeune femme fit ce que sa logeuse appela une « fausse couche », bien qu'il s'agisse sans doute d'un euphémisme. Les femmes médecins étaient rares à ce moment-là, mais l'une d'elles, Ethel Vernon, vint s'occuper de la jeune fille. « Je n'ai jamais vu le bébé, déclara plus tard Mme Jackson, et j'étais présente quand le Dr Vernon lui demanda où il était. » Ethel Le Neve dit qu'elle n'en savait rien, mais « elle finit par expliquer qu'elle était allée aux toilettes et qu'elle avait eu l'impression d'évacuer quelque chose ».

Le médecin et Mme Jackson lui firent subir un véritable interrogatoire pour qu'elle donne le nom du père, mais elle s'y refusa absolument.

Ethel tomba malade et Mme Jackson prit soin d'elle comme de sa propre fille. Deux ou trois jours plus tard, Crippen fit son apparition et demanda à voir Ethel en tendant sa carte à Mme Jackson. Il ne resta que quelques minutes. Une semaine plus tard, il revint, mais la visite fut d'aussi courte durée que la précédente. Mme Jackson devait plus tard déclarer : « C'était l'homme le plus charmant que j'aie jamais rencontré. »

Ethel garda le lit pendant deux semaines, puis elle reprit le travail.

Crippen conservait une vague relation de travail avec Munyon, mais il consacrait presque toute son énergie à créer une nouvelle affaire, un cabinet dentaire, avec un certain Gilbert Mervin Rylance, dentiste originaire de Nouvelle-Zélande. L'entreprise s'appelait Yale Tooth Specialists. « Il s'occupait de la partie financière, expliqua Rylance, et moi, des soins dentaires. » Crippen dirigeait le cabinet et fournissait les anesthésiques nécessaires. Ils décidèrent de diviser les bénéfices à parts égales. Le cabinet était situé dans l'immeuble où Crippen avait déjà eu un bureau, Albion House, New Oxford Street, et où la Ligue avait son quartier général. Crippen continuait à concocter et à vendre des médicaments de son invention, y compris un traitement contre la surdité qu'il appelait Horsol.

La fausse couche changea la teneur des relations qui unissaient Ethel et Crippen. Alors que cette liaison avait été insouciante et audacieuse, surtout si l'on pense à la proximité de la Ligue des femmes artistes de music-hall, Ethel éprouvait maintenant un sentiment de perte, et elle se rendait compte que son amour pour Crippen était devenu plus profond. Elle supportait de moins en moins de le voir partir tous les soirs pour retrouver son foyer et sa maison, tandis qu'elle vivait seule dans sa chambre à Hampstead.

La Ligue des femmes artistes de music-hall continuait à mener ses bonnes actions. Ses membres avaient appris à aimer Belle Elmore et son énergie, et elle leur rendait bien leur affection. Même si elle ne se produisait nulle part, elle était en contact quotidien avec d'autres qui le faisaient ; cela semblait lui suffire. Là où le bât continuait de blesser, c'était son mari. Elle lui répétait sans arrêt qu'elle ne comptait pas les hommes qui l'auraient volontiers enlevée sur un simple battement de cils et menaçait de le quitter de plus en plus souvent.

Elle ne semblait pas se rendre compte, cependant, que sa menace ne faisait plus autant d'effet. Crippen était amoureux d'Ethel Le Neve et lui promettait qu'un jour il l'épouserait. C'était elle, pensait-il, qui aurait dû partager sa couche depuis le début. Le départ de Belle serait une bénédiction, parce que l'abandon du domicile conjugal était un des seuls motifs de divorce qu'acceptait la loi anglaise.

À son tour, Crippen ne mesurait pas que les menaces de Belle étaient de plus en plus sérieuses et qu'elle avait commencé à faire des projets d'avenir. Leur compte épargne à la Charing Cross Bank sur le Strand montrait un crédit de 600 livres (plus de 60 000 dollars d'aujourd'hui). Suivant le règlement de la banque, Belle et Crippen avaient tous deux le droit d'effectuer des retraits sans besoin de la signature de l'autre. Il y avait un hic, cependant. Seuls les intérêts pouvaient être touchés à la demande. Pour fermer le compte et récupérer la totalité du capital, il fallait un délai d'une année complète.

Le 15 décembre 1909, la banque reçut une demande de retrait de tout l'argent du compte. Elle n'était signée que de Belle.

Belle se montrait généreuse avec ses nouvelles compagnes de la Ligue. Vendredi 7 janvier, elle se rendit avec Crippen dans les locaux de l'association, et là elle offrit à son amie Louie Davis, comme cadeau d'anniversaire, un collier de corail. Belle était troublée par un incident survenu la nuit précédente, et, en tendant son présent à Louie, elle expliqua : « Je ne pensais pas pouvoir te l'apporter aujourd'hui. Je me suis réveillée au milieu de la nuit, j'étouffais, et j'ai même demandé à Peter d'aller chercher un prêtre. Je ne pouvais plus respirer, et il faisait tellement noir. »

Belle se tourna vers son mari. « N'est-ce pas, mon cher ?

– C'est vrai, reconnut Crippen. Mais tu vas mieux maintenant. »

Ils quittèrent les lieux tous les trois et marchèrent jusqu'à un salon de thé Lyons & Co. tout proche, bondé comme toujours, et là Belle répéta toute l'histoire, avec davantage d'intensité dramatique.

« Jamais je ne pourrai oublier. C'était terrible », dit-elle en portant la main à son cou.

Louie Davis trouva étrange que Belle raconte pareille histoire, parce qu'un de ses traits les plus caractéristiques était sa santé de fer. Comme une autre amie l'observa, « Belle ne semblait même pas savoir ce que douleur ou souffrance voulait dire ».

Durant le thé, Crippen mit l'incident sur le compte de l'anxiété provoquée par le travail de Belle à la Ligue. Il la poussa à démissionner – un conseil qu'il avait déjà prodigué auparavant, mais dont elle n'avait jamais tenu compte, de même qu'elle fit la sourde oreille à ce moment-là. Une des raisons pour lesquelles il souhaitait sa démission était qu'il voulait l'éloigner d'Albion House où elle se rendait constamment, obligeant Crippen et Ethel à déployer des trésors de prudence qu'ils jugeaient tous deux pesants et contraignants.

Au Lyons, la conversation dévia vers d'autres sujets.

Samedi 15 janvier 1910, Crippen quitta son bureau et suivit New Oxford Street jusqu'à la pharmacie toute proche de Lewis & Burrows, où il achetait toujours les produits qui entraient dans la composition de ses médicaments et de ses anesthésiques. Au cours de l'année, il s'était fourni en acide chlorhydrique, eau oxygénée, sels de morphine et – son achat le plus fréquent – cocaïne, qu'il était venu se procurer neuf fois l'année précédente, pour un total d'un peu plus de onze grammes. Ce jour-là cependant, il voulait autre chose. Il demanda à l'employé Charles Hetherington, 0,325 gramme de bromhydrate d'hyoscine.

Cette commande ne surprit pas Hetherington qui connaissait et aimait bien Crippen. C'était un client souriant qui respirait la gentillesse. Cela tenait en partie à son physique : sa moustache et sa barbe grisonnantes lui donnaient un air avenant, et ses yeux, grossis par les loupes de ses lunettes, le faisaient paraître vulnérable. Hetherington savait que Crippen préparait des médicaments homéopathiques et des anesthésiques dentaires, et que l'hyoscine était parfois utilisée dans la composition de tranquillisants.

Mais le pharmacien ne put pas satisfaire cette demande. L'hyoscine était un poison extrêmement dangereux, rarement utilisé, et en conséquence il n'en avait pas en stock. De fait, depuis trois ans qu'il travaillait chez Lewis & Burrows, il n'en avait jamais vu une telle quantité à la fois. Il expliqua à Crippen qu'il devrait en commander et que son produit serait là d'ici quelques jours.

Hetherington passa commande par téléphone à un grossiste, la British Drug Houses Ltd., « le plus gros laboratoire pharmaceutique de Londres, et sans doute d'Angleterre », à en croire son président-directeur général, Charles Alexander Hill.

Le grossiste n'eut aucun mal à assurer la commande, ayant en stock environ treize grammes, fournis par Merck & Co. de Darmstadt en Allemagne. L'hyoscine « n'était que très rarement demandée », expliqua-t-il. D'ordinaire, son entreprise fournissait aux pharmacies 0,065 gramme par commande, mais il se souvenait d'une entreprise qui en avait un jour commandé 0,19 gramme, et un hôpital une fois 0,95 gramme, la plus grosse demande qu'il ait jamais eu à satisfaire.

Le laboratoire expédia le 0,325 gramme à Lewis & Burrows le 18 janvier, ainsi que les autres compositions que la pharmacie avait commandées.

Le lendemain, mercredi 19 janvier, Crippen retourna chez Lewis & Burrows pour retirer sa commande.

Dans le passé, quand Crippen venait chercher ses poisons – morphine et cocaïne –, les employés de service ne lui faisaient pas signer le livre des poisons, dans lequel ils consignaient les achats de substances dangereuses. « Nous ne le lui demandions pas, déclara le vendeur Harold Kirby, parce que nous le connaissions, et que nous savions qu'il était médecin. »

Cette fois-là néanmoins, on lui demanda de remplir la ligne correspondant à son achat dans le registre, et de la signer, à cause de son caractère inhabituel et de la nocivité du produit. « Crippen ne souleva pas la moindre objection », se souvint Kirby.

Le formulaire réclamait d'abord le nom de l'acheteur, et Crippen nota « Cie Munyon, représentée par H. H. Crippen », bien qu'il n'ait plus alors qu'une relation très distendue avec cette firme. À la question « Intention d'utilisation », Crippen remplit : « Préparations homéopathiques ». Il signa ensuite de son nom.

Kirby lui remit un petit bocal qui contenait de minuscules cristaux ne pesant qu'un centième d'once, et qui auraient cependant pu tuer vingt personnes. Il glissa le bocal dans sa poche et reprit le chemin d'Albion House.

LE SECRET DES CERFS-VOLANTS

Malgré les mauvaises nouvelles de South Wellfleet, Marconi, Kemp et Paget firent route vers Terre-Neuve. La traversée dura dix jours et fut marquée par ce que Kemp décrivit comme « une terrible tempête » et un blizzard en pleine mer. Vendredi 6 décembre 1901, ils entraient dans le port de Saint-Jean et accostaient au quai de Shea. La neige couvrait la coque du *Sardinian* et envahissait le pont.

Une foule de journalistes et de dignitaires se pressa à la rencontre de Marconi quand il mit pied à terre. Pour dissimuler le véritable but de sa visite, il expliqua qu'il était venu à Terre-Neuve pour explorer certains aspects des communications entre les navires et la terre. Il étaya ce mensonge en envoyant un câble à la Cunard Line de Liverpool pour demander où se trouvaient en ce moment le *Lucania*, doté de sa TSF, et le *Campania*, plus récemment équipé. Vyvyan nota : « Il se disait que s'il annonçait d'entrée de jeu ses intentions et que le projet connaissait un échec, cela aurait jeté un certain discrédit sur son système… alors que s'il réussissait, l'exploit paraîtrait d'autant plus remarquable que personne ne s'y serait attendu. »

À peine débarqué, Marconi se lança à la recherche d'un site pour lancer ses cerfs-volants et ses ballons. Il opta pour une « colline de belle hauteur » qu'il avait remarquée depuis le bateau, et qui, coïncidence heureuse, s'appelait Signal Hill, parce qu'elle avait autrefois servi de base pour des échanges de messages visuels. Elle s'élevait à une centaine de mètres au-dessus du port et présentait un plateau d'environ un hectare au sommet. Marconi et Kemp décidèrent d'installer leur récepteur et autres équipements dans un bâtiment situé sur le plateau, qui avait autrefois été utilisé comme hôpital pour traiter les épidémies.

Lundi 9 décembre, trois jours après leur arrivée, ils se mirent sérieusement au travail. Ils commencèrent par enterrer vingt plaques de zinc pour former un terrain d'envol, puis ils assemblèrent deux cerfs-volants et huilèrent l'enveloppe d'un ballon pour qu'il retienne l'hydrogène.

Avant de quitter l'Angleterre, Marconi avait ordonné à ses opérateurs de Poldhu d'attendre un télégramme de lui précisant son jour d'arrivée, avant de commencer à envoyer des signaux. Là encore, il voulait que l'opération soit tenue secrète, parce qu'il savait que les bureaux du télégraphe étaient de vraies passoires. En établissant le protocole à l'avance, il n'avait désormais plus qu'à expédier un télégramme avec une date, sans la moindre instruction supplémentaire. Le jour prévu, à 15 heures, heure de Greenwich, sa station de Poldhu devait commençait à émettre la lettre S, composée de trois points, encore et encore. Marconi avait choisi le S non pas par nostalgie pour son premier grand succès sur les pelouses de la Villa Griffone, mais parce que l'émetteur de Poldhu portait une telle charge électrique qu'il craignait, en maintenant la touche enfoncée plus longtemps pour former un trait, qu'un arc ne se crée entre les deux bornes des électrodes et qu'il n'endommage son équipement. Ses opérateurs devaient envoyer des vagues de deux cent cinquante S, de dix minutes chacune, interrompues par des pauses de cinq minutes. Ces moments de répit étaient importants parce que le manipulateur requis pour mobiliser pareille charge de courant ressemblait davantage au levier d'une pompe à eau qu'à la touche que l'on trouvait traditionnellement dans les bureaux du télégraphe. Il fallait de la force et de l'énergie pour l'actionner.

Ce lundi-là, Marconi expédia son télégramme vers Poldhu. Le message disait simplement : « Commencez mercredi 11. »

Jusque-là, il avait réussi à tenir secret son véritable objectif. Seul le *New York Herald* s'était donné la peine d'envoyer un correspondant à Signal Hill, et on pouvait lire dans le journal du jour : « Marconi espère que tout sera prêt jeudi ou vendredi, et qu'alors il pourra essayer de communiquer avec le *Lucania* de la Cunard, qui a quitté Liverpool samedi dernier. »

Le mardi, Kemp et Paget firent un vol d'essai avec l'un des cerfs-volants, qui s'éleva dans le ciel en tirant une antenne de cent cinquante mètres de fil. Il faisait beau, et le cerf-volant vola sans souci. Le lendemain, mercredi, le jour où la transmission devait commencer, la météo changea brusquement.

Évidemment !

Un vent puissant balaya le plateau et retroussa au passage les manteaux des hommes. Ils décidèrent de commencer l'essai par un ballon, pensant qu'il serait plus stable dans l'air agité. Ils en emplirent un d'environ trente mètres cubes d'hydrogène et, Kemp tenant de toutes ses forces une amarre, ils le lâchèrent au vent. Cette fois le fil avait quasiment deux cents mètres de long. La poche de tissu et de coton, gonflée jusqu'à atteindre près de cinq mètres de diamètre, se comportait maintenant comme une immense voile tendue loin dans les airs. Dans son journal, Kemp nota qu'elle lui « donna bien du fil à retordre ».

Soudain, le vent redoubla de violence. Le ballon en était déjà à trente mètres de hauteur quand Marconi décida que les turbulences étaient trop importantes. Les hommes entreprirent alors de le ramener.

Mais le ballon leur échappa. Kemp écrit : « S'il était parti dans une autre direction, j'aurais été obligé de le suivre, parce que sa vitesse atteignit celle d'un coup de feu. »

Avec deux cents mètres de fil formant une gracieuse traîne, le ballon, écrivit Marconi, « disparut vers des sphères inconnues ».

Marconi expliqua au correspondant du *Herald* : « L'incident d'aujourd'hui va nous retarder de quelques jours et il ne sera pas possible de communiquer avec un navire de la Cunard cette semaine. J'espère bien néanmoins y parvenir la semaine prochaine, peut-être avec le paquebot qui doit quitter New York ce samedi. »

Le lendemain matin, jeudi 12 décembre, le plateau surplombant Signal Hill fut enveloppé par ce que Marconi appela « une terrible tempête ».

« J'en vins à la conclusion que, peut-être, les cerfs-volants réagiraient mieux », écrivit-il, et donc, malgré les conditions désastreuses, Kemp et Paget en préparèrent un au lancement. Cette fois, ils y attachèrent deux fils, de cent cinquante-cinq mètres chacun. Leurs manteaux battant au vent, ils lâchèrent le cerf-volant dans la bourrasque. Il commença par piquer du nez, puis il se hissa avec effort, et finit par s'élever à plus de cent trente mètres.

« C'était une journée rude et très froide, nota Marconi. Au pied de la falaise, cent mètres plus bas, la mer glaciale grondait. En direction de l'océan, à travers les brumes, je discernai vaguement les contours du cap d'Espoir, le point situé le plus à l'est du continent américain, et au-delà, à perte de vue, les vagues qui roulaient, une étendue d'eau d'environ trois mille kilomètres qui me séparait des côtes anglaises. De l'autre côté du port, la ville de Saint-Jean gisait à flanc de colline, enveloppée de brouillard. »

Quand le cerf-volant eut décollé, Marconi, Kemp et Paget allèrent se mettre à l'abri de la tempête dans la salle de transmission. « Les enjeux étaient tels, commenta Marconi, que j'avais décidé de ne pas me fier au dispositif habituel qui consiste à faire enregistrer automatiquement les signaux du cohéreur par un relais et un lecteur de Morse sur un rouleau de papier. » À la place, il connecta son récepteur à un combiné de téléphone, « l'oreille humaine étant beaucoup plus sensible que les appareils enregistreurs ».

Cela sembla sur le moment une sage décision.

La presse ne fut pas la seule à être laissée dans l'ignorance. Ambrose Fleming avait quitté Poldhu le 2 septembre, et il partit ensuite en vacances, pour la première fois depuis plusieurs années. Malgré son rôle crucial dans la création et la mise au point de l'émetteur de Poldhu, il ne savait rien de l'expérience qui était menée à Terre-Neuve. De retour de congé, il se concentra sur sa charge d'enseignement à l'University College de Bloomsbury, et prépara un papier important, une conférence de Noël qu'il devait donner à la Royal Institution.

Pour des raisons qui demeurent obscures, Marconi avait exclu Fleming du projet précis pour lequel il l'avait engagé. Il est possible que cela n'ait été qu'un oubli, dû à la tourmente occasionnée par la destruction des stations de Poldhu et de South Wellfleet. Il n'est cependant pas exclu qu'il s'agisse d'un nouvel exemple de la surdité sociale de Marconi et de son manque de considération des besoins d'autrui.

Le cerf-volant tremblait dans le ciel et tirait sur l'amarre qui le retenait au plateau. Au moment prévu, Marconi approcha le récepteur du téléphone de son oreille. Il n'entendit que des parasites et le mugissement du vent.

À Poldhu, l'opérateur actionna son levier pour former chaque point.

Aux yeux de n'importe quel observateur, la scène serait apparue sans espoir, voire totalement ridicule – trois hommes penchés sur un appareil électrique primitif, tandis qu'un cerf-volant géant s'agitait dans le ciel à plus de cent vingt mètres au-dessus de leurs têtes. Si une atmosphère de concentration extrême n'avait pas régné, on aurait pu croire qu'on assistait là à une parodie des expériences de Marconi, montée sur la scène d'un théâtre de marionnettes.

AMOURS MALHEUREUSES

Vers la fin du mois de janvier 1910, la logeuse et amie d'Ethel, Mme Jackson, commença à remarquer un changement dans son comportement. D'ordinaire, la jeune femme partait vers 10 heures du matin pour aller travailler, puis rentrait vers 18 ou 19 heures, et elle saluait alors chaleureusement Mme Jackson. Elles étaient comme mère et fille. Mais voilà qu'Ethel se montra soudain sensiblement différente. Elle était, rapporte Mme Jackson, « assez étrange dans ses manières, parfois elle me parlait, parfois pas, et elle paraissait déprimée. Tout le monde le remarquait. »

Après plusieurs soirs identiques, Mme Jackson résolut de demander franchement à Ethel pourquoi elle paraissait si triste, même si Londres au milieu de l'hiver – sombre, froide et pluvieuse, les caniveaux dégoulinants d'eau noire et de boue immonde – aurait déprimé n'importe qui.

Comme à son habitude, Mme Jackson suivit Ethel dans sa chambre, où en des temps plus gais elles auraient passé la soirée à parler du travail ou des nouvelles du jour. Ce qui préoccupait le plus les gens était la puissance montante de l'Allemagne et la quasi-certitude d'une invasion, alimentée par une pièce terrifiante mais très populaire, *La Maison de l'Anglais* de Guy du Maurier.

Au début, Ethel ne répondit pas. Elle se dévêtit, enfila une chemise de nuit, puis dénoua ses cheveux et les laissa retomber sur ses épaules. Les joues encore rouges de froid, ses cheveux sombres ondulant en cascade, elle était vraiment jolie malgré son air triste. Elle plaça des bigoudis dans ses cheveux, se souvint plus tard Mme Jackson – et sans doute s'agissait-il du dernier cri dans la technologie de la beauté, brevetés par Hinde, des rouleaux de huit centimètres de long, avec un cœur d'ébonite et deux bandes métalliques parallèles.

Elle n'était pas bien. Ses mains étaient parcourues de tressautements maladroits. Ses doigts tremblaient nerveusement. Elle s'attachait les cheveux, puis les dénouait, « tirant dessus et pinçant les mèches, avant de plonger le regard vers un recoin obscur de la chambre en frissonnant violemment ». Ethel avait, ajouta Mme Jackson, « les yeux horriblement fixes ».

Mme Jackson était trop inquiète pour la laisser seule, et elle resta avec elle jusqu'à 2 heures du matin. Elle supplia Ethel de lui confier ce qui n'allait pas, mais la jeune femme se contenta de répondre que la cause de ses maux n'avait rien à voir avec sa logeuse. « Allez vous coucher, demain matin, tout ira mieux. »

Et Ethel se rallongea dans son lit et tourna la tête vers le mur. Mme Jackson resta encore un moment, puis elle se retira.

Le lendemain matin, Ethel n'était guère plus vaillante. Mme Jackson lui porta une tasse de thé dans sa chambre. Plus tard, après le départ de son mari – qui ne portait plus leur locataire dans son cœur depuis la fausse couche –, Ethel descendit déjeuner à la cuisine. Elle ne mangea rien. Elle se leva de table et enfila son manteau, prête à partir travailler. Mme Jackson l'arrêta : « Je ne peux pas te laisser quitter la maison dans cet état. »

Il était clair pour Mme Jackson qu'Ethel était trop malade pour sortir. Elle téléphona à Crippen à Albion House, puis retourna auprès d'Ethel. « Pour l'amour du ciel, dis-moi ce qui t'arrive, serais-tu à nouveau enceinte ? »

Ethel répondit que non.

Mme Jackson insista. « Je lui dis qu'elle me cachait quelque chose, et que ce devait être quelque chose d'affreux, sinon elle ne serait pas dans cet état. Je la suppliai de parler : "Il faut que tu te confies à quelqu'un, sinon tu vas devenir folle." »

Ethel s'engagea à lui raconter toute l'histoire plus tard dans la journée, après le repas, mais au bout de deux heures, elle vint trouver Mme Jackson et lui demanda : « Est-ce que vous seriez surprise si je vous disais qu'il est médecin ? »

Mme Jackson supposa qu'Ethel était en train de lui révéler pour la première fois que Crippen avait été le père de son bébé, et que, pour une raison ou pour une autre, l'épisode lui était revenu pour lui causer ce chagrin renouvelé.

Mme Jackson lui demanda : « Mais pourquoi t'en soucier alors si toute cette affaire est terminée ? »

Ethel éclata en sanglots. « C'est à cause de Mlle Elmore. »

Mme Jackson était perplexe. Elle n'avait jamais entendu ce nom. Ethel n'avait jamais parlé d'une femme qui se serait appelée ainsi, elle en était sûre. « Qui est-ce ?

– C'est sa femme, vous savez, et ça me fait tellement de peine de voir le docteur partir avec elle après tout ce qui s'est passé. Ça me fait prendre conscience de ma position, ce qu'elle est et ce que je suis. »

Sur ce sujet précis, Mme Johnson ne ressentait pas vraiment de sympathie pour sa locataire. « Mais pourquoi t'intéresses-tu tellement au mari d'une autre ? »

Ethel lui révéla que la femme de Crippen avait menacé de partir avec un autre, et qu'il espérait pouvoir divorcer.

« Tu ne trouves pas qu'il t'en demande beaucoup ? demanda Mme Jackson. À ton âge, cela me semble particulièrement injuste. Dis-lui ce que tu viens de me confier au sujet de ta position. Dis-lui aussi que tu m'en as parlé. »

Ethel resta dans sa chambre tout le reste de la journée. Le lendemain cependant, elle retourna au bureau et parla avec Crippen, comme l'avait recommandé Mme Jackson. Crippen l'assura qu'il avait fermement l'intention de l'épouser un jour.

Ce même soir, Ethel dit à Mme Jackson qu'elle lui était très reconnaissante de l'avoir poussée à parler. À compter de ce jour, elle se sentit plus légère. « Elle paraissait beaucoup plus joyeuse », dit Mme Jackson. Elles reprirent leurs conversations du soir, mais désormais un nouveau sujet passionnant était venu s'ajouter.

Tout en vivant dans les quartiers situés les plus au nord de Londres, les Crippen profitaient au maximum de la brillante vie nocturne de la capitale. Les trams électriques, les bus à moteur, et le passage rapide des locomotives à vapeur aux engins plus modernes dans le réseau souterrain du métro avaient rendu les déplacements on ne peut plus faciles. Un nouveau mot inventé en 1907, *taximètre*, était entré dans le langage : il désignait un compteur permettant aux chauffeurs de savoir en un coup d'œil le prix de leur course. Il fut bientôt transformé en *taxi* et s'appliqua à toutes sortes de véhicules de location, cabriolets, calèches ou les toutes récentes automobiles.

Les Crippen recevaient aussi fréquemment, le plus souvent pour des dîners suivis de parties de whist, mais Belle donnait de temps à autre des soirées plus festives auxquelles elle conviait certains des artistes de variétés les plus en vue. Pour Crippen, ces occasions se transformèrent vite en esclavage parce que la maison était invariablement dans un désordre sans nom, et qu'il fallait la rendre propre et accueillante tandis que Belle préparait à manger.

Deux amis venaient régulièrement leur rendre visite, Paul et Clara Martinetti, qui habitaient un appartement sur Shaftesbury Avenue, non loin du bureau de Crippen. Paul avait autrefois été un célèbre artiste de variétés, spécialiste de pantomimes, mais il avait fait ses adieux à la scène et, depuis quelque temps, il souffrait d'une maladie chronique qui exigeait des visites hebdomadaires chez le médecin. Les Martinetti avaient fait la connaissance des Crippen à une soirée donnée chez Pony Moore, le metteur en scène des spectacles de « ménestrels noirs ». Sur la suggestion de Belle, Clara adhéra à la Ligue des femmes artistes de music-hall et devint membre de son bureau permanent. Elles se voyaient tous les mercredis aux réunions de la Ligue et devinrent amies. Bientôt, les deux couples s'invitaient réciproquement et allaient ensemble au théâtre avant de dîner à Piccadilly ou à Bloomsbury. Les Martinetti ne soupçonnaient rien des tensions conjugales que connaissaient leurs nouveaux amis. « Je décrirais le Dr Crippen comme un homme affable et généreux, dit Clara, et j'ai toujours pensé que sa femme et lui étaient dans les meilleurs termes. Belle paraissait toujours très heureuse et gaie, et elle semblait s'entendre parfaitement avec le Dr Crippen. »

Tard dans l'après-midi du 31 janvier 1910, un lundi, Crippen quitta Yale Tooth et se rendit à pied chez les Martinetti afin de les inviter le soir même à Hilldrop Crescent pour dîner et faire une partie de cartes. Clara commença par hésiter. Paul était chez son médecin et elle savait d'expérience qu'à son retour il se sentirait las et souffrant.

« Oh, insistez pour le convaincre, dit Crippen. Nous ferons tout pour lui changer les idées et, après dîner, nous ferons une partie de whist. »

Crippen reprit son chemin.

Paul rentra de sa consultation à 18 heures environ. Peu de temps après, Crippen repassa et, avec une insistance inhabituelle, réitéra son invitation en s'adressant cette fois à Paul lui-même. Ce dernier paraissait pâle et fatigué, il confia à Crippen : « Je ne me sens pas très bien. » Il accepta néanmoins de venir. Ils seraient là vers 19 heures.

Le trajet se révéla très éprouvant. Les Martinetti furent confrontés à un problème vieux comme le monde : impossible de trouver un taxi. Ils marchèrent donc jusqu'à Tottenham Court Road, où ils prirent un de ces nouveaux autobus à moteur, traversèrent en direction du nord une série de rues complètement congestionnées jusqu'à Hampstead Road, où ils descendirent pour finirent leur périple dans un tramway électrique qui les amena à Hilldrop Crescent. Il était près de 20 heures, une heure plus tard que prévu. En approchant du 39, ils aperçurent Crippen sur le perron qui les attendait. Belle se précipita à son tour pour les accueillir, rejetant la tête en arrière comme elle avait coutume de le faire. Elle était tout sourire et s'écria : « Vous appelez ça 19 heures ? »

Pour Paul, ce périple avait été épuisant. Il ne paraissait pas très en forme. Comme d'habitude, il n'y avait pas de domestiques, et Clara retira toute seule son manteau et son chapeau, avant d'aller les poser dans une chambre inoccupée. Belle descendit à la cuisine et continua de préparer le dîner. Elle cria à Crippen de prendre soin des Martinetti. Paul but deux whiskys.

Quand enfin le repas fut prêt, Crippen et les Martinetti se dirigèrent vers la petite salle à manger où les deux couples dînaient d'ordinaire quand ils étaient entre eux. Belle les surprit en commençant par leur montrer le nouveau membre de la famille, « un drôle de petit bull-terrier, se rappela plus tard Clara, et elle entreprit de nous démontrer combien il était amusant ». Belle était manifestement enchantée de l'animal mais se plaignit qu'il ne soit pas encore propre, ce qu'elle excusa immédiatement parce que ce n'était qu'un chiot.

Le dîner était composé de plusieurs salades et d'un rôti de bœuf que Crippen découpa.

Il était près de 23 heures quand Belle servit le dessert – deux ou trois en fait, de ce qu'E. M. Forster appelait les « délicieux poisons » – accompagné de liqueurs et de café. Un vrai café, à 23 heures. Belle offrit des cigarettes, mais seul Paul accepta, et il en alluma une. Crippen et lui montèrent au salon du premier, tandis que Belle et Clara débarrassaient. La maîtresse de maison dit à son amie de ne retirer que le « minimum » de la table. Crippen et elle termineraient le lendemain.

Ils décidèrent des équipes pour le whist : Belle jouerait avec Paul, Crippen avec Clara. Comme la partie avançait, la chaleur augmenta et l'atmosphère fut bientôt étouffante. Crippen quitta la table pour aller baisser le chauffage. Paul ne parlait plus beaucoup. « J'avais ressenti un frisson en jouant aux cartes, et je ne me sentais pas bien. »

Le jour viendrait bientôt où chaque détail de ce qui se passa ensuite serait considéré comme extrêmement important. Sur l'instant, cependant, tout paraissait insignifiant.

Paul pria les autres de l'excuser et il quitta la pièce pour se rendre dans la salle de bains. « M. Martinetti voulait monter à l'étage, expliqua par la suite Crippen, et comme il connaissait parfaitement la maison, où il était venu plusieurs fois au cours des derniers dix-huit mois, je ne jugeai pas utile de l'accompagner. »

Quand Paul revint, il semblait plus mal en point encore. « Il était extrêmement pâle », dit sa femme. Il reprit place à la table de jeu, mais il avait les mains froides et il se mit à trembler.

Belle lui servit un cognac mais Clara protesta. « Oh non, Belle, c'est beaucoup trop. Je ne pense pas qu'il devrait prendre de cognac après tout le whisky qu'il a bu. »

Belle insista : « Mais laissez-le donc...

– Non, Belle, je ne préfère pas. Vous savez que je vais devoir le ramener à la maison.

– Laissez-le boire, j'en assume la responsabilité. »

Un compromis fut trouvé. « Donnez-lui donc un verre de whisky sec, proposa Clara. Je n'aime pas vraiment le voir mélanger les alcools. »

Belle lui servit un whisky, sans glace ni eau, puis ordonna à Crippen d'aller chercher un taxi. Il enfila son manteau et sortit. Il ne trouva rien, ni cabriolet, ni calèche, ni aucun de ces récents taxis automobiles. Belle jetait des coups d'œil répétés par la fenêtre pour voir si Crippen réapparaissait. « Nous avions l'impression, commenta Clara, qu'il ne reviendrait jamais. »

Il finit par rentrer, mais bredouille. Belle l'envoya essayer à nouveau. Cette fois, au bout de quelques minutes, il dénicha une voiture.

Crippen aida Paul à prendre place dans le taxi. Belle et Clara s'embrassèrent, et la maîtresse de maison s'apprêtait elle aussi à descendre les marches du perron, sans manteau. Clara l'arrêta : « Restez où vous êtes, Belle, vous allez prendre froid. »

La voiture disparut bruyamment dans la nuit. Clara devait plus tard se souvenir que Crippen et Belle « étaient certainement affectueux l'un envers l'autre », et qu'à part les soucis de Paul la soirée avait été délicieuse. Belle, comme toujours, s'était montrée chaleureuse et enjouée, Crippen, discret et attentif aux désirs de sa femme. « Ce soir-là, dit Clara, nous étions les amis les plus joyeux qu'on puisse imaginer. »

Mais quand Crippen rentra après avoir pris congé des Martinetti, il s'aperçut que Belle s'était radicalement métamorphosée.

« Immédiatement après leur départ, ma femme me fit une scène terrible, me reprochant de ne pas avoir accompagné M. Martinetti à l'étage, dit Crippen en parlant du moment où Paul était sorti pour se rendre à la salle de bains. Elle me débita toute une série de choses – je ne me souviens pas de tout –, elle m'insulta et usa de mots très violents ; elle m'expliqua qu'elle n'en pouvait plus, que je ne savais pas me comporter en gentleman, qu'elle ne pouvait plus le supporter et allait me quitter. » Il cita encore quelques-unes de ses paroles les plus véhémentes : « La coupe est pleine ! Je ne peux plus endurer tout ça. Demain, je te quitte et tu n'entendras plus jamais parler de moi. »

Jusque-là, rien de bien nouveau. « Elle avait si souvent proféré ces menaces que je n'y prêtais pas attention », dit Crippen.

Mais elle alla un cran plus loin, et ajouta quelque chose qu'elle n'avait jamais encore dit : « Et tu vas devoir trouver une façon d'éviter le scandale devant nos amis communs et les femmes de la Ligue. »

Belle se retira dans sa chambre, et Crippen dans la sienne. « Je ne l'ai même pas vue le lendemain matin, dit-il. Nous nous étions couchés très tard, et comme d'habitude je me levai le premier et quittai la maison avant même qu'elle ouvre un œil. »

Ce matin-là, mardi 1er février, il se rendit comme d'habitude à son bureau de Yale Tooth et parut à Ethel Le Neve « aussi calme que toujours ». Elle ajouta : « Assurément, nous qui le connaissions si bien aurions remarqué la moindre agitation qu'il aurait trahie. »

À midi, Crippen quitta Albion House et se rendit à pied chez les Martinetti pour prendre des nouvelles de Paul. Clara vint lui ouvrir et lui dit que Paul dormait. Crippen se réjouit d'apprendre que l'état de son ami n'avait pas empiré pendant la nuit. Ils bavardèrent encore quelques minutes, puis Crippen s'apprêta à repartir.

« Comment va Belle ? demanda Clara.

– Très bien.

– Embrassez-la pour moi.

– Oui, répondit Crippen, je n'y manquerai pas. »

Quand il rentra à Hilldrop Crescent à 19 h 30 ce soir-là, il trouva la maison vide, à part les chats, les canaris et le bull-terrier.

Belle avait décampé.

La seule question qui le préoccupait alors, expliqua-t-il, était de trouver comment éviter le scandale qui ne manquerait pas d'éclater si on venait à apprendre la vraie raison du départ de Belle.

OBSTACLE INFRANCHISSABLE

Sur Signal Hill, le mauvais temps empira encore. Marconi tendit l'oreille pour tenter de percevoir les trois coups espérés au beau milieu des parasites qui grésillaient dans son combiné, mais il ne détecta rien. À l'extérieur, les hommes luttaient pour maintenir le cerf-volant haut et stable. Chaque fois qu'il s'élevait ou redescendait un peu par à-coups, ses deux fils de traîne devenaient plus longs ou plus courts. Marconi n'avait toujours qu'une idée assez vague de la façon dont les ondes électromagnétiques se déplaçaient, et de celle dont la longueur de ses antennes affectait émission et réception, mais il sentait bien que ces mouvements anarchiques ne devaient pas faciliter les choses.

Essayer de faire capter des signaux par un cerf-volant agité de soubresauts sporadiques, c'était un peu comme essayer de pêcher un poisson dans un tourbillon d'eau vive.

À Poldhu, les opérateurs de Marconi lançaient des chaînes incessantes de S vers le ciel de Cornouailles. Des milliers de watts passaient entre les électrodes. Des éclairs jaillissaient et les tuyaux vibraient. Les ondes électromagnétiques fourmillaient dans toutes les directions à la vitesse de la lumière. Les récepteurs du Lizard, à Niton, et ceux de Crookhaven détectèrent immédiatement leur présence. Les signaux étaient sans doute captés à bord d'au moins un des paquebots équipés de postes de TSF, le *Kaiser Wilhelm der Grosse* par exemple, le *Lake Champlain* ou encore un des superbes navires de la Cunard, suivant l'endroit où ils croisaient. Mais le récepteur de Signal Hill demeurait sourd.

À 12 h 30 environ, le récepteur produisit un clic aigu, le bruit que faisait le battant en venant heurter le cohéreur. Cela signifiait que l'appareil avait détecté des ondes.

La tension augmenta dans la salle. Marconi conservait son masque impavide. Comme c'était souvent le cas, ses lèvres étaient pincées : on aurait dit qu'il avait repéré une odeur déplaisante.

Il était à la fois exalté et sceptique. Il avait un tel désir d'entendre ces clics qu'il pensait ne pas pouvoir faire confiance à son seul jugement. Il passa le combiné à Kemp.

« Est-ce que vous entendez quelque chose, monsieur Kemp ? »

L'ingénieur écouta, et il entendit lui aussi, ou prétendit avoir entendu, des séquences de trois points. Ils passèrent également le combiné à Paget, qui tendit l'oreille mais ne perçut rien. Il faut dire qu'il était de plus en plus sourd.

« Kemp a entendu la même chose que moi, nota Marconi, et je sus alors que je ne m'étais absolument pas trompé dans mes calculs. Les ondes électriques émises depuis Poldhu avaient bel et bien traversé l'Atlantique, ignorant sereinement la courbure de la terre que tant d'incrédules considéraient comme un obstacle infranchissable, et elles étaient maintenant captées par mon récepteur à Terre-Neuve. »

Aucune sérénité n'était cependant en vue sur Signal Hill. Une bourrasque libéra le cerf-volant de son amarre. Les hommes en lancèrent un second, équipé d'un fil unique d'environ cent cinquante mètres. Cette configuration, nota Kemp dans son journal, « semblait mieux correspondre à la substance électrique de la terre et aux signaux expédiés depuis Poldhu. Nous réussîmes à maintenir ce cerf-volant en l'air pendant trois heures et il captait apparemment très bien les signaux. » En tout, ils réceptionnèrent vingt-cinq séquences de trois points.

Marconi rédigea le brouillon d'un télégramme à adresser au président-directeur général Flood Page à Londres pour lui annoncer son succès, mais il ne l'expédia pas. Il voulait entendre davantage de signaux avant de le notifier à son conseil d'administration et surtout avant que la nouvelle ne devienne publique.

Il réalisa un nouvel essai le lendemain, vendredi 13 décembre 1901. Le temps était plus terrible encore. Neige, pluie, grêle et vent – en rafales puissantes. Ils lâchèrent trois cerfs-volants, et trois fois de suite, le vent les plaqua au sol. Durant les courtes périodes durant lesquelles ils se maintenaient en l'air, Marconi affirma avoir perçu de nouveau des séquences de trois points en provenance de Poldhu, bien que celles-ci soient encore moins distinctes que celles de la veille.

Irrité par ce manque de clarté, Marconi n'envoya toujours pas son télégramme au siège de la compagnie. Il décida d'attendre un jour de plus, jusqu'au samedi, pour prendre le temps de nouveaux essais.

Le vent s'intensifia encore. Le samedi, il atteignit une telle vitesse qu'il était inenvisageable de lancer quoi que ce soit, ballon ou cerf-volant. Désespérés, Kemp et ses assistants se mirent à fabriquer une nouvelle sorte d'antenne. Ils firent courir un fil depuis le sommet de Signal Hill jusqu'à un iceberg échoué dans le port de Saint-Jean.

Au grand regret de Kemp, il n'eut jamais l'occasion de le tester.

Marconi se demandait comment procéder. Il pouvait attendre en espérant que le temps s'améliore ou que l'antenne de l'iceberg imaginée par Kemp fonctionne, ou encore décider de croire qu'il avait bel et bien capté les signaux de Poldhu et en aviser Flood Page à Londres.

Il expédia le télégramme : « Signaux reçus. Mauvais temps rend poursuite tests difficile. » Le même soir, il rédigeait un compte-rendu pour le *Times* de Londres.

Pourtant si conscient des « incrédules » ligués contre lui et de l'hostilité particulière que lui vouaient Lodge, Preece et la presse spécialisée, Marconi, en orchestrant cette expérience transatlantique et en la révélant maintenant au monde, avait commis des erreurs fondamentales.

Une fois de plus, il avait négligé de trouver un observateur indépendant pour assister à ses tests et confirmer leur validité. De surcroît, en choisissant d'essayer de capter les signaux avec un combiné téléphonique au lieu d'enregistrer leur réception à l'aide de son imprimante de Morse habituelle, il avait éliminé la seule preuve matérielle – les rouleaux encreurs – qui aurait pu corroborer son récit. Il avait sans aucun doute mesuré que l'affirmation du succès d'une expérience aussi prodigieuse, jugée impossible par les plus grands savants, allait piquer les scepticismes et entraîner un examen minutieux de ses pratiques. Mais apparemment, il pensait que sa propre crédibilité suffirait à faire taire tous les doutes. Cette évaluation erronée allait lui coûter cher.

Ce dimanche 15 décembre, le gouverneur de Terre-Neuve, Sir Cavendish Boyle, organisa un déjeuner pour célébrer le succès de Marconi. Kemp se souvint qu'on y servit un champagne arraché à une épave après des années passées au fond de la mer. Le *New York Times* parlait de l'exploit de Marconi comme « du plus merveilleux développement scientifique des temps modernes ».

Au cours des quelques jours suivants, les actions des compagnies de télégraphe transatlantique traditionnelles chutèrent. En une semaine l'Anglo-Americain Telegraph Company vit ses actions privilégiées perdre sept points, et ses produits ordinaires quatre. Les actions de l'Eastern Telegraph Company baissèrent de cinq points et demi.

Ambrose Fleming n'entendit parler de la réussite de Marconi qu'en lisant le journal. Il écrivit plus tard qu'il avait été « laissé dans l'ignorance de ce succès » jusqu'à la lecture du titre du *Daily Mail* du 16 décembre : « Le triomphe de M. Marconi. »

On l'avait écarté de toute cette affaire, et pourtant c'était lui qui avait dessiné et réalisé l'équipement électrique de Poldhu, et qui, durant les expéditions éreintantes qui l'avaient conduit à la station, avait assuré la bonne marche de l'ensemble.

Il était blessé et furieux.

Josephine Holman se déclara enchantée. Dans une interview, elle affirma être au courant de tout le projet transatlantique de Marconi. « Pour moi, cela avait représenté un terrible secret d'État pendant plus d'un an. » Elle omettait de dire que, durant cette même année, elle n'avait vu son promis que rarement. Elle espérait que les choses changeraient maintenant qu'il avait atteint son grand objectif et qu'il accepterait enfin de venir à Indianapolis pour rencontrer sa famille.

«Je préfère épouser ce genre d'homme plutôt qu'un roi», confia-t-elle avant d'ajouter qu'elle était la femme la plus heureuse du monde.

Quelques jours plus tard, sa grand-mère donnait une fête de fiançailles dans sa demeure de Woodruff Place à Indianapolis – sans Marconi. Josephine vivait désormais à New York avec sa mère, mais elle était venue pour une visite de six semaines. La soirée coïncidait avec la fin de son séjour, pendant une période de grand froid qui provoqua ce que les journaux appelèrent une «pénurie de charbon». Après la fête, elle se mit en route pour New York afin de retrouver sa mère, et surtout son fiancé, qui s'y rendait lui aussi pour un séjour dans son hôtel favori, le Hoffman House.

Quelle perspective délicieuse! Noël à New York avec son futur mari, plus célèbre que jamais…

AU BAL

Quand Ethel Le Neve arriva au travail le matin du mercredi 2 février 1910, elle trouva sur son bureau un paquet accompagné d'un billet qui lui causa une joie insensée. De la main de Crippen, ce texte était simple et direct : « B. E. est partie en Amérique. » Le billet demandait en outre à Ethel d'aller porter ce paquet à Melinda May, secrétaire de la Ligue des femmes artistes de music-hall.

« J'arriverai un peu plus tard, écrivait encore Crippen, et nous pourrons nous organiser une petite soirée agréable. »

Belle était donc partie. « J'étais évidemment folle de joie à l'idée de la disparition de la mystérieuse épouse du Dr Crippen, reconnut Ethel. Je savais bien qu'ils étaient en mauvais termes. Je savais aussi qu'elle avait plusieurs fois menacé de partir et de le quitter. Je n'ignorais pas non plus qu'elle éprouvait une passion secrète pour M. Bruce Miller, qui vivait à New York. » Ethel supposa que Belle avait enfin mis sa menace à exécution et s'était enfuie pour rejoindre l'ancien champion de boxe. Si c'était vrai, absolument vrai, alors Crippen allait pouvoir demander le divorce et, malgré les restrictions de la loi britannique, gagner le procès et l'obtenir. C'était, comme elle le disait elle-même, « une nouvelle époustouflante ».

Ethel porta le paquet de l'autre côté du hall jusqu'aux bureaux de la Ligue, où était d'ailleurs prévue une réunion ce jour-là, puis elle retourna chez Yale Tooth pour y attendre son amant. Elle avait une foule de questions à lui poser.

À midi, il n'était toujours pas arrivé. Elle se dit qu'il devait être en train de traiter une affaire dans la toute proche Craven House, sur l'avenue Kingsway. Elle s'occupa tant bien que mal aux tâches du bureau, même si les nouvelles que lui avait données Crippen ne l'aidaient pas à se concentrer.

Crippen ne revint pas avant 16 heures. « Il n'était pas d'humeur à avoir une longue conversation sur ce sujet et je comprenais parfaitement sa réticence. » Il avait cependant besoin de lui parler.

« Belle Elmore est-elle vraiment partie ?

– Oui, répondit Crippen. Elle m'a quitté.

– Tu l'as vue s'en aller ?

– Non, quand je suis rentré à la maison hier soir, elle avait disparu.

– Tu crois qu'elle reviendra ? »

Crippen secoua la tête : « Non, je ne pense pas. »

Sur ce point précis, Ethel avait besoin d'être rassurée. « Est-ce qu'elle a emporté des bagages ?

– Je ne sais pas quels bagages elle avait, parce que je ne l'ai pas vue partir. Je suppose qu'elle a pris tout ce qu'elle voulait. Elle disait toujours que ce que je lui offrais n'était pas assez bien pour elle, elle doit penser qu'elle trouvera mieux ailleurs. »

Crippen paraissait affligé, mais Ethel ne tenta pas de le consoler ni d'exprimer de la sympathie. « Je ne pouvais pas prétendre éprouver de la compassion. Il ne m'avait jamais caché les secrets de sa triste vie conjugale, et il me semblait que la disparition de sa femme était ce qu'il pouvait lui arriver de mieux. À elle aussi, d'ailleurs.»

À ce moment-là, Crippen la surprit. Il fouilla dans sa poche et en tira une poignée de bijoux que Belle avait laissés. «Regarde, j'aimerais autant que ce soit toi qui en profites.» Il les lui tendit. «Ils sont précieux, et je serais heureux que tu aies les bijoux que tu mérites. Ils te seront utiles quand nous dînerons en ville, et tu me ferais plaisir en les acceptant.

– Si c'est ce que tu souhaites, répondit Ethel, j'en prendrai un ou deux. Choisis ceux que tu préfères. Tu connais mes goûts.»

Il choisit plusieurs bagues serties de solitaires; une plus élaborée avec quatre diamants et un rubis; puis une broche dont le dessin évoquait un lever de soleil, avec un diamant au centre et des perles qui rayonnaient autour en zigzag.

Ces bijoux étaient ravissants et Ethel se dit qu'ils étaient sans doute de très grande valeur, parce que Crippen, expliqua-t-elle, était «un grand expert en matières de pierres précieuses». En une autre occasion, il lui avait donné des conseils pour juger de la qualité d'un diamant à sa couleur et à sa pureté, et comment savoir s'il avait été monté à New York ou à Londres.

Elle lui suggéra de mettre les autres bijoux en gage – une douzaine de bagues et une grosse broche sertie de plusieurs rangées de diamants en forme de tiare. Crippen n'y avait pas songé mais il dit à Ethel que c'était une bonne idée. Il se rendit dans un mont-de-piété non loin de son bureau, Jay & Attenborough.

Il montra à un employé nommé Ernest Stuart trois bagues en diamant. Après les avoir examinées attentivement, Stuart accepta de lui prêter 80 livres. Crippen revint quelques jours plus tard avec le reste des bijoux, et on lui en donna 115 livres, soit un total de 195 livres – près de 20 000 dollars d'aujourd'hui.

Cette nuit-là, Ethel Le Neve partagea la couche de Crippen à Hilldrop Crescent pour la première fois.

Pour ces dames de la Ligue, la nouvelle fut également stupéfiante. Le paquet livré ce matin-là dans leur bureau contenait deux lettres – l'une pour Melinda May, l'autre adressée au comité permanent de l'association. S'y trouvaient aussi le livre de comptes et le chéquier de la Ligue, que Belle en sa qualité de trésorière gardait chez elle.

Les lettres étaient datées du même jour, le 2 février, et émanaient de Belle Elmore. Un post-scriptum à la lettre adressée à Melinda May indiquait qu'elle avait été rédigée par Crippen à la demande de Belle.

« Chère Mademoiselle May, disait-elle. La maladie d'un parent proche m'oblige à partir immédiatement pour l'Amérique, et je dois en conséquence vous demander de faire valoir ma démission du poste de trésorière à la réunion d'aujourd'hui pour que ma remplaçante puisse être élue tout de suite. Vous comprendrez quelle a été ma précipitation quand je vous aurai dit que j'ai passé toute la nuit à faire mes bagages et à préparer mon départ. J'espère vous revoir d'ici quelques mois, mais je ne peux absolument pas vous rendre visite avant ce voyage. Je vous souhaite une bonne continuation jusqu'à mon retour à Londres. »

La lettre adressée au comité permanent répétait la même information et annonçait que le livre de comptes et le chéquier étaient joints. Elle enjoignait le comité de déroger à ses règles habituelles et d'élire une nouvelle trésorière sur-le-champ. « J'espère être de nouveau parmi vous dans quelques mois et, en attendant, je souhaite à la Ligue tous les succès.

Merci de transmettre à toutes mes amies et leurs conjoints mes meilleurs vœux de bonheur personnel. »

La nouvelle du départ de Belle et le choix de sa remplaçante occupèrent la quasi-totalité de cette réunion, mais personne ne pensa à aller demander des explications supplémentaires à Crippen, dont le bureau était pourtant tout proche.

Quelques jours plus tard, sans doute samedi 5 février, Ethel et Crippen se réservèrent une soirée ensemble au théâtre. « Il pensait que cela nous égaierait un peu tous les deux », dit Ethel, alors qu'elle n'avait nul besoin de se changer les idées. Elle adorait son nouveau statut. Elle n'aurait plus jamais à supporter de voir Crippen partir avec sa femme pour une représentation ou une autre, alors qu'en toute justice c'était elle, Ethel, qui aurait dû l'accompagner.

Ils étaient au bureau – le samedi étant un jour de travail – quand Crippen se rappela soudain qu'il avait oublié de laisser à manger à ses animaux – les sept canaris, les deux chats et le bull-terrier. Il ne pouvait pas quitter le bureau pour aller les nourrir, mais la perspective de les laisser aussi longtemps sans nourriture le gênait.

De peur que le problème ne leur gâche la soirée et cette première chance de sortir ensemble sans craindre d'être découverts, Ethel proposa d'aller à Hilldrop Crescent pour leur donner à manger. Crippen lui tendit ses clés. Elle partit aussitôt après déjeuner.

Ethel entra par la porte latérale et se trouva seule dans cette maison pour la première fois. Elle ne la connaissait pas encore très bien, seulement la cuisine, le salon, la salle de bains et, bien sûr, la chambre de Crippen. Elle se dirigea vers la cuisine où elle trouva la plupart des animaux. Elle alla dans l'arrière-cuisine, près de la porte de la cave à charbon, pour y prendre le lait des chats, mais un des chats, un magnifique persan blanc – le préféré de Belle – s'échappa et se précipita à l'étage. Ethel le poursuivit.

Le chat la conduisit dans toute la maison. « Plus je hâtais le pas, plus il filait vite. » Elle finit par l'acculer dans un coin et elle le ramena dans la cuisine.

Ce grand tour l'avait amenée dans des pièces qu'elle ne connaissait pas, et à deviner un peu plus ce qu'avait dû être la vie de Crippen – rien d'« insolite », dit-elle, mais un sentiment d'abandon et ce qu'elle appela « un étrange désordre ».

« De belles robes gisaient dans toutes les chambres, chiffonnées et roulées en boule, écrivit Ethel. Des pans de soie encore intacts étaient entassés, et aux porte-manteaux était accrochée toute une garde-robe – on aurait dit la salle d'exposition d'un couturier. » Il y avait des piles de vêtements et d'« articles bon marché », qui paraissaient n'avoir jamais été portés. « J'ai été frappée par cet impossible fatras. » Que Belle ait laissé derrière elle tant de bijoux et de vêtements, entre autres de superbes fourrures hors de prix, apparut à Ethel comme une preuve de l'échec total de leur mariage. « Je n'ai pas remis en question le fait qu'elle soit partie de la maison et qu'elle ait renoncé à la vie conjugale en abandonnant sur place tout ce qui s'y trouvait. »

Ethel fut particulièrement surprise par la décoration, surtout au vu du soin que Belle prenait de son apparence. La maison avait été meublée de bric et de broc, écrivit Ethel. Tout était dépareillé. La seule chose que j'aie aimé dans toute la maison, c'était le piano d'ébène. Tout le reste avait dû être acheté dans des brocantes par le docteur et sa femme, et était complètement hétéroclite. Il y avait un nombre indescriptible de bibelots sans valeur, de vases bon marché, de chiens en porcelaine et de tables d'appoint. Aux murs, étaient accrochés une multitude de tableaux – des petites gouaches et des aquarelles peintes par des inconnus – avec des nœuds en velours sur les cadres, sans doute pour faire plus joli. »

Les pièces étaient sombres, elles sentaient le moisi, et, surtout, un sentiment d'abandon et de tristesse flottait partout. « Dès le premier instant, nota Ethel, la maison me déplut. »

Ce même samedi, Crippen s'arrêta chez les Martinetti, sur Shaftesbury Avenue. Clara l'interrogea : « Que se passe-t-il avec Belle ? Elle est partie en Amérique et vous ne nous en avez rien dit ?

– Nous avons passé toute la nuit à faire ses bagages dès que le télégramme est arrivé », répondit Crippen.

Clara lui demanda pourquoi Belle ne lui avait pas envoyé de message ; Crippen répéta qu'ils avaient eu trop à faire pour préparer le départ.

« Vous deviez être très tristes, je suppose.

– Non, non, nous avons bien surmonté la chose. »

La semaine suivante, il dit à Clara qu'il avait reçu des nouvelles troublantes de Belle, par télégramme. Elle était malade, une sérieuse infection pulmonaire. Pas de quoi s'inquiéter sérieusement, mais, tout de même, c'était un peu préoccupant.

Chaque jour qui passait sans amener le retour de Belle donnait davantage de confiance à Ethel. Elle se mit à porter les bijoux que Crippen lui avait offerts et s'autorisa à être vue avec lui dans la rue, au théâtre et dans les restaurants. Sa logeuse, Mme Jackson, remarqua que la jeune femme semblait être d'une bonne humeur quasi inaltérable, qu'elle avait des vêtements et des bijoux nouveaux, y compris une broche composée d'un diamant central et de rangées de perles tout autour, ainsi que trois bracelets, sertis d'améthystes, qui semblaient trop grands pour ses fins poignets. Elle exhibait aussi deux montres en or toutes nouvelles. Un soir, rayonnante, elle montra à Mme Jackson un magnifique solitaire et dit que c'était « sa bague de fiançailles officielles ». Quelques soirs plus tard, elle en portait encore une autre. Elle fit jouer le diamant dans la lumière. « Vous savez combien coûte une bague pareille ? demanda-t-elle.

– Je n'en ai pas la moindre idée.

– Vingt livres ! » Plus de 2 000 dollars d'aujourd'hui.

Un soir, sur le ton de la plaisanterie, Mme Jackson demanda à Ethel si quelqu'un était mort et lui avait laissé un héritage.

« Non, répondit Ethel, radieuse. Quelqu'un est parti en Amérique. »

Ethel se mit à passer ses nuits loin de chez Mme Jackson. La première semaine de février, elle ne s'absenta qu'une ou deux nuits, mais bientôt elle découcha presque tous les soirs. Elle dit à Mme Jackson qu'elle dormait chez des amies et qu'elle aidait Crippen à fouiller la maison à la recherche de papiers et d'objets appartenant à Belle. Elle lui confia aussi qu'il lui avait appris à se servir d'un revolver, une petite arme nickelée qu'il gardait dans une armoire de sa chambre.

Ethel ne tarda pas à offrir des vêtements à ses amies et à Mme Jackson. Une veuve et ses deux filles louaient des chambres dans la maison de Constantine Road, et Ethel donna aux enfants un collier de perles fantaisie, un carré de dentelle blanche, une tiare en diamants de pacotille, deux flacons de parfum, une ceinture rose, deux paires de chaussures avec des bas assortis, et quatre paires de bas supplémentaires : blancs, roses et noirs – qui devinrent tous les vêtements et les objets préférés des petites. À sa sœur

Nina, elle fit cadeau d'un jupon de soie noire, d'une robe en soie Shantung couleur or, d'un manteau noir, d'« une très belle cape crème en tissu crêpe à longues franges », d'un boa blanc en plumes d'autruche et de deux chapeaux : l'un en soie dorée, l'autre bleu de Prusse piqué de deux fleurs roses.

Sur l'instant, Nina s'étonna : « Tu imagines un peu, quelqu'un s'en aller comme ça en abandonnant tous ces vêtements !

– Oui, répondit Ethel. Mme Crippen devait être étonnamment excentrique ! »

Mais ce fut Mme Jackson qui profita du plus grand nombre de largesses. Elle eut par la suite l'occasion d'en dresser la liste :

1 tenue en moleskine bordée de noir
1 manteau long de couleur marron
1 manteau long de couleur noire
1 tailleur gris anthracite à rayures
1 manteau de fourrure
1 manteau de couleur crème
1 chemisier et une jupe en voile noir
2 chemisiers noirs (défraîchis)
2 chemisiers, l'un en soie bleue orné de dentelle, l'autre en dentelle écrue (neufs)
1 paire de mules
11 paires de bas, marron, noirs, bleus, blancs, roses, et noir et blanc à rayures
1 feutre marron avec ruban
1 coiffe en dentelle marron ornée de fleurs
1 chapeau en moleskine rose bordé de satin
1 faux diamant
1 diamant en forme de lézard
1 broche en forme de harpe
2 diadèmes en verroterie

3 chemises de nuit blanches (neuves)
1 jupe jaune
1 tailleur violet (neuf)

Ethel et Crippen devenaient chaque jour plus hardis : ils n'hésitaient plus à afficher leur amour. Ethel portait les fourrures de Belle dans la rue et pour aller travailler à Albion House, malgré la proximité de ces dames de la Ligue, qui connaissaient les vêtements de Belle presque aussi bien que les leurs. Crippen acheta deux places pour un des événements sociaux du monde des variétés parmi les plus courus, le banquet annuel du Music Hall Artists Benevolent Fund, qui devait avoir lieu le dimanche 20 février au Criterion, un restaurant de Piccadilly très en vogue.

« Aucun de nous n'avait très envie d'y aller, commenta Ethel. Le docteur avait acheté deux billets et, naturellement, il souhaitait les utiliser. Il me demanda si je voulais l'accompagner. Je répondis que l'idée ne m'enchantait guère, parce que je n'avais pas dansé depuis plusieurs années et que je n'avais pas de robe adéquate. » Elle finit par en commander une, rose pâle, chez Swan and Edgar, un marchand de nouveautés en vue.

La décision d'aller à ce bal fut la décision la plus audacieuse du couple à ce jour et, comme l'avenir le révéla, la moins prudente.

Construit en 1873, le Criterion était à la fois un lieu de prestige et de débauche, en particulier son « Long Bar », réservé aux hommes, où un inspecteur de Scotland Yard pouvait se retrouver en aimable conversation avec un ancien forçat. Peintres, écrivains, juges et avocats déjeunaient et dînaient côte à côte dans ses différentes salles. Plus tard, quand les théâtres du Strand et de Shaftesbury Avenue avaient fermé leurs portes, tout ce que la ville comptait d'acteurs, de comédiens et de magiciens se rassemblaient au « Cri » et envahissaient le bar, la grande salle, et les salons est et ouest.

Crippen portait une tenue de soirée, Ethel, sa nouvelle robe, et, ultime touche, elle avait accroché à son corsage la broche en forme de soleil levant que Belle avait laissée. Les hommes la regardaient et admiraient la façon dont sa robe mettait en valeur sa silhouette élancée. Ces dames de la Ligue l'observaient elles aussi, les yeux rivés sur la broche. Elles la connaissaient bien, c'était un des bijoux favoris de Belle. Louise Smythson la remarqua. Clara Martinetti la remarqua et nota plus tard que la petite sténodactylo « la portait sans même essayer de la cacher ». Annie Stratton la remarqua, ainsi que son mari, Eugene, qui chantait, le visage grimé de noir, avec les ménestrels de Pony Moore. Lil Hawthorne et son mari et impresario, John Nash, prirent place face à Crippen et à la secrétaire, et eux aussi remarquèrent la broche. John Nash déclara : « J'en fus impressionné. » Maud Burroughs la remarqua : « Je savais que [Belle] tenait absolument, chaque fois qu'elle partait en voyage, à mettre au coffre tous ses bijoux, sauf ceux qu'elle portait, et c'est ce qui me parut si étrange quand je vis que la sténodactylo arborait une de ses broches. »

L'atmosphère était parcourue d'ondes négatives. Crippen était assis entre Clara Martinetti et Ethel. Les deux femmes ne se parlaient pas, mais à un moment donné, leurs regards se croisèrent. Mme Martinetti fit un signe du menton. Elle se rappela qu'Ethel était « particulièrement silencieuse ». John Nash déclara : « J'ai remarqué que Crippen et la fille n'hésitaient pas à lever le coude. »

Mme Louise Smythson s'approcha de Crippen et lui demanda l'adresse de Belle en Amérique. Elle s'étonnait de ce qu'elle n'ait encore écrit à personne depuis son départ.

« Elle est au fond des montagnes, dans une vallée perdue de Californie.

– Elle n'a pas d'adresse fixe ?

– Non », répondit Crippen, mais il proposa ensuite de lui faire suivre tout courrier que Mme Smythson voudrait lui envoyer.

Pour l'heure, Mme Smythson abandonna le sujet.

« Après cela, écrivit Ethel, je remarquai que ces dames de la Ligue des femmes artistes de music-hall me témoignaient une grande curiosité. » Elle eut la nette impression d'être espionnée et devenue le sujet de toutes les conversations. Elle ne pouvait éviter de croiser ces dames quand elle entrait et quittait le hall qui conduisait au bureau de Crippen. On ne lui dit jamais rien en face, mais les regards et la politesse compassée et glaciale en disaient long. « Souvent, quand je marchais dans la rue avec le Dr Crippen, je remarquai que les gens me fixaient comme une bête curieuse. »

Elle en ressentait de la gêne. Elle aurait aimé que ces dames acceptent la réalité de sa liaison avec Crippen et qu'on n'en parle plus.

Mais elle avait commis l'erreur de laisser leur liaison devenir de notoriété publique. C'était l'Angleterre d'Édouard VII, mais c'était aussi l'Angleterre qui sert de toile de fond à *Howards End*, roman en passe d'être publié cette année-là, et dans lequel E. M. Forster plonge une de ses héroïnes, Helen Schlegel, dans la délicate situation d'une grossesse adultérine. Il écrit : « La meute se tournait vers Helen pour lui refuser les droits de l'homme les plus élémentaires. »

Le 12 mars Crippen prit un cabriolet pour se rendre chez Mme Jackson, Constantine Road, et la remercia de tout ce qu'elle avait fait pour sa « petite », mais maintenant, expliqua-t-il, il l'emmenait. Ils chargèrent tout ce qu'elle possédait dans le taxi, puis ils allèrent fêter l'événement dans un pub voisin. Même le mari de Mme Jackson se joignit à eux, alors qu'il n'appréciait guère Crippen et qu'il considérait la récente attitude d'Ethel Le Neve fort peu digne d'une dame. Crippen offrit le champagne. Tous burent à leur santé.

Ensuite, Crippen ramena Ethel à la maison.

« JE N'Y CROIS PAS »

Marconi s'était bien attendu à se heurter à un certain scepticisme autour de son succès de Terre-Neuve, mais il fut atterré de voir le tir de barrage de commentaires incrédules dont il fit l'objet.

« Je doute franchement de cette fable, déclara Thomas Edison devant l'*Associated Press.* Je n'y crois pas. Cette lettre S, composée de trois points, est toute simple et je m'y suis déjà laissé prendre. Jusqu'à ce que les rapports publiés aient été vérifiés, je douterai de l'exactitude de ce compte-rendu. »

À Londres le même jour, le *Daily Telegraph* commentait : « Le scepticisme prévaut ici… On pense que des parasites, au contraire d'ondes électromagnétiques, sont responsables de l'activation des instruments délicats qui ont enregistré les S censés avoir été transmis du Lizard à Terre-Neuve jeudi ou vendredi. » Le journal citait la théorie généralement répandue que les signaux pouvaient avoir été émis par un navire de la Cunard équipé des appareils de Marconi, qui se trouvait, ou devait se trouver, à trois cents kilomètres du récepteur de Saint-Jean le jour de l'expérience. Il reprenait aussi les propos de William Preece expliquant que « les lettres S et R sont précisément celles qui sont transmises le plus souvent lors de perturbations terrestres ou atmosphériques».

Deux jours plus tard, l'*Electrical Review* jugeait «l'affirmation de Marconi si fantaisiste qu'on reste enclin pour l'instant à penser que son enthousiasme a eu raison de sa prudence scientifique». Selon cet article, les signaux avaient sans doute été émis par une station située en Amérique. «Un plaisantin ayant appris à quel moment les signaux étaient attendus a très bien pu satisfaire les attentes des observateurs de la station de Terre-Neuve.»

Le *Times* de Londres publia une lettre d'Oliver Lodge, un véritable modèle de condamnation oblique: «Il serait imprudent d'exprimer une opinion dans un sens ou dans l'autre quant à la probabilité que l'impression, évidemment sincère, qu'a M. Marconi d'avoir obtenu des traces matérielles de l'autre côté de l'Atlantique de perturbations électriques provoquées du nôtre, mais je pense sincèrement qu'il n'a pas tort.» Reconnaissant qu'il s'était parfois montré critique envers Marconi dans le passé, Lodge déclarait: «Je ne voudrais pas être parmi les derniers à accepter, même prématurément, la possibilité d'une augmentation de portée si immense et si inattendue telle qu'elle semble ici s'annoncer. Les preuves manquent, bien sûr, mais en faisant cette annonce avec imprudence et enthousiasme, M. Marconi a suscité une grande sympathie et surtout l'espoir que son énergie et son esprit d'entreprise n'aient pas été abusés par l'inhabituelle sécheresse électrique de l'atmosphère sur ces côtes en proie à l'hiver.»

Au moins, Marconi pouvait se réjouir de voir cet éternel sceptique le prendre au mot et sentir l'embryon de la menace contenue dans le succès annoncé.

Dans la soirée du lundi 16 décembre 1901 alors qu'il dînait à son hôtel de Saint-Jean, Marconi fut approché par un jeune homme qui lui apportait une lettre. Le convive de Marconi était un haut fonctionnaire de la Poste canadienne nommé William Smith, qui logeait dans le même hôtel et avait une chambre attenante à la salle à manger. Quand le jeune homme traversa la pièce pour remettre sa lettre, Marconi était en train d'expliquer à Smith qu'il voulait construire une station permanente à Terre-Neuve, sans doute au cap d'Espoir, une langue de terre qui s'avançait dans l'océan à six kilomètres au sud-est de Signal Hill.

Smith regarda Marconi décacheter l'enveloppe. Tandis qu'il lisait, son visage se décomposa. Smith s'inquiéta pour lui, et Marconi lui tendit la lettre.

Smith aussi fut atterré. Le message émanait d'un cabinet d'avocats représentant l'Anglo-American Telegraph Company, cette grosse entreprise de câbles sous-marins qui reliaient par télégraphe la Grande-Bretagne et Terre-Neuve.

La lettre était succincte, un unique et long paragraphe qui accusait Marconi de contrevenir au monopole légal sur les communications télégraphiques entre la Grande-Bretagne et Terre-Neuve. « À moins que vous ne nous fassiez parvenir ce jour l'engagement de mettre immédiatement fin aux travaux dans lesquels vous vous êtes engagé et que vous ne retiriez les instruments destinés à établir des communications télégraphiques, une procédure légale sera engagée visant à vous en interdire la poursuite et à dédommager nos clients des préjudices subis ou à subir ; nous vous avertissons de surcroît que nos clients vous rendront responsables de toute perte ou dommage subi conséquemment au non-respect de leurs droits. »

Marconi était furieux mais il prit la menace de l'Anglo-American très au sérieux. Il savait que sa propre compagnie ne pourrait pas supporter un litige avec un adversaire aussi puissant, et il reconnaissait qu'effectivement un dommage avait été causé à l'Anglo-American dont les actions avaient chuté.

Smith demanda à le suivre dans sa chambre, fit de son mieux pour l'apaiser, et dans un élan lui proposa – « le supplia », devait se souvenir Smith – de poursuivre ses expériences au Canada. (À l'époque, Terre-Neuve était une colonie britannique, elle ne rejoignit le Canada qu'en 1949.) Dans les jours qui suivirent, Smith obtint que le gouvernement canadien invite officiellement l'inventeur. Marconi se calma et prit le chemin de la Nouvelle-Écosse, province canadienne depuis 1867, pour repérer un nouveau site.

Un groupe de hauts dignitaires l'accueillit sur le quai de North Sydney, à l'extrémité orientale de la Nouvelle-Écosse, et l'embarqua prestement dans le train pour le voyage éclair qui devait le conduire à Glace Bay afin de lui montrer un endroit appelé Table Head. Comme son nom l'indique en anglais, c'était un plateau de glace et de neige balayé par le vent, au-dessus de falaises striées de bandes bleu-gris et rouge orangé qui surplombaient la mer avec un à-pic d'une trentaine de mètres. « Les lieux, écrivit Smith, enchantèrent Marconi. » Il partit vers Ottawa pour négocier un contrat officiel avec le gouvernement.

Le jour de Noël, deux opérateurs de l'Anglo-American Telegraph Company échangèrent des salves de vers de mirliton. Celui de la Nouvelle-Écosse tapa :

Meilleurs vœux de Noël, amis européens
J'espère que tout va bien dans vos cœurs et vos reins.
L'an prochain de nos câbles, c'en sera bien fini
Et tout ça par la faute du sacré Marconi
La Compagnie mourra, qui peut prédire la suite ?
Engloutis les relais, résistances, parasites.
C'est alors à travers l'océan de l'éther

Que moi je t'enverrai mes vœux les plus sincères.

Et son homologue de Liverpool lui répondit :

La Compagnie, crois-moi, n'est pas encore ruinée
Marconi est peut-être par ses sens abusé
Il a cru par erreur
Capter ces S trompeurs.
Dans un cas comme dans l'autre, je ne suis pas inquiet
Les câbles sous-marins continuent d'exister.
La radio brouille tout ; ses messages sont lents,
Nos télégrammes à nous filent plus vite que le vent.
Elles ne sont guère fiables, ces pauvres transmissions
Qui passent seulement de station à station.
Si jamais il s'en sort
Faudra un an encore
Avant qu'on remercie tous les opérateurs
Qui sans désespérer continuent avec cœur.

L'opérateur de North Sydney finissait ainsi :

Merci mon vieux copain de tout ce réconfort
Qui me rend plus serein et puis beaucoup plus fort
Devant ce signal S ne soyons pas peureux
Chacun lira ce S comme il veut comme il peut
Certains lisent Sursaut, d'autres un marché plus Stable :
Marconi quant à moi peut bien aller au Diable !

À New York, Josephine Holman passa Noël sans son promis. Elle commençait à comprendre qu'être fiancée à un homme si obsédé par son travail n'allait pas sans certains désavantages. Entre autres, la solitude.

NOUVELLES D'AMÉRIQUE

Lettre adressée à Clara et Paul Martinetti, dimanche 20 mars 1910

Chère Clara, cher Paul,

Pardonnez-moi, je vous prie, de n'être pas passé vous voir durant la semaine, mais j'ai été si bouleversé par de très mauvaises nouvelles que j'ai reçues de Belle que je ne me suis pas senti capable de parler de quoi que ce soit. Je viens de recevoir un télégramme qui m'annonce que son état est très préoccupant : elle est atteinte d'une double pleuropneumonie, et je me demande si je ne devrais pas partir tout de suite la rejoindre. Je ne veux pas vous imposer le récit de toutes mes difficultés, mais j'ai pensé qu'il me fallait vous expliquer pourquoi je ne vous avais pas rendu visite. Je vais essayer de passer dans la semaine pour que nous bavardions un peu. J'espère que vous allez tous les deux bien. Avec mes plus amicales salutations,

Bien sincèrement à vous,

Peter

Télégramme du jeudi 24 mars 1910, envoyé à Paul et Clara Martinetti

Belle est morte hier à 6 heures.

Quatrième partie

LA VISITE DE L'INSPECTEUR

Inspecteur principal Walter Dew.

« SATANÉ SOLEIL ! »

Sur le chemin du retour vers Londres, avec en poche une offre officielle du Canada, Marconi fit escale à New York et assista, le 13 janvier 1902, à un banquet de l'American Institute of Electrical Engineers, où il devait être l'invité d'honneur. L'affaire faillit tourner au désastre, il n'en sut jamais rien.

Tout d'abord, un certain nombre d'éminents hommes de science annoncèrent qu'ils ne viendraient pas – une façon d'exprimer leurs doutes sur les allégations de Marconi selon lesquelles il aurait réussi à transmettre des signaux à travers l'Atlantique, mais avant la date prévue, les responsables de l'institut avaient réussi à rassembler une salle pleine de convaincus. Le banquet fut particulièrement élaboré. Des panneaux noirs placés en trois points de la salle portaient les mots Marconi, Poldhu et Saint-Jean, et étaient reliés par des guirlandes d'ampoules électriques. À intervalles réguliers, les lampes s'allumaient et s'éteignaient trois fois. Les menus étaient imprimés avec une encre fabriquée à partir d'huile d'olive italienne, et la soupe qu'on servit pour commencer s'appelait : « Potage électrolytique ». On apporta des coupes de sorbet, décorées de poteaux télégraphiques et de mâts sans fil.

Thomas Edison était invité, mais il avait eu un empêchement. Il envoya un télégramme que le maître de cérémonie lut à haute voix. Clairement, Edison avait changé d'avis et il acceptait désormais les affirmations de Marconi. Le télégramme disait : « Je suis désolé de ne pouvoir assister à votre dîner ce soir, et ce d'autant plus que j'aurais aimé présenter mes hommages à M. Marconi, le jeune homme qui a eu l'audace monumentale de tenter et de réussir le passage d'une onde électrique d'un bout à l'autre de l'Atlantique. »

Bravos et hourras jaillirent du public. Pour Marconi, ce fut un rare moment de triomphe, mais il comprit que son succès de Terre-Neuve, bien qu'impressionnant, était aussi le début d'une longue lutte. Ce qu'il ne sentit pas en revanche, c'est ce que ces applaudissements masquaient d'un profond et durable scepticisme envers lui et ses allégations de succès.

À Londres, Fleming boudait. Après avoir eu vent de remarques faites par Marconi au Canada et lors du banquet, il se sentait doublement blessé. Il pensait mériter une grande partie du crédit lié au succès de son patron, et pourtant, quand le grand moment était arrivé, il avait été froidement exclu. Dans le récit qu'il donne des événements, Fleming écrit qu'au cours du repas de célébration offert par le gouverneur de Terre-Neuve, « Marconi n'avait reconnu publiquement aucun nom de ceux qui l'avaient aidé, mais parlait continuellement de "mon dispositif" et de "mon travail". Au banquet de New York, il s'était comporté exactement de la même façon. »

Josephine Holman, elle aussi, était déçue. Si elle avait espéré être le centre de l'attention de Marconi durant son séjour à New York, elle se rendait compte de son erreur. Il se rendait à des déjeuners et des dîners, et entre les deux, il supervisait l'installation de la TSF à bord du *Philadelphia*, le bateau qui le ramènerait ainsi que Kemp en Angleterre.

Josephine reconnut sa défaite. Le 21 janvier 1902, sa mère, Mme B. Holman, publiait une annonce dans la presse : sa fille avait demandé à Marconi de la libérer de son engagement et il avait accepté.

La nouvelle fit la une de l'*Indianapolis News*, dans un article long seulement de trois paragraphes sous le titre de « Fiançailles rompues ». Peu de détails étaient donnés.

Plus tard, un journaliste de l'*Indianapolis News* réussit à approcher Marconi à l'hôtel Hoffman House de New York et il lui demanda s'il avait quelque chose à ajouter.

« Rien, sinon que je suis désolé. »

Le journaliste se montra plus curieux : « Vos sentiments à l'égard de Mlle Holman ont-ils changé ?

– Je ne souhaite pas répondre à cette question. Écrivez simplement, s'il vous plaît, que je suis désolé. »

Le journaliste tenta d'aller plus loin : « Vos expériences avaient-elles atteint le stade où vous auriez été libre de vous marier ?

– Pas vraiment, répondit Marconi, mais si d'autres choses ne s'étaient pas produites, tout aurait pu s'arranger. Je n'ai pas le moindre reproche à adresser à Mlle Holman à propos de sa décision. Elle a sans doute pensé que son futur bonheur ne pouvait pas m'être confié, et sa demande a logiquement découlé de cette considération. J'avais quelques raisons de croire que notre relation était heureuse et nos sentiments réciproques jusque récemment, et il est tout à fait naturel que les derniers développements m'aient attristé. »

Il ajouta un parfum de mystère en confiant à un autre reporter que si les retards pris dans son travail avaient constitué un facteur indéniable, « il y avait aussi un problème sous-jacent très délicat». Il ne fournit aucune explication supplémentaire.

Mlle Holman ne se montra guère plus bavarde, mais elle déclara néanmoins à un journaliste: «Il y a eu des désastres de part et d'autre.» Elle ne parlait absolument *pas* de l'effondrement des mâts à Poldhu et South Wellfleet.

Avant la fin de la journée, mercredi 22 janvier 1902, tandis que les commérages sur cette rupture devinrent le hors-d'œuvre de tous les dîners à Indianapolis, New York et Londres, Marconi et Mlle Holman avaient tous deux déjà pris la mer, lui à bord du *Philadelphia* en route pour Southampton, elle sur le *Kaiser Wilhelm der Grosse,* un des rares paquebots allemands en service équipés du dispositif de son ex-fiancé.

Josephine voulait se réfugier en Europe en espérant que voyager apaiserait son cœur brisé; Marconi rentrait travailler.

Résolu à ne laisser passer aucun jour sans expérimentation supplémentaire, Marconi s'installa au poste radio du *Philadelphia.* Alors que le paquebot approchait les côtes anglaises, il prit contact avec Poldhu et établit un nouveau record pour les communications entre la pleine mer et la côte: deux cent quarante kilomètres.

Malgré l'échec de son histoire d'amour, Marconi arriva à Londres plus confiant que jamais – une bonne chose, parce qu'une année particulièrement difficile l'attendait, assortie d'une sérieuse et nouvelle menace venue d'Allemagne.

À Londres, Marconi exposa le détail du nouvel accord passé avec le Canada devant son conseil d'administration. Pour la plus grande joie de ses membres, le Canada avait accepté de prendre à sa charge la construction de la station de la Nouvelle-Écosse. Ils se réjouirent moins de la promesse qu'avait lâchée Marconi de fournir un service de télégraphie sans fil 60 % moins cher que ce que réclamaient à ce jour les compagnies du câble, un maximum de 10 cents par mot. C'était un engagement pour le moins hardi, étant donné que Marconi n'avait encore rien expédié d'autre à ce stade que quelques dizaines de signaux composés de trois points. Néanmoins, le conseil donna son feu vert.

Marconi fit ensuite une présentation devant l'assemblée générale des actionnaires. Il se lança pour la première fois en public dans une attaque en règle de William Preece et d'Oliver Lodge et de leurs dénigrements répétés et largement diffusés des pseudo-faiblesses de son dispositif. Un homme plus sensible aux subtiles limites de ce qu'il est acceptable de dire dans le milieu scientifique aurait sans doute renoncé à cette diatribe ou, au moins, il l'aurait formulée autrement, usant de cette ironie cinglante mais oblique dont les parlementaires britanniques sont si adeptes. Marconi, lui, s'apprêtait à franchir une ligne aussi dangereuse qu'invisible en abordant le sujet délicat de l'intérêt de Lodge pour les fantômes.

Marconi commença par s'en prendre à Preece. « Sir William Preece est, je pense, un homme de science des plus distingués, mais malgré ses incontestables réalisations dans d'autres branches, je suis au regret de dire que le plus attentif des examens ne révèle aucun témoignage attestant sa compétence dans la toute dernière de ses entreprises. Quelles que soient les connaissances qu'il a pu acquérir pendant au moins trois ans – une longue période si on la rapporte à l'histoire si brève encore de mon dispositif –, il me faut préciser qu'il est en fait complètement ignorant des conditions de fonctionnement les plus récentes. »

Il se tourna ensuite vers les critiques formulées par Lodge. « Je regrette également de devoir observer, aussi éminent professeur de physique ou spécialiste des phénomènes parapsychiques que soit le Dr Lodge, qu'il en est de même pour lui en ce qui concerne aujourd'hui mon dispositif et la radiotélégraphie. »

Marconi affirma que sa technologie de sélection des canaux lui permettait d'envoyer des messages outre-Atlantique « sans craindre d'interférence dans un sens ou dans l'autre, par temps ordinaire, avec un navire équipé de ses propres installations sans fil ». Il mit ensuite Preece et Lodge au défi de réussir à provoquer des interférences dans ses transmissions, et plaça même ses propres stations à leur disposition pour cette expérience.

Ses actionnaires applaudirent, mais, pour les personnes extérieures à son entreprise, ses remarques, publiées dans la presse, avaient un tour outrecuidant et trop moqueur.

La *Westminster Gazette* suggéra que « le *signor* Marconi aurait sans doute mieux fait de garder pour lui les railleries dirigées contre les plus éminents de ses critiques… Réparties amères et moqueries mettant en cause l'intelligence de ses adversaires ne sont pas la marque d'un esprit scientifique. On voit mal pourquoi un spécialiste reconnu des phénomènes psychiques ne serait pas autorisé à donner son avis sur l'avenir de la radiotélégraphie. »

L'*Electrical Times* reprochait à Marconi de parler « avec un mépris à peine voilé » de Lodge et de Preece. « Sans les travaux scientifiques du premier, il est peu probable que M. Marconi soit jamais arrivé à quoi que ce soit en matière de télégraphie sans fil, alors qu'il devrait être reconnaissant au second pour l'aide et les encouragements fournis lors de son arrivée en Angleterre… Mais ces considérations mises à part, le ton de M. Marconi manque cruellement de décence, s'agissant d'un homme si jeune parlant d'un aîné qui jouit d'un tel statut dans le monde de l'ingénierie et de la science. »

Le journal ajoutait que si personne ne savait grand-chose des avancées récentes de la technologie de Marconi, c'était précisément la faute de ce dernier. « Si M. Marconi acceptait seulement de décrire ses méthodes et son dispositif librement et totalement, comme on a coutume de le faire dans le monde scientifique, il ne se heurterait pas au manque de sympathie et de reconnaissance qu'il déplore. »

Loin de s'arrêter là, la bataille s'apprêtait à prendre un tour encore plus véhément.

Deux jours plus tard, samedi 22 février 1902, Marconi montait de nouveau à bord du *Philadelphia*. L'objectif principal de ce voyage était de retourner au Canada pour finaliser l'accord passé avec le gouvernement, mais il y voyait aussi l'occasion de confondre ceux qui doutaient de son expérience de Terre-Neuve. Il installa une nouvelle antenne, plus haute, sur le *Philadelphia* pour tenter d'augmenter la distance à laquelle les signaux de Poldhu pouvaient être captés, et il invita le capitaine du navire, A. R. Mills, à assister aux tests. Il renonça au combiné téléphonique auquel il avait eu recours à Terre-Neuve et utilisa son imprimante de Morse habituelle, pour que demeure au moins une preuve tangible de la transmission.

À ce stade, tout le monde acceptait l'idée que le système de Marconi fonctionnait parfaitement sur de petites distances, si bien que les premiers messages échangés avec ses stations côtières ne générèrent aucun enthousiasme particulier. Mais le matin du second jour, alors que le paquebot se trouvait à exactement sept cent cinquante kilomètres de Poldhu, les choses devinrent soudain plus intéressantes.

Le dispositif entra en connexion. Le récepteur capta le message suivant : « Tout va bien. V. E., V. E. », V. E. étant les lettres codées signifiant « bien reçu, message compris ».

Messages et « S » continuèrent à arriver suivant le plan mis au point par Marconi.

À mille sept cents kilomètres, le bateau capta ce message : « Merci pour télégramme. Espérons que tout va toujours bien. Bonne chance. »

Huit cents kilomètres plus loin, le dernier message contenant des mots complets leur parvint : « Tout est en ordre. Bien reçu, message compris. » Mais même à trois mille quatre cents kilomètres de Poldhu, le récepteur du bateau continuait à capter des séries de trois points tout à fait distinctes.

Le capitaine Mills vit les points bleus émerger sur le rouleau encreur. Marconi se tourna vers lui : « Cela suffit-il comme preuve, capitaine ? »

Indubitablement. Le capitaine accepta de témoigner, il signa le rouleau de papier et une brève déclaration stipulant : « Reçu sur le *Philadelphia.* Lat. 42,1 Nord, Long. 47,23 Ouest, distance 3 400 kilomètres de Poldhu. »

En débarquant à New York, Marconi déclara à une meute de journalistes : « Ceci ne fait que confirmer mes précédentes expériences à Terre-Neuve. Il ne demeure aucun doute sur la capacité de la radiotélégraphie à transmettre des messages de part et d'autre de l'Atlantique. » Au cours d'une interview accordée à H. H. McClure, Marconi dit encore : « Eh bien, il ne me reste plus qu'à prendre le temps de calculer la quantité d'électricité et les équipements nécessaires pour expédier des messages depuis les Cornouailles jusqu'au cap de Bonne-Espérance ou en Australie. Je ne parviens pas à comprendre pourquoi les scientifiques voient les choses différemment. »

Mais la traversée avait amené une révélation troublante que Marconi se garda bien de divulguer. Il avait découvert que, durant la journée, quand le bateau était à plus de mille kilomètres de la côte anglaise, il ne recevait plus aucun signal, alors que la réception avait repris après le coucher du soleil. Il appelait cela « l'effet jour ». On dirait, se dit-il, que « le ciel bleu et un soleil brillant, bien que produisant une atmosphère claire, agissent comme une sorte de brouillard sur les puissants rayons hertziens ».

Deux mois plus tard, toujours déconcerté et frustré par ce phénomène, Marconi se montra plus direct dans son choix de mots : « Saloperie de soleil ! Combien de temps encore va-t-il nous empoisonner la vie ? »

Ce même printemps, Marconi découvrit qu'il s'était fait un ennemi personnel du Kaiser.

Il s'agissait d'un incident mineur, qui sans doute ne s'était pas passé exactement comme le croyait l'empereur, mais il se produisit dans le contexte de relations qui allaient en se dégradant entre l'Allemagne et l'Angleterre. L'intention de Guillaume de renforcer la marine allemande avait poussé les dirigeants britanniques à reconsidérer les mérites du « splendide isolement » et à envisager des alliances avec la Russie et la France, autrefois tellement crainte. Cet été-là, le *Daily Mail* alla jusqu'à recommander une action préventive contre la flotte allemande, exprimant ainsi une idée qui circulait déjà en secret dans les clubs londoniens et parmi certains stratèges militaires.

Cette discorde croissante avait sa réplique privée dans la longue animosité qui sévissait entre Marconi et Adolf slaby, et entre la compagnie de Marconi et sa concurrente allemande, Telefunken, qui commercialisait le dispositif Slaby-Arco-Braun dans le monde. Même la marine américaine était sa cliente. Pour le Kaiser et les dirigeants de Telefunken, la politique de Marconi, exigeant que les bateaux équipés de ses dispositifs ne communiquent qu'avec d'autres stations Marconi, était devenue une source croissante d'irritation.

Les choses en étaient là quand, au milieu de l'année 1902, le prince Heinrich de Prusse, frère cadet de Guillaume II, embarqua à bord du *Kronprinz Wilhelm*, un paquebot allemand équipé de la TSF réglable de Marconi. Quand le bateau passa au large du Lizard et de Poldhu, le prince observa comment des messages provenant de chacune des stations pouvaient être captés simultanément par l'antenne unique du bâtiment. Alors que le paquebot se rapprochait de New York, le prince découvrit à sa plus grande surprise que les communications et une nouvelle station Marconi installée à Nantucket étaient déjà presque de pure routine. (La nouvelle station de South Wellfleet, avec ses quatre tours gigantesques, était en construction.)

Pour la traversée de retour, Heinrich emprunta un autre paquebot, le *Deutschland*, équipé celui-ci d'appareils Telefunken. Le prince s'attendait à faire à nouveau l'expérience de cette communication sans fil, mais il n'entendit rien émanant de Nantucket, du Lizard ou de Poldhu. On accusa bientôt le personnel de Marconi d'avoir snobé le *Deutschland*, et par conséquent le prince lui-même, et d'avoir même bloqué toute réception sans fil à bord. Le Kaiser était furieux, et le public allemand également. Une vague de ce qu'un magazine appela une « marconiphobie virulente » déferla sur l'Allemagne.

En réalité, la Compagnie Marconi n'avait rien bloqué du tout. Par respect pour le prince, il avait même été ordonné aux opérateurs de suspendre temporairement l'interdiction d'échanger des messages avec des machines étrangères. La cause du silence rencontré par le *Deutschland* est impossible à déterminer, mais a probablement été liée à un défaut technique des machines Telefunken.

Le Kaiser le vécut comme un affront personnel et exigea qu'une conférence internationale soit organisée pour établir une législation de la radiotélégraphie en mer. Marconi devina que son but véritable était d'obtenir un accord stipulant que tous les systèmes sans fil puissent communiquer entre eux. Il y vit une très sérieuse menace et en condamna publiquement le principe. Sa compagnie avait mis en place le réseau le plus sophistiqué et le plus efficace de stations radio. Permettre à d'autres d'utiliser ce réseau librement lui apparaissait totalement injuste.

Pour Lodge et les autres détracteurs de Marconi, la campagne menée par Guillaume II promettait à l'Italien une punition qu'il méritait depuis longtemps. Le 2 avril 1902, Sylvanus Thomson écrivit à Lodge : « Les gémissements de Marconi se plaignant que d'autres viennent voler les fruits de son travail sont vraiment trop drôles ! Un petit aventurier et un faussaire comme lui avec la prétention d'être un inventeur ! »

Les relations avec l'Allemagne continuèrent de se dégrader. À Glace Bay, Richard Vyvyan et son équipe reçurent la visite inattendue et inopportune de la marine impériale allemande. Tandis qu'ils travaillaient sur le plateau surplombant les falaises de Table Head, ils aperçurent au loin une flottille de navires ancrés dans Glace Bay. Vyvyan devina immédiatement la raison de leur présence, la station étant la seule chose susceptible d'attirer les Allemands dans cette rade dangereuse.

Une petite troupe débarqua, qui comprenait un amiral et trente officiers. Il faisait très chaud et la marche était longue. Vyvyan les accueillit au portail de la station et leur offrit des rafraîchissements.

L'amiral refusa. Lui et ses hommes étaient venus inspecter la station.

Vyvyan lui répondit qu'il serait ravi de lui servir de guide, à condition qu'il ait une autorisation écrite de Marconi ou des dirigeants de la compagnie.

L'amiral n'avait ni l'une ni l'autre.

Vyvyan exprima ses plus vifs regrets. Sans autorisation de ce type, expliqua-t-il, il était absolument hors de question de laisser entrer l'amiral et son escorte.

L'amiral se hérissa. Il déclara que Sa Majesté impériale Guillaume II serait informée de l'incident et risquait de très mal prendre les choses.

Vyvyan se dit désolé mais réitéra son refus. Il exprima de nouveau ses regrets. L'amiral et sa troupe repartirent en traînant les pieds.

Mais la flottille demeura à l'ancre. Vyvyan posta une sentinelle dans l'une des nouvelles tours.

Son instinct lui donna raison. Le lendemain, la sentinelle signala que des bateaux se détachaient de la flotte avec environ cent cinquante hommes à bord. Ils accostèrent et s'avancèrent jusqu'au portail. Cette fois, remarqua Vyvyan, aucun officier ne les accompagnait.

Ils tentèrent de forcer le passage « comme une meute indisciplinée ».

Vyvyan tint bon. « Je les informai que l'entrée leur était interdite et que s'ils persistaient, je n'hésiterais pas à employer les grands moyens pour les faire reculer. »

Le site était plein d'ouvriers, qui, flairant le problème, se rapprochèrent des grilles. La tension monta.

Puis, inopinément, un des Allemands donna un coup de sifflet. Les marins reformèrent les rangs et tournèrent les talons, soudain métamorphosés en « une force disciplinée ».

La flotte repartit comme elle était venue.

Les échecs frustrants dans le système à longue portée de Marconi continuaient à le hanter.

En 1902, Édouard devait être couronné mais il fut terrassé par une crise d'appendicite. On pensa d'abord que ses chances de survie étaient faibles, mais il subit l'opération et se rétablit. Une fois de plus, il se retira en convalescence sur le yacht royal, le *Victoria and Albert.* Entre-temps, tous les dignitaires qu'on avait dépêchés pour assister au couronnement se retrouvèrent abruptement désœuvrés. L'Italie avait envoyé un vaisseau de guerre, le *Carlo Alberto*, et le mit avec son équipage de six cents hommes à la disposition de Marconi comme laboratoire flottant le temps qu'Édouard soit suffisamment en forme pour son couronnement.

Le roi d'Italie, Victor Emmanuel III, décida en attendant de rendre visite au tsar Nicolas II de Russie. Il ordonna au *Carlo Alberto* de venir à sa rencontre à Kronstadt, la base navale russe, où le tsar et lui monteraient à bord pour assister à une démonstration de la radiotélégraphie de Marconi. En chemin, durant une escale dans le port allemand de Kiel, Marconi réussit à capter des signaux à neuf cents kilomètres, et la nuit du 15 juillet 1902, dans le port de Kronstadt, à deux mille cinq cents kilomètres. Mais il s'aperçut une fois de plus que la lumière du soleil avait un effet désastreux sur la réception de jour, et il ne capta plus rien en provenance de Poldhu entre l'aurore et le crépuscule. C'était problématique, étant donné la visite prévue du roi Victor Emmanuel et du tsar Nicolas. Marconi voulait montrer à ses visiteurs royaux la réception d'un message, mais il savait qu'il serait étrange d'insister pour qu'ils viennent après la tombée du jour. Luigi Solari suggéra à Marconi d'installer un émetteur sans fil dans un autre coin du bateau et de se faire envoyer un message de là. Il ne voulait tromper personne, affirma-t-il.

Il s'agissait seulement de montrer de jour ce qu'on réussissait si facilement la nuit.

Le 17 juillet, le roi et le tsar montèrent à bord et entrèrent dans le poste de télégraphie, où Marconi leur montra les rouleaux des communications reçues depuis Poldhu. Soudain le récepteur se mit en marche, et l'imprimante Morse délivra un message de bienvenue et de félicitations adressé à Nicolas II.

Surpris et impressionné, le tsar demanda d'où venait le message. Marconi lui montra l'émetteur caché. Le souverain ne s'en offusqua pas, apparemment, puisqu'il demanda à rencontrer Solari et le félicita de son ingéniosité.

Le mois suivant, alors qu'il menait toujours ses recherches à bord du *Carlo Alberto,* Marconi essuya un inexplicable échec de son système. Au cours d'une expérience, il comptait recevoir un message adressé au roi Victor Emmanuel et réexpédié par la station de Poldhu, mais la communication échoua. Aucune de ses tentatives ne parvint à améliorer la réception, et il ne trouva aucune explication à cette situation. Il avait dit un jour à Solari : « Je ne perds jamais mon sang-froid », mais là, Solari le vit fracasser le récepteur en morceaux.

Marconi accusa Fleming. Sans consulter son patron, il avait transformé un composant-clé de la station de Poldhu, revenant ainsi à la situation antérieure qu'avait modifiée Marconi lui-même. Il avait aussi installé un nouveau générateur d'étincelles de son invention.

Marconi se plaignit à son nouveau président-directeur général, Cuthbert Hall, qui, jusqu'à l'année précédente, avait été l'adjoint direct du major Flood Page avant sa démission. L'appareil de Fleming, écrivit Marconi, « s'était révélé, à l'épreuve de la pratique, tout à fait insatisfaisant ».

Marconi ordonna à ses employés de Poldhu de remplacer l'invention de Fleming par un appareil dessiné par lui-même, et Fleming, une fois de plus, se sentit blessé. Il protesta qu'il pourrait au moins être consulté quand des changements de cette importance étaient réclamés.

Ce qui ne fit qu'agacer Marconi davantage.

Dans une nouvelle lettre adressée à Cuthbert Hall, Marconi écrivit : « Il faudrait expliquer à Fleming que sa fonction d'ingénieur consultant ne consiste à rien d'autre qu'à donner des conseils sur des points au sujet desquels il a été expressément consulté, et en aucun cas ne place la compagnie dans l'obligation de faire appel à lui quand ce n'est pas jugé nécessaire… Je ne souhaite pas infliger de blessures inutiles à la susceptibilité du Dr Fleming, mais, à moins que vous ne parveniez à lui faire valoir quelle est sa place, je me verrai dans l'obligation de présenter au conseil d'administration un rappel formel de ses fonctions au sein de notre entreprise. »

Rien de tout cela cependant ne transparut dans le rapport que rédigea Luigi Solari au sujet des expériences menées sur le *Carlo Alberto*, publié le 24 octobre 1902 dans *The Electrician.* À le lire, on avait l'impression que tout s'était déroulé exactement comme prévu. Comme d'habitude, les lecteurs devaient prendre le rapport de Solari pour argent comptant, parce qu'une fois de plus Marconi n'avait pas convié d'observateur impartial pour assister aux essais et en attester les résultats.

Cette fois cependant, quelqu'un semblait avoir tout espionné sans que Marconi s'en doute.

Ce même été, l'Eastern Telegraph Company, une entreprise de câbles sous-marins, avait décidé d'installer une station sans fil au point d'arrivée de son câble, à Porthcurno en Cornouailles, à moins de trente kilomètres de Poldhu.

L'industrie du câble sous-marin ne croyait pas vraiment à la compétition du sans-fil, mais reconnaissait que cette technologie pouvait servir d'appoint à la sienne et de moyen de communication avec les bateaux chargés d'entretenir et de réparer les câbles. L'Eastern Telegraph avait donc engagé Nevil Maskelyne pour mener à bien ce projet, et, en août 1902, le magicien érigea une antenne provisoire de huit mètres de haut. Maskelyne se mit immédiatement à capter les signaux en Morse émis par la station de Poldhu, ce que la compagnie de Marconi avait jugé comme pratiquement impossible à cause de sa technique de sélection des canaux.

Maskelyne remarqua un signal qui se répétait souvent, les lettres CBCB. « Sachant que des tests avaient lieu entre Poldhu et le *Carlo Alberto*, écrivit Maskelyne, nul besoin d'être Sherlock Holmes pour découvrir que CBCB était le nom de code du bateau. » Lui et les employés de l'Eastern le surnommèrent dès lors le *Carlo Bertie*.

Maskelyne ne se contenta pas d'écouter : il garda des copies des rouleaux qui sortaient de sa propre imprimante Morse. Il n'en mesura pas immédiatement l'importance.

CES DAMES MÈNENT L'ENQUÊTE

D'abord elle avait disparu, soi-disant en Amérique, et voilà que maintenant elle était morte. Rien de tout cela n'avait de sens, comment pouvait-on y croire ? C'était « extraordinaire », au sens édouardien du terme, et pourtant ce Crippen, un parangon d'honnêteté, leur disait qu'il en était ainsi. D'après Maud et John Burroughs, c'était un « mari modèle » ; si « gentil et attentionné », ajoutait Clara Martinetti. « Un homme de cœur, et tellement humain », surenchérissait Adeline Harrison.

Et pourtant…

Il y avait la broche « soleil levant », portée avec tellement d'impudence par la petite sténodactylo. Et puis le fait que Belle n'avait ni écrit ni télégraphié à ses amis depuis son départ, et n'avait même pas songé à envoyer un de ces télégrammes sans fil – qu'on appelait désormais « marconigrammes » – pendant la traversée, le genre de choses qu'elle aurait pourtant adoré faire pour surprendre ses connaissances. Il y avait aussi le fait que Crippen était resté très vague sur l'endroit où Belle devait se trouver, et qu'il n'avait pas été capable de fournir une adresse. Elle était dans « une vallée perdue de Californie », comme il l'avait dit, Belle n'avait cependant jamais parlé de parents quelconques en Californie, et encore moins dans les endroits reculés de cet État.

Avant l'annonce du décès de Belle, Lottie Albert, qui lui avait succédé comme trésorière, avait demandé à un ami, Michael Bernstein, de faire une enquête sur la jeune femme pour le compte de la Ligue.

Crippen prétendait que Belle avait embarqué sur un paquebot français qui avait pris la mer au Havre. Le bateau, disait-il, devait s'appeler *La Touée, La Touvée* ou quelque chose d'approchant. Bernstein fouilla les listes de passagers de tous les paquebots français à la recherche d'une Mme Crippen ou Elmore, mais sans succès.

Le 30 mars, un mercredi, et donc un jour où la Ligue tenait ses réunions, Clara Martinetti et Louise Smythson traversèrent le hall jusqu'au bureau de Crippen, officiellement pour lui présenter leurs condoléances. En fait, elles comptaient bien mener une sorte d'interrogatoire.

Mme Martinetti lui demanda l'adresse de la personne qui avait soigné Belle dans ses derniers instants, mais Crippen répondit qu'il l'ignorait.

Elle voulut ensuite savoir combien de temps Belle avait été malade. Il lui dit qu'elle s'était sentie souffrante sur le bateau, avait ensuite négligé de se soigner, puis contracté une pneumonie.

Mme Martinetti s'enquit alors de l'endroit où Belle était enterrée et expliqua que la Ligue voulait faire envoyer une « couronne immortelle » pour qu'on la place sur sa tombe. Crippen expliqua qu'elle n'avait pas été enterrée, mais incinérée, et que prochainement ses cendres arriveraient par la poste.

Incinérée !

Belle n'avait jamais exprimé le désir d'être incinérée après sa mort. Elle s'ouvrait toujours si franchement de tout, au point de faire toucher sa cicatrice à ses amies, qu'elle n'aurait sûrement pas manqué de leur parler de quelque chose d'aussi nouveau qu'une crémation.

Mme Martinetti demanda où Belle était décédée. Crippen ne répondit pas directement. Il se contenta de dire : « Je vais vous donner l'adresse de mon fils.

– Est-ce qu'elle a rendu l'âme à ses côtés et l'a-t-il vue mourir ? » insista Mme Martinetti.

Crippen répondit par l'affirmative, mais de manière plutôt confuse, puis il leur donna l'adresse d'Otto à Los Angeles.

Les deux femmes quittèrent les lieux, le cœur envahi de soupçons. Mme Martinetti écrivit immédiatement à Otto pour lui demander des précisions sur le décès de Belle.

Il mit un mois à répondre. Il était désolé d'avoir tant tardé, mais il expliqua qu'il avait été occupé par la maladie, puis le décès, de son propre fils.

Revenant au sujet en question, il écrivait : « La mort de ma belle-mère a été une immense surprise pour moi comme pour tout le monde. Elle est décédée à San Francisco, et j'ai appris la nouvelle par mon père qui me l'a annoncée immédiatement après. Il m'a demandé de lui faire suivre tout courrier qui lui serait adressé et précisait qu'il fournirait toutes les explications nécessaires. Il m'a dit avoir par erreur expliqué que ma belle-mère s'était éteinte chez moi. Si vous apprenez quoi que ce soit sur les circonstances de sa disparition, je vous serais reconnaissant de me transmettre ces informations, parce que je ne sais rien mis à part le fait qu'elle est décédée à San Francisco. »

Au 39, Hilldrop Crescent, Ethel Le Neve entreprit un grand ménage. Un véritable défi. Pour commencer, la maison sentait terriblement mauvais, en particulier en bas, à proximité de la cuisine, mais l'odeur avait aussi gagné les étages. Dès sa première visite, Mme Jackson la remarqua et en parla à Ethel : « Cette odeur, dit-elle, est un mélange de moisi et de renfermé, et provient sans doute de l'humidité et de la saleté. C'est absolument étouffant.

– Oui, répondit Ethel, cette maison est très humide et dans un état épouvantable. Voilà comment l'a laissée Belle Elmore avant de partir en Amérique. »

Ethel ouvrit les fenêtres, rangea les vêtements et les meubles surnuméraires, en en entassant un certain nombre dans la cuisine. Crippen invita William Long, qui travaillait pour lui depuis longtemps, et lui proposa de prendre ce qu'il voulait. « Un soir ou deux plus tard, dit Long, j'y suis allé, et dans la cuisine, il m'a montré un tas de vêtements de femme, des bas, des sous-vêtements, des chaussures, de vieilles nippes de théâtre, d'anciens rideaux, des nappes, des tapis… »

Long revint plusieurs soirs de suite et finit par tout emporter. Crippen lui donna aussi la cage dorée et les sept canaris.

Ethel engagea une domestique, une Française nommée Valentine Lecocq. « Au moins, j'ai une petite bonne, et de ça je suis reconnaissante, écrivit Ethel à Mme Jackson. Elle n'a que dix-huit ans, mais elle semble avoir envie d'apprendre et de bien faire. La malheureuse ne possède que les vêtements qu'elle porte, pas même un chemisier noir, et comme le docteur invite des amis à dîner dimanche prochain, il va falloir que je lui trouve quelque chose de net et de joli à se mettre. »

Avec l'aide de la jeune Française, la tâche que s'était fixée Ethel se mit à avancer. Dans une autre lettre adressée à Mme Jackson, elle écrivit : « J'ai tellement travaillé dans cette misérable maison que vous auriez du mal à la reconnaître. » Elle trouvait cependant difficile de « tout garder dans un semblant de propre », alors qu'elle devait aussi continuer à assumer ses tâches au bureau de Crippen. « Il me reste très peu de temps pour moi », se plaignait-elle.

Mais bientôt ce grand ménage serait terminé, elle le savait. Le bail de Crippen se terminait le 11 août, et ils prévoyaient alors de déménager et de prendre un appartement sur Shaftesbury Avenue.

« Tout de même, disait-elle encore à Mme Jackson, malgré tout ce travail, je suis vraiment heureuse. »

Elle adorait les petits moments partagés avec Crippen. Dans ses mémoires, elle note : « Il descendait souvent avec moi à la cave, la pelle à la main, et tandis qu'il remplissait le seau de charbon, je restais sur le seuil, une bougie allumée à la main et nous bavardions. »

La maison devint plus lumineuse et plus accueillante, et l'abominable odeur se dissipa. Crippen donnait un coup de main chaque fois qu'il le pouvait, et tous les jours il attirait Ethel à lui, l'embrassait, lui parlait tendrement. Aux yeux de la loi, ils n'étaient toujours pas mariés et ne pouvaient pas l'être tant que le décès de Belle en Amérique n'aurait pas été dûment certifié, mais ils étaient aussi mari et femme que possible.

« Et le temps passa… écrivit Ethel, nous étions tous deux très heureux et satisfaits, travaillant dur chacun à notre façon. »

Ces dames continuaient à tout observer.

Elles voyaient Crippen partir avec la sténodactylo et arriver avec la sténodactylo. Elles les voyaient se promener ensemble. La jeune femme portait des manteaux de fourrure qui ressemblaient à ceux de Belle, mais on ne pouvait être sûr de rien, comment faire la différence entre une fourrure et une autre ? Elles les voyaient ensemble au théâtre et au restaurant. Un jour, Annie Stratton et Clara Martinetti croisèrent Crippen dans New Oxford Street. « Pendant que nous étions en train de lui parler, dit Mme Martinetti, il semblait pressé de nous fausser compagnie, et quand il nous quitta, je me rendis compte que la sténodactylo l'avait rejoint, et ils montèrent ensemble dans un bus. »

Et puis ces dames apprirent un fait troublant : il n'y avait eu qu'un seul paquebot en partance pour l'Amérique le jour où Belle devait embarquer, un bateau à vapeur baptisé *La Touraine*.

Le paquebot n'avait jamais quitté le port. Il avait dû subir des réparations.

Étrange nouvelle, mais c'était peut-être l'époque qui voulait cela. Le 6 mai 1910, à 23 h 45, le roi Édouard VII mourait, plongeant la nation dans le deuil. Pour la première fois dans l'histoire de l'Angleterre, les responsables du derby d'Ascot décidèrent que tous les présents devraient porter du noir. Ce jour fut ensuite connu sous le nom de « Black Ascot » et familier, au cours des générations suivantes, de tous ceux qui virent *My Fair Lady*.

Comme s'il s'agissait vraiment de la fin du monde, la comète de Halley apparut dans le ciel, faisant craindre une collision et alimentant les rumeurs de dramatiques événements à venir.

QUI VEUT LA FIN…

Le long voyage d'études entrepris par Marconi à bord du *Carlo Alberto* prit fin le matin de Halloween 1902, quand le bateau arriva en Nouvelle-Écosse. L'objectif de Marconi – son espoir – était maintenant d'aller au-delà des signaux à trois points et d'expédier les premiers messages complets d'Angleterre vers l'Amérique. Il était impératif qu'il y parvienne. Le scepticisme entourant son expérience de Terre-Neuve était allé s'accentuant. Le succès non seulement aurait raison des incrédules, mais calmerait aussi les inquiétudes croissantes au sein de son conseil d'administration, qui commençait à se demander si un jour toutes ces coûteuses expérimentations rapporteraient des dividendes.

Marconi avait alors complètement terminé l'aménagement des stations de South Wellfleet et de Poldhu, et de Table Head à Glace Bay, la plus puissante. Elles étaient toutes plus ou moins bâties sur le même modèle : quatre solides tours de bois en planches entretoisées, de soixante-cinq mètres de haut, soutenant une pyramide inversée de quatre cents fils électriques. Chaque station avait une centrale électrique à proximité, où des moteurs à vapeur entraînaient des générateurs produisant de l'électricité qui pénétrait ensuite dans un circuit complexe de transformateurs et de condensateurs. À South Wellfleet, on produisait ainsi trente mille watts, à Glace Bay, soixante-quinze mille. À South Wellfleet, on avait dû fabriquer un hublot en verre épais et une porte insonorisée entre la salle d'émission et le dispositif générateur d'étincelles pour protéger les yeux et les tympans de l'opérateur.

Dès le lendemain de son arrivée, Marconi se lança dans son nouvel essai, coordonnant chaque étape avec les opérateurs de Poldhu au moyen de télégrammes expédiés par les câbles sous-marins traditionnels. Les premiers signaux qui leur parvinrent, selon Richard Vyvyan, « étaient très faibles et inintelligibles ». Mais néanmoins, ils arrivaient. Encouragé par le fait que Poldhu n'avait fonctionné qu'à la moitié de sa puissance, Marconi ordonna à ses ingénieurs de l'augmenter au maximum, pensant que cela réglerait le problème. Mais non. Il n'entendait plus rien du tout.

Les centaines de fils électriques qui composaient l'antenne de Glace Bay pouvaient être utilisés tous ensemble ou par segments. Marconi et Vyvyan essayèrent plusieurs combinaisons. Toujours rien. Une nuit après l'autre, ils travaillèrent à trouver la jonction magique, avec les erreurs et les essais pour seuls guides. Tenter de capter un message de jour paraissait impossible, alors il leur arrivait souvent de travailler toute la nuit. Pendant dix-huit nuits consécutives, ils ne captèrent pas le moindre signal. La tension montait, en particulier chez les Vyvyan. L'ingénieur avait amené sa nouvelle femme, Jane, vivre avec lui à Glace Bay, et maintenant elle était enceinte, à un stade très avancé, le bébé devant naître d'un jour à l'autre.

La neige se mit à tomber et recouvrit le plateau. La nuit, les étincelles de l'émetteur illuminaient les flocons qui tombaient. À chaque choc électrique, une aura bleu pâle traversait le paysage, comme si le poste d'émission était une usine à fabriquer des fantômes qui se dispersaient dans les ténèbres. Des stalactites de glace de plus d'un mètre pendaient des fils.

Au milieu de toutes ces difficultés, Marconi reçu un télégramme de son quartier général lui annonçant que les actions de la compagnie chutaient. Il ne le savait pas encore, mais cette débâcle était l'œuvre d'un magicien.

Nevil Maskelyne détestait la tricherie, mais il adorait manipuler et décontenancer son public. Son repaire était l'Egyptian Hall à Piccadilly, un des théâtres de Londres célèbres pour leurs spectacles de variétés et un des édifices les plus étranges de la capitale. « Tenter une description même imprécise de la façade de cet exemple si singulier d'architecture dépasse tous les pouvoirs de représentation », nota l'un des premiers visiteurs. Construit en 1812, ce haut lieu du spectacle avait pour façade la réplique de l'entrée d'un temple égyptien. Deux immenses statues s'avançaient en relief sur son revêtement jaune, et des hiéroglyphes recouvraient ses pilastres et le seuil de ses portes. L'édifice avait autrefois servi de musée d'histoire naturelle, mais parce qu'il n'attirait guère de visiteurs, on en fit une salle d'exposition pour une série de curiosités, y compris une famille entière de Lapons, un homme de trente-cinq kilos qu'on appelait le Squelette vivant et, en 1829, les premières sœurs siamoises. Sa plus célèbre « pièce » vivante fut aussi la plus petite, un lilliputien originaire de Bridgeport, dans le Connecticut, nommé Charles S. Stratton, exposé là en 1844 par Phineas T. Barnum. À l'époque, Stratton était surtout connu sous son nom de scène, le Général Tom Pouce.

Le père de Nevil, qui s'appelait aussi John Nevil Maskelyne, prit la direction de l'Egyptian Hall avec un associé, George A. Cooke, et en 1896, il le transforma en « La Maison du Mystère ». Deux fois par jour on pouvait assister à des spectacles de magie, se laisser aller à l'illusion et rencontrer des chimères mécaniques. À l'époque, Maskelyne and Cooke, tels qu'on les connaissait désormais, s'étaient déjà rendus célèbres en produisant deux médiums américains légendaires, les frères Davenport. Les magiciens se présentaient comme « les illusionnistes et antispiritualistes de Sa Majesté ». Une de leurs attractions les plus renommées étaient un automate appelé Psycho, un mystique oriental dont la robe et le turban dissimulaient de complexes mécanismes internes qui le rendaient capable de résoudre des problèmes de mathématiques, des questions d'orthographe, et surtout, de jouer au whist avec des spectateurs dans la salle. Nevil Junior reprit l'affaire de son père, et quand il ne s'essayait pas à la radiotélégraphie, il donnait des spectacles avec son partenaire, le magicien David Denant. Ensemble, Maskelyne et Denant révélaient au public les tours que jouaient les médiums avec un tel aplomb que certains spiritualistes crurent qu'ils étaient vraiment dotés de pouvoirs psychiques et affirmèrent qu'ils affichaient leur scepticisme pour gagner de l'argent de façon cynique.

Maskelyne n'avait aucune confiance en Marconi. L'Italien prétendait avoir obtenu des succès étonnants, mais il ne fournissait guère de preuves au-delà des témoignages de ses alliés, tels qu'Ambrose Fleming et Luigi Solari. Le dernier exemple était le compte-rendu dithyrambique de Solari dans *The Electrician* sur les expériences menées par Marconi à bord du *Carlo Alberto*.

Maskelyne le lut d'abord avec déplaisir, puis avec ravissement. Il comprit soudain que les rouleaux qu'il avait conservés alors qu'il espionnait les transmissions de Marconi contenaient certains des messages dont parlait Solari. Ces rouleaux montraient qu'indubitablement, le système de Marconi avait plus de failles que son inventeur voulait bien l'avouer.

Maskelyne décida de rendre publiques ses découvertes. Dans un article publié par *The Electrician* le 7 novembre 1902, il révéla qu'en utilisant son propre appareil dans la station de Porthcurno près de celle de Poldhu, il avait intercepté les signaux de Marconi et que les rouleaux de son imprimante Morse prouvaient que le rapport de Solari était pour le moins inexact. Il se gardait bien cependant d'accuser Solari et Marconi de duperie.

Les rouleaux, écrivait-il, montraient que des erreurs dues aux distorsions atmosphériques étaient fréquentes et que des transmissions émanant d'une autre station avaient interféré avec les communications entre Poldhu et le *Carlo Alberto*. Maskelyne remettait en cause l'affirmation de Solari selon laquelle la station de Poldhu pouvait émettre à la vitesse de quinze mots par minute. D'après ses calculs, il fallait plutôt parler de cinq.

Il s'en prenait aussi à une déclaration de Solari qui prétendait qu'un message émanant de l'ambassade d'Italie à Londres, transmis par radio depuis Poldhu, aurait été reçu sans erreur à bord du bateau à 16 h 30, le 9 septembre 1902. En fait, Maskelyne avait découvert que la transmission de ce message avait débuté plusieurs jours auparavant, le 6 septembre à 21 heures. (Il s'agissait peut-être du message qui avait amené Marconi à réduire sa machine en pièces.)

Une chose était certaine : Maskelyne avait réussi à prouver que les transmissions de Marconi pouvaient être interceptées et lues. Il écrivait : « La question essentielle est la suivante : M. Marconi peut-il régler les canaux de sa station de Poldhu pour qu'en fonctionnant vingt-quatre heures sur vingt-quatre et tous les jours du mois, la station de Porthcurno ne soit pas affectée ? Jusqu'au 12 septembre, date à laquelle j'ai cessé de superviser les expériences conduites à Porthcurno, il avait seulement réussi à prouver qu'il n'y était pas parvenu. »

Cuthbert Hall, président-directeur général de Marconi, contra en adressant une lettre à *The Electrician* dans laquelle il déclarait que « les preuves fournies de l'interception de ces messages… n'étaient pas convaincantes ». Selon lui, n'importe qui pouvait reprendre les messages publiés dans le compte-rendu de Solari, et utiliser une imprimante Morse afin de contrefaire des rouleaux. « Pour qu'on puisse lui attribuer la moindre valeur, l'article de M. Maskelyne aurait dû être publié avant, et non pas après, le compte-rendu du lieutenant Solari. »

L'argument de Hall dut paraître étonnamment spécieux à Maskelyne, étant donné le goût de Marconi pour la description de ses propres succès au moyen de témoignages fondés sur la confiance, dont la validité ne pouvait jamais être démontrée.

Dans le numéro suivant, Maskelyne répondait : « Manifestement, M. Hall se trouve face à un dilemme. Soit il doit affirmer que je suis un menteur et un faussaire, soit il doit accepter la réalité de ma description… Dans le premier cas, je sais ce qu'il me reste à faire. Dans le second, les chimères produites par une imagination enflammée et visionnaire et qu'on nous a si longtemps demandé d'accepter les yeux fermés se verront inexorablement anéanties. »

À Glace Bay, le silence persistait. Rien n'expliquait cette incapacité prolongée à recevoir les signaux de Poldhu. À Terre-Neuve, avec des cerfs-volants qui dansaient dans les airs, Marconi en recevait, mais ici, dans cette nouvelle station aux équipements sophistiqués, avec ses tours de soixante-cinq mètres et ses kilomètres de fil électrique, rien ! Vyvyan et lui décidèrent alors de tenter quelque chose de nouveau : inverser le sens des transmissions, c'est-à-dire cette fois d'émettre de la Nouvelle-Écosse vers l'Angleterre. Ils n'avaient aucune raison particulière d'agir de la sorte, si ce n'est que rien d'autre n'avait marché.

Ils firent leur première tentative la nuit du 19 novembre 1902, mais les opérateurs de Poldhu ne reçurent aucun signal.

Marconi et Vyvyan procédaient à tâtons pour améliorer le dispositif. Vyvyan écrivit : « Nous n'avions ni les moyens ni les instruments adéquats pour mesurer les longueurs d'onde ; en fait, nous ne savions pas exactement quelle fréquence nous utilisions. »

Ils renouvelèrent leurs essais neuf nuits de suite, sans succès. La dixième, celle du 28 novembre, ils reçurent un télégramme annonçant que les opérateurs de Poldhu avaient capté quelques vagues signaux, mais qu'ils restaient indéchiffrables. Cela raviva l'énergie de Marconi, mais brièvement, car la nuit suivante, Poldhu leur fit savoir qu'une fois de plus rien ne s'était passé. Le silence continua sept nuits de plus.

La nuit du vendredi 5 décembre, Marconi doubla la longueur de l'étincelle. Un peu plus tard cette même nuit, il reçut par câble la confirmation que Poldhu avait enfin capté son message :

Faibles signaux lisibles durant première demi-heure, rien durant 45 minutes, trois derniers quarts d'heure, signaux lisibles et enregistrables.

La nuit suivante, Marconi essaya avec exactement la même configuration. Rien.

La nuit d'après, silence encore.

Marconi avait supporté ces trois semaines d'échec en ne laissant presque rien paraître de son irritation, mais là, il se mit à jurer et à frapper ses poings avec rage sur une table.

Il persévérait néanmoins. Un échec à ce stade, même une rumeur d'échec, serait synonyme de ruine. Sans surprise, le bruit commençait à se répandre qu'il connaissait des difficultés. Mardi 9 décembre 1902, un gros titre du *Sydney Daily Post* demandait : « Mais que se passe-t-il à Table Head ? » Dans l'article qui suivait, on pouvait lire : « Il semble se passer quelque chose d'étrange à Table Head, et ce "quelque chose" ne paraît pas très encourageant pour ceux qui ont lancé ce projet. »

Cette nuit-là, toutes les tentatives de joindre Poldhu échouèrent. La malchance le poursuivit pendant les quatre nuits suivantes. La cinquième, celle du dimanche 14 décembre, après des heures passées à marteler des messages pour les expédier à travers le ciel, un câble arriva de Poldhu : « Signes déchiffrables tout au long des deux heures prévues. »

Étant donné toutes les difficultés rencontrées depuis l'arrivée de Marconi le jour de Halloween, il y avait là enfin quelque chose à fêter. Les hommes se précipitèrent hors de la cabine pour s'avancer dans la nuit glacée et ils dansèrent dans la neige jusqu'à ce que le froid ait raison de leur joie.

Il semblait, à cet instant, que Marconi soit tombé par hasard sur la parfaite combinaison des variables. Plutôt que d'attendre prudemment de voir ce résultat confirmé, Marconi mit alors en marche la seconde étape de son plan : envoyer le tout premier message *public* à travers l'océan à l'aide de la télégraphie sans fil. Il prit cette décision, d'après Vyvyan, « à cause des pressions financières et pour apaiser les critiques d'une presse hostile qui se faisait de plus en plus entendre ».

Cette fois, il concéda que son seul témoignage ne suffirait pas à persuader un monde sceptique de sa réussite. Il invita un journaliste, George Parkin, correspondant du *Times* de Londres à Ottawa, à écrire ce message historique et à servir de témoin. Il commença cependant par lui faire jurer le secret jusqu'à ce qu'une réception parfaite du message ait pu être confirmée par la station de Poldhu.

Marconi fit son premier essai le lundi 15 décembre, moins de vingt-quatre heures après l'arrivée du câble de Poldhu qui avait causé tant de joie. Il demanda à Parkin de changer la formulation de son message juste avant de l'expédier pour neutraliser tout soupçon que les employés de Marconi en Grande-Bretagne aient pu recevoir une copie par avance. À 1 heure du matin, Marconi s'empara du lourd marteau et entreprit de taper lui-même le message. « Tous s'étaient mis du coton dans les oreilles pour diminuer l'intensité du choc électrique », écrivit Parkin. Il compara ces claquements assourdissants aux « détonations successives d'un fusil-mitrailleur ».

Le message n'atteignit pas Poldhu. À 2 heures, Marconi essaya de nouveau. Cette tentative échoua elle aussi.

Marconi recommença le soir même, d'abord à 18 heures, puis à 19 heures, sans succès. Plus tard cette même nuit, entre 22 heures et minuit, le message atteignit enfin Poldhu. Il disait :

Times London. *Présent lors de transmission dans station de Marconi au Canada. Ai l'honneur de faire parvenir grâce au* Times *premier message transatlantique de l'inventeur qui adresse ses salutations à l'Angleterre et l'Italie. Parkin.*

Marconi organisa une petite fête dans la matinée qui suivit, durant laquelle les drapeaux anglais et italien furent hissés en grande pompe. Une bourrasque eut tôt fait de les emporter.

Le message de Parkin ne fut cependant pas immédiatement transmis au *Times*. Le sens du protocole et du spectacle de Marconi exigeait que deux autres messages de salutations soient auparavant expédiés : l'un au roi Édouard, en Angleterre, l'autre au roi Victor Emmanuel à Rome. Marconi avait donné ses instructions à Poldhu pour que le message de Parkin attende un peu, et demandé à Parkin de retarder son compte-rendu pour que les deux messages royaux soient expédiés et leur réception confirmée par câble. Le tout dura six jours.

Parkin écrivit un article extrêmement élogieux, qui faisait notamment état de « la terreur sacrée » qui l'avait saisi en constatant que des impulsions envoyées de Glace Bay puissent atteindre Poldhu un trentième de seconde plus tard. Il omettait de parler du délai de six jours.

Vyvyan, dans ses mémoires, se montre plus franc : « Bien que ces trois messages aient été transmis de l'autre côté de l'Atlantique et captés en Angleterre, le circuit sans fil était loin d'être satisfaisant. Il restait une grande zone d'ombre sur l'arrivée du message à destination et, pour l'heure, on ne parvenait pas à trouver les causes de ce caractère aléatoire. Toutes conditions exactement identiques dans les deux stations, les signaux allaient du parfaitement déchiffrable au néant, et oscillaient souvent en degré d'intensité par tranches de deux ou trois minutes. »

Une preuve de ce caractère encore imprévisible devait toucher Vyvyan de près. Le 3 janvier, sa femme donnait naissance à une belle petite fille. On célébra dignement l'événement et, bien entendu, on expédia un télégramme par radio au *Times* de Londres. Mais une perturbation atmosphérique transforma une référence à *Jan*, qui signifiait janvier, en Jane, le prénom. Le télégramme tel qu'il parvint à Poldhu faisait un peu penser à Barbe-Bleue :

Times *Londres par télégramme transatlantique. Prière d'insérer annonce R. N. Vyvyan, ingénieur chef station canadienne : épouse 3 Jane donne naissance. Marconi.*

Enhardi par cette nouvelle victoire, Marconi s'apprêtait à en tirer parti avec un dernier exploit, qui, espérait-il, mettrait à tout jamais fin aux doutes. Le 10 janvier 1903, il partit pour Cap Cod, décidé à expédier le premier message sans fil des États-Unis vers l'Angleterre. Il avait en poche un mot du président Roosevelt adressé au roi Édouard. Il ne pensait pas pouvoir l'expédier directement de Cap Cod, la station n'ayant pas la puissance nécessaire, mais se proposait à la place de l'envoyer par radio de South Wellfleet à Glace Bay en Nouvelle-Écosse pour qu'il soit relayé de l'autre côté de l'Atlantique.

Le message de Roosevelt passa péniblement de Cap Cod en Nouvelle-Écosse, par à-coups, comme si Glace Bay se trouvait à l'autre bout du monde, et non pas à neuf cents kilomètres au nord-est. Dans l'intervalle, à la plus grande surprise de tous, le message traversa aussi l'océan jusqu'à Poldhu, où il arriva bien avant que le message relayé par Glace Bay ne parvienne enfin à destination.

Pour une fois, le système s'était mieux comporté que prévu. Mais intervint alors une erreur de calcul qui coûta cher à Marconi.

Les opérateurs de Poldhu expédièrent un message de retour de la part du roi Édouard au président Roosevelt. Ils l'envoyèrent cependant par câble sous-marin conventionnel.

Marconi n'avait pas eu le choix. Sa rude expérience de Glace Bay avait montré que pour une raison inconnue, la station de Poldhu ne parvenait pas à émettre en direction de la Nouvelle-Écosse. Les innombrables journaux qui couvrirent l'événement reproduisirent néanmoins les deux messages l'un au-dessus de l'autre, une juxtaposition qui suggérait un échange fluide entièrement réalisé sans fil.

Quand on apprit que le message d'Édouard était passé par la voie traditionnelle, les adversaires de Marconi s'empressèrent de dénoncer les problèmes persistants de son système, et accusèrent l'Italien d'avoir voulu donner l'impression que la communication sans fil de part et d'autre de l'Atlantique avait été réussie. À Londres, le président-directeur général Cuthbert Hall affirma que la décision d'expédier la réponse par câble relevait seulement d'une courtoisie élémentaire envers le roi Édouard. Il expliqua que la réponse de Sa Majesté était arrivée un dimanche, jour où le bureau du télégraphe le plus proche de Poldhu était fermé. Le télégramme n'aurait donc pas été transmis à l'opérateur local avant le lundi matin au plus tôt, et alors seulement aurait-on pu commencer à tenter l'envoi sans fil. Il paraissait beaucoup plus respectueux, insistait Hall, de faire partir le message du roi immédiatement, même si cela impliquait de l'expédier par câble.

Les adversaires de Marconi sentirent le sang. Le président de l'Eastern Telegraph Company, Sir John Wolfe Barry, vit dans le recours par Marconi au câble une preuve supplémentaire que la radiotélégraphie ne deviendrait jamais un concurrent sérieux.

La *Westminster Gazette* envoya un reporter demander à Marconi ce qu'il pensait de l'incident.

«Je ne me suis pas intéressé à cette réponse, ni à la façon dont elle était acheminée, dit Marconi. Vous n'ignorez pas que le bureau du télégraphe à Poldhu était fermé et vous savez quel retard cela aurait entraîné. Mais ce que je voulais démontrer, c'était qu'on pouvait effectivement transmettre un message de l'autre côté de l'Atlantique. D'un point de vue scientifique, qu'il s'agisse d'un trajet d'est en ouest ou d'ouest en est n'a aucune importance. Aucun scientifique ne dirait l'inverse. » Mais Marconi ne disait rien du combat acharné livré à Glace Bay cet hiver pour recevoir le plus petit signal en provenance de Poldhu, et, *a fortiori* donc, un message royal. Au lieu de cela, il demanda au journaliste : « S'il a pu passer dans un sens, qu'est-ce qui pourrait l'empêcher de passer dans l'autre ? »

Toutefois, Marconi et ses ingénieurs étaient parfaitement conscients des défaillances du système transatlantique. Vyvyan écrivit par exemple : « Il était clair que ces stations étaient loin d'être en position d'offrir un service commercial. Il allait falloir utiliser davantage de puissance électrique ou des antennes plus hautes, ou les deux. » Le 22 janvier 1903, malgré les coûts énormes encourus et au grand dam de son conseil d'administration, Marconi ferma les trois stations pour une durée de trois mois afin de repenser leurs plans et leur mode opératoire. Il rentra en Angleterre à bord de l'*Etruria* de la Cunard.

De retour à Londres, Marconi s'aperçut que les attaques de Maskelyne avaient commencé à produire leur effet sur les investisseurs et le public en général. Dans le *Morning Advertiser*, un correspondant adoptant le pseudonyme de Vindex indiquait que Marconi pourrait facilement dissiper les doutes qui subsistaient au sujet de son invention en la soumettant à un test dont chaque aspect serait ouvert à l'examen de tous. Il proposait que Marconi envoie un message transatlantique à Poldhu à une heure préalablement convenue, avec transmission et réception observées par les rédacteurs de quatre journaux américains et de quatre anglais.

Baptisée « le défi de Vindex », la proposition gagna immédiatement la faveur générale. Le public s'était habitué aux démonstrations vérifiables du progrès, comme les courses transatlantiques entre paquebots. Aujourd'hui Marconi semblait promettre la vitesse maximale. S'il voulait que le monde croie aux allégations extraordinaires selon lesquelles il était capable d'expédier des messages à travers l'Atlantique en un instant, il fallait qu'il donne des preuves et qu'il révèle ses méthodes.

Un lecteur s'adressa au *Morning Advertiser*: « Si "Vindex" ne fait rien d'autre que promouvoir la démonstration qu'il réclame, il aura rendu un grand service à la Compagnie Marconi et un service plus grand encore au public en détruisant les rumeurs courant sur le service transatlantique. Il aura en outre confirmé que la Compagnie Marconi peut constituer une alternative sérieuse pour défendre le public contre le monopole exercé par les compagnies du câble.

« Si M. Marconi réussit ce test, je suis convaincu qu'il recevra le soutien inconditionnel non seulement de votre journal mais aussi de tout Anglais honnête dans sa lutte contre les influences financières et politiques. »

Il signait : « Un partisan du fair-play. »

La *Westminster Gazette* posa directement la question à Marconi : Pourquoi ne pas organiser une démonstration pour la presse ?

« Nous avons déjà dépassé ce stade, répondit Marconi. Ce serait jeter un doute sur ce qui a été clairement établi. Que reste-t-il à démontrer ? Cela aurait sans doute été utile il y a quelque temps, je le reconnais. Mais plus aujourd'hui. Cela dit, je ne serais pas hostile à montrer ce fonctionnement à toute personne compétente qui ne partirait pas avec des préjugés sceptiques. Je ne ferai aucune démonstration devant un témoin quelconque dont le but serait de remettre en question l'efficacité du système. »

Le moment où éclata cette controverse était particulièrement malvenu. Elle se déchaînait alors que Marconi et Fleming étaient en train de préparer une série de tests destinés simultanément à faire taire le scepticisme qui continuait de prévaloir sur la capacité de Marconi à transmettre des messages et à répondre à une inquiétude croissante émise par les critiques : les signaux émis par un émetteur suffisamment puissant pour leur faire traverser l'Atlantique ne risquaient-ils pas de perturber les communications entre toutes les autres stations ? Marconi demanda à Fleming de mettre au point une expérience démontrant que les stations de très haut voltage ne risquaient pas, comme Fleming l'exprimait, de « noyer les radiations plus faibles » utilisées pour les communications entre les navires et les côtes.

Au lieu d'intégrer les transmissions des navires réels dans son expérience, Fleming installa un petit dispositif marin dans une cabane à une centaine de mètres de l'antenne géante de Poldhu et le connecta à une antenne simple à un mât. Il avait l'intention d'envoyer des messages au même moment depuis le grand et le petit émetteur, sur des longueurs d'onde différentes, vers la station de Marconi au Lizard. Il accrocha deux récepteurs à l'antenne du Lizard, l'un réglé pour capter les messages de haut voltage, l'autre pour capter ceux qui émanait du faux navire.

Fleming créa seize messages, huit qui devaient partir de l'émetteur à haut voltage, huit de l'autre. Il les plaça chacun dans une enveloppe « dont personne à part lui ne connaissait le contenu », et il nota sur chacune l'heure à laquelle il devait être expédié. Quatre messages étaient codés. Chaque message de la première catégorie devait être transmis au même instant qu'un de la seconde, et être répété trois fois.

Le jour de l'expérience, Fleming confia toutes les enveloppes à un assistant « extérieur à la Compagnie Marconi et en l'intégrité et l'efficacité duquel on pouvait avoir toute confiance», et lui donna l'instruction de les remettre aux opérateurs aux heures indiquées. L'assistant signa une déposition confirmant que les ordres de Fleming avaient été «scrupuleusement respectés».

Mais comme n'importe quel pair de Fleming appartenant au monde de la science et de la recherche pouvait s'en rendre immédiatement compte, ses précautions – enveloppes scellées, messages codés, assistant candide – ne créaient qu'une illusion de rigueur scientifique. Elles reflétaient la tension qui sépare la science du monde de l'entreprise et la transparence du goût du secret. Ce dernier continuait de caractériser la conduite de Marconi et de sa compagnie, et avait l'effet pervers de faire perdurer les soupçons de ses adversaires les plus obstinés.

À en croire Fleming, tous les messages arrivèrent au Lizard au moment prévu et furent consignés sur papier par deux imprimantes Morse. Fleming récupéra les rouleaux et les donna à Marconi pour qu'il les convertisse en anglais. «Dans tous les cas, il produisit un message absolument conforme à celui de départ», commenta Fleming.

En fait, pas «absolument». Dès la phrase suivante, le témoignage de Fleming devenait moins claironnant. Le premier lot de messages avait subi des déformations. «Dans un seul cas, on relevait une petite difficulté à lire deux ou trois mots, et il s'agissait des messages expédiés à 14 heures.» L'explication de Marconi, rapporta Fleming, était la suivante : les messages en question «avaient été légèrement brouillés parce que deux navires qui croisaient dans la Manche avaient à ce moment-là tenté de communiquer entre eux».

Même si Fleming minimisait l'affaire en parlant de «petite difficulté», les déformations étaient en fait significatives et ajoutèrent aux charges retenues contre la télégraphie sans fil. Le brouillage de « deux ou trois mots » n'était pas rien. Le message de 14 heures de la station à haut voltage était codé et comprenait cinq mots : « Quiney Cuartegas Cuatropean Cubantibus Respond ». Même si deux mots seulement étaient incompréhensibles, la portion déformée équivaudrait à 40 % du message ; trois mots, à 60 %. L'encodage rendait cette distorsion encore plus problématique étant donné que les messages en question avaient de toute façon l'air d'un absurde galimatias et que l'opérateur chargé de la réception avait peu de chances de se rendre compte que des erreurs s'y étaient glissées.

Néanmoins, Fleming et Marconi présentèrent l'expérience comme un succès total. Dans une conférence très attendue, le 23 mars 1903, Fleming chanta victoire et affirma qu'il était désormais démontré sans aucun doute possible que la technologie de réglage des fréquences évitait toute interférence. Une semaine plus tard, Marconi se félicitait lui aussi des résultats de l'expérience devant un parterre d'actionnaires à l'assemblée annuelle de son entreprise. Quatre jours plus tard, Fleming adressait une lettre au *Times* dans laquelle il vantait une fois de plus les mérites de la prouesse technologique de Marconi.

À l'Egyptian Hall, Nevil Maskelyne lut les comptes-rendus de Fleming et fut frappé en constatant que les enveloppes cachetées et autres exemples trompeurs de fausse rigueur lui rappelaient les techniques employées par les médiums pour convaincre le public de leurs pouvoirs. Il sentait bien qu'il s'agissait d'une supercherie et rêvait du moyen de la révéler au grand jour.

Un ami, le Dr Horace Manders, lui suggéra une idée : si Marconi ne voulait pas soumettre son système à l'examen public, pourquoi ne pas tenter de le faire *sans* sa coopération ? Le Dr Manders pensait avoir trouvé le moyen d'y parvenir.

Bien qu'assez pernicieuse, l'idée séduisit Maskelyne, qui écrivit plus tard que « la chance qui s'offrait était trop belle pour la laisser passer ». Quant au caractère contestable de la manœuvre, il argua qu'exécuter ce plan « était davantage qu'un droit, c'était un devoir ».

Bientôt, à cause de Maskelyne, Fleming allait faire l'expérience cuisante de la vulnérabilité de la radiotélégraphie. Il en verrait son statut dans la Compagnie Marconi remis en cause, son amitié avec l'inventeur affectée, et leur réputation sérieusement ternie.

En Nouvelle-Écosse, aux confins de l'hiver et du printemps, il arrive que se produise un phénomène appelé le « dégel d'argent ». La pluie se met à tomber, elle givre et revêt tout ce qu'elle touche d'une épaisse pellicule de glace jusqu'à ce que les branches des arbres se brisent et que les fils du télégraphe chutent. Les hommes de Marconi à Glace Bay n'avaient jamais fait l'expérience du « dégel d'argent », et ils n'étaient pas prêts à l'affronter.

Le 6 avril 1903, les pluies commencèrent. La glace s'accumula sur les quatre cents fils électriques de la station jusqu'à ce que la couche mesure près de trois centimètres d'épaisseur. C'était un spectacle merveilleux, aérien. Une gigantesque pyramide de cristal suspendue dans le ciel.

Le poids de tant de glace sur des kilomètres de fil devint vite trop important. L'antenne se détacha entièrement de ses mâts et fut précipitée à terre.

SERGE BLEUE

Pour John Nash et Lil Hawthorne, la nouvelle de la mort de leur amie Belle fut une surprise particulièrement éprouvante. Le 23 mars 1910, la veille du jour où Crippen télégraphia l'annonce du décès, Nash et sa femme venaient d'embarquer pour l'Amérique, après que les médecins eurent recommandé une croisière pour apaiser les nerfs malades de Lil. Personne ne songea à les prévenir par télégramme. Après leur arrivée à New York, ils rendirent visite à Mme Isabel Ginnette, présidente de la Ligue, qui s'y trouvait elle aussi. C'est alors que les Nash reçurent le choc de la nouvelle.

John Nash avait promis à Mme Ginnette qu'il irait parler à Crippen dès son retour en Angleterre. Une fois rentrés à Londres, les Nash se réunirent avec plusieurs amis de la Ligue et découvrirent que personne ne croyait au récit des événements donné par Crippen. Nash fut atterré de voir que si peu avait été fait pour découvrir la vérité. « Une fois sur place, je me suis rendu compte que personne n'avait eu le courage et le cran de prendre l'affaire en mains, dit Nash. J'ai pensé qu'il était de mon devoir de m'en charger moi-même. »

Nash et sa femme passèrent voir Crippen à son bureau. « C'était la première fois que nous le voyions depuis la mort de sa femme. Il avait l'air très affligé – il laissa même échapper un sanglot. Il nous parut très nerveux, tortillant sans cesse un bout de papier entre ses doigts. »

Crippen lui dit que Belle était morte à Los Angeles, mais se corrigea ensuite pour préciser que le décès s'était produit « dans une petite ville » près de San Francisco. Nash connaissait très bien les environs et demanda à Crippen le nom exact de la localité. Exaspéré, il finit même par s'emporter : « Peter, est-ce que vous êtes en train de me dire que vous ne savez même pas où votre femme est morte ? »

Crippen répondit qu'il ne s'en souvenait pas exactement, mais il pensait que la petite ville s'appelait « Allemaio ».

Nash changea de sujet. « On m'a rapporté que vous avez reçu ses cendres. »

Crippen le lui confirma et dit qu'il les conservait dans son coffre. Nash ne demanda pas à les voir. À la place, il s'enquit du nom du crématorium et voulut savoir si Crippen avait reçu un certificat de décès.

« Il doit y avoir quatre crématorium là-bas, je pense que c'est sûrement l'un d'entre eux.

– Mais vous avez tout de même reçu un certificat, n'est-ce pas ? »

Crippen paraissait de plus en plus nerveux.

Nash confia plus tard : « Je commençai à me dire que quelque chose clochait, parce que ses réponses n'étaient vraiment pas satisfaisantes : comment un homme pouvait-il ne pas savoir où sa femme était morte et d'où venaient ses cendres ? »

Deux jours plus tard, le 30 juin, Nash et sa femme rendirent visite à un ami qui travaillait à la New Scotland Yard : le commissaire Frank C. Froest, chef de la Brigade criminelle, fondée trois ans plus tôt comme unité spéciale du Bureau d'investigation criminelle.

En s'approchant du siège de la Police métropolitaine par le nord le long du quai Victoria, on découvrait un immeuble de cinq étages surmonté d'un gigantesque toit Mansart, avec le palais de Westminster et Big Ben, bien visibles deux pâtés de maisons plus au sud. D'énormes cheminées rectangulaires montaient la garde sur le toit. Les tourelles, aux quatre coins de l'édifice, lui donnaient un air de forteresse médiévale et offraient à ses occupants, dont le commissaire divisionnaire, une vue imprenable sur la Tamise. Les étages inférieurs étaient recouverts de panneaux d'un granit extrait par les détenus de la prison de Dartmoor. Tout le reste, jusqu'au toit, était en briques apparentes.

Les Nash étaient inquiets, mais, en professionnels de la scène, ils étaient aussi émoustillés à l'idée de leur rencontre avec Froest. L'édifice et son décor avaient quelque chose de théâtral, et Froest lui-même avait acquis une certaine notoriété pour avoir poursuivi au milieu des années 1890 Jabez Balfour, un financier véreux qu'il avait capturé en Argentine.

Froest écouta attentivement ce que venaient lui raconter Nash et Lil Hawthorne, puis il appela un policier de la Brigade criminelle, un de ses plus fins limiers. Quand l'homme entra, Froest lui présenta les Nash et expliqua qu'ils étaient là parce qu'une de leurs amies semblait avoir disparu. Elle s'appelait, dit-il, Cora Crippen, mais utilisait aussi un nom de scène, Belle Elmore, et faisait partie de la Ligue des femmes artistes de music-hall. Son époux, expliqua encore Froest, était médecin et habitait « non loin de Holloway » ; il répondait au nom de Hawley Harvey Crippen.

« M. et Mme Nash ne croient pas à l'histoire que leur a racontée le mari, dit Froest. Vous feriez peut-être mieux d'écouter tous les détails. »

L'inspecteur prit une chaise.

Il s'appelait Walter Dew. Son rang : inspecteur principal. C'était un homme de haute taille, à la charpente solide. Il avait les yeux bleus et une grosse moustache en forme de tablier de locomotive, soigneusement taillée. Il était entré dans la police à dix-neuf ans. Il en avait maintenant quarante-sept. Il avait reçu son grade d'inspecteur en 1887 et, peu de temps après, s'était vu attribuer le surnom de « Serge bleue » parce qu'il portait toujours un impeccable costume pour aller travailler. Il prit part à l'enquête de Scotland Yard sur Jack l'Éventreur en 1888 et eut la chance, ou la malchance, d'être un des policiers qui découvrirent les restes horriblement mutilés de la dernière victime de l'assassin, Mary Kelly. « J'ai alors vu là quelque chose que je n'oublierai pas jusqu'à mon dernier jour, écrivit Dew dans son livre de souvenirs. Seuls ceux dont c'était le devoir d'entrer dans la pièce connaîtraient l'horreur de ce spectacle. » Ce qui devait le hanter véritablement, ce fut le regard de la victime. « Ses yeux étaient grands ouverts et semblaient fixés sur moi, agrandis par la terreur. »

Nash entreprit de lui raconter son histoire :

« En rentrant de New York il y a quelques jours, on nous a confirmé que Belle était morte. Nos amis nous ont dit qu'elle était soudain partie pour l'Amérique sans leur dire au revoir et que, cinq mois plus tôt, un journal de théâtre avait publié l'annonce de son décès après une pneumonie en Californie. Naturellement, nous avons été bouleversés. Je suis allé rendre visite au Dr Crippen qui m'a fait le même récit, mais quelque chose en lui ne m'a pas plu. Très peu de temps après la mort de sa femme, le Dr Crippen a commencé à s'afficher avec sa secrétaire, une jeune fille du nom d'Ethel Le Neve. Il y a quelques semaines, ils se sont rendus à un bal, et elle arborait le manteau de fourrure et les bijoux de Belle. »

Il dit encore à Dew : « J'espère vraiment que vous allez pouvoir enquêter et trouver exactement quand et où Belle est morte. Nous n'obtenons aucun détail du Dr Crippen. »

Froest et Dew posèrent encore quelques questions, puis le premier conclut : « Eh bien, monsieur Dew, voilà toute l'histoire, qu'en dites-vous ? »

En temps normal, Dew aurait été tenté de refuser l'affaire et de laisser la brigade en uniforme s'en charger : elle s'occupait de façon routinière des cas de personnes disparues. Dew ne soupçonna pas qu'il ait pu y avoir eu un acte criminel, et il sentit que les Nash ne le pensaient pas non plus. « Ce qu'ils avaient vraiment en tête, ce qui avait pu les amener à demander l'aide du commissaire Froest, je ne saurais le dire, mais il est certain qu'aucun des deux ne songeait à quoi que ce soit de franchement sinistre là-dessous, écrit encore Dew. Probablement, ils étaient surtout poussés par le manque de décence de Crippen qui avait si complètement et si vite donné la place de la défunte à une autre femme. »

Mais les Nash étaient des amis personnels du commissaire Froest, et Lil Hawthorne était une étoile du monde du music-hall. Il semblait important de leur montrer que Scotland Yard prenait leur problème au sérieux. De plus, comme le lui avait enseigné son expérience dans la police : « Il valait mieux avoir des certitudes que des regrets. »

Dew déclara donc : « Je pense que le mieux serait que je me charge personnellement de cette enquête. »

RATS

La baisse de crédibilité de sa compagnie poussa Marconi à utiliser à nouveau Ambrose Fleming publiquement, cette fois pour une conférence sur les fréquences et les communications sur de longues distances à la Royal Institution, le 4 juin 1903. Fleming prit des dispositions pour que Marconi lui envoie un message sans fil depuis Poldhu sur un récepteur installé dans l'institution le temps de cette conférence, pour donner une démonstration sur le vif du fonctionnement de la radiotélégraphie à longue portée. Le destinataire devait en être James Dewar, directeur du laboratoire de recherches Davy-Faraday de la Royal Institution. Dewar était surtout connu pour ses travaux en cryogénie. Il avait notamment réussi, en 1898, à liquéfier l'hydrogène – découverte qui avait permis à son tour à un technicien allemand de mettre au point la bouteille Thermos.

Le moment choisi était astucieux. Le message devait arriver dans les derniers moments de la conférence de Fleming. C'était du pur théâtre, un spectacle de variétés clos par un numéro de magie, et si tout s'était passé comme prévu, la crédibilité perdue de Marconi aurait pu s'en trouver restaurée.

Fleming prit la parole à 17 heures précises. Comme toujours, la salle était comble. Il s'exprima avec confiance et élégance, et le public répondit par des murmures d'approbation. Un de ses assistants, P. J. Woodward, prit place près du récepteur et s'apprêta à connecter le rouleau encreur pour enregistrer le message adressé par Marconi à Dewar. Mais alors que le moment approchait, il se passa quelque chose d'insolite.

Un autre assistant, Arthur Blok, entendit un étrange tic-tac provenant de la lampe à arc à l'intérieur de la grande lanterne de projection en cuivre située dans le hall. Comme il tendait l'oreille, il se rendit compte que ce bruit n'était pas une simple distorsion due au hasard. L'arc électrique du projecteur se comportait comme un récepteur primitif et s'était mis à capter ce qui ressemblait à une transmission délibérée. D'abord, il se dit que les employés de Marconi à Chelmsford « devaient être en train de procéder à un ajustement de dernière minute ».

Fleming ne se rendit compte de rien. Depuis qu'il travaillait dans la Compagnie Marconi, il était devenu de plus en plus sourd. Le public non plus ne paraissait rien remarquer.

Blok avait une solide expérience de transmission et de réception de messages en Morse. Le cliquetis de la lanterne était bel et bien en train de former un mot – un mot que personne à Chelmsford n'aurait osé envoyer, même comme test. Et pourtant, c'était indubitablement ce mot unique qu'il fallait entendre :

« *Rats.* »

Dès que Blok eut déchiffré ces lettres, « l'affaire prit une autre dimension. Et quand le mot se répéta, les soupçons se changèrent en craintes. »

Quelques années plus tôt, l'expression « rats » avait acquis un sens nouveau et éloigné de la zoologie. Durant une bataille de la guerre du Transvaal, les troupes britanniques avaient utilisé des signaux lumineux transmis par héliographe pour demander aux Boers ce qu'ils pensaient des obus que l'artillerie anglaise faisait pleuvoir sur leurs positions. Les Boers répondirent : « Rats », et le mot entra rapidement dans l'usage pour connoter l'« orgueil démesuré » et l'« arrogance ».

Quand le moment prévu pour la réception du message final de Marconi approcha, l'assistant brancha l'imprimante de Morse, et immédiatement, des points et des traits bleus apparurent sur le rouleau de papier qui se déroulait lentement. Un mot nouveau s'imprima :

Il

Blok regardait alternativement l'horloge et le rouleau de papier qui s'échappait de l'imprimante.

était un petit homme
venu du fond de l'Italie

Blok était stupéfait. « Il ne restait plus que quelques secondes, dit-il, et le mot "Rats" qui était apparu le premier sur le rouleau laissait maintenant inexplicablement la place à des vers de mirliton invraisemblables » :

Il était un tout jeune homme
venu du fond des Appenins
et qui savait mieux que personne
tromper son monde et son prochain.

Le cliquetis s'interrompit puis reprit :

Figurez-vous maintenant l'heure / où les murmures goutte à goutte et les ténèbres à flot / remplissent l'immense vaisseau de l'univers. / D'un camp à l'autre, à travers la sombre matrice de la nuit, / le bourdonnement des deux armées va s'assoupissant : / les sentinelles en faction perçoivent presque / le mot d'ordre mystérieusement chuchoté aux postes ennemis. / Les feux répondent aux feux ;

et à leur pâle flamboiement / chaque armée voit les faces sombres de l'autre.

N'importe quel adulte instruit de l'époque, c'est-à-dire pratiquement tous les spectateurs présents, auraient reconnu dans ces vers un extrait de l'*Henry V* de Shakespeare.

C'était un peu comme se retrouver au milieu d'une séance de spiritisme, ce mélange de peur et de fascination qui s'installe quand la planchette désigne des lettres sur un oui-ja. « Manifestement, quelque chose s'était passé, écrivit Blok. S'agissait-il d'une plaisanterie, ou bien tout le monde était-il ivre à Chelmsford ? Était-ce du sabotage scientifique ? La surdité de Fleming lui permit de ne se rendre compte de rien, et il continua paisiblement sa conférence. Et les aiguilles de l'horloge, avec le même détachement, poursuivaient leur mouvement, tandis que moi, l'attention partagée en deux comme celle d'un dément, je jetais des coups d'œil répétés vers le public pour voir si quelqu'un avait remarqué l'arrivée de ces messages stupéfiants. »

Après une nouvelle pause, vint alors s'imprimer un extrait d'un monologue de Shylock, tiré du *Marchand de Venise.*

J'ai communiqué mes résolutions à Votre Grâce : j'ai juré, par le saint jour du sabbat, d'exiger mon dû et l'accomplissement de l'obligation.

Inconscient de ce qu'il se passait, Fleming poursuivait sa conférence. Le message de Marconi expédié via Chelmsford depuis Poldhu allait arriver d'une seconde à l'autre. Blok masqua soigneusement son anxiété et fouilla les visages des spectateurs pour voir s'ils avaient détecté les signaux parasites. D'abord, à son plus grand soulagement, il ne découvrit rien d'anormal. Le public était en proie à une concentration totale – « sous le charme de la conférence de

Fleming». Mais ses yeux se posèrent alors sur «un visage marqué par une innocence invraisemblable». Il connaissait l'homme : le Dr Horace Manders, un proche associé de Nevil Maskelyne. Blok comprit alors tout ce qui venait de se passer, mais conserva un air impavide.

«À quelques secondes de la réception du message de Chelmsford, les signaux migrants cessèrent, et avec un sang-froid dont je ne me serais pas cru capable, j'arrachai la partie du rouleau contenant ces points et ces traits ridicules, la pliai soigneusement et, en prétendant la jeter, la glissai dans ma poche.»

Mais voici que le récepteur s'animait de nouveau. Était-ce encore du Shakespeare, des vers de mirliton ou quelque chose de pire encore ? La bande se déroula. Avec un détachement tout scientifique, Blok et son collègue déchiffrèrent les nouveaux signes bleus.

Les premières lettres étaient *PD,* le nom d'appel de Poldhu. Le message de Marconi était en train de passer. Dans celui qu'il avait adressé plus tôt en direction de Poldhu, Dewar avait demandé à Marconi où en étaient les communications transatlantiques. Et là, comme on pouvait s'y attendre, Marconi donnait sa réponse :

Au professeur Dewar et au Président Royal Society. Merci pour aimable message. Communications avec Canada rétablies depuis 23 mai. Marconi.

Fleming termina son discours. Du public montèrent des salves de ce que Blok devait appeler «des applaudissements innocents». Fleming rayonnait. Dewar lui serra la main. D'autres membres firent de même et le félicitèrent pour cette conférence si réussie, tout en s'émerveillant de la façon dont il avait su orchestrer les choses. L'assistance y vit une preuve de la fiabilité et de la sophistication croissantes de la technologie de Marconi. Blok savait qu'il n'en était rien.

Au bout du compte, le succès de la conférence avait été dû à quelque chose qui échappait totalement au contrôle de Marconi et à sa prétendue capacité à éviter les interférences et les interceptions. Si les signaux pirates avaient continué, le message de Marconi aurait été grossièrement déformé, ou ne serait pas parvenu du tout, et les réputations de Marconi et de Fleming en auraient sérieusement pâti. Il est certain que des railleries pleines de suffisance auraient empli les pages de *The Electrician*.

Après la ronde des poignées de main et des félicitations, quelqu'un – sans doute Blok ou Woodward – rapporta à Fleming ce qu'il s'était passé et lui parla de la présence dans la salle de l'associé de Maskelyne, le Dr Manders. Fleming se montra scandalisé. Tenter de perturber une conférence à la Royal Institution équivalait à jeter une pelle dans la tombe de Faraday. Mais l'affaire lui avait aussi infligé une blessure plus personnelle. Homme à la vanité chatouilleuse, Fleming était embarrassé pour son propre compte, même si aucun spectateur, mis à part ses assistants et le Dr Manders, n'avait apparemment remarqué ce qu'il se passait.

Toute la nuit, Fleming écuma de rage.

Déçu, Maskelyne attendait.

C'était bien lui le pirate qui avait mené le raid sans fil pendant la conférence de Fleming. En fait, il avait espéré que son intrusion cause sur l'instant un chaos aux proportions satisfaisantes. Comme il l'expliqua plus tard : « Les interférences avaient été soigneusement planifiées pour pousser le professeur Fleming à reconnaître que nos messages étaient parvenus jusqu'à cette salle. »

Mais les hommes de Marconi avaient gardé leur sang-froid et fait preuve d'une grande rapidité d'action. Maskelyne avait également négligé la surdité de Fleming. Il se dit toutefois que les assistants du physicien lui rapporteraient par la suite les détails de l'intrusion. Il comprenait parfaitement le caractère de sa victime, son besoin de reconnaissance et de respect. Fleming ne pourrait que réagir.

Le piège était bien tendu. Un scandale immédiat aurait été plus satisfaisant, mais Maskelyne était sûr qu'il n'aurait pas trop longtemps à attendre avant que Fleming ne rende lui-même publique la présence des signaux fantômes, et, à ce moment-là, Maskelyne avait bien l'intention de faire passer un sale quart d'heure au vieil homme et à Marconi.

Et cela lui procurerait une grande joie.

Le lendemain de la conférence, Fleming adressa une lettre à Marconi pour lui faire son rapport. « Tout s'est bien passé », commençait-il, mais il ajoutait : « Nous avons cependant assisté à une ignoble attaque visant à nous décrédibiliser, même si nous ne savons pas exactement qui en sont les auteurs. On m'a rapporté que l'assistant de Maskelyne se trouvait dans l'assistance et qu'il se tenait non loin du récepteur. »

Peu de temps après, Fleming écrivait une seconde lettre à Marconi : « Dewar pense que je devrais dénoncer ce scandale. Comme il s'agissait d'une expérience purement scientifique au bénéfice de la Royal Institution, il considère que c'était un acte particulièrement odieux de vouloir la perturber, et que les "règles du jeu" n'ont pas été respectées. Si nos ennemis sont capables de tenter un coup pareil dans ces lieux, rien ne les arrêtera, et il serait peut-être souhaitable de les en aviser. »

Les réponses de Marconi à ces deux messages n'ont pas été retrouvées, mais si lui ou qui que ce soit d'autre conseilla à Fleming de ne pas remuer la fange, ce fut peine perdue.

Le 11 juin 1903, dans une lettre publiée par le *Times*, Fleming commençait par rappeler aux lecteurs qu'il avait donné une conférence à la Royal Institution, et précisait quel en était le contenu. Il écrivait ensuite : « Je voudrais signaler qu'une personne extérieure au public a délibérément tenté de faire tourner au désastre la démonstration de cet exploit. Je n'entrerai pas dans les détails, mais je détiens les preuves qu'il s'agissait d'un télégraphiste expérimenté ou à tout le moins d'une personne n'ignorant rien du fonctionnement de la radiotélégraphie, et qui entretient par ailleurs des sentiments très hostiles envers son inventeur distingué dont le nom est généralement et avec raison associé à ce procédé de communication.

« Je suis convaincu que, si l'assistance présente à ma conférence avait su qu'en marge des possibilités ordinaires d'échec dans pareille démonstration scientifique périlleuse, cet exercice risquait d'être torpillé par une tentative lâche et insidieuse, un puissant sentiment d'indignation se serait fait jour. »

Fleming concédait que s'insinuer dans les échanges sans fil de Marconi était peut-être de bonne guerre, mais perturber une conférence à la Royal Institution dépassait toutes les bornes. « J'aurais imaginé, gémissait-il, que l'amphithéâtre où se sont déroulées les plus brillantes démonstrations durant un siècle était sacré, et aurait donc dû échapper à la menace de pareil banditisme scientifique. »

Il précisait qu'il ne savait pas encore qui était l'auteur de ce sacrilège et il invitait les lecteurs « susceptibles de fournir le moindre indice » à lui faire parvenir l'information. « Il n'y a peut-être aucun recours légal contre de telles pitoyables pitreries, mais je suis certain que si on avait pris ces malfrats sur le fait, l'opinion publique aurait toléré qu'on fasse d'eux à leur tour les objets d'une “expérience frappante”. »

Du point de vue de Fleming, la lettre était parfaite, un bijou de subtile menace. Il était dans l'incapacité de prouver que Maskelyne était le pirate, et il ne pouvait donc pas l'accuser ouvertement, mais il avait ciselé son message de façon à ce que le magicien sente bien que pareils agissements ne seraient plus tolérés. Il est facile d'imaginer sa satisfaction en ouvrant le *Times* ce jeudi matin pour voir imprimé noir sur blanc cet exemple de sa prose. Il savait pertinemment que non seulement Maskelyne, mais tout ce que la Grande-Bretagne comptait de scientifiques, d'hommes d'État, d'avocats, de penseurs et d'écrivains, peut-être même le roi, allaient le lire, et qu'alors la tasse de thé de Maskelyne ne manquerait pas de trembler sur sa soucoupe tandis que le frisson accompagnant la conscience du danger lui descendrait le long de la colonne vertébrale.

Parfaite, cette lettre ? C'était exactement celle qu'espérait Maskelyne. Et plus encore, étant donné l'allusion délicieusement voilée au fait que Fleming s'abaisserait même à infliger un châtiment physique. Si sa tasse de thé trembla, ce fut de la joie qu'il ressentit par avance à l'idée de la réponse qu'il allait composer. Il posta sa lettre vendredi 12 juin depuis l'Egyptian Hall. Le *Times* la publia le lendemain.

« Messieurs, écrivait Maskelyne, la question évoquée hier dans vos colonnes par le professeur Fleming revêt une importance plus grande que lui-même semble le croire. Il s'agit d'un cas où le public est poussé à prendre des mesures extrêmes pour obtenir les informations auquel il a tout à fait droit. »

Il ajoutait : « Le professeur se plaint que durant sa conférence du 4 juin dernier, les appareils Marconi ont été perturbés par des interférences extérieures, et il souhaite connaître les noms de ceux qui ont commis cet acte “inqualifiable”. Ses intimations d’opprobre public, d’actions en justice et même de violence personnelle peuvent, bien entendu, être considérées comme des gesticulations enfantines. Pour ma part, je n’hésite pas à reconnaître ma complicité dans les faits reprochés, l’idée originale émanant du Dr Horace Manders. »

Il contrait l’attaque de banditisme en demandant : « Si notre action se voit entre autres qualifiée de “banditisme scientifique”, quelles épithètes faut-il choisir pour désigner ceux qui, malgré leurs déclarations publiques, n’acceptent pas d’avoir été pris au mot ?

« On a voulu nous faire croire que les messages de Marconi étaient protégés contre les interférences. Tous ses récents “triomphes” vont dans cette même direction. Le professeur Fleming en personne s’est porté garant de la fiabilité et de l’efficacité de la syntonie de Marconi. Le but de cette conférence était d’ailleurs d’en faire la démonstration. » Manders et lui n’avaient rien fait d’autre que de tester la véracité de ces affirmations. « Si tout ce qu’on a prétendu était vrai, le professeur Fleming n’aurait jamais su ce qu’il se passait. Les tentatives d’interférence seraient restées vaines. Mais quand on s’intéresse aux faits et aux faits seulement, on s’aperçoit qu’un simple radiateur déréglé peut perturber les récepteurs de Marconi malgré leur sélecteur de fréquence. »

Et remuant le couteau dans la plaie, il concluait : « Et la lettre du professeur le prouve. »

La presse se précipita dans l’arène. Si Fleming s’était abstenu d’écrire, toute l’affaire aurait sans doute été passée sous silence. Comme l’observait le *Morning Leader* du 15 juin 1903 : « Personne n’aurait entendu parler de cet incident si le professeur Fleming n’avait pas envoyé sa lettre indignée au *Times* pour dénoncer un “banditisme scientifique” qui le bouleversait. C’est exactement ce qu’avait escompté

Maskelyne, et maintenant il doit rire de bon cœur d'avoir réussi à “lever ce lièvre”. » Dans une interview publiée samedi 13 juin dans la *Saint James Gazette*, Maskelyne avouait avoir composé lui-même les vers accusant Marconi de tromperie. Il ajoutait maintenant une dimension plus sérieuse à son attaque : « Le professeur en a appelé au nom de Faraday pour nous condamner. Supposons que Faraday soit en vie, qui aurait-il accusé de souiller la Royal Institution : ceux qui essayaient d'établir la vérité ou ceux qui la travestissaient à leur guise pour des raisons de profit ? »

Il reprochait à Fleming d'avoir donné deux conférences en une cet après-midi-là. « La première était celle du professeur Fleming, l'éminent homme de science, qui avait toutes les qualités de ce que doit être une communication scientifique ; l'autre était celle du professeur Fleming, conseiller spécial de la Compagnie Marconi. »

Au mois de décembre de la même année, Marconi refusa de renouveler le contrat de Fleming.

Hum

L'inspecteur principal Dew commença son enquête en rendant visite à la Ligue des femmes artistes de music-hall à Albion House, accompagné par un second, l'inspecteur Arthur Mitchell. Ils s'appliquèrent à ce que leur présence ne soit pas remarquée par Crippen, dont le bureau, « assez étonnamment », se trouvait à la même adresse.

Durant les six jours suivants, les deux policiers interrogèrent Melinda May, les Burroughs, les Martinetti, ainsi qu'à nouveau John Nash et sa femme, Lil Hawthorne. Dew recueillit toute l'histoire de la broche « soleil levant » et examina la correspondance échangée entre Crippen et les membres de la Ligue au cours des mois ayant suivi la prétendue disparition de Belle. Il apprit que « Belle était très aimée de tous ceux avec qui elle entrait en contact ». Il accumula les renseignements sur sa relation avec Crippen. Maud Burroughs la décrivit « comme une femme qui menait son mari par le bout du nez et qui n'en faisait qu'à sa tête, ce qui apparemment convenait très bien à Crippen ».

Dew écrivit un rapport de seize pages sur ce qu'il avait découvert et le remit à Froest le 6 juillet 1910. Dew n'était pas sûr qu'une enquête plus approfondie parvienne à démontrer la présence d'une action criminelle. Sur la première page, il écrivait: «L'histoire que racontent M. et Mme Nash ainsi que d'autres est assez singulière, mais, étant donné le caractère bohème des personnes en question, tout peut trouver une explication.»

Néanmoins, l'histoire recelait plusieurs contradictions que Dew considérait «tout à fait extraordinaires». Voici ce qu'il recommandait: «Sans adopter la suggestion de ses amis qu'il puisse y avoir eu acte criminel, je pense que le moment est maintenant venu de demander au "Dr" Crippen de passer nous voir et de nous fournir quelques explications: quand Mme Crippen a-t-elle quitté le pays, par quel moyen, quelles ont été les circonstances exactes de son décès? Nous pourrions, je pense, obtenir de cette façon les renseignements susceptibles de faire la lumière sur cette affaire et éviter que ne soit lancée aux États-Unis une enquête approfondie.»

Le commissaire général Froest se rangea à cet avis.

Le matin du vendredi 8 juillet, à 10 heures, l'inspecteur principal Dew et l'inspecteur Mitchell montèrent les marches du perron du 39, Hilldrop Crescent. Le heurtoir de la porte semblait neuf. La maison avait un air coquet et bien tenu.

Une jeune fille d'environ dix-huit ans vint leur ouvrir. Dew demanda: «Le Dr Crippen est-il chez lui?»

La petite bonne était française et parlait mal l'anglais, mais elle réussit à inviter Dew et Mitchell à entrer dans le vestibule. Quelques instants plus tard, une femme fit son apparition dont Dew se dit qu'elle devait avoir entre vingt-cinq et trente ans. «Elle n'était pas jolie, se souvint plus tard le policier, mais elle avait quelque chose d'attirant, et elle était vêtue de façon soignée et discrète.»

Il remarqua qu'elle portait une broche sertie d'un diamant et comprit sur-le-champ qu'il devait s'agir du « soleil levant » dont il avait tellement entendu parler.

« Le Dr Crippen est-il là ? demanda à nouveau Dew.

– Non », répondit la jeune femme. Il était à son bureau, à l'Albion House, New Oxford Street.

« Qui êtes-vous ?

– Je suis la gouvernante.

– Vous êtes Mlle Le Neve, n'est-ce pas ? »

Elle rougit légèrement. « Oui, c'est exact.

– Dommage que le docteur soit sorti. J'ai besoin de le voir de façon assez urgente. Je suis l'inspecteur principal Dew de Scotland Yard. Serait-ce trop vous demander de nous conduire à Albion House ? Je tiens à ne pas perdre de temps. »

Il savait bien sûr parfaitement où se trouvait Albion House, mais il ne voulait pas laisser la possibilité à Ethel Le Neve de téléphoner pour prévenir Crippen que deux policiers étaient en chemin. Elle monta à l'étage et redescendit avec son manteau. Dew observa qu'elle avait retiré la broche.

Quelques minutes plus tard, ils étaient tous trois à bord du tramway dans Camden Road. Ils en descendirent à Hampstead Road où ils prirent un cabriolet pour le reste du trajet qui les conduisit à travers Bloomsbury jusqu'à Albion House.

Les souvenirs qu'a conservés Ethel de cette rencontre diffèrent de ceux de Dew. Elle ne parle pas de la broche ni du fait qu'elle avait prétendu être la gouvernante, mais elle ajoute tout un luxe de détails qui éclairent ce moment et les personnalités en présence.

Elle était en train d'aider à mettre la maison en ordre, « en faisant les lits et quelques autres tâches », quand elle entendit le heurtoir de la porte principale. Elle s'en étonna, parce que la plupart des livreurs utilisaient la porte située sur le côté. Du haut des marches, elle tendit l'oreille quand la bonne alla ouvrir et qu'une voix d'homme demanda : « Le Dr Crippen est-il chez lui ? »

La petite Française ne comprit pas la question : « Oui », répondit-elle.

« Mais que cette fille est sotte ! » murmura Ethel entre ses dents, puis elle descendit et se rendit compte que deux inconnus se trouvaient sur le seuil. « Je n'avais pas la moindre idée de qui ils étaient, ni de ce qu'ils voulaient », écrivit-elle.

« Il n'est pas là, dit-elle aux visiteurs, et il ne rentrera pas avant 18 heures ce soir. »

L'un d'eux la dévisagea « avec un air soupçonneux ». Il dit : « Je vous demande pardon, mais on vient de m'informer que le Dr Crippen était encore ici et je voudrais le voir pour une affaire importante.

– Eh bien, on vous aura mal informé, rétorqua Ethel, avant d'ajouter que le docteur était parti comme tous les jours juste après 8 heures.

– Je suis désolé d'avoir l'air de remettre en doute votre parole, mais on m'a donné à entendre que le Dr Crippen n'arrivait jamais à son bureau avant 11 heures. Je suis certain qu'il est encore ici, et je ferais mieux de vous dire tout de suite que je ne partirai pas avant de l'avoir vu. Peut-être que si je vous disais qui je suis, vous accepteriez d'aller lui demander de nous rejoindre. »

Il se présenta ensuite comme l'inspecteur principal Dew de Scotland Yard, et son collègue comme l'inspecteur Arthur Mitchell.

« Je ne peux tout de même pas demander au Dr Crippen de nous rejoindre. Il est sorti. » Elle était en colère à présent. « Il va vous falloir rester ici un bon bout de temps. Il ne rentrera pas avant 18 heures. Puisque vous semblez refuser de me croire quand je vous dis qu'il n'est pas à la maison, vous feriez mieux d'entrer et de le chercher vous-même. »

Dew répéta que sa visite était « de la plus haute importance » et qu'il ne partirait pas sans avoir parlé avec Crippen. Il conseilla à la jeune femme de se montrer raisonnable et d'aller le chercher.

Ethel lui rit au nez. Elle lui redit que Crippen n'était pas chez lui. Elle proposa de lui téléphoner à son bureau.

Dew lui demanda à la place de les y accompagner.

« D'accord, dit-elle. Mais vous allez devoir me laisser le temps de m'habiller comme il faut. »

Elle se retira dans sa chambre pour se changer. Elle écrivit : « Je n'avais aucun scrupule à les faire attendre un bon moment tandis que je me coiffais, passais un chemisier et me faisais une beauté. »

Leur visite la déconcertait. « Pourtant je dois dire que je n'étais pas vraiment inquiète. Rien qu'un peu perplexe et plus qu'un peu agacée. »

Quand elle redescendit, Dew était complètement transformé : il était soudain devenu affable, gentil et « enclin à la conversation ». Il la pria de s'assoir. « J'aimerais vraiment vous poser une ou deux questions », dit-il.

Il lui demanda quand elle était venue vivre à Hilldrop et les informations qu'elle avait à propos du départ de Mme Crippen. L'inspecteur Mitchell prenait des notes. Ethel leur dit ce qu'elle savait et parla de télégrammes qu'avait reçus Crippen lui annonçant la maladie de sa femme et, plus tard, son décès.

« Avez-vous vu ces télégrammes ? s'enquit Dew.

– Non. Pourquoi les aurais-je vus ? Je ne remets pas en doute la parole du Dr Crippen.

– Hum », grommela Dew.

Ethel écrivit : « Il prononçait sans arrêt ce petit mot, “hum”, comme s’il en savait beaucoup plus long que moi. »

Dew lui demanda à nouveau de les accompagner au bureau de Crippen. Elle opposa pour la première fois une certaine résistance. Elle expliqua qu’elle était une femme « qui tenait à ses habitudes » et qui n’aimait pas voir sa journée perturbée.

« Je comprends parfaitement, répondit Dew. Mais vous voyez sans doute qu’il s’agit là d’une affaire de la plus haute importance pour le Dr Crippen. C’est dans son intérêt, vous comprenez ? »

Et elle accepta.

Une fois à Albion House, Ethel monta directement chercher Crippen dans l’atelier du premier étage. Elle le trouva assis à une table, occupé à fabriquer des appareils dentaires en compagnie de son associé, Rylance. Elle lui toucha l’épaule pour attirer son attention et murmura : « Sors, j’ai besoin de te parler. »

Crippen lui demanda pourquoi.

« Je suis avec deux policiers de Scotland Yard. Ils veulent te voir pour une affaire importante. Pour l’amour du ciel, viens leur parler. Cela fait deux heures qu’ils m’importunent.

– Scotland Yard ? C’est très étonnant, dit Crippen. Que peuvent-ils bien me vouloir ? »

Il était parfaitement calme, consigna-t-elle. Elle le suivit au rez-de-chaussée. Il devait être, d’après les souvenirs d’Ethel, environ 11 h 30.

Dew attendit. Quelques minutes plus tard, Ethel Le Neve réapparut « avec à son côté un petit homme insignifiant ». Pour l'inspecteur, ce fut un instant de révélation. Ainsi, c'était là le médecin dont il avait tellement entendu parler. Crippen était petit, à moitié chauve, et il portait une moustache blond-roux. Ce qu'il avait de plus remarquable, c'étaient ses yeux, bleus et légèrement globuleux, ce que venaient accentuer des lunettes aux verres épais et une fine monture métallique. Si Crippen était troublé par la visite de deux policiers, il n'en laissa absolument rien paraître. Il sourit et leur serra la main.

Dew donna à cette rencontre un tour officiel : « Je suis l'inspecteur principal Dew, de Scotland Yard, et voici mon collègue, l'inspecteur Mitchell. Nous sommes ici pour parler avec vous du décès de votre femme. Certains de ses amis sont venus nous voir à propos du récit que vous leur avez fait des circonstances de sa disparition. Ils le trouvent assez peu convaincant. J'ai mené une enquête approfondie et je ne suis pas convaincu non plus, je suis donc venu vous demander si vous accepteriez d'éclairer ma lanterne. »

Crippen répondit : « Je suppose que je ferais mieux de dire la vérité.

– Oui, je crois que cela vaudrait mieux.

– Les histoires que j'ai racontées au sujet de sa mort sont fausses. Pour ce que j'en sais, elle est encore en vie. »

Hum…

LA FILLE SUR LE QUAI

Pour Marconi, la première moitié de l'année 1904 fut un temps de déception et de peine. Son père, Giuseppe, mourut le 29 mars, mais Marconi était si englué dans les difficultés de sa compagnie qu'il ne fit pas le voyage en Italie pour l'enterrement. En mai, il s'embarqua sur le *Campania* de la Cunard pour réaliser des tests de plus longue portée, mais il découvrit qu'il n'arrivait jamais à dépasser de jour les mille neuf cents kilomètres, de nuit, deux mille sept cents, à peine mieux que les résultats obtenus en février 1902 lors de tests similaires à bord du *Philadelphia*. Deux ans venaient de s'écouler sans amélioration significative. Ses stations, décida-t-il, devaient être encore plus vastes et plus puissantes, même si les agrandir entraînerait une pression supplémentaire sur les finances de son entreprise. En Nouvelle-Écosse, il lui fallait faire un choix : soit investir davantage dans la station de Glace Bay, ou bien l'abandonner pour un site beaucoup plus étendu où en implanter une nouvelle. Il choisit la deuxième solution. Il envisageait la construction d'une antenne d'un kilomètre de diamètre.

La nouvelle station allait constituer un immense effort pour la santé déjà terriblement fragile de sa compagnie, sans parler du fait qu'elle mettrait à l'épreuve la volonté de son conseil d'administration de le suivre dans ses projets transatlantiques – surtout à l'heure de la sérieuse menace que faisaient peser Guillaume II et sa conférence internationale sur la radiotélégraphie. La conférence avait eu lieu au mois d'août à Berlin, et les nations représentées avaient accepté le principe suivant : chaque station ou chaque navire pourrait communiquer avec n'importe quel autre, quelle que soit l'entreprise ayant manufacturé son équipement. Elles avaient également décrété que toutes les compagnies devraient échanger les spécifications techniques indispensables à ces communications. Pour l'instant, l'accord n'avait eu aucun effet, mais la ratification finale semblait inévitable.

De retour à Londres, Marconi dut affronter toujours plus de scepticisme et de soupçons. Il trouvait cela difficile à comprendre. La radiotélégraphie fonctionnait. Il en avait démontré la puissance un nombre incalculable de fois. La Lloyd's avait avalisé le système. De plus en plus de navires étaient équipés de son dispositif et de ses opérateurs. Les articles parus dans les journaux attestaient l'efficacité de la technologie sans fil. Au mois de décembre, par exemple, le *Kroonland* de la Red Star Line avait perdu son servomoteur de gouvernail, mais grâce à la radiotélégraphie, tous les passagers avaient pu prévenir leurs familles qu'ils étaient sains et saufs. Même la conférence internationale de Guillaume II avait prouvé de façon indéniable, bien que paradoxale, la qualité et la domination du système de Marconi.

Et pourtant voilà… En cette année 1904, l'auteur d'un livre récemment publié sur le sujet se sentait obligé d'écrire : « En dépit de la masse considérable de témoignages positifs, beaucoup de conservateurs hésitent encore à croire que la radiotélégraphie soit déjà ou puisse être demain une technique commercialement viable. Les démonstrations publiques se sont si souvent révélées décevantes qu'un grand nombre de témoignages désobligeants ont circulé. »

Marconi eut trente ans le 25 avril. La situation avait un goût amer. « À trente ans, écrivit sa fille Degna, il était à bout de nerfs, découragé et à la limite de ses capacités d'endurance. »

Il déclara à son ami Luigi Solari : « Un homme ne peut vivre que de gloire. »

Marconi était loin de mener une existence malheureuse. À Londres, quand il n'était pas plongé dans des questions de travail, il dînait dans des restaurants élégants, entre autres le Criterion et le Trocadero. Il était un invité recherché aux soirées de Mayfair et dans les manoirs de l'aristocratie fortunée. Marconi aimait la compagnie des belles femmes et nombreuses étaient celles qui tentaient de le séduire, bien qu'à la façon discrète de l'époque. Le fait qu'il soit italien le plaçait un cran ou deux au-dessous de ce que des parents anglais auraient considéré idéal, mais tout de même, comme le nota Degna : « Il était internationalement considéré comme le meilleur second choix possible. »

Quand il réalisait des expériences à partir de sa base de l'hôtel Haven à Poole, il se rendait souvent à la voile dans l'île toute proche de Brownsea pour déjeuner avec ses amis, Charles et Florence Van Raalte, propriétaires de l'île et qui y vivaient dans leur château. Au cours de l'été 1904, les Van Raalte avaient des invitées pour quelques semaines, une jeune fille nommée Beatrice O'Brien et sa mère, Lady Inchiquin. Beatrice avait dix-neuf ans et était l'une des quatorze enfants du quatorzième baron Inchiquin, Edward Donagh O'Brien, mort quatre ans auparavant, peut-être à cause des charges écrasantes de la paternité. Beatrice et ses frères et sœurs étaient habitués à vivre dans un château, ayant eux-mêmes grandi dans celui de Dromoland, au cœur des immenses terres familiales dans le comté de Clare, en Irlande.

Un jour où Marconi était attendu, Mme Van Raalte envoya Bea sur le quai à sa rencontre. La jeune fille choisit sa tenue préférée, une robe du soir en satin toute simple qu'elle s'était confectionnée elle-même. Elle la trouvait ravissante. Tous les autres la jugeaient un peu bizarre. En marchant sur le quai, elle cassa un de ses talons et resta postée sur le quai, de guingois, à attendre le bateau.

Deux détails le frappèrent immédiatement : d'abord, comme il le rapporta lui-même plus tard, « elle portait une robe *affreuse* » et, ensuite, elle était magnifiquement belle. Il avait trente ans, onze ans de plus qu'elle, mais à ce moment-là, sur le quai, il tomba amoureux.

Soudain ses problèmes avec la radiotélégraphie lui semblèrent moins sérieux. Il vint plus souvent à Brownsea, non plus seulement pour le déjeuner, mais aussi pour le thé du soir ou le dîner. Quand Beatrice quitta l'île pour la résidence familiale à Londres, Marconi laissa tomber ses expériences et il la suivit.

Un soir, à Londres, Marconi se rendit à l'Albert Hall pour un gala de bienfaisance organisé par la mère de Beatrice. Cette association caritative ne l'intéressait nullement. Beatrice était au sommet d'un grand escalier de fer. Il lui demanda sa main.

À ce moment-là, elle n'avait encore jamais songé au mariage. Elle n'était pas amoureuse, en tout cas pas au point de vouloir s'unir à lui pour toujours. Elle lui demanda un peu de temps. Il la bombarda de lettres, utilisant le service de courrier express de la poste qui avait recours à des livreurs pour porter les envois importants directement à destination.

Enfin, Beatrice invita Marconi à prendre le thé. Elle lui annonça gentiment qu'elle ne souhaitait pas devenir sa femme.

Il s'enfuit dans les Balkans, se comportant, selon Degna, « comme un soupirant éconduit dans un roman victorien ». Il contracta la malaria, qui lui provoquerait des accès de fièvre et de délire tout le restant de ses jours.

Beatrice fut surprise de constater combien la disparition de Marconi de sa vie l'avait rendue triste. Frappée par le chagrin des histoires d'amour malheureuses, elle repartit faire un long séjour à Brownsea. Mme Van Raalte lui promit « solennellement » que Marconi ne saurait rien de sa présence. Mais cette dame aimait beaucoup Marconi et elle trouvait que Beatrice et lui formaient un couple idéal.

Sans le dire à sa protégée, Mme Van Raalte écrivit à Marconi, qui se consumait toujours de tristesse dans les Balkans, pour lui dire que Beatrice aussi souffrait. Dans la grande tradition des conspirations des ladies anglaises de son rang, elle invita Marconi à passer quelques jours dans son île.

Marconi accepta aussitôt et rentra en Angleterre aussi vite que possible. Beatrice fut stupéfaite de le voir accoster, mais ravie de constater que son ardeur ne s'était en rien refroidie. Ils firent des promenades à pied, en bateau, et développèrent ce que Degna appela « une franche camaraderie ». Le 19 décembre 1904, alors qu'ils traversaient une lande couverte de bruyère sur une pointe surplombant la mer, il lui demanda de nouveau sa main. Cette fois, elle dit oui, à condition que sa sœur Lilah approuve.

Lilah se trouvait à Dresde, cela signifiait donc un délai supplémentaire. Beatrice ne savait pas très bien comment annoncer la nouvelle à sa sœur et elle mit deux jours à rédiger sa lettre. « C'est tellement sérieux que je ne sais pas comment te le dire, écrivit-elle. Je ne suis pas folle : je viens seulement de prendre la décision la plus grave de ma vie. Tu devines ? J'ai accepté d'épouser M. Marconi… Je ne suis pas amoureuse de lui. Je le lui ai répété maintes et maintes fois, mais il dit qu'il veut tout de même de moi et qu'il réussira à se faire aimer. J'ai beaucoup d'affection pour lui, assez en tout cas pour devenir sa femme. » Elle ajoutait : « Quand je pense que je voulais ne jamais me marier. Je m'étais depuis toujours préparée à devenir une vieille fille ! »

Elle ne parla pas de cet engagement à sa mère. Elle commença par s'en ouvrir à l'un de ses frères, Barney, qui approuva et l'incita à aller à Londres au plus vite pour le dire à leur mère et, surtout, à leur frère aîné, Lucius, qui à la mort de leur père, était devenu le chef de famille et quinzième baron Inchiquin. Impossible de se passer de son consentement.

Beatrice et Marconi prirent le chemin de Londres. Sitôt après leur arrivée, Marconi lui acheta une bague que Degna décrivit comme « spectaculaire », et il se rendit dans la résidence familiale des O'Brien pour demander la main de Beatrice à sa mère, Lady Inchiquin.

Les choses ne furent pas faciles. Lady Inchiquin était l'incarnation des convenances. Elle dit non. Lucius, quinzième baron Inchiquin, soutint ce refus. Certes Marconi était célèbre et on pensait qu'il avait du bien, mais il restait un étranger. Ni le baron ni Lady Inchiquin ne savaient rien de ses aïeux.

Comme on pouvait s'y attendre, leur opposition eut un effet pervers sur Beatrice. Dans la grande tradition des filles de bonnes familles anglaises, Beatrice s'obstina. Elle résolut d'épouser Marconi, quoi qu'il en coûte.

Marconi fut anéanti et sans doute furieux, parfaitement conscient des raisons qui motivaient le refus des O'Brien. Il vivait depuis assez longtemps parmi les puissants d'Angleterre pour savoir qu'il y avait des limites à leur sens de l'accueil. Il s'enfuit de nouveau, cette fois pour Rome.

Des nouvelles troublantes gagnèrent Londres. Une gouvernante allemande employée chez les O'Brien lut par hasard dans un journal européen que Marconi avait souvent été vu en compagnie d'une certaine princesse Giacinta Ruspoli. La gouvernante en parla à Lady Inchiquin. Des nouvelles plus graves encore suivirent le lendemain. Un nouvel article annonçait les fiançailles de Marconi et de la princesse.

Chez les O'Brien, il y eut des larmes et des crises de rage, et sous la surface, une certaine satisfaction à l'idée qu'on ne pouvait rien attendre d'autre. Marconi n'était-il pas italien ? Lady Inchiquin et le quinzième baron acceptèrent ces rumeurs comme indubitablement vraies et ils virent la confirmation qu'ils avaient pris la bonne décision. Beatrice pleurait sans arrêt. Elle ne cessait de répéter que la nouvelle était fausse.

La situation exigeait qu'on prenne un conseil éclairé. Lady Inchiquin emmena Beatrice chez une vieille tante très digne, Lady Metcalfe, « dont l'opinion, à en croire Degna, était souvent sollicitée en temps de crise ». Pendant le thé, alors que Beatrice demeurait silencieuse, Lady Inchiquin et Lady Metcalfe se répandirent en invectives et anathèmes divers, totalement oublieuses de sa présence, « comme si Beatrice, manifestement réduite au rôle de vilaine petite fille, n'était pas là ».

Marconi n'était pas le seul objet du mépris de Lady Metcalfe. À un certain moment, elle se tourna vers Lady Inchiquin et lui demanda : « Mais où avez-vous donc la tête quand vous songez à laisser cette petite se fiancer avec un *étranger* ? »

À Rome, Marconi lut aussi les articles annonçant ses prétendues fiançailles et, mesurant leur impact possible chez les O'Brien, il repartit sur-le-champ pour Londres. Les rumeurs étaient fausses, assura-t-il à Lady Inchiquin, avant de lancer une campagne destinée à la convaincre par la douceur et le charme de le laisser épouser Beatrice. Étonnamment, il y parvint. Lady Inchiquin et lui devinrent bons amis. Elle se mit même à l'appeler « Marky ».

Les fiançailles progressèrent. Beatrice et Marconi prévoyaient leur mariage pour le mois de mars suivant.

Dès le début, il y eut des signes annonciateurs de danger. « C'était une séductrice impénitente, écrivit Degna. Elle était incapable de s'empêcher d'éblouir tous les hommes présents de son sourire adorable et ravageur. »

Dans ces moments-là, Marconi bouillonnait de rage et de jalousie.

Dans son laboratoire de l'University College de Londres, Fleming transforma la blessure du rejet en une énergie au travail capable de le faire rentrer en grâce auprès de Marconi. Il inventa un dispositif qui, avec le temps, allait révolutionner la télégraphie sans fil : le tube thermoïonique. Il écrivit à Marconi : « Je n'ai parlé de cela à personne parce que cela pourrait s'avérer très utile. » Peu de temps après, il inventa l'ondomètre, qui donnait enfin le moyen de mesurer avec exactitude la longueur d'onde. Il le confia également à Marconi.

Oliver Lodge, pendant ce temps, devenait un véritable concurrent pour Marconi. À Birmingham, dans les moments libres que lui laissaient la présidence de l'université, l'enseignement, la recherche ou l'observation de phénomènes mystérieux, Lodge aidait son ami Alexander Muirhead à trouver des acheteurs pour leur système de radiotélégraphie. En 1904, alors qu'ils tentaient de décrocher un contrat avec le gouvernement indien pour établir une liaison télégraphique sans fil reliant le continent et les îles Andaman dans le golfe du Bengale, ils se retrouvèrent en compétition directe avec Marconi.

Et ils l'emportèrent.

CROCHET

Le XXe siècle avançait à pas de géant. Les taxis et les bus à moteur envahissaient Piccadilly. Les plus rapides des paquebots réduisaient le temps de la traversée de l'Atlantique à cinq jours et demi. En Allemagne, la flotte impériale grossissait rapidement, et l'angoisse des Britanniques montait à l'unisson. Le gouvernement de Sa Majesté entama des pourparlers avec la France, et en 1903, Erskine Childers publiait son seul et unique roman, *L'Énigme des sables,* dans lequel deux jeunes Britanniques découvrent par hasard les préparatifs d'une invasion allemande de l'Angleterre. De façon prophétique, le scélérat allemand est capitaine d'un navire qui s'appelle le *Blitz.* En Allemagne, les autorités firent interdire le livre. En Grande-Bretagne, il devint immédiatement un best-seller et servit de cri de ralliement. La dernière phrase était en fait une question : « N'est-il pas aujourd'hui évident que l'heure est venue d'entraîner systématiquement tous les Anglais pour les faire entrer soit dans la marine soit dans l'armée de terre ? »

Mais cette question en amenait une autre : les hommes de ce pays étaient-ils prêts à relever le défi ? Depuis le tournant du siècle, on s'inquiétait de ce que les forces en présence en Angleterre avaient peut-être causé un déclin de la virilité et, donc, une moindre capacité à se battre. Cette peur s'intensifia encore quand un général révéla que 60 % des Anglais ne pourraient pas passer la barre des tests physiques exigés pour entrer dans l'armée. Dans les faits, le général avait tort, mais ce chiffre de 60 % marqua les esprits au fer rouge.

La faute retomba sur les suspects habituels. Une commission royale découvrit que, entre 1881 et 1901, le nombre d'étrangers en Grande-Bretagne était passé de cent trente-cinq mille à deux cent quatre-vingt-six mille. Cet afflux n'avait pas seulement affaibli la population, elle avait causé, à en croire Scotland Yard, un accroissement considérable de la délinquance. Cela était également dû pour l'essentiel à l'exode rural. Le gouvernement fit réaliser des études et découvrit que le pourcentage de citoyens vivant dans des villes s'était élevé de façon significative depuis le XIXe siècle, mais n'avait rien à voir avec un quelconque déclin de la virilité, même si on se hâta d'oublier cette heureuse conclusion. En effet, la plupart des gens ne dépassèrent jamais le choc que leur causa le nom même de la cellule chargée de réaliser cette enquête, le « Comité interdépartemental pour l'étude de la détérioration physique ». Un mois plus tard, le gouvernement demandait une nouvelle enquête à une cellule au nom tout aussi décourageant : la « Commission royale chargée du soin et du contrôle des faibles d'esprit », et découvrit que, entre 1891 et 1901, le nombre de Britanniques affligés de débilité mentale avait augmenté de 21,44 %, alors que durant la décennie précédente, l'augmentation n'avait été que de 3 %. On ne pouvait pas échapper à ce terrible constat : avec des citoyens déments, faibles et appauvris, l'Empire britannique connaissait un déclin considérable et les Allemands le savaient. D'un jour à l'autre, ils allaient tenter de s'emparer de l'Angleterre.

À Londres, le soir du 27 décembre 1904, au Duke of York's Theater, on donnait la première d'une nouvelle pièce qui entra immédiatement en résonance avec cette nostalgie d'un passé plus chaleureux et plus sûr. L'action commençait dans la nurserie d'une maison située dans ce que le dramaturge, James M. Barrie, décrivait comme « une rue assez mélancolique », et mettait en scène des enfants conduits vers des aventures extraordinaires par un mystérieux garçon volant nommé Peter Pan. Le *Daily Telegraph* jugea la pièce « si vraie, si naturelle et si touchante qu'elle amenait les spectateurs aux pieds de l'écrivain et les y laissait ».

Il y avait aussi des pirates et des Indiens, et beaucoup de danger. À la fin de l'acte IV, le public retenait son souffle quand la fée Clochette, amie de Peter Pan, buvait le poison destiné au garçon.

Peter Pan se tournait alors vers la salle. « Sa lumière faiblit, et si elle s'éteint complètement, cela voudra dire qu'elle est morte. Sa voix est si basse que je distingue à peine les mots qu'elle murmure. Elle dit, elle dit qu'elle pense qu'elle pourrait se rétablir si les enfants croyaient aux fées ! »

Il étendait les bras : « Est-ce que vous croyez aux fées ? Dites vite que vous y croyez ! Si vous y croyez, tapez dans vos mains ! »

Et oui, par cette nuit froide de décembre 1904 à Londres, ils y croyaient tous dur comme fer.

Ensuite venait Crochet, le capitaine des pirates, et les spectateurs étaient glacés d'effroi en sentant tout le mal qu'il allait causer.

« Comme cette nuit paraît tranquille, disait le capitaine Crochet, on dirait que plus rien n'est vivant ici. »

Cinquième partie

LE MEILLEUR MOMENT

Beatrice O'Brien.

LA VÉRITÉ SUR BELLE

Crippen fit entrer les policiers dans son bureau. « Un charmant petit bureau », dit plus tard Dew. Il était environ midi. Un véritable chahut montait de la rue, mêlant claquements de sabots et vrombissements de moteurs. Une odeur d'essence de plus en plus forte envahissait l'atmosphère. L'inspecteur Mitchell prit place à une petite table, muni d'un crayon et de papier. Dew commença à poser quelques questions, et Crippen répondit sans hésitation. « À l'entendre, écrivit plus tard Dew, on avait le sentiment de se trouver face à un homme injustement accusé et impatient de voir la lumière se faire quand il aurait dit toute la vérité. »

L'interrogatoire venait de commencer quand ils se rendirent compte que c'était l'heure du déjeuner. Dew et Mitchell invitèrent Crippen à se joindre à eux, et tous trois quittèrent Albion House pour un restaurant italien dans le quartier. Ethel Le Neve les regarda s'éloigner, irritée contre Dew qui lui avait ordonné de rester au bureau. Quel manque de courtoisie ! Il aurait pu penser qu'elle aussi aurait aimé déjeuner ! « Pendant ce temps, j'étais prête à défaillir », se souvint-elle.

Au cours du repas, les trois hommes parlèrent. Crippen commanda un steak « et mangea avec l'appétit d'un homme qui n'a pas le moindre souci », nota Dew. Ce Crippen lui était plutôt sympathique. Le médecin était doux, courtois, et s'exprimait avec ce qui apparaissait comme une candeur de bon aloi. Rien dans son comportement ne suggérait ni dissimulation ni inquiétude.

De retour au bureau de Crippen, Dew reprit son enquête. Il posait une question, puis, plus tard, la posait à nouveau sous un jour différent, pour mesurer la cohérence du récit.

« J'ai compris qu'elle était partie, expliqua Crippen, et je me suis mis à réfléchir à la façon de couvrir son absence pour éviter le scandale. » Il avait écrit à la Ligue pour annoncer qu'elle était en voyage. « Ensuite, je me suis rendu compte que cela n'expliquerait pas son absence prolongée, et j'ai dit aux gens qu'elle avait attrapé une bronchite puis une pneumonie. Enfin, je leur ai annoncé qu'elle y avait succombé. »

Pour « éviter que les gens ne posent trop de questions », dit-il, il fit paraître l'annonce du décès dans *The Era,* le journal du show-business.

« Pour ce que j'en sais, elle n'est pas morte. Elle doit être encore en vie. »

Dew examina attentivement Crippen. « J'étais impressionné par sa façon de se comporter, écrivit l'inspecteur. Difficile de ne pas l'être. Un policier expérimenté peut en apprendre long sur un suspect rien qu'à la façon dont il fait sa déposition. Mais du comportement du Dr Crippen durant ce premier entretien, je n'appris rien du tout. »

Les policiers résumèrent donc l'histoire de Crippen à une déposition. Il apposa ses initiales sur chaque page et signa la dernière.

Il était environ 17 heures. Six heures s'étaient écoulées depuis que les policiers étaient arrivés à Hilldrop Crescent. Ethel avait faim, elle était agacée, mais surtout, elle ne se sentait pas tranquille. Chaque heure que Crippen passa enfermé avec les enquêteurs ne fit qu'accroître son inquiétude.

Maintenant c'était son tour, pour reprendre l'expression de Dew.

Ethel raconta aux policiers ce qu'elle savait du départ soudain de Belle, de sa maladie et de sa mort. Mitchell prit des notes avec soin. « La jeune femme parut gênée quand elle en vint à reconnaître la nature de ses liens avec Crippen, releva plus tard Dew. Mais si l'on fait exception de ce point précis, il n'y avait rien dans le comportement de Mlle Le Neve qui puisse éveiller le moindre soupçon. »

Comme cela avait été le cas pour Crippen, rien dans la façon dont elle s'exprimait ne pouvait laisser supposer la moindre tentative de dissimulation. Elle semblait dire la vérité, ou du moins la vérité qu'elle connaissait, mais Dew voulait s'en assurer.

Il se tourna brusquement vers elle : « Il vous a menti. Il vient de nous avouer que, à sa connaissance, sa femme est encore vivante et que l'histoire de sa mort aux États-Unis était pure invention. »

Tout ce qui pouvait subsister de doute s'envola.

« J'étais abasourdie, écrivit Ethel. Je ne pouvais pas le croire. Il me semblait impossible que Belle Elmore puisse être encore en vie. » Crippen n'aurait jamais pu lui mentir, pensait-elle, et pourtant cet inspecteur Dew affirmait que si. « Éperdue de chagrin et de colère, absolument stupéfaite, je répondis à toutes les questions qu'il me posa sur mes relations avec le docteur, mon amour pour lui, et ma vie en général. Mais durant tout ce temps, je pensais à la façon dont je m'étais laissé abuser, et je me demandais si cette histoire à propos de Mme Crippen était vraie. »

Elle signa sa déposition, mais son calvaire, comprit-elle aussitôt, ne faisait que commencer.

Pour aller au bout des choses, Dew voulait fouiller la maison de Crippen. Il savait cependant qu'aucun juge ne l'y aurait autorisé. « Il n'y avait pas assez de preuves contre cet homme – en fait, il n'y en avait pas la moindre – justifiant que je réclame un mandat de perquisition à un magistrat. » Il demanda la permission de Crippen, et ce dernier accepta volontiers. Peu après 18 heures, ils montèrent tous quatre à bord d'une calèche, et repartirent vers Hilldrop Crescent, Ethel Le Neve et Crippen sur une banquette, les deux policiers sur une autre. Le trajet fut long et silencieux. « J'avais l'impression de vivre un cauchemar, écrivit Ethel. Je me sentais faible et j'avais la nausée. »

Les policiers entreprirent leur fouille, mais Dew ne cherchait rien de particulier. « Je n'avais à ce stade aucun soupçon de meurtre », dit-il plus tard.

Ils commencèrent par faire le tour du jardin, puis pénétrèrent dans la maison et, une pièce après l'autre, ils inspectèrent les armoires, les buffets, les coiffeuses. Ils s'aperçurent que Crippen et Ethel Le Neve avaient commencé à préparer leur déménagement : ils avaient déjà rempli plusieurs caisses et roulé des tapis. Ils ne dénichèrent aucun indice sur l'endroit où pouvait se cacher Belle, mais ils trouvèrent « une foule de preuves sur la passion que Belle avait pour les vêtements, pour reprendre les mots de Dew. Dans la chambre, je découvris la plus extraordinaire collection de vêtements féminins, et assez de plumes d'autruche pour constituer le stock de l'atelier d'une modiste. Le tout aurait pu remplir un immense fourgon. »

Aucune fouille n'aurait été complète, bien sûr, sans une descente dans la cave à charbon. « Je n'avais aucune raison spéciale d'aller y jeter un coup d'œil ce jour-là, écrivit Dew. Je voulais seulement m'assurer que je n'avais oublié aucun recoin de la maison. »

Crippen conduisit les policiers au bout d'un petit couloir qui menait de la cuisine à la cave.

Ethel attendit à l'étage, luttant toujours pour digérer l'idée de la duperie de Crippen. Elle était dans le salon, « stupéfaite et abasourdie, se souvint-elle. Que faisaient ces hommes ? Ne partiraient-ils donc jamais ? Il commençait à faire sombre, et je restai assise dans le noir. J'avais terriblement mal à la tête. »

Crippen resta sur le seuil de la porte à les regarder.

La cave était exiguë : trois mètres de long sur deux de large. « L'endroit était obscur, écrivit Dew. Je dus gratter des allumettes pour voir ce qu'il s'y trouvait et m'y repérer un peu. Je ne remarquai rien d'insolite. Il y avait une petite quantité de charbon et du bois provenant visiblement des arbres du jardin. » Le sol était en briques, tapissé d'une fine couche de poussière.

Les policiers et Crippen se rendirent ensuite dans la petite salle à manger attenante à la cuisine et prirent place autour de la table. Dew posa alors ses dernières questions et examina les bijoux que Belle avait laissés, y compris la fameuse broche « soleil levant ». Il dit à Crippen : « Bien sûr, il va falloir que je retrouve votre épouse pour éclaircir un peu la situation. »

Crippen, toujours aussi avenant, répondit qu'il comprenait et promit de faire tout son possible pour l'aider. « Pouvez-vous me suggérer quelque chose ? demanda

Crippen. Croyez-vous qu'une annonce publiée dans le journal serait utile ? »

L'idée plut à Dew : Crippen et lui rédigèrent un bref message qui devait paraître dans la presse américaine. Dew laissa Crippen se charger de cette dernière étape.

Il était plus de 20 heures quand les policiers quittèrent la maison en leur souhaitant une bonne nuit. Ils avaient jugé l'histoire de Crippen, en particulier sa peur du scandale, tout à fait plausible, même si le fait que le médecin ait menti restait troublant. Dans sa déposition, Dew devait déclarer : « Je n'étais pas absolument sûr qu'un crime ait été commis. »

Il confia à un observateur au moins que l'affaire était purement et simplement close.

Ethel fut soulagée de se retrouver enfin seule avec Crippen. « Je dois avouer, écrivit-elle, que j'étais furieuse et blessée, et que je n'avais nulle envie de parler. Je n'avais en tête qu'une seule idée : le docteur m'avait trompée. Il m'avait menti pour la première fois en dix ans – à moi qui, plus que nulle autre, aurais dû connaître la vérité, et toute la vérité. Je lui avais toujours été loyale. Je l'aimais. J'avais tout abandonné pour lui, et je fus terriblement blessée par l'idée même de cette duperie. »

Crippen s'efforça de la consoler. Il prépara à dîner et la convainquit de le rejoindre dans la petite salle à manger. Elle ne put rien avaler et resta muette. À 22 heures, elle monta dans la chambre et se laissa tomber dans un fauteuil, trop épuisée pour se préparer à aller au lit. Crippen la rejoignit rapidement.

« Pour l'amour du ciel, le supplia-t-elle, dis-moi si tu sais où se trouve Belle Elmore. J'ai le droit de savoir.

– Je te jure, honnêtement, que je n'en ai aucune idée. »

Crippen lui dit qu'il avait imaginé l'histoire de la disparition et de la mort de Belle pour éviter le scandale, mais que maintenant, après la visite des policiers, tout le monde allait apprendre la vérité et que sa réputation et celle d'Ethel seraient ruinées. Comment affronter le regard des dames de la Ligue ? Le scandale, redoutait Crippen, atteindrait surtout Ethel. Il ferait l'impossible pour lui épargner les inévitables humiliations.

Ethel eut l'impression que Crippen avait un plan en tête. Elle lui demanda ce qu'il comptait faire :

« Ma chérie, répondit-il, il me semble qu'il n'y a qu'une solution. »

PRISONNIÈRE À GLACE BAY

Beatrice et Marconi se marièrent le 16 mars 1905. Ils souhaitaient une cérémonie relativement intime à l'église Saint George, mais il trouvèrent la place de Hanover Square pleine de ce qu'un journaliste décrivit comme « une immense foule de spectateurs ». Ce matin-là, le dernier né des organes de presse d'Alfred Harmsworth, le *Daily Mirror*, le premier journal à recourir régulièrement et copieusement à des photographies, emplit sa une de clichés en similigravure de Marconi et de Beatrice. Il avait employé cette technique pour la première fois un an plus tôt avec une page entière d'images du roi et de ses enfants. La police montait la garde, non pas pour les protéger de la foule, mais parce que deux jours plus tôt les O'Brien avaient reçu une lettre annonçant que Marconi serait abattu en s'approchant de l'église. La cérémonie se déroula paisiblement. Marconi offrit à Beatrice un diadème de diamants, idée probablement soufflée par sa propre mère. Il lui fit également cadeau d'une bicyclette : « Cela, dit-elle, était vraiment son idée à lui. »

Ils se retirèrent pour leur lune de miel dans le château de famille, Dromoland, en Irlande. Quand elle était enfant, cette demeure résonnait de cris d'enfants, émanant de ses treize frères et sœurs et de leurs amis, mais dans ces circonstances, elle la trouva silencieuse et lugubre. On leur donna des chambres dans l'aile des « visiteurs », apparemment pour respecter leur intimité, mais l'endroit n'en sembla que plus étranger à Beatrice.

Désormais seule avec son mari (mis à part, bien sûr, une escouade de domestiques), Beatrice découvrit que Marconi n'était pas tous les jours cet homme joyeux et charmant qu'elle avait connu dans l'île de Brownsea. Il se révéla caractériel et versatile. Ils eurent rapidement des disputes, après lesquelles il se précipitait hors du château comme un forcené et allait cuver sa rage seul dans les bois. Au bout d'une semaine à peine, ils mirent un terme à leur lune de miel, officiellement parce que ses affaires attendaient Marconi à Londres.

Là, ils s'installèrent d'abord dans un petit hôtel près du bureau de Marconi, mais il se rendit vite compte que l'endroit n'était pas convenable pour une jeune mariée. Ils emménagèrent dans un lieu beaucoup plus prestigieux, l'hôtel Carlton, au coin de Haymarket Street et de Pall Mall, que le *Guide Baedeker* décrivait comme « immense et magnifique ». Pour Beatrice, malgré ses origines fortunées, l'expérience du Carlton était inouïe et merveilleuse.

Elle trouvait l'emplacement de l'hôtel irrésistible, et décida un jour de faire une promenade seule pour découvrir les rues alentour. La National Gallery et Trafalgar Square, avec la colonne de Nelson, étaient situés à deux pâtés de maisons plus à l'est, Saint James's Park, juste un peu plus loin au sud. Piccadilly était à une petite distance en direction du nord-ouest, mais ne paraissait pas à l'époque une destination très attirante. La Ville avait décidé que, à cause de l'augmentation du trafic, la rue devait être considérablement élargie. La démolition avait commencé et, bientôt, des lieux historiques importants seraient détruits, en autres l'Egyptian Hall de Nevil Maskelyne.

« Quand elle rentra, écrivit Degna, son mari l'attendait sur le seuil de leur chambre, fou de rage, et lui cria que dorénavant, elle devrait lui dire avant de sortir combien de temps elle serait absente et lui donner, rue par rue, son itinéraire. »

Une fois de plus, il se plongea dans le travail. Il était obligé de reconnaître que sa compagnie se trouvait maintenant confrontée à un choix difficile. La branche qui s'occupait des liaisons entre les navires et la côte avait tardé à prendre son essor, mais elle obtenait aujourd'hui de bons résultats : avant la fin de l'année 1904, elle avait équipé cent vingt-quatre bateaux et soixante-neuf stations terrestres en Grande-Bretagne, en Amérique, au Canada et ailleurs. La marine italienne avait choisi ses appareils pour ses navires de guerre, et Rome avait commandé une gigantesque station à Coltano, dont la construction était en cours. De plus, le Parlement britannique venait de voter une loi qui assouplissait la régulation du monopole des Postes britanniques en permettant pour la première fois aux usagers de porter leurs messages au bureau du télégraphe local afin qu'ils soient expédiés vers des bateaux en pleine mer. Marconi avait également accepté de reprendre Ambrose Fleming dans son entreprise, non parce qu'il se fût soudain mis à adorer l'homme, mais parce qu'il reconnaissait que ses deux nouvelles inventions, l'ondomètre et le tube thermoïonique, allaient potentiellement beaucoup améliorer les transmissions sans fil. Une des clauses de l'accord – et sans doute la plus importante – donnait à Marconi la possibilité d'utiliser ces inventions tout en permettant à Fleming de garder la propriété des brevets.

Mais cet empire était devenu complexe et coûteux, et il menaçait de le devenir davantage encore. Au Canada, la compagnie possédait neuf nouvelles stations côtières le long des routes que les bateaux empruntaient en approchant le Saint-Laurent. Ces stations étaient souvent difficiles d'accès, et leurs opérateurs et leurs directeurs devaient résider sur place, ce qui là encore occasionnait toute une série de dépenses. La nouvelle station de Whittle Rocks, par exemple, réclama six chaises de cuisine, pour un montant de 2,88 $; un fauteuil, 1,75 $; deux tables de cuisine, 5 $; deux buffets, 22 $; un fauteuil à bascule, 3 $; et une chauffeuse, 4,25 $. Chaque station possédait son horloge, 2,35 $, et au moins un lit. Et puis il fallait nourrir les télégraphistes. En avril 1905, la nouvelle station de Belle Isle acheta 42,08 $ de porc salé, Fame Point 43,78 $ de lard, et Cape Ray 42,37 $ de saindoux. Et bien entendu, chaque station avait besoin de son tampon en caoutchouc. Chacune en reçut un, d'une valeur de 34 cents.

Les dépenses grimpaient rapidement. En août 1905, les comptables de Marconi établirent que les sorties d'argent en liquide pour ses opérations canadiennes pour ce seul mois s'élevaient à 46,215 $, soit plus du triple de la somme engagée au mois d'août précédent. Des achats ponctuels expliquaient cette augmentation, mais ensuite, une fois opérationnelles, les nouvelles stations connurent des pannes, des avaries, elles subirent les dégâts du gel, et le vent emporta plusieurs antennes ; puis elles se mirent à engager des employés, des techniciens de maintenance, des gardiens et des transporteurs ; ensuite, elles commencèrent à acheter de l'acide pour leurs batteries, et elles eurent des frais de timbres, de téléphone et de télégrammes acheminés par voie traditionnelle. Et quand toutes ces dépenses devinrent routinières, elles se mirent elles aussi à gonfler, comme de la levure à four chaud.

En particulier, les salaires. En 1904, la seule station de Glace Bay versa des salaires s'élevant à 8,419 $. Ce chiffre allait plus que doubler avant la fin 1907. Les frais de bouche et les dépenses d'entretien de la station augmentaient plus vite encore, comme dans tout l'empire de Marconi.

Pour lui, tout cela, c'était du domaine des affaires, et il ne s'y intéressait pas. Comme toujours, sa seule passion était les communications, et, dans ce domaine, les choses n'allaient pas très bien. Sa station de Glace Bay avait été démantelée, et le bois de construction ainsi que d'autres matériaux, transportés vers un site plus à l'intérieur des terres surnommé «les Tours Marconi». Il reconnaissait également que sa station de Poldhu était désormais obsolète et qu'il fallait la remplacer par une autre, plus vaste et plus puissante.

Pour la première fois, Marconi se demanda s'il ne devrait pas abandonner son rêve transatlantique et se rabattre sur quelque chose de plus facile, peut-être concentrer les activités de sa compagnie sur les communications entre les bateaux et la côte. Il ne doutait pas que c'est ce que choisirait son conseil d'administration s'il le laissait décider tout seul.

Pour mieux réfléchir à sa future politique, Marconi décida d'aller visiter la station flambant neuve de la Nouvelle-Écosse. Au printemps 1905, il acheta deux billets, pour Beatrice et lui, à bord du *Campania.* Malgré les difficultés financières accrues de l'entreprise, ils voyagèrent en première classe. Ce choix reflétait un trait essentiel du caractère de Marconi. Comme Degna le dit elle-même : « Il n'attendait qu'une chose de la vie, le meilleur. »

Durant cette traversée, Beatrice se sentit prisonnière, et elle comprit que son geôlier était plus bizarre qu'elle ne l'avait imaginé.

Ils s'installèrent dans leur suite, qui ressemblait davantage à un chic appartement de Mayfair qu'à une cabine de bateau. Beatrice s'étonna de voir Marconi tirer de sa malle plusieurs pendules qu'il installa en divers endroits. Elle connaissait pourtant son obsession du temps. Il lui avait offert de nombreuses montres-bracelets, mais elle les gardait toutes dans sa boîte à bijoux où, selon Degna, « elle négligeait de les remonter pour échapper à leur tic-tac multiple ». Et voilà qu'elle se retrouvait cernée par le cliquetis des pendules que Marconi régla à l'heure de Singapour, Chicago, Rangoon, Tokyo, Lima et Johannesburg.

Une fois en mer, Marconi disparut dans la cabine-radio pour réaliser quelques expériences et diriger la réception d'informations, afin d'alimenter le journal circulant à bord, le *Cunard Bulletin*.

Livrée à elle-même, Beatrice s'efforça de prendre du bon temps sur ce paquebot, un des plus luxueux de la flotte Cunard. La salle à manger où l'on servait les passagers de première classe était décorée de colonnes corinthiennes et avait des plafonds de trois mètres de haut. Un puits d'aération central de dix mètres traversait les ponts jusqu'à un dôme en vitraux au sommet du navire. L'équipage, composé de quatre cent quinze personnes, comprenait une centaine de stewards et d'hôtesses, qui s'ingéniaient à satisfaire les moindres désirs permis. On servait quatre repas par jour, préparés par quarante-cinq cuisiniers, boulangers et leurs aides. En arpentant nonchalamment les coursives du paquebot, Beatrice jouissait de la célébrité qui rejaillissait sur elle depuis son mariage avec Marconi.

Toute cette attention éveilla cependant une fois de plus la jalousie de son mari. Degna nota : « Quand il émergeait de la cabine-radio et la surprenait à discuter avec d'autres passagers, il la reconduisait dans leur suite avec un visage de marbre et la chapitrait ensuite sur sa conduite trop légère. » Marconi lui enseigna le Morse, bien qu'elle ait montré peu de désir d'apprendre. D'après Degna, il le fit probablement pour éloigner Beatrice des ponts et éviter qu'elle ne rende leurs sourires aux passagers masculins du *Campania*.

Un jour, en entrant dans leur cabine, Beatrice découvrit Marconi occupé à jeter ses chaussettes sales à la mer à travers un hublot. Stupéfaite, elle lui demanda pourquoi.

Il répondit qu'il était plus facile de s'en procurer des neuves que d'attendre qu'on lui ait lavé celles-ci.

Ils firent une brève escale à New York et se rendirent à Oyster Bay, à Long Island, pour déjeuner avec Theodore Roosevelt. Ils firent la connaissance de sa fille Alice, qui rapporta par la suite qu'ils formaient un beau couple et paraissaient très heureux ensemble. Ils reprirent le bateau pour la Nouvelle-Écosse. La neige recouvrait encore le sol et les quatre tours de la station récemment achevée montaient la garde sur le paysage alentour telles des sentinelles. Ils s'installèrent dans la maison voisine, qu'ils allaient partager avec Richard et Jane Vyvyan, ainsi que leur fille. La petite avait presque un an et demi, pas l'âge le plus facile, surtout dans un espace restreint. Et de fait, cet espace était même franchement exigu. Beatrice avait grandi dans un château où le nombre de pièces paraissait infini. Cette maison comptait un salon, une salle à manger, deux chambres et une unique salle de bains minuscule. Marconi laissa Beatrice en compagnie de Jane et de sa fille, et alla immédiatement rejoindre Vyvyan aux Tours Marconi, où ils entreprirent d'ajuster et de régler le dispositif.

La nouvelle station s'étendait sur une superficie d'un peu plus de cinq kilomètres carrés, avec, au centre, ses quatre tours. Ensuite venait un cercle de vingt-quatre mâts, chacun de cinquante-cinq mètres de haut, et plus loin encore, un autre cercle, composé de quarante-huit poteaux, hauts de quinze mètres. Sur l'ensemble était tendu un chapiteau de fils électriques d'un diamètre d'un peu moins d'un kilomètre et comprenant environ soixante-dix kilomètres de fils. Soixante-dix kilomètres de plus se trouvaient dans les fossés en contrebas.

Tous les jours, Marconi empruntait la route de rondins qui menait à la station et y passait le plus clair de son temps, tandis qu'à la maison, Beatrice était confrontée à une expérience totalement nouvelle. Elle possédait des talents domestiques limités mais essaya néanmoins d'offrir son aide, pour voir aussitôt Mme Vyvyan la refuser sur un ton aussi glacial que le temps. Beatrice cacha d'abord sa tristesse à Marconi, mais après plusieurs jours de ce traitement, elle éclata en sanglots et raconta à son mari tout ce qu'il s'était passé.

Ce récit rendit Marconi furieux. Il était prêt à se ruer au salon pour affronter les Vyvyan mais Beatrice l'arrêta. Elle savait combien Marconi dépendait de Vyvyan. Elle résolut de régler elle-même son compte à cette mégère.

Ce fut au tour de Jane Vyvyan de fondre en larmes. Elle reconnut qu'elle avait craint que Beatrice, fille d'aristocrates, ne la prenne de haut et ne régente la maison, et pire encore, qu'elle ne la traite comme une domestique. Jane avait espéré établir sa supériorité d'emblée.

Leur discussion apaisa la tension et elles devinrent amies presque aussitôt. Il était temps.

Tandis qu'il travaillait dans la nouvelle station sous le grand chapiteau de fils électriques, Marconi fut de nouveau convaincu que les communications transatlantiques pouvaient réussir. Il prit des dispositions pour rentrer à

Londres, à bord du *Campania*, en vue d'une réunion au sommet avec son conseil d'administration, et pour utiliser la radio du paquebot afin de mesurer la portée de la nouvelle station.

Malgré sa jalousie forcenée, il laissa Beatrice sur place. Elle avait beaucoup de mal à s'occuper. La Nouvelle-Écosse était un territoire d'hommes, avec des activités d'hommes comme le hockey sur glace, la chasse et la pêche. Elle s'y ennuyait.

Richard Vyvyan, lui, jugeait la vie en Nouvelle-Écosse « très plaisante dans l'ensemble ». En particulier la pêche, qu'il décrivit comme « absolument extraordinaire ». L'hiver pouvait certes paraître « éprouvant par instants », mais le paysage revêtait alors une beauté glacée. « L'immobilité de l'hiver dans la campagne canadienne est superbe quand le vent tombe. Tous les oiseaux sont partis, mis à part quelques corneilles, et même si l'on voit les traces d'innombrables lapins, les animaux demeurent invisibles. On n'entend pour tout son que celui de sa propre respiration et, de temps à autre, le craquement sec du givre sur les branches. L'air hivernal est intensément tonifiant et le climat, très sain. »

Beatrice n'était pas d'accord. On ne pouvait aller en promenade nulle part, sauf à l'intérieur de l'enceinte barbelée de la station. Elle s'y sentait prisonnière. Elle aurait adoré partir à bicyclette, mais aucune route des environs n'était praticable. Elle se sentait seule, abandonnée, et elle contracta la jaunisse, sans doute les conséquences d'une sorte d'hépatite. Et puis, écrivit sa fille, il y avait ce silence « si intense qu'il faisait bourdonner les oreilles de Bea ».

Marconi ne revint pas avant trois mois.

Durant la traversée, Marconi fut la coqueluche du paquebot. Il passait le plus clair de son temps dans la cabine-radio du *Campania*, mais il en émergeait toujours pour les repas, surtout le dîner, où il prenait place parmi les plus riches et les plus élégants des passagers, dans un milieu des plus raffinés.

Au cours de la première moitié du voyage, les transmissions en provenance de la nouvelle station de Glace Bay parvenaient haut et clair au navire. De jour, la réception atteignit un maximum de deux mille neuf cents kilomètres – un bon résultat, mais bien en deçà de ses espérances étant donné la taille et la puissance de la station.

En Angleterre, il persuada son conseil d'administration de continuer à investir dans l'entreprise transatlantique. Il engagea sa fortune personnelle dans cet effort et se mit en devoir de trouver de nouveaux capitaux auprès d'investisseurs britanniques et italiens.

À Poldhu, il lança une nouvelle série de tests.

D'abord, il concentra ses efforts sur les tentatives de communication entre Poldhu et la Nouvelle-Écosse. Il régla la fréquence du récepteur et, par câble, demanda à Richard Vyvyan d'effectuer de nouveaux changements à Marconi Towers. Enfin, à 9 heures, un matin de juin, le station de Poldhu reçut des messages lisibles – une avancée extraordinaire parce que cette transmission eut lieu alors qu'il faisait jour aux deux extrémités.

Recourant comme toujours à la technique d'apprentissage par l'erreur, Marconi testa différentes configurations d'antenne. Il ferma des segments de chacune d'elles pour mesurer les effets sur la réception. Des variables infinies entraient alors en ligne de compte. Il ajusta la puissance du courant et essaya différentes longueurs d'onde. Il supposait que plus celle-ci était importante, plus grande serait la distance parcourue par les ondes, même si la logique sous-jacente restait mystérieuse pour lui.

Il commença à entrevoir une règle. Une antenne consistant en un fil unique étendu près du sol, horizontalement, semblait donner de meilleurs résultats en termes de réception et d'émission que son équivalent vertical. Il découvrit que la direction aussi influait. Un fil tendu sur un axe d'est en ouest envoyait des signaux avec le meilleur rendement possible quand le fil de réception était orienté de la même façon. Ces observations libérèrent Marconi : inutile de construire des antennes toujours plus hautes et des chapiteaux de plus en plus complexes. En théorie, un fil unique ou une série de fils parallèles tendus sur une grande distance produiraient des longueurs d'onde plus importantes que toutes celles qu'il avait atteintes jusqu'alors.

Il donna des instructions à Vyvyan en Nouvelle-Écosse pour qu'il réalise un modèle de ce type d'antenne directionnelle en utilisant une portion du chapiteau déconnectée et tendue sur le sol. Son intuition était juste : l'émission et la réception en avaient été améliorées.

Il en conlut que le site de Poldhu était non seulement obsolète, mais qu'il allait falloir l'abandonner complètement et en trouver un autre, doté d'assez de terrain pour lui permettre d'installer une antenne horizontale d'environ un kilomètre et demi de long. La station de la Nouvelle-Écosse elle aussi devrait être remplacée, et son générateur d'électricité augmenté pour produire dix fois plus de courant.

Le coût de l'opération serait exorbitant, mais Marconi ne voyait pas d'autre solution.

Il repartit vers la Nouvelle-Écosse… et Beatrice. Sa jaunisse était si apparente qu'il fut accablé de la trouver dans pareil état. Il promit de la ramener en Angleterre.

Beatrice s'imaginait rentrer à Londres, vers ses amis et sa famille, et la vie de la grande ville. Elle n'avait pas vu de cabriolet depuis près de six mois ni senti le grondement d'une locomotive traverser les obscures galeries souterraines sous ses pieds.

Mais Marconi, son geôlier, avait d'autres projets en tête.

LIBÉRATION

Le matin du samedi 9 juillet 1910, Crippen quitta Hilldrop Crescent à l'heure habituelle et se rendit à son bureau d'Albion House. À 10 heures environ, il demanda à son assistant, William Long, de se rendre dans un magasin de confection pour hommes tout proche, Charles Baker, et d'y acheter pour lui quelques vêtements. Il lui donna une liste qui comprenait un costume marron coupé pour un garçonnet, deux cols, une cravate, deux chemises, une paire de bretelles et un feutre brun. Il avait également besoin d'une paire de bottines qu'il trouverait dans une boutique de Tottenham Court Road. Crippen lui donna l'argent nécessaire.

Pendant ce temps, Ethel prenait un taxi qui la conduisit chez sa sœur Nina, où elle arriva vers 11 heures. Elle demanda au chauffeur de l'attendre.

Nina ouvrit la porte et se réjouit de cette visite inespérée, mais sa joie se changea vite en inquiétude. Ethel avait l'air « plutôt perturbée », dit Nina, et elle lui demanda rapidement s'il y avait quelqu'un d'autre à la maison. Elle était pâle et agitée. Quand Nina s'approcha pour la prendre dans ses bras, elle s'aperçut que sa sœur tremblait.

Ethel expliqua : « Deux policiers sont venus me voir hier matin à 8 heures et quart environ, peu après le départ de Harvey. »

(Harvey, et non pas Peter. Cela confirme donc l'hypothèse que Peter était un prénom dont l'avait affublé Belle par caprice. Non seulement elle choisissait ses vêtements, mais également la façon de l'appeler.)

Ethel reprit : « Les amis de Belle Elmore pensent qu'elle est vivante. » Sa voix se fit hésitante. « Et moi ? Tout le monde va penser que je suis une fille des rues ! » Elle s'effondra. Nina l'étreignit plus fort.

Au bout d'un moment, Ethel se calma. « Je dois y aller, mais je ne pouvais pas partir sans passer te dire au revoir. »

Nina, étonnée, demanda où allait Ethel.

« Je ne sais pas », répondit sa sœur. Crippen ne le lui avait pas dit. Elle promit qu'une fois installée, elle lui ferait parvenir son adresse.

Mais Nina ne comprenait toujours pas *pourquoi* Ethel devait partir.

« À quoi bon rester ici sans ressources avec une réputation ruinée ? »

Et puis il y avait une autre raison, ajouta-t-elle. Crippen voulait retrouver la personne qui avait envoyé le télégramme annonçant la mort de Belle et, ainsi, peut-être localiser sa femme. C'était la seule façon, expliqua Ethel, de mettre un terme à cette enquête de Scotland Yard. « Pour ce que j'en sais, il est même possible qu'elle ne soit jamais partie pour l'Amérique, confia Ethel à Nina. Elle est peut-être encore à Londres et elle a pu demander à quelqu'un de l'autre côté de l'Atlantique d'envoyer un faux télégramme annonçant sa mort. » Ethel craignait un coup monté – par pure méchanceté, Belle pouvait bien se cacher quelque part, attendre qu'Ethel et Crippen se marient, et alors, s'indigna-t-elle, « porter une accusation de bigamie ».

Ethel et Nina s'enlacèrent à nouveau. Ethel prit congé et remonta dans son taxi. Elle demanda au chauffeur de la conduire à Albion House, Bloomsbury.

Ce matin-là dans les locaux de New Scotland Yard, l'inspecteur principal Dew réfléchissait au cas de Belle Elmore. Il était tentant de clore le dossier, mais il travaillait dans la police depuis assez longtemps pour savoir que l'inaction pouvait ruiner une carrière. Il ne soupçonnait pas d'acte criminel, mais il sentait bien que l'affaire ne pouvait pas être tranquillement classée tant qu'on n'aurait pas retrouvé Belle Elmore. L'annonce qu'avait fait paraître le médecin serait sans doute utile, mais il fallait quelque chose de plus, ne serait-ce que pour prouver au commissaire Froest qu'il avait fait tout son possible pour satisfaire les Nash.

Dew rédigea une note de service dans laquelle il décrivait Belle Elmore et la classait comme personne disparue. Il prit des dispositions pour qu'elle parvienne à tous les commissariats de Londres. C'était une étape de routine, qui s'avérerait sans doute inutile, mais néanmoins indispensable.

Aux environs de midi, Crippen et Ethel se retrouvèrent dans l'atelier de Yale Tooth, au quatrième étage d'Albion House. Ethel était un peu réconfortée. Sa colère de la veille avait disparu et, une fois accomplie la triste tâche de prendre congé de sa sœur, elle fut prise dans le feu de l'action.

Crippen lui montra les vêtements que William Long avait achetés. « Tu auras parfaitement l'air d'un garçon avec ça sur le dos », dit Crippen. Il sourit. « Surtout quand tu te seras coupé les cheveux.

– Il faut vraiment que je me les coupe ? »

Crippen avait l'air de beaucoup d'amuser. « Mais bien sûr. C'est absolument nécessaire. »

Elle écrivit : « Honnêtement, je trouvais surtout cela amusant. J'y voyais une sorte d'aventure. »

Elle retira ses vêtements.

Sidney, le frère d'Ethel, avait l'intention de lui rendre visite à Hilldrop Crescent ce même jour. Ethel l'avait invité quelques jours plus tôt, avant tous ces bouleversements, mais ne réussit pas à le joindre pour annuler.

Il grimpa les dix marches du perron du 39 et frappa à la porte. La bonne française lui remit un billet rédigé par Ethel.

« Mon cher Sid, disait-elle, suis désolée de ce contretemps. Ai été obligée de partir. T'écrirai à nouveau très vite. Avec toute mon affection. Ta sœur qui t'aime t'embrasse, Ethel. »

À Albion House, Ethel s'était campée devant Crippen : elle portait une chemise blanche, des bretelles, une cravate, un gilet, une veste et un pantalon marron, et une paire de bottines neuves. En essayant le pantalon, elle en avait déchiré le fond, mais elle l'avait rafistolé avec des épingles de nourrice. « Il était mal coupé, releva-t-elle. Complètement ridicule. » Pour compléter le déguisement, elle s'enfonça le feutre brun sur la tête.

Elle rit de « l'absurdité » de devoir se déguiser en garçon. « Le Dr Crippen trouvait cette transformation aussi drôle que moi. Il voyait dans tout cela une bonne plaisanterie. »

Crippen s'empara d'une paire de ciseaux.

« Et maintenant, les cheveux », dit-il.

Il commença à couper. Des cheveux voletèrent autour d'elle. « Je n'hésitai pas une seconde à sacrifier mes boucles. Cela faisait partie de l'aventure. » Elle remit le chapeau et arpenta la pièce pour s'habituer à ces vêtements si étranges.

« J'étais comme une enfant, je paradais de long en large, et, bientôt, je me sentis parfaitement à l'aise, même si, pendant encore quelque temps, j'avais le réflexe de tenir le pan de ma robe. »

Crippen la regardait en souriant. « Tu vas très bien t'en sortir. Personne ne pourra te reconnaître. Tu es un parfait garçon. »

Elle redoutait de sortir déguisée dans la rue. C'était si étrange. Elle avait froid à la nuque. Son col lui piquait la peau. Ses bottines lui faisaient mal aux pieds. Toutes les sensations qui parvenaient à son cerveau étaient insolites. Elle avait du mal à imaginer que les hommes puissent s'habiller de cette façon tous les jours sans devenir fous à force de se sentir engoncés dans des tenues aussi inconfortables.

Crippen la rassura en affirmant qu'elle ressemblait à un adolescent de seize ans. Il lui demanda de sortir la première, en empruntant l'escalier, et de l'attendre à la station de métro Chancery Lane, à une dizaine de pâtés de maisons plus à l'est sur High Holborn Street – cette même rue que prenaient, il y a bien longtemps, les condamnés à mort marchant vers leur exécution à Tyburn, à l'angle nord-est de Hyde Park. Pour parfaire son déguisement, Ethel se mit une cigarette à la bouche et l'alluma : « Encore une nouveauté pour moi, que je n'appréciai guère », nota-t-elle.

Elle s'engouffra dans l'escalier, et, quelques secondes plus tard, elle se retrouva dehors. « Je me sentais terriblement empruntée. Mais je croisais des foules de gens, et personne ne se retourna sur mon passage. Je suppose que je ne devais pas être dépourvue d'audace. J'étais prodigieusement excitée, et cette aventure m'amusait au plus haut point. » Elle attendit comme convenu non loin de la station Chancery Lane.

Crippen la rejoignit bientôt, mais il s'était rasé la moustache. Il sourit et lui demanda gaiement : « Tu me reconnais ? »

Ils allèrent en métro jusqu'à la gare de Liverpool Street, où, chaque jour, un millier de rames s'arrêtaient sur dix-huit quais différents. Crippen avait prévu de prendre un train pour Harwich et, là, d'acheter des billets pour une traversée à bord d'un de ces paquebots qui partaient régulièrement vers la Hollande. Ils arrivèrent à la gare au moment où un train pour Harwich venait de partir, et il leur fallait maintenant attendre trois heures pour le prochain, prévu à 17 heures.

Crippen proposa d'aller faire une promenade en bus, juste pour le plaisir, et Ethel accepta. « Aussi étrange que cela puisse paraître, écrivit-elle, j'étais maintenant joyeuse et même presque euphorique. J'avais l'impression d'avoir enfin réussi à fuir avec élégance tous ces gens qui surveillaient le moindre de mes mouvements » – en songeant aux dames de la Ligue. « J'étais passée juste devant leur porte à Albion House sous mon déguisement, et elles ne pourraient plus jamais m'examiner de haut en bas de leurs yeux inquisiteurs. Cela me rendait heureuse, et je n'imaginai pas une seconde que nous avions une raison quelconque de nous enfuir, mis à part le désir d'échapper au scandale. »

Ce même soir, à Harwich, ils prirent le bateau de nuit pour Hoek van Holland, qui levait l'ancre à 21 heures. Ils arrivèrent aux Pays-Bas à 5 heures le lendemain matin, un dimanche, ils déjeunèrent, puis montèrent dans le train de 7 heures pour Rotterdam, où ils passèrent des heures à se promener et à visiter les sites touristiques. À la terrasse d'un café, Ethel put constater à quel point son déguisement était réussi. Deux Hollandaises commencèrent à lui faire les yeux doux de loin, et l'une d'elles s'exclama : « Quel joli garçon, cet Anglais ! »

Peu de temps après, ils montèrent à bord d'un train pour Bruxelles. Cet après-midi-là, ils s'installèrent dans une petite auberge, l'Hôtel des Ardennes, 65, rue de Brabant. Crippen s'enregistra sous le nom de « John Robinson », âgé de cinquante-cinq ans, et inscrivit « marchand » dans la rubrique profession. Dans la case n° 5, lieu de naissance, il nota « Québec », et dans celle réservée au domicile, « Vienne ». Il inscrivit Ethel sous le nom de « John Robinson Junior », et expliqua à la femme du propriétaire, Louisa Delisse, que son fils était malade et que sa mère était morte deux mois auparavant. Ils voyageaient pour le plaisir, expliqua-t-il, et avaient l'intention de visiter Anvers, La Haye et Amsterdam.

Les hôteliers remarquèrent qu'ils n'avaient qu'une valise, d'environ trente centimètres sur soixante. Ils notèrent également que le fils chuchotait plus qu'il ne parlait.

Plus tard ce même dimanche, l'inspecteur principal Dew relut la déposition de Crippen, et se rendit compte que pour mener à bien son enquête, il lui faudrait rencontrer à nouveau le médecin. Il décida qu'il retournerait à Albion House le lendemain, lundi 11 juillet.

DÉCÈS À MAYFAIR

Marconi ne ramena pas Beatrice à Londres. Il la conduisit à l'hôtel Poldhu, adjacent à sa station. Elle était enceinte et accablée par des nausées quotidiennes.

Marconi n'était pas très présent, accaparé par ses expériences et obsédé par les difficultés financières de son entreprise. Les dépenses de son aventure transatlantique grimpaient rapidement, parallèlement à la pression exercée par le conseil d'administration et les investisseurs. Il commença malgré tout à chercher un nouveau site pour remplacer Poldhu. Il en trouva un près de Clifden, dans le comté de Galway, en Irlande. Il envisageait de construire une station capable de produire trois cent mille watts, soit quatre fois plus que la station de Glace Bay à ses débuts, dotée d'une antenne horizontale d'un peu moins d'un kilomètre de long, accrochée aux cimes de huit mâts de soixante mètres de haut. Pour alimenter les chaudières nécessaires au fonctionnement des générateurs, il avait l'intention d'utiliser la tourbe d'un marais distant de trois kilomètres et d'installer une petite ligne de chemin de fer pour la livrer à la station. Quand il serait achevé, le bâtiment du condensateur abriterait mille huit cents cylindres de fer galvanisé suspendus au plafond, chacun mesurant cinq fois la taille d'un homme.

À ce stade, il avait déjà investi sa fortune personnelle dans son entreprise. Un échec de plus ruinerait non seulement sa compagnie mais lui-même. Il ne parlait pas de cette situation à Beatrice. Des années plus tard, elle déclara : « J'étais presque trop jeune pour mesurer la pression qui pesait sur lui la première année de notre mariage. Par égard pour mon état, il me cachait ses difficultés financières croissantes. Il était harassé, mais il ne pouvait pas se permettre d'abandonner ses expériences. »

Beatrice se lassa vite de ce nouvel isolement et décida d'emménager à Londres. Croyant toujours que Marconi était riche, sa mère, Lady Inchiquin, loua pour elle une maison excessivement chère à Mayfair. Après s'y être installée, Beatrice ne vit pratiquement plus son mari. Le voyage de Poldhu à Londres prenait onze heures ; l'aller-retour représentait l'équivalent de deux journées de travail, ou presque. C'était un temps que Marconi ne voulait pas perdre.

Certains voyages cependant s'avérèrent indispensables. En février, Beatrice mit au monde une fille, Lucia. Marconi se précipita à Londres pour rencontrer le plus jeune membre de sa famille. Après un court séjour, il repartit pour Poldhu.

Le médecin de famille avait déclaré que Lucia était « un bébé d'une santé proprement extraordinaire ». Pourtant, après quelques semaines, la petite tomba malade. Elle avait de la fièvre et souffrait de douleurs abdominales. Son état empira rapidement. Beatrice, pas encore remise de l'accouchement, était terrifiée. Une nuit, Lucia eut des convulsions, conséquence possible d'une méningite. Le lendemain matin, peu après 8 heures, un vendredi, le bébé mourait. On n'avait même pas eu le temps de la baptiser.

Marconi rentra à Londres pour trouver Beatrice alitée, dévastée par le chagrin et la fièvre. Il écrivit à sa mère en Italie : « Notre chère petite fille nous a été brutalement retirée ce vendredi matin. » Beatrice, ajoutait-il, avait reçu « un choc terrible et en [était] extrêmement affaiblie ».

Il tenta d'organiser les funérailles, mais se heurta au refus des cimetières qui ne voulaient pas d'elle parce qu'elle n'avait pas été baptisée. Il dut supporter ce que Degna Marconi décrivit comme « la sinistre épreuve de devoir faire le tour de Londres en taxi pour dénicher un cimetière qui accepterait d'ensevelir son bébé ». Il finit par en trouver un, dans les quartiers ouest de Londres.

La sœur de Beatrice, Lilah, s'installa chez les Marconi pour s'occuper de la malade, et il repartit pour Poldhu.

Les difficultés financières de Marconi s'aggravèrent encore, et il finit par avouer à Beatrice la réalité de la situation. Elle en fut stupéfaite, mais s'engagea dorénavant à faire autant d'économies que possible.

Ce fut alors au tour de Marconi de tomber malade. Une crise de malaria l'obligea à se réfugier à Londres dans la maison de Mayfair, où il s'effondra et dut garder le lit pendant trois mois. Le 3 avril 1906, un domestique écrivit à Fleming que l'état de Marconi « était stationnaire et que le médecin avait donné des consignes strictes pour qu'il ne soit pas dérangé ».

Durant ce temps, Beatrice apprit à connaître une nouvelle facette de son mari : c'était un patient difficile et morbide.

Il insistait pour connaître le contenu de chacun des remèdes qu'on lui administrait, et se montrait très irritable face aux manières trop obséquieuses des infirmières et des médecins anglais. À intervalles réguliers, il explosait de rage : « Ils me prennent pour un *imbécile* ! »

Il découpait des annonces tirées de la rubrique nécrologique et les disposait sur sa table de chevet. Beatrice, affligée par la mort de sa fille et inquiète pour la santé de son mari, ne trouvait pas cela drôle.

Un beau jour, elle sortit faire une promenade et en profita pour passer chez un pharmacien des environs pour déposer une ordonnance. Quand elle revint, Marconi était en train de faire le poirier dans sa chambre. Elle était persuadée qu'il avait perdu la raison.

Quand il fut de nouveau sur pied, il expliqua qu'il avait mordu son thermomètre par inadvertance, qu'il l'avait cassé et qu'il avait avalé un peu de mercure. Faire le poirier lui avait semblé la façon la plus efficace de rejeter le mercure absorbé.

Sa maladie se prolongea durant une bonne partie de l'été et lui coûta beaucoup de temps, durant lequel ses adversaires et concurrents, eux, restèrent actifs. Nevil Maskelyne, qui donnait ses spectacles de magie dans un nouveau théâtre un peu plus haut sur Regent Street en partant de Piccadilly Circus, acheta les droits d'une nouvelle invention sans fil d'origine américaine, et il fonda une nouvelle entreprise, l'Amalgamated Radio-Telegraph, qui devait commercialiser un dispositif concurrent. Il invita plusieurs adversaires de Marconi à le rejoindre, et annonça que son nouvel appareil pouvait transmettre des messages à une distance de huit cent cinquante kilomètres.

Dans le même temps, le secrétaire général de la Lloyd's de Londres, Henry Hozier, se déclara déçu de Marconi et de sa compagnie. Dans une lettre adressée à Oliver Lodge, datée du 11 mai 1906 et sur laquelle était apposée la mention « Privé et confidentiel », Hozier écrivait : « Il est si peu satisfaisant et si difficile de communiquer avec la direction de la

Compagnie Marconi que nous devons prendre nos précautions afin que d'autres systèmes soient disponibles quand notre présent contrat avec cette entreprise expirera, et je serai ravi de pouvoir en discuter soit avec vous, soit avec le Dr Muirhead, ou encore avec votre directeur commercial. »

Muirhead prit des dispositions pour faire construire une station test sur un champ appartenant à son frère.

Mais la détermination de Lodge vacilla. Mme Piper, le médium, était revenue en Angleterre avec ses deux filles, et elles s'étaient installées dans la maison du scientifique, qui avait aussitôt organisé plusieurs séances. De nouveau impressionné, il rédigea un mémoire de cent cinquante-trois pages sur cette expérience pour le *Journal de la Société de recherches parapsychologiques.* Une fois de plus, il était complètement convaincu de son don et profondément déstabilisé.

L'Allemagne était toujours hostile envers Marconi, et les peurs anglaises d'une invasion teutonne allaient croissant. En 1906, en réponse à la puissance navale allemande chaque jour plus menaçante, la Grande-Bretagne mit à la mer le plus puissant navire de guerre jamais construit, le *Dreadnought.* Cette même année, un roman très populaire, *L'Invasion de 1910* de William Le Queux, attisa les angoisses britanniques et répandit même la peur que l'Allemagne ait déjà infiltré ses espions dans tout le pays. Commandé par Alfred Harmsworth, ce roman parut d'abord sous la forme d'un feuilleton dans les colonnes de son *Daily Mail.* Il décrivait une invasion à venir au cours de laquelle les forces allemandes écraseraient toute résistance et occuperaient Londres – jusqu'à ce qu'une contre-attaque héroïque les repousse. Harmsworth envoya des hommes costumés en soldats allemands dans les rues pour faire la promotion de chaque nouvel épisode. Un témoin décrivit par exemple une escouade de jeunes gens « arborant des casques à pointes et des uniformes bleu de Prusse en train de défiler d'un air morose le long d'Oxford Street».

Le livre devint immédiatement un best-seller en Angleterre, les lecteurs allemands en raffolèrent eux aussi : l'éditeur de la version allemande avait choisi d'omettre la contre-attaque.

Le 11 septembre 1908, Marconi était en Amérique quand il apprit que Beatrice venait de donner naissance à une autre petite fille. Il acheta aussitôt un billet de retour. Durant la traversée, il lut une histoire de Venise et y releva un nom qu'il trouva charmant. L'enfant fut alors baptisée Degna.

Sa naissance ne combla en rien la distance qui se creusait entre Marconi et sa femme. Ils se querellaient de plus en plus souvent.

RETOUR D'UN INSPECTEUR

À 13 heures lundi après-midi, juste au moment où le soleil pointait pour la première fois de la semaine, l'inspecteur principal Dew et l'inspecteur Mitchell se mirent en route pour Albion House afin d'avoir une seconde conversation avec le Dr Crippen. Dès leur arrivée, ils apprirent des nouvelles inquiétantes. L'associé de Crippen, William Long, leur dit que le docteur avait quitté le bureau le samedi, une valise à la main. Il montra aux policiers une lettre qu'il avait reçue de Crippen le jour-même, dans lequel il écrivait : « Me feriez-vous l'extrême faveur de régler au mieux pour moi toutes mes affaires domestiques ? » Crippen avait glissé dans l'enveloppe suffisamment d'argent pour couvrir le dernier trimestre de loyer de Hilldrop Crescent. Long choisit de passer sous silence l'étrange demande que lui avait faite Crippen d'aller acheter un costume de garçonnet.

Dew et Mitchell sautèrent dans un taxi pour se rendre au plus vite à Hilldrop Crescent à travers des avenues inondées de soleil. L'entrée de la rue ressemblait à un tunnel d'ombre bleu nuit, percé çà et là par des flèches de lumière dorée. Les policiers furent accueillis par la bonne, Mlle Lecocq, qui leur dit dans son sabir d'anglais et de français que ses maîtres étaient partis et qu'elle ne pensait pas les revoir.

Dew demanda s'il pouvait entrer pour faire le tour de la maison. La domestique ne comprit pas grand-chose mais le conduisit néanmoins dans la maison. À l'intérieur, les deux policiers trouvèrent Flora, la femme de William Long, occupée à empaqueter les vêtements de Belle, dont il restait des montagnes dans tous les coins.

Les policiers fouillèrent les lieux avec plus d'attention que lors de leur première visite. Comme la fois précédente, ils pénétrèrent dans chaque pièce, et se concentrèrent notamment sur la cave. Ils ne découvrirent rien de nature à les aider à retrouver Belle Elmore, mais Dew dénicha néanmoins un revolver à cinq coups, dûment chargé. Mitchell trouva en outre une boîte de cartouches et plusieurs cibles en carton.

Les policiers organisèrent le départ de Mlle Lecocq pour le lendemain, et repartirent vers leurs bureaux de New Scotland Yard. Ce même soir, Dew envoya à tous les commissariats de Londres l'ordre d'interroger les chauffeurs de taxi et les déménageurs, pour savoir si l'un d'eux avait pris en charge des malles ou des cartons au 39, Hilldrop Crescent, depuis le 31 janvier. Il rédigea des portraits détaillés de Crippen et d'Ethel Le Neve, et fit distribuer des avis de recherche à la police des ports en Angleterre et à l'étranger, précisant qu'il fallait surveiller le couple sans procéder à son arrestation.

L'affaire devenait plus mystérieuse d'heure en heure, mais Dew ne croyait toujours pas en l'éventualité d'un crime.

À Bruxelles, les « Robinson » profitaient pleinement de leur toute nouvelle liberté. Le propriétaire de l'hôtel nota qu'ils sortaient tous les jours aux environs de 9 h 30, revenaient à 13 heures, et restaient dans leur chambre jusqu'à

16 heures avant de repartir. Ils rentraient vers 21 heures tous les soirs, et dînaient sur place avant de se retirer pour la nuit.

Ethel adorait visiter la ville. Ils l'arpentèrent en tous sens, « du nord au sud, d'est en ouest et même jusqu'à la campagne alentour, écrivit-elle. Le Dr Crippen ne trahissait pas la moindre nervosité, ni même un désir de me garder enfermée dans notre chambre de l'Hôtel des Ardennes. Il n'exprima jamais l'idée que je ferais mieux d'éviter les lieux publics. Jamais il ne trahit la moindre inquiétude à propos de son propre sort. »

Ils visitèrent palais, musées et galeries, et passèrent des heures au Bois de la Cambre, à se promener, assister à des concerts ou écouter le chant des oiseaux. Ethel nota : « Tout paraissait si beau, si paisible : ce furent vraiment des jours heureux. »

Le mardi, Dew ordonna qu'on fasse également circuler une photographie de Crippen. Mitchell et lui retournèrent à Hilldrop Crescent, ils fouillèrent la maison pour la troisième fois et ne trouvèrent toujours rien. Ils menèrent leur enquête dans tout le quartier jusque tard dans la soirée. Cette même nuit, alors que Dew ne parvenait pas à trouver le sommeil, ses pensées ne cessaient de le ramener vers cette maison et en particulier, dans la cave à charbon. « Cette cave me hantait, écrivit-il. Même au lit, durant le peu d'heures de repos que je m'accordais en cette période si agitée, je ne pouvais m'empêcher d'y repenser. »

Le lendemain matin, mercredi 13 juillet, un autre jour de soleil éclatant et délicieusement frais, Dew et Mitchell reprirent le chemin d'Albion House où Dew interrogea à nouveau l'assistant de Crippen. Dew lui avait déjà parlé en deux occasions, et il s'était chaque fois dit que William Long cachait quelque chose. Ce jour-là, Dew lui conseilla de ne pas s'obstiner… sinon…

Long finit par parler des courses qu'il avait faites ce samedi matin.

Dew regagna Scotland Yard et composa une nouvelle note de service indiquant la possibilité qu'Ethel Le Neve porte des vêtements de garçon.

Ensuite, obéissant à son instinct, et en l'absence de nouvelles pistes à suivre, Dew proposa à l'inspecteur Mitchell de fouiller la maison de Crippen pour la quatrième fois et d'examiner la cave à fond.

Les policiers se mirent à quatre pattes et inspectèrent le carrelage à la lumière vacillante de bougies, une brique après l'autre. La température exceptionnellement fraîche à l'extérieur rendait les lieux particulièrement froids et humides. Ils ne remarquèrent rien d'anormal. Dew dénicha ensuite un petit tisonnier et s'en servit pour tapoter les briques et sonder les interstices de terre battue qui les séparaient. Mitchell et lui travaillaient en silence, « trop fatigués pour échanger un mot », écrivit Dew. La lumière dansait ; le tisonnier cognait contre la brique.

Dans l'un des interstices, l'outil s'enfonça sans rencontrer de résistance. Une des briques parut se desceller. Dew la retira. Ses voisines branlèrent elles aussi. Il en arracha plusieurs.

Mitchell alla chercher une pelle dans le jardin.

LA SIRÈNE

De temps à autre, le mariage de Beatrice et de Marconi reprenait vie, et à l'automne 1909, la jeune femme s'aperçut qu'elle était de nouveau enceinte. À cette époque, elle et la petite Degna vivaient dans une maison située à Clifden, un endroit aussi reculé et austère que Glace Bay et Poole. Peut-être éprouvait-elle le désir de s'échapper un peu, à moins qu'elle n'ait voulu voir la tête que ferait son mari en apprenant la nouvelle plutôt que d'attendre une réponse par télégramme ; en tout cas, cette fois, elle lui concocta une surprise. Elle savait quand son bateau devait arriver et elle fit le déplacement jusqu'à Cork. Elle réussit à convaincre le patron d'un remorqueur qui devait aller à la rencontre du paquebot de la prendre à bord. Elle voulait surprendre Marconi doublement : par sa présence et par cette bonne nouvelle.

Pendant ce temps, Marconi goûtait les plaisirs de la traversée et du luxe offert par le bateau, sans parler de l'attention dont l'entouraient les autres passagers, en particulier Enrico Caruso, qui allait devenir un ami. Au fil des années suivantes, quand les circonstances le permettraient, Marconi viendrait retrouver Caruso dans les coulisses pour apaiser l'angoisse qui assaillait toujours le grand ténor avant un spectacle. Marconi appréciait tout particulièrement la compagnie des jeunes femmes qui voyageaient avec Caruso, une petite troupe d'actrices séduisantes et aguicheuses.

Soudain Beatrice fit son apparition.

Elle s'était attendue à ce qu'il soit ravi de cette surprise, au lieu de quoi, à en croire Degna, sa façon de l'accueillir ressembla « à un seau d'eau glacée qu'il lui aurait renversé sur la tête. Renouant avec ses habitudes de célibataire, il prenait du bon temps avec ses compagnons de voyage… La dernière chose qu'il s'attendait à voir, qu'il aurait voulu voir, jaillissant de la mer comme une sirène, c'était précisément le visage de sa femme ».

Beatrice courut s'enfermer dans la cabine de Marconi, où elle passa la nuit à pleurer.

Le lendemain matin, il lui présenta ses excuses et lui demanda instamment de venir se joindre aux autres. Beatrice refusa. Elle se sentait très mal, pensait qu'elle devait avoir une mine affreuse, et elle n'avait aucune envie de lutter pour obtenir l'attention de son mari parmi des gens aussi brillants. Elle resta dans la cabine jusqu'à ce que le paquebot atteigne Liverpool.

LE MYSTÈRE S'ÉPAISSIT

Sous les briques, Dew découvrit une fine couche de terre glaise. Il la fendit avec la pelle et s'aperçut que le sol au-dessous semblait meuble, en tout cas plus qu'il n'aurait dû l'être si on l'avait laissé là sans le retourner pendant plusieurs années. Il enfonça la pelle plus profondément. L'immanquable odeur de putréfaction lui jaillit au visage et le fit reculer. « Cette puanteur était insupportable, écrivit-il, et nous dûmes nous précipiter dans le jardin pour respirer un peu d'air frais. »

Dans la verdure étincelante de fraîcheur, Dew et l'inspecteur Mitchell s'armèrent de courage. Après avoir avalé une dernière goulée d'air pur, ils retournèrent dans la cave, désormais complètement envahie par les effluves nauséabonds. Dew retira deux nouvelles pelletées de terre et découvrit ce qui lui apparut comme une masse de chair putride. Une fois de plus, Mitchell et lui durent sortir. Ils respirèrent à pleins poumons, puis dénichèrent du cognac dans la maison, en burent de grandes rasades avant de retourner une troisième fois dans la cave. Ils exhumèrent davantage de tissus et de viscères, suffisamment pour être tout à fait assurés qu'il s'agissait bien des restes d'un corps humain.

À 17 h 30, Dew appela son supérieur hiérarchique immédiat, le commissaire Froest, responsable de la brigade criminelle, et lui fit part de leur découverte. Froest à son tour prévint le sous-préfet de police, Sir Melville Macnaghten, en charge de tout le département d'enquêtes criminelles. En quittant son bureau, Macnaghten se munit d'une poignée de cigares, avec l'idée que Dew et Mitchell pourraient bien en avoir besoin pour combattre cette terrible odeur. Froest et lui partirent immédiatement à bord d'une automobile de fonction. Ils longèrent d'abord les quais, traversant un air doré et saturé de brumes de chaleur, la Tamise pareille à un ravissant serpent de cobalt ourlé d'ombres noires.

Le Dr Thomas Marshall, médecin chef de la division Y de Scotland Yard qui comprenait Hilldrop Crescent et le quartier environnant, quitta son cabinet de la toute proche Caversham Road. Il avait pour tâche l'examen *post-mortem* quand on aurait retiré la dépouille de la maison.

Dew et lui regardèrent les agents creuser. Des lanternes avaient remplacé les bougies, et le travail de précision avait commencé, les hommes à genoux dégageant la terre à la main tandis que des ombres macabres dansaient sur les murs. Ils étaient concentrés sur un trou au centre de la pièce d'environ un mètre vingt sur soixante centimètres.

Le spectacle qui s'offrit aux yeux de Dew fit resurgir les souvenirs de la dernière victime de Jack l'Éventreur, qui incitaient à la comparaison : mais là, c'était pire. Ces débris humains ne ressemblaient même plus à un corps, et la déformation n'était pas due à la seule décomposition. En fait, une bonne partie de la dépouille était très bien préservée, ce qui était plutôt étonnant en soi, mais pour quelle raison, cela demeurait mystérieux. Comme Dew devait l'écrire dans un rapport intitulé « Particularités des restes humains», l'essentiel consistait en une longue chaîne d'organes connectés qui comprenait le foie, l'estomac, les poumons et le cœur. Toute la peau – «pratiquement toute la fine enveloppe qui recouvre un corps» – avait été retirée et gisait à côté, comme un manteau abandonné sur le sol.

Le plus frappant, cependant, était tout ce qui manquait. Rien ne permettait de confirmer le sexe. Aucune trace de mains ni de pieds. Pas de dents. La tête et le crâne étaient absents. Et surtout, il n'y avait aucun os. Pas le moindre. Dew note: «On avait tout simplement détaché la chair de ses os, et on l'avait déposée là.»

Le défi ainsi posé leur apparut immédiatement. C'était une chose de déduire des circonstances de l'affaire que la dépouille en question était celle de Belle Elmore; c'en était une autre de le prouver. La première étape était de confirmer qu'il s'agissait bien de restes humains. Les organes étaient en si bon état que le Dr Marshall put au premier coup d'œil les identifier comme tels.

Il était évident cependant qu'aucune autre hypothèse ne serait aussi facile à démontrer. Il fallait maintenant établir le sexe de la victime, mais on ne put trouver ni organes reproducteurs, ni os pelviens, ni autres marqueurs physiques de l'identité sexuelle, mis à part une petite masse de tissu conjonctif qui sembla, à première vue, pouvoir être une portion de sein de femme. Une fois le sexe confirmé – si on y parvenait –, Dew devrait encore prouver qu'il s'agissait bien de Belle Elmore. Il lui faudrait ensuite établir la cause du décès, et déterminer sans risque d'erreur si elle avait bien été victime d'un meurtre, plutôt que de maladie ou des suites d'un accident. Enfin, il devrait trouver le coupable.

Ce qu'il avait sous les yeux dans cette cave semblait s'opposer radicalement à l'hypothèse que l'assassin était le Dr Crippen. Cela allait à l'encontre des lois de la physique et du bon sens. Crippen mesurait un mètre soixante-trois et il était vraiment fluet. Tous ceux que Dew avait interrogés le décrivaient comme un petit homme doux et affectueux. Comment aurait-il pu tuer une femme tellement plus corpulente et plus robuste que lui, avant de rassembler l'énergie physique et mentale nécessaire pour descendre son corps dans cette cave, le dépecer, retirer la tête, dénuder chaque os, se débarrasser du crâne, des os, des dents et des organes sexuels, enterrer les restes dans sa cave sans jamais trahir le moindre signe de fatigue physique ou émotionnelle ?

À en croire les témoins, le lendemain du jour où Belle avait été aperçue vivante pour la dernière fois, Crippen était toujours aussi serein et joyeux, le sourire au bord des lèvres. Ce jour-là, il était passé chez les Martinetti pour prendre des nouvelles de Paul, et Mme Martinetti n'avait rien remarqué de singulier dans sa conduite.

Mais trois faits incontournables posaient problème :

– un amas de restes humains gisaient dans la cave de Crippen ;

– Belle avait disparu ;

– Crippen et sa secrétaire, Mlle Le Neve, semblaient avoir pris la fuite.

Macnaghten et Froest arrivèrent sur les lieux avec les cigares qu'ils comptaient distribuer. Dew leur montra la cave et le reste de la maison. Ce qui frappa le plus Macnaghten fut la proximité du lieu d'enterrement avec la cuisine et la petite salle à manger. « Depuis la chaise du docteur au bout de la table jusqu'à la cave où la dépouille avait été découverte, on comptait de quatre à six mètres maximum », nota ce dernier. Il aurait fallu un individu doté de nerfs particulièrement solides pour continuer à faire la cuisine et à manger en sachant ce qui se trouvait enfoui de l'autre côté de la porte.

Après avoir vu ce qui était exhumé de la dépouille, Macnaghten téléphona à un ami, le Dr Augustus Pepper, de l'hôpital Saint Mary's. Pepper était chirurgien et un des plus éminents praticiens de la toute nouvelle science médico-légale, cette « science infecte ». Il avait contribué à l'élucidation de nombreux meurtres parmi les plus odieux commis en Angleterre. Parce qu'il était déjà tard, et qu'il restait encore beaucoup à faire pour exhumer complètement le corps, Macnaghten demanda au Dr Pepper de passer sur les lieux le lendemain matin.

Macnaghten autorisa Froest et Dew à déployer toutes les forces possibles pour résoudre l'affaire. Dew prépara une nouvelle note de service, qui devait être distribuée à toutes les polices du monde. Il ajouta des photographies de Crippen et d'Ethel Le Neve, et des échantillons de leur écriture. Il décrivit chaque suspect en détail, y compris la démarche en canard de Crippen et son « léger accent yankee », et même la façon intense qu'avait Ethel Le Neve de vous regarder quand on lui parlait. Il intitula son avis de recherche : « Meurtre et mutilation. »

La chasse aux deux fuyards fut sérieusement lancée, et Dew se retrouva soudain au cœur d'un maelström d'actions policières et d'attention de la presse telles qu'il n'en avait jamais connu, même du temps de l'affaire de l'Éventreur.

Cet après-midi-là, deux policiers de la division « Tamise » de Scotland Yard, Francis Barclay et Thomas Arle, entreprirent de visiter les bateaux amarrés sur les Millwall Docks pour prévenir les équipages de la chasse à l'homme en cours. Ils montèrent notamment à bord du *Montrose*, un bateau à une seule hélice, propriété de la flotte d'expédition de la

Canadian Pacific Railway. Quand un officier les eut informés que le *Montrose* n'allait prendre aucun passager à Londres, les policiers débarquèrent et continuèrent leur chemin. Ils apprirent ensuite d'une autre source un peu plus loin sur le quai que le *Montrose* chargerait cependant des passagers à Anvers, sa prochaine escale. Les policiers retournèrent sur le bateau et rencontrèrent un des officiers subalternes.

Ils lui décrivirent la récente découverte faite à Hilldrop Crescent et lui suggérèrent de noter « quelques éléments de description ». Le lieutenant avait le goût du mystère. Il invita Barclay et Arle dans sa cabine, où ils parlèrent pendant près d'une heure. Les policiers expliquèrent que les fugitifs allaient peut-être tenter de monter à bord à Anvers et imaginèrent plusieurs ruses que pourraient déployer Crippen et sa compagne. Il était possible que le docteur soit costumé en pasteur et qu'Ethel Le Neve « soit déguisée en jeune homme ».

Le lieutenant dit qu'il garderait l'œil et le bon, et qu'il transmettrait l'information à son capitaine, Henry George Kendall. Les policiers s'en furent et poursuivirent leur quadrillage des quais.

À Bruxelles, Ethel commença à se dire qu'elle perdait le contact avec la réalité du monde extérieur. Elle ne savait pas lire le français, contrairement à Crippen, qui avait acheté plusieurs numéros de *L'Étoile belge*. Il ne lui racontait pas grand-chose de ce qu'il lisait dans ces pages.

« Je lui demandai plusieurs fois d'acheter un journal anglais, écrivit Ethel, mais il n'en fit jamais rien. »

LE CHOC DU PRIX NOBEL

Pas à pas, au prix d'efforts multiples et d'expérimentations interminables, Marconi finit par mettre sur pied son service de transmission transatlantique, en dépit des intempéries, des vices de fonctionnement fréquents et d'une concurrence qui devenait chaque jour plus efficace et plus agressive. La Telefunken, qui commercialisait les appareils Slaby-Arco-Braun, était particulièrement active. Chaque fois que les représentants de Marconi approchaient un nouveau client à l'étranger, ils s'apercevaient que les vendeurs de la Telefunken étaient déjà passés par là. Ils surnommèrent cette omniprésence « Mur Telefunken ». Pour compliquer encore les choses, les mesures réclamées en 1908 lors de la conférence de Guillaume II sur la radiotélégraphie venaient de prendre effet. Marconi ordonna à ses employés de continuer à bloquer les messages des autres systèmes, en particulier Telefunken, sauf en cas d'urgence. Les ingénieurs de Telefunken, en retour, refusaient d'accepter les messages provenant de bateaux équipés du système Marconi. Plus tard, l'Allemagne finit par interdire tout système de radiotélégraphie étranger à bord de ses vaisseaux.

Le nouveau système transatlantique de Marconi était lent et subissait de nombreux problèmes. Un mémorandum de la compagnie daté du 4 août 1908 montre qu'entre le 20 octobre 1907 et le 27 juin 1908, les échanges entre Clifden et Glace Bay s'élevèrent au total à 225 010 mots, soit une moyenne de 896 mots par jour. Un autre rapport interne révéla qu'en mars, le meilleur mois, la durée moyenne d'acheminement était de quarante-quatre minutes, le maximum de deux heures et quatre minutes. Le mois suivant, cependant, la moyenne montait à plus de quatre heures, le maximum à vingt-quatre heures et cinq minutes, soit un jour entier pour expédier un message.

Néanmoins, le système fonctionnait. Marconi avait réussi l'impossible. Il ne s'agissait pas seulement de messages composés de trois points, mais de dépêches complètes, dont beaucoup étaient expédiées par des correspondants basés en Amérique pour être publiées dans le *Times* de Londres, et Marconi était convaincu que des améliorations en termes de vitesse et de fiabilité allaient être réalisées.

En 1909, il reçut enfin le témoignage de la reconnaissance qui lui avait échappé pendant toutes ces années, sous les attaques d'Oliver Lodge, de Nevil Maskelyne et des autres. En décembre, le jury du Nobel, créé huit ans auparavant, décerna le prix de physique à Marconi pour la radiotélégraphie, et à Karl Ferdinand Braun pour l'invention du tube cathodique, qui des années plus tard rendrait possible la télévision. Il s'agissait du même Braun qui s'était associé à Slaby et Arco pour mettre au point le système sans fil que Telefunken commercialisait avec une telle combattivité dans le monde entier.

Pour Marconi, le prix Nobel était un immense honneur, et ce d'autant plus qu'il ne s'y attendait absolument pas, ne s'étant jamais considéré comme un physicien. En introduction de son discours de réception à Stockholm, Marconi reconnut qu'il n'était même pas un scientifique. «Je pourrais vous dire que je n'ai jamais étudié la physique ou l'électrotechnique de façon conventionnelle, même si, enfant, je m'intéressais déjà beaucoup à ces disciplines.» Et il avoua franchement qu'il ne comprenait toujours pas complètement comment il parvenait à transmettre ses messages de part et d'autre de l'Atlantique, il savait seulement qu'il y parvenait. Pour reprendre ses mots: «De nombreuses données liées à la transmission des ondes électriques sur de grandes distances attendent encore de trouver une explication satisfaisante.»

D'autres mystères demeuraient entiers: «Il arrive qu'un navire ne réussisse pas à communiquer avec une station toute proche, mais puisse entrer en contact avec une autre, beaucoup plus lointaine», dit-il à l'assistance. Il ignorait pourquoi. Il n'avait pas non plus réussi à s'expliquer de façon convaincante pourquoi la lumière du soleil déformait les communications, bien qu'il soit «enclin à croire» en une théorie récemment élaborée par le physicien J. J. Thomson, que «la partie de l'atmosphère terrestre qui fait face au soleil contient davantage d'ions et d'électrons que la partie plongée dans l'obscurité», et absorbe donc une certaine quantité d'énergie des ondes transmises. Il avait également découvert que le lever et le coucher du soleil étaient des moments de distorsion particulièrement intenses. «On serait presque tenté de dire que les ondes électriques, en passant de l'obscurité à la lumière et vice versa, sont réfléchies ou réfractées de telle manière qu'elles dévient de leur trajectoire normale.»

Mais quelques instants plus tard, et non sans satisfaction, Marconi ajoutait: «Quels que puissent être ses limites et ses défauts, la télégraphie sans fil, même à grande distance, a désormais indubitablement atteint un seuil et elle continuera à en franchir d'autres.»

Il avait parcouru un long chemin et pensait que sa compagnie se relèverait bientôt de ses difficultés financières. Les bateaux échangeaient désormais des messages de routine au beau milieu de l'océan. Les journaux réalisés à bord étaient devenus monnaie courante. Le terme « marconigramme » était entré dans le lexique du voyage. Malgré la concurrence qui faisait rage partout, surtout en Allemagne et en Amérique, son entreprise dominait largement le marché de la radiotélégraphie, et c'était en grande partie grâce à son défi transatlantique et les connaissances qui avaient pu en être tirées. À Stockholm, en recevant le prix Nobel, il lui sembla que le succès avait peu à peu grimpé à sa rencontre sans qu'il s'en rende compte jusqu'à l'atteindre au sommet de cette estrade, sous les applaudissements d'hommes en habits noirs et de femmes en robes de soirée.

L'obstacle le plus dur à franchir restait le scepticisme qui entourait encore la radiotélégraphie sur de longues distances. Pour des raisons qui lui échappaient, le monde continuait d'y voir un intérêt limité, et rien de ce qu'il pouvait faire ne semblait capable de vider cet inépuisable réservoir de doutes.

CINQ BOCAUX

Le 14 juillet 1910, deux employés de la chapelle mortuaire d'Islington de Holloway Road se présentèrent à Hilldrop Crescent pour prendre la dépouille et la ramener à la morgue en vue de l'autopsie qui serait pratiquée le lendemain par le Dr Pepper et le Dr Marshall. Ils avaient apporté un cercueil. Deux agents de police y placèrent la dépouille à mains nues.

Dew et les deux médecins surveillaient les opérations de près et, de temps à autre, ils choisissaient des éléments qui devaient être gardés sur un plateau à côté de la fosse. Ils trouvèrent ainsi un bigoudi avec un cheveu encore accroché à son rouleau de bakélite ; deux fragments de ce qui semblait être une chemise de femme ou un caraco, avec six boutons et de la dentelle autour du col ; et un grand mouchoir d'homme de couleur blanche, avec un nœud liant deux coins et l'autre côté déchiré. Collées au tissu, plusieurs mèches de cheveux blonds.

Dew récupéra aussi un bout de ficelle d'environ trente-cinq centimètres et un autre un peu plus court. Il supposa que ces deux morceaux ainsi que le mouchoir noué « avaient pu servir à étrangler la victime ou à déplacer des parties de son corps ».

Les employés de la morgue scellèrent le cercueil et le chargèrent dans le fourgon des pompes funèbres. Sous le regard consterné des voisins, ils s'éloignèrent lentement pour aller rejoindre Camden Road.

Le lendemain matin, Pepper, Marshall et Dew se retrouvèrent à la morgue d'Islington pour l'autopsie. Pepper était depuis longtemps devenu insensible à ce genre de tâche, et il considérait cet examen non pas comme un travail abominable, mais comme le premier pas vers la résolution d'une énigme passionnante, et il trouvait cela beaucoup plus stimulant somme toute que l'examen de routine à pratiquer sur un blessé par balle ou une victime assommée à coups de tuyau.

Il commença par sonder délicatement le magma de tissus et en sépara petit à petit tous les organes, muscles et tendons qu'il réussissait à identifier. « Il y avait une masse informe qui comprenait le foie, l'estomac, l'œsophage, six centimètres de trachée artère, deux poumons, le cœur intact dans son enveloppe, le diaphragme, les reins, le pancréas, la rate, l'intestin grêle entier et une bonne partie du colon » – le tout formant un chapelet ininterrompu. (En fait, Pepper devait se rendre compte plus tard qu'il manquait un rein.)

Cette continuité valait la peine d'être notée. « Retirer toute cette masse du corps n'était sans doute pas difficile, mais la façon dont cela avait été fait était étonnante, nota Pepper. Il n'y avait aucune incision, aucune déchirure sur les viscères, sauf aux endroits indispensables à leur retrait. On observe une coupure en haut où l'œsophage et la trachée artère ont été sectionnés, et en bas, au niveau du gros intestin. Cela prouve que la personne qui a procédé au dépôt des viscères possédait une dextérité considérable et avait des connaissances anatomiques précises, ou était habituée à pratiquer des éviscérations, animales ou humaines. »

Dans l'amas de peau séparé du reste, il trouva quelques éléments dignes d'attention. L'un d'eux mesurait quinze centimètres sur dix-huit, avait une couleur gris jaune qui allait en certains endroits jusqu'au gris foncé, et présentait une étrange marque à la surface. Pepper le mit de côté pour un examen approfondi. Il étudia également de près les mèches de cheveux prisonnières du bigoudi que Dew avait trouvé dans la cave. La plus longue mesurait vingt centimètres, la plus courte six. À l'évidence, ces cheveux ne provenaient pas d'une perruque, parce qu'ils n'avaient été coupés qu'à une extrémité. « Les faux cheveux, nota Pepper, étaient coupés aux deux bouts. » À l'endroit où les cheveux étaient restés accrochés, près du centre du rouleau, leur couleur allait du blond au châtain clair, preuve manifeste qu'ils avaient été décolorés.

Poursuivant ses recherches, Pepper trouva d'autres objets manufacturés, y compris une manche de veste de pyjama en coton blanc à rayures vertes, et « la partie droite d'un dos » qui semblait appartenir à la même veste, sur laquelle il trouva une étiquette : « Confection, Jones Brothers, Holloway, Limited. » Cette partie était tachée de sang.

Le premier examen de Pepper suggérait que la victime devait être une femme, bien que les preuves ne soient que circonstancielles et en partie réfutées par la présence de restes d'un mouchoir et d'une veste de pyjama d'homme. Les cheveux décolorés, cependant, confortèrent Pepper et l'inspecteur principal Dew dans l'idée qu'il s'agissait bien de la dépouille d'une femme et, selon toute vraisemblance, de celle de Belle Elmore. D'après ses amies de la Ligue des femmes artistes de music-hall, elle se teignait les cheveux en blond.

Le Dr Pepper plaça certains organes et objets manufacturés dans cinq grands bocaux afin qu'ils soient conservés en sécurité. La manche de pyjama fut placée toute seule dans le bocal n° 4. Le dos et le col, dans le bocal n° 5. Les bocaux furent rebouchés, recouverts de papier blanc, collés avec du ruban adhésif et marqués du sceau du coroner.

Dew trouvait le pyjama particulièrement intriguant. Accompagné de l'inspecteur Mitchell, il retourna à Hilldrop Crescent pour une nouvelle fouille, avec cette fois, une idée bien précise en tête.

Ethel était lasse de Bruxelles. «J'avais épuisé toutes les vitrines, qui m'avaient pourtant ravie au début, et maintenant j'avais envie de passer à autre chose.»

Elle avoua son ennui à Crippen.

«Déjà fatiguée de Bruxelles... Bien, bien, allons plus loin. Que dirais-tu de Paris?

– Non, pas Paris. Autre part.»

Crippen suggéra l'Amérique.

Vendredi 15 juillet, tandis que Dew et les médecins examinaient les restes humains découverts à Hilldrop Crescent, Crippen et Ethel s'arrêtaient au bureau maritime et apprirent qu'un bateau, le *Montrose*, levait l'ancre à Anvers le mercredi suivant, 20 juillet. On leur dit aussi qu'il n'y avait que deux classes, seconde et troisième. Crippen choisit une cabine de seconde. Pour le manifeste du navire, il se déclara sous le nom de John Philo Robinson, cinquante-cinq ans, marchand à Detroit, et Ethel sous celui de John George Robinson, son fils, seize ans, étudiant. Personne ne leur demanda de papiers d'identité.

Ils avaient l'intention de quitter Bruxelles le 19 juillet, de passer la nuit à Anvers, et de monter à bord dès l'aube.

À Hilldrop Crescent, l'inspecteur principal Dew et l'inspecteur Mitchell concentrèrent leurs recherches sur les malles, les armoires et tout ce qui pouvait contenir des vêtements. Ils trouvèrent des robes, des fourrures et des chaussures en nombres stupéfiants.

Dans un sac laissé dans la chambre de Crippen, Dew dénicha deux pyjamas à rayures vertes complets qui ressemblaient aux morceaux découverts avec la dépouille, sauf que ceux-ci étaient neufs et n'avaient apparemment jamais été portés. Il chercha l'étiquette et lut : « Confection, Jones Brothers, Holloway, Limited. »

Ses fouilles lui permirent aussi de débusquer un pantalon de pyjama, blanc à rayures vertes, manifestement « très usé ». Il ne put trouver la veste correspondante.

Le *Times* de Londres donna un nom à cette énigme : « le Meurtre de la cave des quartiers nord ». Le *Daily Mirror* publia des photographies de la maison et du couple de fugitifs. L'affaire enflamma l'imagination des rédacteurs à l'étranger, et, bientôt, la nouvelle de cette dépouille trouvée au 39, Hilldrop Crescent fait les potins du petit déjeuner d'innombrables lecteurs, de New York à Istanbul. « Jamais on n'avait crié haro dans tout le pays comme on le fit pour Crippen et Mlle Le Neve », écrivit Dew.

L'affaire nourrissait les conversations partout, de la City au marché aux bestiaux municipal, entre les gardiens et les prisonniers dans les prisons de Holloway et de Pentonville, au bar du Criterion, et dans les clubs les plus sélects, le Bachelor's, l'Union, le Carlton et le Reform. « Le sujet était sur toutes les lèvres, nota Dew. Dans les trains et les bus, on entendait les gens faire des hypothèses et livrer leurs spéculations sur l'endroit où pouvaient se trouver les fugitifs. »

Des témoignages de gens qui pensaient avoir vu Crippen et Ethel Le Neve commencèrent soudain à affluer dans les bureaux de New Scotland Yard. Ils arrivaient par téléphone, par télégramme ou, dernier miracle de la technologie, par marconigramme. Cela s'intensifia quand le ministre de l'Intérieur, Winston Churchill, autorisa une récompense de 250 livres sterling – soit 25 000 dollars d'aujourd'hui – pour toute information qui aiderait à la capture des fugitifs. « Il ne se passait pas un jour sans qu'on nous rapporte que Crippen et Mlle Le Neve avaient été vus quelque part dans le pays, rapporta Dew. Parfois, on prétendait les avoir aperçus dans douze endroits différents. » Chaque piste devait être suivie. « On ne pouvait pas se permettre de négliger la moindre chance, et tous les messages de ce type étaient soigneusement examinés. »

Un homme qui ressemblait à Crippen fut arrêté et relâché deux fois. « La première, il prit plutôt les choses du bon côté. Mais quand la situation se reproduisit, il s'en indigna haut et fort, et protesta que c'était en train de devenir une habitude. »

Sur ce point, la police se montrait particulièrement prudente parce que Scotland Yard pâtissait encore de l'infamant exemple d'Adolph Beck, un ingénieur norvégien indûment emprisonné pour fraude au cours des quinze dernières années, non pas une fois, mais deux, sur la base de témoignages oculaires, tandis que son sosie, qui avait effectivement commis ces délits, courait dans la nature. « La leçon la plus importante de cette déplorable affaire, écrivit Sir Melville Macnaghten, était sans doute l'absence totale de fiabilité des identifications personnelles ».

Dew rencontra le double de Crippen et ne le trouva pas particulièrement ressemblant. « Je fis de mon mieux pour mettre du baume sur ses plaies, et lui présentai mes plus sincères excuses. Au bout d'un moment, je réussis à le convaincre que le policier qui avait commis cette erreur n'avait fait que son devoir. »

Vendredi 15 juillet, Dew et Mitchell rendirent visite à Emily Jackson pour la première fois, et entendirent de sa bouche l'épisode de la fausse couche d'Ethel Le Neve et le récit de cette période de la fin janvier 1910 où elle semblait si déprimée et perturbée. Ils retournèrent voir Clara Martinetti, cette fois dans son petit pavillon des bords de la Tamise, et notèrent tous les détails concernant le dîner chez les Crippen où elle avait vu Belle en vie pour la dernière fois. Ils interrogèrent aussi Marion Louisa Curnow, directrice commerciale chez Munyon's. Elle leur confia que le jour de la disparition de Crippen, elle lui avait remis contre un chèque la somme de 37 livres, soit plus de 3 700 dollars d'aujourd'hui. Elle l'avait réglée en or.

À chaque étape de leur enquête, Dew, Mitchell et les policiers qui travaillaient avec eux s'entendaient répéter combien Crippen était d'un naturel agréable et facile. Les témoins dressaient l'un après l'autre le portrait d'un homme trop doux pour faire du mal à qui que ce soit. Une ancienne voisine, Emily Cowderoy, confia à un policier qu'elle n'avait jamais entendu Crippen parler durement à sa femme. « Ils étaient en excellents termes », ajouta-t-elle. Le mot qui revenait le plus souvent à propos de Crippen était « généreux ».

Pourtant, dans la maison de Crippen, au 39, Hilldrop Crescent, Dew avait vu de ses yeux les restes éviscérés d'un être humain qui, selon toute vraisemblance, avait un jour été sa femme. Quelle force, psychique et physique, fallait-il pour découper ainsi son épouse ?

On avait du mal à croire que Crippen ait pu mener à bien les différents actes de dissection nécessaires pour réduire une femme aussi robuste à la masse exhumée dans la cave. Comment s'y était-il pris ? Par où avait-il commencé ? Par la tête ? Peut-être une décapitation rapide avec un couteau de cuisine, peut-être celui-là même qui avait été utilisé pour découper la pièce de bœuf servie au cours du dernier repas pris avec les Martinetti, le 31 janvier. Ou bien avait-il débuté par les pieds, remontant peu à peu depuis la partie inférieure du corps, plus facile, et affrontant chaque nouveau défi l'un après l'autre ? Aucun os ne subsistait, pas même ceux, si petits, des mains et des pieds. Il s'était sans doute tout simplement débarrassé de ces extrémités, mais en continuant à remonter, que s'était-il passé ? Quels instruments avait-il utilisés pour détacher les muscles et les tendons de la cage thoracique ? Comment avait-il désolidarisé et détaché les bras des épaules ? Tandis qu'il progressait dans sa tâche, avait-il ressenti de la joie, ou chaque étape était-elle source de chagrin et de souvenirs amers ?

Et qu'en était-il de l'aspect purement matériel ? Comment avait-il vidé la maison du sang et des viscères sans laisser la moindre trace ? À cet égard, le bull-terrier de Crippen lui avait peut-être été d'une aide précieuse. Les parties manquantes, comme la tête, le pelvis et les extrémités, avaient clairement été jetées ailleurs.

Sous les ordres de Dew, la police fouilla le jardin. Ils sondèrent le terrain à l'aide de pelles et, à certains endroits, creusèrent profondément, en vain. Ils cherchèrent également dans les jardins adjacents et réfléchirent à de possibles caches : les bassins de transformation des déchets animaux, les fosses à ordures ou à purin du marché aux bestiaux, ou encore la branche toute proche du Regent's Canal, qui traversait tout le nord de Londres jusqu'à Regent's Park. Le canal passait sous Camden Road à un kilomètre au sud de Hilldrop Crescent, une petite distance à parcourir pour un homme chargé d'une mallette. Un trajet encore plus facile si l'on était prêt à prendre avec soi un aussi macabre bagage dans le tramway.

Crippen était-il capable d'avoir fait tout cela, et pouvait-il l'avoir fait seul ? Si oui, comment avait-il réussi à s'armer du courage nécessaire, et ensuite effacé toute conscience de son acte de ses yeux et de son visage ?

Mercredi 20 juillet, la situation à laquelle était confronté l'inspecteur principal Dew était devenue franchement décourageante. Crippen et Ethel Le Neve avaient réussi à échapper aux recherches. Pourtant, Macnaghten n'avait connu de chasse à l'homme plus intense qu'au moment de la traque de Jack l'Éventreur. Onze jours s'étaient écoulés depuis leur fuite d'Albion House et leur disparition. Les paquebots les plus rapides traversaient l'Atlantique en moins d'une semaine. Les fugitifs pouvaient littéralement se trouver n'importe où.

Et de fait, les signalements leur parvenaient des quatre coins du globe. Une femme les appela pour dire qu'elle avait vu Crippen et Ethel Le Neve se balader sur les quais de la Seine, bras dessus, bras dessous. Une autre les avait aperçus à bord d'un bateau qui traversait le Bosphore. Ils étaient en Espagne. En Suisse.

Mme Isabel Ginnette, présidente de la Ligue des femmes artistes de music-hall, était en déplacement à New York, et elle offrit son aide à la police. Accompagnée par des enquêteurs, elle parcourut les quais à l'arrivée des paquebots et examina chaque visage à la recherche de Crippen et de la sténodactylo. Mme Ginnette et les policiers montèrent par exemple à bord du plus récent et plus célèbre des bateaux, le *Lusitania* de la Cunard : c'était le premier paquebot à assurer la traversée de l'Atlantique en moins de cinq jours, mais elle ne reconnut personne. Dans les jours qui suivirent, elle et son escorte policière surveillèrent l'arrivée du *Lorraine* en provenance du Havre, du *Saint Paul* de Southampton et du

Cedric de Liverpool. Dans une lettre adressée à la secrétaire de la Ligue, Melinda May, Mme Ginnette écrivit : « À ce jour, nous avons assisté à l'accostage de cinq bateaux et avons examiné tous leurs passagers arrivant d'Angleterre et de France. » Elle ajoutait : « J'espère que nous allons bientôt débusquer ce monstre ! »

Le 20 juillet, le prenant pour Crippen, la police de New York arrêta un passager qui avait débarqué du *Kroonland* de la Red Star Line. C'était en fait le révérend William Laird, pasteur de l'Église épiscopalienne du Delaware. Mme Ginnette exprima sa consternation que la police ne l'ait pas conviée ce jour-là. Elle déclara à un journaliste : « Ce pasteur ressemblait autant à Crippen que moi-même. »

Le peu de progrès dans l'enquête était décourageant et Dew, de plus en plus nerveux. Il y avait néanmoins eu une légère avancée deux jours plus tôt, par hasard, juste après que le coroner eut clos la première enquête sur la dépouille.

Le rapport lui-même avait remonté le moral de Dew parce que le coroner, dans ses remarques introductives, chantait les louanges de l'inspecteur. « Nombreux sont ceux qui auraient pu pénétrer dans cette cave sans y faire la moindre découverte. Il fallait un policier de génie pour aller un cran plus loin. »

Peu après, alors que Dew se trouvait dans le hall d'entrée, à proximité d'un groupe de femmes, dont l'une était Clara Martinetti, il l'entendit raconter que Belle avait autrefois subi une grave opération.

Il la prit à l'écart et lui demanda s'il avait bien entendu.

« Oh oui ! dit Mme Martinetti. Belle avait été opérée quelques années plus tôt en Amérique. Elle avait une grosse cicatrice à l'abdomen. Je l'ai vue de mes propres yeux. »

Dew comprit que ce pouvait être un indice décisif. Si une trace de cette opération pouvait être repérée dans les restes humains aujourd'hui conservés dans la chapelle mortuaire d'Islington, cela pourrait définitivement étayer l'hypothèse de Dew selon laquelle il s'agissait de Belle Elmore. Il transmit l'information au Dr Pepper.

Néanmoins, ce mercredi 20 juillet, Dew avait cruellement conscience que son enquête, la plus importante et la plus suivie en ce début de siècle, était dans une impasse. Il savait aussi que tout le monde ne partageait pas l'admiration du coroner pour son génie d'enquêteur. Un journal au moins, le *Daily Mail*, demanda pourquoi Scotland Yard n'avait pas placé Crippen sous surveillance dès son enquête initiale sur la disparition de Belle Elmore. Un membre du Parlement demanda à Winston Churchill s'il voulait bien avoir l'obligeance de déclarer officiellement « qui [était] responsable d'avoir laissé filer le Dr Crippen ». Le ministre de l'Intérieur choisit de ne pas répondre.

TÉMOIGNAGE

Au printemps 1910, Marconi était une nouvelle fois en mer quand Beatrice donna naissance à un fils, Giulio. À ce stade, Marconi avait tellement voyagé et il était allé si loin que sa femme n'avait aucune idée du bateau sur lequel il se trouvait, si ce n'est qu'il voguait quelque part sur l'Atlantique. Qu'il ait choisi de partir alors que sa femme était si près d'accoucher n'avait rien de surprenant, étant donné son obsession du travail et sa surdité affective. Qu'il ait omis de préciser sur quel navire il embarquait indiquait en revanche le probable déclin de leur mariage.

Beatrice lui fit néanmoins parvenir la nouvelle, adressant simplement le message à « Marconi-Atlantique ».

Il le reçut. Le message fut transmis de station en station, de navire en navire, jusqu'à ce qu'il atteigne son destinataire au milieu de l'océan.

On aurait peine à imaginer meilleur témoignage du fait qu'il avait réussi à rompre l'isolement des marins en haute mer, et pourtant, une preuve plus éclatante encore aux yeux du grand public – une preuve qui allait galvaniser le monde et faire taire les doutes pour toujours – allait bientôt être donnée.

Grâce aux dernières avancées technologiques, le décor était planté.

À 8 h 30 ce mercredi matin, Hawley Harvey Crippen et Ethel Clara Le Neve, sous l'identité de Robinson, père et fils, empruntèrent sur le quai de la Canadian Pacific à Anvers la passerelle qui les mena à bord de leur bateau, le *Montrose.* Personne ne leur prêta attention, même si, à cette époque d'énormes malles, de manteaux volumineux et de tenues de soirée, ils ne portaient à eux deux qu'une seule petite valise.

« Ce fut sans la moindre nervosité que je montai à bord de ce gros paquebot dans mes vêtements de garçon, écrivit plus tard Ethel. Ce changement de décor me semblait quelque chose de délicieux que je savourais à l'avance. »

Elle éprouvait le même frisson d'être en train de vivre une aventure que la nuit où ils avaient quitté l'Angleterre et pris la mer pour la Hollande. C'était une véritable évasion. Elle laissait derrière elle une vie corsetée par les règles sociales et la réprobation, et elle le faisait de surcroît habillée en garçon. Elle venait de se dépouiller de son passé mais aussi de son identité de femme.

Elle confie dans ses mémoires : « Je me sentais tellement heureuse et légère quand je suivis le Dr Crippen sur le pont du *Montrose.* »

Sixième partie

POURSUIVIS PAR LA FOUDRE

Crippen et Ethel Le Neve à bord du Montrose.

LES ROBINSON

Ethel et Crippen s'installèrent dans la cabine n° 5, qu'Ethel jugea « très confortable ». L'air, la mer, le vrombissement des machines, le crépitement magique de la radio du paquebot – tout la fascinait. « Le bateau entier était merveilleux. »

Son déguisement lui était dorénavant aussi familier qu'autrefois ses robes. « Je me sentais si sûre de moi », écrivit-elle. À un certain moment, un adolescent et elle entamèrent « des relations de franche camaraderie », selon ses propres termes. Elle voyait clairement que lui aussi la prenait pour un garçon. Elle se surprit elle-même quand elle se mit à parler football avec lui. Crippen observait la rencontre. Plus tard, il lui dit en riant : « C'est magnifique, cette faculté d'adaptation que tu possèdes ! »

Crippen et elle passaient des heures sur le pont, en promenade ou simplement assis, mais elle confia : « Naturellement, je me tenais plutôt à l'écart des autres passagers, et je ne parlai pas beaucoup. En revanche, quand un officier m'adressait la parole, je n'hésitai pas à répondre, et ne me sentais pas gênée le moins du monde. »

Elle s'émerveillait de l'attention que même le capitaine lui prodiguait. Il était aussi gracieux et obligeant qu'un steward. «J'avais une foule de distractions, parce que le capitaine Kendall me fournit toute une série de romans et de magazines, sans oublier quelques énigmes policières.»

Le capitaine fournit aussi des livres pour Crippen, qui s'intéressa tout particulièrement aux *Papiers posthumes du Pickwick Club* de Dickens et à deux romans contemporains, *Nebo the Nailer* de Sabine Baring-Gould et *A Name to Conjure With* de John Strange Winter, nom de plume heureusement raccourci de Henrietta Eliza Vaughan Palmer Stannard. Comme de nombreux passagers, Crippen étudiait souvent la feuille de route, régulièrement mise à jour, pour voir où en était le bateau et évaluer combien d'heures il restait sur les onze jours que le *Montrose* mettait d'ordinaire à atteindre le Québec. La vitesse du paquebot en pleine mer était de treize nœuds.

Le temps se rafraîchit, et Ethel commença à trouver les promenades sur le pont en compagnie de Crippen de moins en moins plaisantes. L'étoffe légère de son costume de garçon la protégeait mal contre le vent, et elle n'avait rien d'autre à porter. «Je me réfugiais dans un coin du salon avec un roman, emmitouflée dans un plaid, et je lisais des aventures pleines de rebondissements. J'étais aussi heureuse que j'aurais pu l'espérer.»

Durant le déjeuner de ce premier jour, tandis que les Robinson prenaient leur repas avec les autres passagers dans le salon de seconde classe, Kendall se glissa dans leur cabine et effectua une fouille rapide. Il trouva leurs chapeaux et les examina. L'intérieur de celui du père portait l'étiquette «Jackson, Bd du Nord, Bruxelles». Il n'y en avait aucune dans celui du plus jeune, mais Kendall s'aperçut qu'il avait été rembourré de papier, dans l'intention, supposa-t-il, de le mettre à sa taille.»

Le matin du deuxième jour en mer, Kendall parla de ses soupçons à son second, Alfred Sargent. Il lui demanda de jeter un coup d'œil discret et de lui dire ce qu'il en pensait. Sargent, après enquête, lui confirma que ses soupçons étaient peut-être fondés.

Kendall ne se sentait cependant pas assez sûr pour prévenir la police par radio ; pourtant, il savait que quand le bateau aurait quitté la Manche et entrerait dans l'Atlantique, les possibilités d'envoyer pareil message seraient plus limitées. L'émetteur du navire avait une portée de deux cent quarante kilomètres, alors que son récepteur pouvait capter des signaux jusqu'à plus de neuf cents. Il restait toujours la possibilité de relayer un message par l'intermédiaire d'un autre bateau plus proche de la côte, mais pour être absolument certain du contact, il lui faudrait se décider à en envoyer un sans trop tarder.

Kendall ordonna à Sargent de ne parler de leurs soupçons à personne.

« Je l'avertis, écrivit Kendall, qu'il fallait garder un silence absolu, parce que l'occasion était trop bonne. Alors nous avons continué à tout faire pour qu'ils soient satisfaits et prennent du bon temps. »

SUICIDE

Le monde semblait galvanisé.

À Chicago, la police arrêta un suspect nommé Albert Rickward, bien qu'il soit anglais et âgé de seulement vingt-neuf ans, soit vingt de moins que Crippen. On le fouilla et on trouva sur lui des billets anglais pour une valeur d'environ 2 000 dollars. Cela accrut la suspicion des enquêteurs. Ils le maintinrent en garde à vue pendant des heures, l'interrogèrent sans relâche et fouillèrent ses bagages, qu'il avait laissés à la gare. Rickward était furieux. Finalement, la police le relâcha, sans lui présenter d'excuses.

À Marseille, un agent maritime prévint la police qu'il avait repéré Crippen et Ethel Le Neve en train de monter sur un bateau en partance pour Anvers. La police française et le consul de Grande-Bretagne se précipitèrent au port mais le navire venait de lever l'ancre.

À Halifax, en Nouvelle-Écosse, la police intercepta un navire, l'*Uranium*, qui venait d'accoster. Tout le monde fut gardé à bord tandis qu'on fouillait le bateau de la proue à la poupe. Rien d'intéressant ne fut trouvé.

De Bruxelles parvint la nouvelle que le propriétaire d'un café dans les faubourgs de la ville avait remarqué la présence de deux clients qui correspondaient exactement à la description des fugitifs. L'un d'eux, expliquait l'informateur, était une femme habillée en homme. Il en était sûr.

En fait, ce renseignement était sans doute correct, mais il était impossible de savoir quelles informations étaient sérieuses, et lesquelles il fallait rejeter. Comme le *New York Times* le faisait observer : « Beaucoup d'hommes à l'air doux et porteurs de lunettes ont été soupçonnés du pire, et le nombre de gens filés par des policiers amateurs attirés par la récompense promise de 250 livres est incommensurable. »

Puis, de la ville de Bourges, arriva cette notification :

La nuit du mercredi 13 juillet, une jolie jeune femme se présenta à la réception de l'Hôtel de France. Elle portait une robe élégante et avait des manières raffinées. Âgée d'environ vingt-cinq ans, elle était brune et plutôt fluette. Dans l'ensemble, elle était « infiniment séduisante ». Elle disait se nommer Jeanne Maze et prétendait être française, mais, à l'hôtel, personne ne la crut.

Dès qu'on lui eut donné sa clé, elle monta directement dans sa chambre.

Une heure plus tard, le personnel de l'hôtel entendit trois coups de feu. On en chercha la provenance et on s'arrêta finalement devant la porte de cette chambre, qui était verrouillée. À l'aide d'un double de la clé, les employés entrèrent. La jeune femme était étendue sur le lit. Un billet était posé sur la table de chevet.

«Je demande qu'on ne cherche pas à connaître mon identité. La cause de mon suicide n'appartient qu'à moi. Je voudrais maintenant reposer en paix dans ma tombe.

«Je suis étrangère. Je laisse 100 francs pour couvrir les frais d'enterrement.

« La vie, hélas, ne m'a pas souri. »

La police locale enquêta mais n'apprit rien sur l'identité de la défunte, et abandonna l'affaire. Elle avait manifestement été victime d'une histoire d'amour malheureuse. Ce n'est qu'en recevant l'avis de recherche de Dew que les policiers se rendirent compte que la jeune femme pouvait – et même devait – être la sténodactylo en fuite, Ethel Le Neve.

Ils jugeaient la ressemblance extrêmement troublante.

UN MESSAGE EXPÉDIÉ EN HAUTE MER

À bord du *Montrose*, le capitaine Kendall poursuivait son enquête pour vérifier sa théorie sur l'identité secrète des Robinson, et il procédait avec zèle et subtilité. Il relut la description fournie par Scotland Yard au bateau quand il était encore à quai à Londres, et il examina les photographies de Crippen et d'Ethel Le Neve publiées dans l'édition internationale du *Daily Mail*. L'homme portait une moustache et des lunettes – Robinson, non. Avec un bâton de craie, Kendall effaça la moustache et les montures de Crippen, et trouva la ressemblance très convaincante. En parlant avec Robinson sur le pont, Kendall vit qu'il avait des marques sur les ailes du nez, là où la monture des lunettes devait peser. Il observa également que le prétendu fils de Robinson remplissait ses vêtements d'une façon résolument féminine. Une fois, une bourrasque souleva le pan de la veste du garçon et Kendall vit que son pantalon était retenu par de grosses épingles de nourrice.

Kendall invita les Robinson à sa table pour dîner, et il découvrit que le garçon avait « les manières de table d'une dame». Il prenait par exemple les fruits dans son assiette entre le pouce et l'index, là où beaucoup d'hommes auraient utilisé tous leurs doigts. Son père lui craquait ses noix, lui offrait la moitié de sa salade et se comportait de façon générale avec cette sollicitude qu'on réserve généralement aux femmes.

Au cours du repas, Kendall raconta des histoires drôles dans le but de faire rire Robinson pour vérifier s'il avait bien des fausses dents comme le mentionnait l'avis de recherche. «Mon stratagème réussit», nota Kendall.

Le jeudi matin, deuxième jour de la traversée, Kendall lança Robinson dans une conversation sur le mal de mer. Il avait observé que ni lui ni son fils ne paraissaient souffrir de la moindre nausée. Le capitaine espérait déterminer si Robinson avait des connaissances médicales, et de fait, son passager ne tarda pas à recourir à une terminologie spécialisée pour décrire certains remèdes. «Je fus dès lors entièrement convaincu que l'homme était médecin», écrivit Kendall.

D'autres preuves accablantes vinrent s'accumuler. Kendall entendit Robinson parler français avec d'autres passagers. D'après la circulaire de police, le Dr Crippen s'exprimait couramment dans cette langue. Un après-midi, le capitaine aperçut le père et le fils qui se promenaient à quelques pas de lui. Il cria «Monsieur Robinson!» mais l'homme n'eut aucune réaction. Kendall essaya de nouveau, mais là encore, il n'obtint pas de réponse, jusqu'à ce que son fils lui donne un coup de coude pour le lui faire remarquer. Le père se retourna alors en souriant et s'excusa de ne pas avoir entendu, expliquant que le vent l'avait rendu complètement sourd. (En fait, Crippen avait depuis un certain temps des problèmes d'audition et utilisait même parfois un appareil auditif, un petit cornet en laiton qui a été conservé dans une vitrine du musée de Londres.)

Tôt le matin du troisième jour, le vendredi 22 juillet, le *Montrose* quittait les eaux de la Manche et passait devant la station géante de Marconi à Poldhu. Kendall savait que s'il voulait prévenir la police, il faudrait qu'il le fasse avant le soir, sous peine de dépasser la portée de la radio Marconi installée sur son bateau.

Kendall composa un message destiné à ses supérieurs de la Canadian Pacific Line à Liverpool et envoya chercher son radiotélégraphiste, Llewellyn Jones, employé de la Compagnie Marconi. À 15 heures, heure de Greenwich, alors que le bateau se trouvait à environ deux cents kilomètres à l'ouest du Lizard, Jones entreprit de taper une suite de points et de traits qui devait devenir un des plus célèbres messages de l'histoire de la radiotélégraphie maritime.

Soupçonne sérieusement que Crippen, meurtrier de la cave de Londres, et complice sont à bord. Moustache rasée, barbe naissante. Complice habillée en garçon mais voix, manières et stature clairement féminines. Inscrits sous le nom de Robinson, père et fils. Kendall.

Le capitaine ne reçut aucune réponse. Il ne savait pas si son message avait atteint Liverpool ou non. En attendant, il continua d'observer attentivement les Robinson.

« M. DEWHURST »

Le message de Kendall traversa l'atmosphère à la vitesse de la lumière. Sa suite ininterrompue d'ondes vint frapper l'antenne de réception géante à Poldhu ainsi que toutes les autres antennes sans fil à proximité, et fut captée par le nouveau détecteur magnétique de Marconi, un appareil que les opérateurs appelaient le « Maggie ». Ce détecteur activa à son tour un circuit secondaire connecté à une imprimante Morse, et immédiatement un rouleau portant les points et les traits bleu pâle du message commença à émerger. Les opérateurs le relayèrent par voie terrestre jusqu'aux bureaux de la Canadian Pacific à Liverpool, où les responsables prévinrent la police. Les enquêteurs de Liverpool envoyèrent alors un message à Scotland Yard, dans lequel ils reprenaient les termes du marconigramme de Kendall. Un coursier le porta dans les locaux occupés par la Brigade criminelle.

« Il était 20 heures, se souvient Dew. Épuisé par la tension du travail du jour, je bavardais avec un collègue dans mon bureau quand on me porta un télégramme. »

Il le lut, et sa fatigue « s'envola instantanément ».

Il y avait eu des milliers de témoignages, venus des quatre coins du monde. En ce moment-même, des policiers en

Espagne et en Suisse suivaient deux pistes qui paraissaient solides. D'innombrables autres, censément excellentes, étaient parties en fumée. Ce nouveau message, cependant, revêtait un caractère de certitude absent de tous les précédents. Il émanait du capitaine d'un bateau en pleine mer, propriété d'une compagnie importante et respectée. Il avait été reçu par les responsables de l'entreprise qui assurément ne l'auraient pas transmis à la police s'ils avaient eu des doutes sur la fiabilité du capitaine. Une partie du message avait une résonance particulièrement saisissante : « *Complice habillée en garçon mais voix, manières et stature clairement féminines.* »

Dew le lut et le relut. Il vérifia l'horaire du bateau et passa une série de coups de téléphone, le dernier à Sir Melville Macnaghten, le responsable de toute la division des affaires criminelles, à son domicile. Macnaghten était en train de s'habiller pour sortir dîner.

« Lisez-le-moi », ordonna-t-il. Quand Dew eut terminé, son supérieur resta silencieux quelques secondes, puis dit : « Vous feriez mieux de passer pour qu'on en discute. »

Dew se précipita dans le hall, puis sur le quai Victoria, où il héla un taxi qui le conduisit à destination. Il demanda au chauffeur de l'attendre. Sur place, Dew montra le télégramme de Kendall à Sir Melville, qui portait maintenant son impeccable habit de soirée noir et blanc. À en croire Dew, son supérieur lut le télégramme en haussant les sourcils. Puis il regarda l'inspecteur principal. « Qu'en pensez-vous ?

– Je suis sûr que ce sont eux.

– Moi aussi. Que suggérez-vous ?

– Je vais partir à leur poursuite dans un paquebot à grande vitesse. » Il expliqua qu'un bateau de la White Star Line, le *Laurentic*, quittait Liverpool le lendemain pour Québec. « Je crois qu'il peut doubler le *Montrose* et arriver le premier au Canada. » Il se proposait d'acheter un billet et de cueillir Crippen avant qu'il ne pose les pieds sur le sol québécois.

Macnaghten sourit à la hardiesse de l'idée, mais réfléchit quelques minutes à ses implications. « C'était une décision sérieuse que d'envoyer à l'étranger notre inspecteur principal », écrivit-il. Dew était responsable de l'enquête, et, en tant que tel, le seul policier de Scotland Yard à connaître tous les éléments de l'affaire et toutes les pistes déjà explorées. De plus, la Brigade criminelle avait sur les bras deux homicides, le premier, un meurtre commis à Slough, l'autre un assassinat par balles à Battersea. Macnaghten craignait que le voyage de Dew ne soit « qu'un coup d'épée dans l'eau ». Dans ce cas, ses sept jours d'absence durant la traversée serait une erreur coûteuse et difficile à expliquer pour ses services.

Il fallait prendre une décision rapide. Macnaghten se dirigea vers son secrétaire et se mit à écrire. « Voici votre ordre de mission, Dew. De tout cœur, je vous souhaite bonne chance. »

Ils se serrèrent la main.

« La nuit promettait d'apporter son lot d'anxiété, nota Macnaghten. Mais les dés étaient jetés, le Rubicond franchi. Si cela fonctionnait, c'était parfait, et sinon, eh bien, l'affaire n'en serait que plus désespérément enlisée, et je préférais ne même pas songer aux conséquences possibles sur sa résolution. »

Dew reprit le taxi qui l'attendait et repartit pour Scotland Yard. Il envoya un télégramme à la police de Liverpool, demandant qu'on lui achète un billet sur le *Laurentic* sous un faux nom. Il rentra chez lui pour faire ses bagages et dormir. Il garda secret le but de sa mission, expliquant seulement à sa femme qu'il était appelé à l'étranger « pour une question de la plus haute importance ». Le lendemain, il prit un taxi pour la gare d'Euston et le train de 13 h 40 en direction de Liverpool, spécialement affrété pour les passagers s'apprêtant à embarquer sur le *Laurentic.* Un policier de Liverpool lui avait réservé un billet sous le nom de « M. Dewhurst ». Seuls le capitaine du paquebot, le radiotélégraphiste et quelques officiers connaissaient sa véritable identité. Pour protéger davantage encore le secret de la mission, Dew lui donna un nom de code : « Menottes ». Un inspecteur avec une rose rouge à la boutonnière de son manteau vint l'attendre à la gare de Liverpool.

Le *Laurentic* leva l'ancre à 18 h 30 précises, comme prévu. Dew savait que la course qui s'engageait serait serrée. Il fallait au *Montrose* onze jours pour atteindre Québec, au *Laurentic* seulement sept, mais le premier avait trois jours d'avance. Si tout se déroulait bien, c'est-à-dire parfaitement, le bateau de Dew arriverait un jour avant celui de Crippen. Mais, étant donné les vicissitudes de ces longues traversées – brouillard, tempêtes, avaries mécaniques –, un seul jour constituait une marge infime.

Dew passa des heures dans la cabine de radiotélégraphie tandis que l'opérateur Marconi expédiait un message après l'autre à Kendall. Il ne reçut aucune preuve de réception. « C'était désespérant. Les signaux de réponse ne voulaient tout simplement pas nous parvenir. »

Macnaghten arriva dans les locaux de Scotland Yard de bonne heure le samedi matin. « J'affectai un air de nonchalance que j'étais très loin d'éprouver. » Il retrouva le commissaire Froest, chef direct de Dew, et lui demanda de lui dire franchement ce qu'il pensait de la décision prise la veille d'envoyer Dew de l'autre côté de l'océan à la poursuite des suspects. Froest jugea cela un peu téméraire, ainsi d'ailleurs que les autres inspecteurs de la Brigade criminelle. Ils en avaient tous parlé entre eux, écrivit Macnaghten, « et en étaient venus à la conclusion qu'il y avait peu de chance que la confiance que j'avais aveuglément accordée à ce marconigramme soit fondée ».

L'inquiétude de Macnaghten augmenta encore quand un télégramme arriva d'Anvers, décrivant le père et le fils qui avaient réservé deux places à bord du *Montrose*. Ces portraits-robots « ne ressemblaient en rien à ceux du Dr Crippen et de Mlle Le Neve ».

Les enquêteurs continuaient d'explorer d'autres pistes. La police de New York inspectait davantage de bateaux. Un garde-barrière français jura qu'il avait vu le couple dans un wagon. Un passager dans un train anglais était certain d'avoir partagé son compartiment avec Crippen.

À Bruxelles, un policier de Scotland Yard nommé Guy Workman se rendit à l'Hôtel des Ardennes et photographia les données portées sur le registre au nom de deux clients identifiés comme père et fils. Il apprit que le gérant n'avait pas été dupé par les vêtements du garçon, et s'était imaginé une explication romantique au fait qu'un homme d'un certain âge voyageait avec une jolie jeune fille déguisée en adolescent. La femme de l'hôtelier avait surnommé la fille « Titine », et l'homme « Vieux Québec », parce qu'il parlait souvent de cette ville. Pour elle, il était évident que la jeune fille était tombée amoureuse d'un professeur et que, maintenant, ils étaient en fuite.

Quelle passion ! Quelle aventure ! Comment ne pas leur souhaiter bonne chance ?

Au milieu de l'océan, le *Laurentic* se rapprochait du *Montrose* à une vitesse d'environ quatre milles marins à l'heure.

Malgré la frustration de ne pas réussir à joindre Kendall par TSF, Dew commençait à profiter de cette traversée. Quand il avait besoin de repos, il pouvait se promener sur le pont. Le capitaine le traitait avec générosité et respect, et le bateau était beau et confortable.

Il pensait que son identité et sa mission étaient restées totalement secrètes.

UN SIGNAL INTERCEPTÉ

Pendant vingt-quatre heures, Kendall ne reçut pas la moindre preuve lui indiquant que Scotland Yard avait bien reçu son message. Ses lieutenants et lui continuèrent à observer les Robinson, de plus en plus convaincus qu'il s'agissait bien des fugitifs, Crippen et Ethel Le Neve – même si aucun d'eux ne parvenait à s'imaginer Crippen en train de faire ce dont la police l'accusait. Il était poli et affable, et toujours attentif aux besoins de son « compagnon ».

Kendall se démena pour que le couple soit détendu et heureux, et surtout qu'ils ne soupçonnent pas que leurs identités avaient été découvertes.

Pour Crippen et Ethel, les heures défilaient en toute quiétude. Comparé à la vie précédant le départ de Belle Elmore, c'était le paradis. Personne ne les observait ; finies les rencontres furtives dans des chambres discrètes. Ils se sentaient enfin libres de s'aimer.

« Le docteur était aussi calme que toujours, et il passait autant de temps à lire que moi, écrivit Ethel. Le capitaine Kendall et lui étaient bons amis, et à l'heure des repas, on échangeait à table des histoires divertissantes, ce qui garantissait la bonne humeur ambiante. Tous les officiers se montraient extrêmement courtois à notre égard, et me demandaient très souvent comment je me sentais. »

Elle imaginait déjà la lettre qu'elle adresserait à sa sœur Nina une fois installée en Amérique. « Quelle lettre ce serait ! J'avais conservé le souvenir de toutes mes petites aventures à Rotterdam et à Bruxelles. Comme elle allait se divertir en lisant le récit de mon escapade, déguisée en garçon ! Mon aplomb la laisserait pantoise ! »

La nuit du dimanche 24 juillet, Jones, l'opérateur Marconi du *Montrose*, intercepta un message émanant d'un journal anglais et destiné au passager d'un autre bateau, le *Laurentic* de la White Star Line. Le contenu était si intrigant qu'il le transmit au capitaine Kendall.

Le message demandait : « Que fait l'inspecteur Dew ? Les autres passagers sont-ils excités par cette course-poursuite ? Réponse urgente attendue. »

C'est à ce moment-là seulement que Kendall comprit que son propre message était passé et – plus étonnant encore – que Scotland Yard poursuivait son bateau à travers l'Atlantique.

Il se rendit compte également que l'affaire s'étalait désormais au grand jour.

LA CAGE DE VERRE

À bord du *Laurentic*, les passagers ne connaissaient l'inspecteur principal Dew que sous le nom de M. Dewhurst, et sur le *Montrose*, Crippen et Ethel Le Neve étaient toujours les Robinson, mais soudain, de par le monde, des millions de lecteurs étaient au courant, ou au moins soupçonnaient leurs véritables identités. Le dimanche, Scotland Yard publia un communiqué succinct :

« Tout porte à croire que le "Dr" Crippen et Mlle Le Neve seraient à bord d'un navire se dirigeant vers Québec. L'inspecteur principal Dew a quitté Liverpool pour le Canada : il espère que son paquebot doublera celui des fuyards et compte les arrêter à leur arrivée. »

Quelques efforts supplémentaires suffirent aux journalistes pour apprendre le nom des bateaux en question et le contenu du message initial de Kendall. Les opérateurs Marconi à bord d'autres navires l'avaient intercepté et le transmirent volontiers. Sur les paquebots en train de croiser vers l'Angleterre, la nouvelle courut d'un passager à l'autre. Certains la publièrent même probablement dans le journal confectionné à bord. Les correspondants étrangers basés à Londres câblèrent l'information à leurs rédactions de New

York, Berlin, Stockholm, New Delhi, et bientôt, à la une des journaux aux quatre coins du globe, fleurirent des cartes de l'Atlantique montrant les positions relatives qu'étaient censés occuper le *Montrose* et le *Laurentic.*

L'affaire enflamma les rédacteurs du *Daily Mail* qui offrirent une récompense de 100 livres sterling – soit 10 000 dollars d'aujourd'hui – pour toute information concernant Crippen et Ethel Le Neve. Le mardi, le journal annonçait : « À midi aujourd'hui, le *Laurentic* ne sera plus qu'à deux cent cinquante-trois milles (soit quatre cent cinquante-six kilomètres) du *Montrose.* » L'article prévoyait que Dew essaierait d'intercepter le bateau à Pointe-au-Père, sur le Saint-Laurent, où des pilotes montaient à bord des paquebots pour les guider jusqu'à Québec. Un autre supposait que Crippen allait finir par se rendre compte qu'il était découvert : « Il ne mettra pas longtemps à comprendre que les craquements et crépitements dans la cabine-radio signifient que des messages à son sujet s'échangent à travers l'océan. À bord, tout le monde doit supposer que tout va bien, et même ceux qui en savent le plus doivent prétendre qu'ils ignorent tout du fait que l'air vibre littéralement des messages transmis sans fil, sans doute, par l'intermédiaire des bateaux qui croisent sa route. Il s'agit assurément d'une traversée que personne à bord n'oubliera de si tôt. »

Pour les rédactions du monde entier, un point semblait évident : la radiotélégraphie avait rendu la mer moins sûre pour les criminels en fuite. « Des voix mystérieuses la traversent de leurs murmures, écrivit un journaliste dans le *Daily Mirror.* Des mains invisibles se tendent, et des doigts aveugles se rapprochent, se croisent et enserrent leur proie. » Un journal français, le *Liberté*, déclara : « La TSF vient de démontrer que, d'un rivage de l'Atlantique à l'autre, un criminel vit dans une cage de verre, où il est beaucoup plus exposé aux yeux du public que s'il restait à terre. »

Ce qui fascinait le plus les lecteurs était que Crippen et Ethel Le Neve n'avaient pas conscience d'être poursuivis par Dew. Pouvoir assister à cette chasse à l'homme en direct et de loin était un événement sans précédent, quasiment miraculeux. J. B. Priestley écrivit : « Le grand public, qui fait preuve d'un instinct sûr en ce genre d'occasions, savait qu'il avait trouvé des places sur un balcon de huit cents kilomètres de long pour un spectacle inédit, excitant et entièrement original, intitulé "*Piégés par la TSF !*". On y voyait Crippen et sa maîtresse, arrivant tout sourire à la table du capitaine, se tenant par la main sur le pont, ignorant complètement que l'inspecteur Dew était en route et s'apprêtait à les interpeller. Tandis qu'ils consultaient le menu, des millions de lecteurs voyaient leurs noms s'étaler à la une en énormes caractères. »

Crippen avait commis une sérieuse erreur, observait Priestley : « Il avait oublié, s'il l'avait jamais su, ce que Marconi venait d'offrir au monde. C'est grâce à lui que nous assistons au spectacle de ces deux créatures traquées, disons un renard et une hase, poursuivis par une meute de chiens qui aboient et salivent sur leurs traces. »

À Londres, Scotland Yard et les médecins légistes du ministère de l'Intérieur continuaient d'enquêter sur la cause de la mort de la victime retrouvée dans la cave du 39, Hilldrop Crescent. Certes le corps avait été mutilé, mais, paradoxalement, l'état de la dépouille ne disait rien de la cause directe du décès. Pour ce qu'on en savait, la victime aurait pu mourir dans un accident, ou bien de maladie, et avoir ensuite été éviscérée.

À l'hôpital Saint Mary's de Londres, William Henry Willcox, chimiste légiste renommé et analyste responsable du laboratoire du ministère, réceptionna les cinq bocaux des restes humains conservés jusque-là à la morgue d'Islington et en examina précautionneusement le contenu. C'était un expert en matière de poisons et il avait si souvent témoigné dans ce genre d'affaires que les journalistes l'avaient surnommé « l'Empoisonneur du Roi ». Il entama la longue analyse qui devait permettre de déterminer si la mort avait été causée par l'absorption de substances toxiques. Un processus laborieux qui devrait, estimait-il, prendre de deux à trois semaines.

Entre-temps, il demanda au médecin de la police, le Dr Marshall, de retourner à la morgue pour examiner à nouveau la masse des restes qui s'y trouvaient à la recherche d'organes manquants. Il s'intéressait surtout au second rein, à certaines parties du foie et des intestins. Il réclamait là un travail harassant et sinistre. « Les restes en question, nota le Dr Marshall, avaient beaucoup changé. » Il réussit à localiser une portion du foie pesant environ quatre cent cinquante grammes et une section d'intestin grêle de trois cent soixante grammes, mais il ne localisa jamais le second rein. Il plaça ses trouvailles dans un sixième bocal, ainsi qu'une découverte toute récente : un autre bigoudi avec des cheveux collés dessus. Il porta le bocal à Willcox.

Mais le poison n'était qu'une hypothèse parmi d'autres. Crippen possédait un revolver, il avait peut-être abattu sa femme. À moins qu'il ne l'ait assommée et n'ait fait disparaître sa tête pour supprimer les preuves. Ou bien qu'il l'ait poignardée et ait découpé le corps dans la foulée.

Le commissaire Froest envoya l'inspecteur C. Crutchett faire de nouveau un tour à Hilldrop Crescent pour parler aux voisins de tout ce qu'ils auraient pu voir ou entendre de suspect. Il commença à quadriller les lieux mercredi

27 juillet, et il entendit immédiatement des récits qui méritaient une enquête plus approfondie.

Au 46, Brecknock Road, dont les fenêtres donnaient sur le jardin de derrière des Crippen, Crutchett interrogea une certaine Mme Lena Lyons. Elle lui confia qu'une nuit de la fin janvier ou du début février, alors qu'elle était au lit, éveillée, elle avait « distinctement » entendu un coup de feu. Il faisait très sombre, mais elle supposait qu'il devait être 19 heures. Quelques minutes plus tard, une de ses locataires au nom improbable de May Pole[1] se précipita dans la chambre et lui demanda : « Vous n'avez pas entendu un coup de feu, Mme Lyons ? » Mme Pole occupait la chambre située à l'arrière de la maison, qui offrait une vue plongeante sur le jardin de Crippen. Terrifiée, elle s'assit au bout du lit de Mme Lyons. Un instant plus tard, un second coup de feu avait retenti. Mme Pole était restée là jusqu'au lever du jour.

Une autre voisine, Franziska Hachenberger, raconta à Crutchett qu'aux petites heures du jour, à 1 heure et demie environ, fin janvier ou début février, elle avait entendu un cri. Elle vivait avec son père, un musicien, dans une rue adjacente et, de ses fenêtres, elle avait une vue complètement dégagée sur le jardin de Crippen et ceux des voisins. « Je n'ai entendu qu'un long cri qui s'est interrompu brutalement », expliqua-t-elle à l'inspecteur. Elle n'avait perçu aucun coup de feu, mais avait immédiatement soupçonné qu'il s'agissait d'un crime. « Ce cri m'a tout de suite fait penser à un meurtre. J'ai eu un sacré choc ! » Pendant toute la semaine, elle avait épluché le journal et lu les placards des colporteurs à la recherche de la nouvelle d'un meurtre commis dans le quartier, mais il n'en fut pas question.

1. Littéralement « arbre de mai ». *(NdT)*

Le témoignage le plus détaillé lui fut donné par un homme qui habitait au 54, Brecknock Road, et dont le jardin n'était qu'à quelques mètres de celui de Crippen. Ouvrier métallurgiste et trésorier de deux clubs privés, Frederick Evans était sorti avec des amis dans un pub, l'Orange Tree, et était rentré chez lui à 1 h 18. Il savait l'heure exacte parce que, chaque soir en tournant au coin de Brecknock Road, il avait coutume de s'arrêter devant la vitrine du bijoutier et de mettre sa montre à l'heure. «Je venais de rentrer depuis quelques minutes et de retirer mes bottes quand j'ai entendu un cri terrible, suivi par un long gémissement», dit-il. Pour autant qu'il puisse en juger, la personne qui avait crié devait se trouver dehors ou dans une pièce aux fenêtres grandes ouvertes. «J'ai été stupéfait, et ça m'a immédiatement fait penser aux meurtres de Jack l'Éventreur. Je connais bien le coin et, sachant que Parmetes Row, qui donne sur Hilldrop Crescent, est fréquentée par des prostituées, je me suis dit que ça devait être une de ces pauvres filles qui avait un problème.»

Il avait remis ses bottes, vérifié que sa femme dormait toujours, et il était sorti pour retraverser le quartier en empruntant Brecknock Road, Hilldrop Crescent et Camden Road, mais ne remarqua rien de suspect. Comme Mlle Hachenberger, il fouilla les journaux pour voir si un crime avait été découvert.

Il raconta également à Crutchett que quelques jours plus tard, alors qu'il se trouvait dans son jardin, il avait senti ce qu'il appela «une forte odeur de brûlé». D'abord il avait cru qu'il s'agissait de feuilles mortes, mais on était au milieu de l'hiver et il ne restait plus de feuilles à brûler. Il en conclut que quelqu'un avait peut-être «arraché le papier peint d'une pièce et était en train de le mettre au feu». Plusieurs matins de suite, il remarqua cette même odeur de fumée. À un moment donné, il avait même regardé de l'autre côté de son mur et observé des volutes s'élever du jardin des Crippen. Il ne les avait jamais vus brûler des ordures auparavant. Il rapporta aussi à Crutchett qu'un autre voisin avait vu Crippen porter « quelque chose qui brûlait » dans un seau en émail blanc, dont il avait ensuite déversé le contenu dans une poubelle avant de remuer le tout.

Evans dit qu'il regrettait Belle. Sa femme et lui aimaient l'entendre chanter quand elle jardinait.

Crutchett se mit à la recherche de l'éboueur employé par la mairie d'Islington pour vider les poubelles de Hilldrop Crescent. Tous les mercredis pendant neuf ans, William Curtis était passé au 39, Hilldrop Crescent pour emporter les ordures accumulées. Il dit à Crutchett qu'en février 1910, lui et un de ses collègues, James Jackson, avaient enlevé du jardin des Crippen quatre seaux et demi de déchets à demi consumés, en plus du contenu habituel de la poubelle. « Ils avaient brûlé toutes sortes de trucs, du papier, des vêtements, des jupons, des vieilles robes, des chemisiers », expliqua Curtis.

Les deux mercredis suivants, Curtis et Jackson emportèrent des paniers entiers de déchets incinérés, complètement réduits en cendres. Durant toutes les années où il avait travaillé comme éboueur, Curtis avait appris à faire la différence entre une sorte de cendres et une autre. Là, dit-il, ce n'étaient pas des cendres de cheminée ordinaires. Et pas non plus celles qu'on retrouve quand on a brûlé du papier. « C'étaient des cendres blanches, très légères », précisa Curtis. Il ajouta : « Mais je n'ai pas vu d'os dedans. »

Comment savoir quelle foi accorder à tous ces récits ? Aucun des témoins n'avait jugé bon de dénoncer ces coups de feu et ces cris à la police au moment où ils s'étaient produits. Comme tout policier le sait, ces dépositions tardives devaient être considérées avec scepticisme, surtout dans le cas d'une affaire aussi médiatisée. À l'évidence, des récits avaient circulé dans le quartier, gagnant chaque fois en précision et en couleur. Néanmoins, il y avait entre eux une certaine cohérence et ils valaient la peine d'être consignés.

L'inspecteur Crutchett fit signer une déposition à chaque témoin. Il les remit toutes au commissaire Froest.

Le mercredi 27 juillet à minuit, au beau milieu de l'Atlantique, le bateau de Dew doubla le *Montrose*. Les deux navires ne s'approchèrent jamais assez pour que leurs passagers se voient de l'un à l'autre. Leurs courses, bien que parallèles, étaient séparées par un large bras de mer. Mais pour la première fois depuis le début de leurs traversées, ils se trouvèrent à portée de TSF. Dew put enfin contacter Kendall directement. « Monterai à bord à Pointe-au-Père, disait le message de l'inspecteur. Merci de conserver toutes informations strictement confidentielles jusqu'à mon arrivée. »

Kendall répondit par le même canal : « Mais que croyez-vous que j'ai fait jusqu'à maintenant, bon sang ! »

Des correspondants de presse venus de toutes les villes d'Amérique du Nord commencèrent à se diriger vers Québec et, de là, vers Pointe-au-Père et Rimouski sur le Saint-Laurent. Les habitants de petites bourgades qui n'avaient jamais croisé un journaliste en virent soudain des dizaines arriver avec des sacs de voyage, des blocs sténo et des appareils photo.

Au sein de Scotland Yard cependant, perdurait un grand scepticisme : comment savoir si c'étaient bien Crippen et Ethel Le Neve à bord du *Montrose* ? Des pistes alternatives continuaient à parvenir à la Brigade criminelle, y compris un témoignage selon lequel ils se seraient réfugiés en Andorre.

« Pour ce qui me concerne, confia le commissaire Froest à un journaliste, je garde la tête parfaitement froide. Nous construisons si souvent des châteaux de cartes qui s'écroulent quand on pose au sommet la dernière du paquet. C'est pour cela que nous vérifions chaque information qui nous parvient, exactement comme si l'épisode du *Montrose* ne s'était jamais produit. »

L'AIR VIBRE

L'enthousiasme du capitaine Kendall était à son comble. Crippen et Ethel Le Neve étaient à bord de son bateau, tout à fait inconscients des messages qui fusaient de part et d'autre au-dessus de leurs têtes. Transmis de navire en navire, cinquante marconigrammes au moins, expédiés par des rédacteurs en chef et des journalistes, atteignirent la cabine-radio du *Montrose.* Le *Daily Mail* par exemple demandait : « Contre récompense financière, merci de nous expédier description complète de l'arrestation de Crippen et Ethel Le Neve. » Le *New York World* tenta de joindre Crippen lui-même et promettait : « Serons heureux de publier tout ce vous souhaiterez dire. » Kendall ne transmit évidemment pas ce message.

Le capitaine adorait l'attention dont il était l'objet. Soudain, son modeste bateau était le plus célèbre bâtiment de tous les océans. De fait, « l'occasion était trop belle ». Conscient qu'il avait plusieurs millions de lecteurs potentiels de par le monde, Kendall prépara un récit pour le *Daily Mail* sur la façon dont Crippen et sa compagne passaient leurs journées. Quand le *Montrose* fut à environ cent cinquante kilomètres à l'est de Belle Isle, une île située juste au nord de Terre-Neuve qui marquait l'entrée dans l'estuaire du

Saint-Laurent, Kendall demanda à son opérateur Marconi d'expédier son récit au correspondant du journal à Montréal.

Il savait cependant que son papier serait vite beaucoup plus largement diffusé. Une fois réduite à un invisible confetti en Morse, son histoire allait rebondir de bateau en bateau, de station en station, jusqu'à littéralement envahir l'atmosphère et être disponible pour n'importe quelle rédaction de la planète.

Quand le *Montrose* pénétra dans le golfe du Saint-Laurent, Ethel sentit son pouls s'accélérer. Elle mourait d'envie de débarquer et de poser le pied en Amérique. Crippen, lui, semblait gagné par l'inquiétude. Il entra dans leur cabine, l'air « très grave », et lui tendit 15 livres en billets. « Ma chérie, dit-il, je pense que tu ferais mieux de te charger de cet argent.

– Pourquoi ? demanda-t-elle. Je n'ai nulle part où les mettre à part mes poches. Tu peux les garder jusqu'à ce que nous arrivions au Québec, tu ne crois pas ? »

Il ne répondit pas immédiatement. « Il est possible que nous devions nous séparer.

– Nous séparer ! » Sa remarque la laissa sans voix. « Ce serait vraiment incroyable que j'aie fait tout ce chemin pour être laissée seule. »

Crippen répondit : « Quand nous arriverons à Québec, tu ferais mieux de continuer jusqu'à Toronto. C'est une belle ville et je la connais bien. Tu sais encore taper à la machine et la chapellerie n'a pas de secrets pour toi, n'est-ce pas ? »

Elle se détendit. Elle se dit qu'elle avait mal compris. Crippen ne voulait pas l'abandonner en fait, mais il souhaitait d'abord explorer seul les possibilités d'installation en Amérique, puis il la ferait venir pour qu'ils puissent « élire paisiblement domicile dans un coin reculé ».

Elle demanda : « Et ces vêtements ? »

– Tu en as assez d'être un garçon ? »

Ils décidèrent qu'aussitôt débarqués, ils se trouveraient un hôtel. Il ressortirait immédiatement à la recherche d'une boutique de vêtements féminins et il lui achèterait tout ce dont elle avait besoin. Cette perspective la rendit de nouveau plus optimiste. Elle écrivit : « J'étais folle d'impatience à l'idée de cette vie d'aventures qui nous attendait au Canada. »

Crippen remonta sur le pont. Ethel retourna à sa lecture. Elle n'avait plus envie de se promener. Il faisait trop froid et elle trouvait les fréquentes nappes de brouillard insupportables.

Vendredi 29 juillet, le *Daily Mail* de Londres publia le récit de Kendall, transmis par TSF depuis le *Montrose*, capté par la station de Belle Isle, réexpédié jusqu'à Londres par câble sous-marin et indubitablement remanié par la rédaction.

Kendall commençait par décrire sa propre enquête, en débutant par le moment où il avait surpris les Robinson en train de se tenir les mains. « Ethel Le Neve serrait les doigts de Crippen avec une force incroyable, écrivait le capitaine. Cela ne me sembla pas très naturel entre deux hommes et je les soupçonnai donc aussitôt. »

Il présentait Ethel Le Neve comme « une jeune femme distinguée et modeste, aux manières et à l'allure très convenables ». Il ajoutait : « Elle ne parle pas beaucoup, mais elle sourit sans arrêt. Elle semble lui obéir en tout, et il ne la laisse pas seule un instant. Son costume est d'une coupe abominable. » Une vague de compassion dut submerger les femmes du monde entier. « Ses pantalons sont très serrés aux hanches, elle les a décousus un peu au fond et les maintient avec de grosses épingles de nourrice. »

Crippen se laissait pousser la barbe mais continuait à se raser au-dessus de la lèvre supérieure pour que sa moustache ne repousse pas, précisait Kendall. Le médecin avait encore sur le nez la marque de ses lunettes. « Il reste tranquillement à lire sur le pont, à moins qu'il ne fasse semblant, et tous deux paraissent vraiment prendre plaisir aux repas partagés. » Crippen connaissait apparemment très bien Toronto, Detroit et la Californie, écrivait Kendall, « et à l'arrivée de notre paquebot, il compte rejoindre Detroit par bateau, parce que c'est le moyen de transport qu'il préfère ».

Kendall dressait la liste de certains livres que Crippen avait lus, et notait qu'en ce moment, il était plongé dans un roman à suspense, *Les Quatre Justiciers* d'Edgar Wallace, dans lequel des anarchistes assassinent le ministre des Affaires étrangères britannique, malgré tous les efforts de protection déployés par Scotland Yard.

« Parfois, ils semblent tous deux absorbés dans leurs pensées, notait Kendall. Même si Ethel Le Neve ne donne aucun signe de désarroi et ne sait peut-être rien du crime commis, elle apparaît comme une personne sans volonté. Elle a besoin de le suivre partout. »

Un soir, environ à mi-parcours, on donna un concert à bord, et Crippen et sa compagne y prirent manifestement plaisir. Le lendemain matin, Crippen dit à Kendall qu'une chanson, « We All Walked Into the Shop », lui « avait trotté dans la tête toute la nuit. Son "fils" aussi l'avait beaucoup aimée et ils avaient ri tous deux de bon cœur en regagnant leur cabine. Au cours d'une conversation, il avait parlé d'apéritifs américains et dit que Selfridges était le seul endroit décent à Londres où l'on pouvait en trouver. »

Kendall écrivait encore : « Vous observez que je n'ai rien fait pour les arrêter. La méthode que j'ai choisie est, je crois, la meilleure, parce qu'ils n'ont aucun soupçon, et avec un tel nombre de passagers, il vaut mieux éviter toute agitation. »

Pour les lecteurs du monde entier, ce récit tenait de la magie. Ils savaient quels livres lisaient les fugitifs. Ils connaissaient leurs moments de méditation et n'ignoraient pas combien ils avaient apprécié le concert donné sur le bateau. Ils s'imaginaient Crippen en train de rire aux plaisanteries du capitaine et les gestes gracieux d'Ethel Le Neve pour prendre un fruit sur un plateau. Le *Times* de Londres commentait : « Il y avait quelque chose de totalement fascinant, d'étrange presque, dans l'idée de ces deux passagers traversant l'Atlantique, persuadés que personne ne savait qui ils étaient ni où ils allaient, alors que chaque détail de leur vie était exposé aux quatre coins de la planète. » Depuis le moment de leur départ, poursuivait l'article, ils ont été « encerclés par les ondes de la télégraphie sans fil plus sûrement que ne les auraient enfermés les murs d'une prison. »

Un journaliste invita W. W. Bradfield, un des ingénieurs responsables de la Compagnie Marconi, à démêler l'écheveau de cette saga. Bradfield décrivit une cabine Marconi comme « la grotte d'un magicien » et ajouta que la TSF avait pour toujours changé la vie des criminels. « Le suspect qui s'enfuit vers un autre continent ne trouve plus l'impunité au milieu de l'océan. L'air qui l'entoure est peut-être en train de vibrer de messages accusateurs, apparemment surgis du néant. Le mystère de la radiotélégraphie, l'impossibilité d'y échapper, la certitude qu'elle sera utilisée pour détecter un fugitif et qu'elle le poursuivra sans relâche, pèseront lourdement désormais sur toute personne tentant de fuir la justice. »

À un moment donné, Kendall trouva Crippen assis sur le pont, les yeux levés vers l'antenne sans fil, en train d'écouter le crépitement provenant de la cabine Marconi. Il se tourna vers le capitaine et s'exclama : « Quelle merveilleuse invention ! »

Kendall ne put que sourire et opiner du chef.

LA CHATTE DE SAINT MARY'S

À l'hôpital Saint Mary's de Londres, le Dr Willcox conduisait une première batterie de tests pour exclure la possibilité de certains poisons faciles à détecter, comme l'arsenic, l'antimoine et l'acide cyanhydrique. Il trouva des traces d'arsenic et d'acide carbonique, mais les attribua au désinfectant qu'un policier avait généreusement et imprudemment appliqué sur les parois de la fosse dans la cave de Hilldrop avant que les restes ne soient exhumés. Willcox ne trouva ces traces que dans quelques organes, ce qui lui prouva que l'arsenic était un agent polluant extérieur et non pas la cause du décès. Il entama ensuite la tâche plus lente et plus complexe qui consistait à déterminer si les restes contenaient des poisons de type alcaloïde, comme la strychnine, la cocaïne et l'atropine, de la famille des solanacées. Il estimait que cette phase prendrait environ deux semaines.

« Il est nécessaire, dit Willcox, de peser les différentes parties des restes où l'on suppose que pourrait se trouver un alcaloïde. On les broie alors en petites particules et on les place dans de l'alcool à 90 degrés modifié. On retire l'alcool au bout de vingt-quatre heures, et ce qu'il reste des chairs est alors placé dans un autre alcool, que l'on retire à son tour au bout de vingt-quatre heures, et ce tant que le liquide en sort coloré – c'est-à-dire environ cinq fois. Quand le liquide est parfaitement transparent, on s'arrête. »

Il découvrit qu'une trace d'alcaloïde était effectivement présente, et appliqua un processus très connu, la méthode d'extraction Stas, pour séparer l'alcaloïde de l'alcool sous sa forme pure. Il pesa chaque quantité, ce qui représentait un travail de haute précision : son échantillon d'intestin contenait 0,009 grammes d'alcaloïde, l'estomac seulement 0,002.

Venait maintenant un test important et étonnamment simple qui, s'il réussissait, permettrait d'éliminer toute une série d'alcaloïdes et simplifierait grandement la tâche de Willcox. Pour cela, il lui fallait un chat.

À bord du *Laurentic,* l'inspecteur principal Dew peaufinait son plan. Son bateau était maintenant loin devant le *Montrose*, ainsi que le monde entier le savait. Comme tous les gros vaisseaux, il ferait halte à Pointe-au-Père, dans l'estuaire du Saint-Laurent, près du village de Rimouski, pour faire monter à son bord le pilote qui le guiderait pour remonter le fleuve jusqu'à Québec, un itinéraire connu pour ses soudaines nappes de brouillard incapacitantes.

Dew se rendit compte qu'il avait besoin d'une autorisation de débarquer sans passer d'abord par la zone de quarantaine de Québec, et il prit toutes les dispositions nécessaires par TSF.

Presque instantanément, chacun des cinquante reporters rassemblés à Pointe-au-Père sut ce qu'il comptait faire.

Dans son laboratoire à Saint Mary's, le Dr Willcox plaça un peu de son extrait d'alcaloïde dans une solution et, aidé par un assistant, en déposa deux gouttes dans l'œil d'une chatte. Quelques secondes plus tard, la pupille de l'animal se dilatait jusqu'à plusieurs fois sa taille normale. C'était un indice important : la substance isolée était donc « mydriatique », ce qui précisément signifiait qu'elle avait ce pouvoir de dilatation. Il ne connaissait que quatre poisons alcaloïdes qui le possédaient : la cocaïne, l'atropine et deux dérivés de la belladone, l'hyoscyamine et l'hyoscine.

Il dirigea une lumière électrique vers l'œil de la chatte et constata que la pupille conservait son nouveau diamètre. Cela lui permit d'éliminer l'hypothèse de la cocaïne, parce que ses capacités mydriatiques sont les plus faibles. Quand on l'expose à une lumière vive, une pupille dilatée par la cocaïne se contracte tout de même.

Willcox se prépara alors pour la batterie de tests suivants – la plus contraignante – qui lui permettrait de trouver de quel alcaloïde il s'agissait parmi les trois restants.

Il libéra la chatte. Ses laborantins s'empressèrent de la baptiser Crippen. Adoptée par un étudiant en médecine, elle vivrait encore plusieurs années, aurait des petits, avant de mourir entre les crocs d'un chien.

MURMURES

Vendredi 29 juillet, tandis que le *Montrose* pénétrait dans le vaste estuaire du Saint-Laurent, le capitaine Kendall envoya un nouveau message, affirmant que Crippen et Le Neve ne se doutaient toujours pas qu'ils étaient sous surveillance.

À un certain moment, rapportait Kendall, Crippen avait passé environ dix minutes devant la porte de la cabine Marconi à écouter Llewellyn Jones transmettre une dépêche. Fasciné par l'étincelle et le tonnerre, Crippen demanda qui était le destinataire.

Jones se révéla un très bon menteur. Le visage dénué de toute expression, il dit à Crippen qu'il s'agissait d'un message émanant d'un autre paquebot, le *Royal George*, qui leur demandait s'ils avaient repéré de la glace aux abords de Belle Isle.

Crippen reprit sa promenade.

L'INSPECTEUR ARRIVE

Le *Laurentic* ralentit puis s'immobilisa face à Pointe-au-Père à environ 15 heures, vendredi 29 juillet. L'inspecteur principal Dew émergea d'une porte qui s'ouvrit dans la paroi de l'immense coque noire et monta précautionneusement à bord de l'*Eureka,* le bateau-pilote. Il découvrit alors que les quais étaient bondés de journalistes qui criaient et agitaient la main. Il en fut consterné et y vit une manifestation de conduite indisciplinée telle qu'il n'en avait jamais observé à Londres, mais il avoua s'en sentir aussi rassuré, parce qu'avant ce moment, malgré l'assurance solennelle que lui avait donnée le capitaine du *Laurentic,* il doutait d'avoir vraiment atteint Pointe-au-Père avant le *Montrose.* Si les reporters étaient là, comprit-il, c'est que l'autre bateau était encore attendu. En fait, il avait un jour et demi d'avance.

On lui brandit des appareils photo au visage, le harcela de questions. « On me persécuta pour que je confie quelque chose, mais ai-je besoin de préciser que je ne dis rigoureusement rien ? »

Les journalistes eurent tendance à le prendre mal ; pour la plupart, ils étaient américains et s'attendaient à une meilleure collaboration de la police. Ils crièrent et s'agitèrent, et quand Dew refusa de répondre, ils eurent même l'audace de se mettre en colère. Dew écrivit : « Je ne peux m'empêcher de dire que toute l'affaire me parut déplorable, qu'elle aurait dû et pu être évitée, et je craignais que d'une façon ou d'une autre cette effervescence ne compromette le succès de ma mission. »

À terre, deux inspecteurs de la police municipale de Québec vinrent à sa rencontre et le conduisirent jusqu'à des quartiers temporaires aménagés dans une des constructions – des « cabanes » d'après Dew – qui s'élevaient près du phare de Pointe-au-Père. Dew jugea les lieux sans indulgence : « Un triste petit hameau qui ne comprenait pas plus de douze maisons et une station Marconi couronnant le tout. »

Le brouillard s'était levé, ajoutant encore à la désolation, mais Dew était loin de se sentir seul. Ces messieurs de la presse s'étaient rassemblés dans les autres maisons et faisaient du chahut : ils criaient, plaisantaient et, apparemment, ils chantaient – en bref, ils se comportaient comme les journalistes l'ont toujours fait quand on les enferme ensemble dans un endroit exigu à la veille d'un événement important. Dew écrivit : « La corne de brume du phare mêlée aux efforts vocaux et musicaux de mes amis les journalistes rendaient toute tentative de sommeil impossible. »

Le lendemain soir, samedi, un reporter donna à Dew un tuyau que l'inspecteur jugea profondément perturbant. Les correspondants d'un certain journal – américain, évidemment ! – projetaient de construire un radeau et de le laisser dériver dans l'estuaire du Saint-Laurent en jouant les marins naufragés, avec l'intention d'être « sauvés » par le *Montrose* et donc d'être en position d'exclusivité absolue. « Je ne peux pas jurer qu'ils aient vraiment eu l'intention d'exécuter cet ambitieux projet, mais ce que j'avais observé des journalistes américains rendait les choses tout à fait plausibles. »

Il rassembla tous les reporters et leur demanda un peu de patience. Si effectivement les passagers étaient bien Crippen et Ethel Le Neve, il demanderait au capitaine Kendall d'actionner trois fois le sifflet du bateau, ce qui serait pour eux le signal qu'ils pouvaient monter à bord. C'est alors qu'il apprit que la plupart des journalistes présents avaient acquis le droit d'embarquer : ils avaient acheté des billets de Pointe-au-Père à Québec.

Ils ne furent pas ravis d'être ainsi limités dans leurs mouvements, mais acceptèrent néanmoins.

Dew n'était toujours pas absolument sûr que les passagers du *Montrose* soient bien ses fugitifs. Il passa la nuit sans dormir à se demander si, aux yeux du monde entier, il ne venait pas de s'offrir onze jours d'une parodie de chasse aux dimensions historiques.

À Londres, le commissaire Froest de la Brigade criminelle restait sceptique. Il y avait déjà eu un témoignage selon lequel Crippen et Ethel Le Neve avaient été repérés à bord d'un autre bateau. Pendant un certain temps, le monde entier avait été convaincu qu'ils étaient passagers du *Sardinian,* le même navire qui, dix ans plus tôt, avait amené Marconi à Terre-Neuve pour sa première expérience transatlantique. Le capitaine du *Sardinian* ordonna à son équipage de fouiller partout. Le suspense monta jusqu'à ce qu'enfin, le capitaine envoie un message à Scotland Yard déclarant que ses hommes n'avaient trouvé personne ressemblant de près ou de loin aux deux fugitifs.

Et voilà que Dew se lançait à la poursuite d'un bateau différent à travers l'Atlantique sur la foi des seuls soupçons d'un autre capitaine. C'était peut-être encore une fausse piste – mais cette fois, les conséquences seraient graves pour la réputation de Scotland Yard. Chaque jour, les journaux londoniens publiaient les positions respectives des deux navires. Même Winston Churchill s'était pris au jeu. Son secrétaire privé avait appelé pour prévenir Scotland Yard que le ministre de l'Intérieur voulait être tenu informé en temps réel à son bureau de tout nouveau développement de l'affaire.

Froest avait en conséquence demandé à sa Brigade criminelle de continuer ses efforts exactement comme avant le départ de Dew. En l'absence de l'inspecteur principal, il confia le commandement à Mitchell. L'équipe continuait à rechercher Crippen, mais tentait aussi d'éclaircir les zones d'ombre de l'histoire et de mieux comprendre chacun des individus impliqués.

Les policiers apprirent par exemple qu'Ethel Le Neve avait souvent été vue dans deux pubs de Hampstead, le Stag et le Coach and Horses, accompagnée par un jeune homme dont un des témoins au moins affirma qu'il s'agissait de son «petit ami». L'inspecteur William Hayman du Bureau des affaires criminelles le rechercha et l'identifia comme John William Stonehouse.

Dans une déposition officielle, Stonehouse révéla que jusqu'au mois d'octobre précédent, il avait loué une chambre chez Emily Jackson, Constantine Road, et qu'il s'était lié d'amitié avec Ethel Le Neve. *Rien de plus*, s'appliquait-il à préciser. Grâce à Stonehouse, l'inspecteur Hayman apprit qu'après avoir quitté cette pension, Ethel avait d'abord loué une chambre dans un immeuble de Store Street. Un jour, Stonehouse l'avait raccompagnée chez elle. «Je suis allé jusqu'à sa porte et, en bavardant de choses et d'autres, je me suis rendu compte qu'elle était embarrassée.»

Il ajoutait : « Il n'y eut jamais la moindre familiarité déplacée entre nous. »

Une chambre dans Store Street – la rue où Crippen et sa femme avaient vécu autrefois, et si près d'Albion House. Il ne fallait pas être fin limier pour comprendre à quoi cette chambre pouvait servir.

Le secrétaire privé de Churchill téléphona de nouveau. Le ministre de l'Intérieur était maintenant rentré chez lui, 33, Eccleston Square, et voulait qu'on lui fasse parvenir à cette adresse toutes les nouvelles de l'affaire Crippen.

Plus tard, le secrétaire appela encore une fois pour dire que Churchill se trouvait désormais au Heath Golf Club de Walton. C'était là qu'il fallait le joindre en cas de besoin.

UN BATEAU DANS LA BRUME

La nuit du samedi, le brouillard envahit le Saint-Laurent et força le capitaine Kendall à ralentir la course du *Montrose.* L'étincelle bleue de la TSF du bateau illuminait les gouttes suspendues, et la cabine Marconi ressemblait de plus en plus à la grotte d'un magicien. Même avec la porte fermée, le crépitement du générateur d'étincelles s'entendait depuis le pont.

Le brouillard n'était jamais chose plaisante durant une traversée, mais, dans une voie maritime aussi fréquentée que l'estuaire du Saint-Laurent, c'était particulièrement perturbant. « La nuit précédente avait été sinistre et inquiétante, la corne de brume qui résonnait toutes les cinq minutes ajoutant encore à la désolation ambiante, se souvient Kendall. Les heures passaient lentement tandis que j'arpentais la passerelle. Et, de temps à autre, je voyais M. Robinson qui déambulait sur le pont. »

Kendall conseilla à Robinson de se lever de bonne heure pour voir le pilote arrivant de Pointe-au-Père monter à bord. Il lui expliqua que c'était une expérience intéressante.

À 4 h 30, le matin suivant, un dimanche, Kendall actionna le sifflet du *Montrose* pour annoncer à Pointe-au-Père l'arrivée imminente de son bateau.

Crippen suivit le conseil de Kendall et se leva aux aurores. Ethel et lui prirent leur petit déjeuner, puis rentrèrent dans leur cabine, où Ethel se blottit sur son lit avec son dernier roman, *Audrey's Recompense* de Mme Georgie Sheldon – nom de plume de Sarah Elizabeth Forbush Downs. Crippen tenta de la convaincre de monter sur le pont. « Non, je n'y tiens pas, répondit-elle. C'est plutôt triste là-haut et je préfère rester ici pour finir ce roman avant le déjeuner. »

Crippen sortit « sans un bruit », se souvint Ethel, et monta seul sur le pont qu'il entreprit d'arpenter. Dans la doublure de son gilet, il avait cousu quatre solitaires, une épingle en forme de papillon et une broche en or sertie d'un diamant et de perles qui évoquait un lever de soleil.

Le médecin de bord, le Dr C. H. Stewart, monta lui aussi sur le pont de bonne heure. Il n'ignorait rien du piège qui s'apprêtait à se refermer sur Crippen et voulait assister à l'hallali. À 8 heures environ, il croisa M. Robinson et tous deux se mirent à bavarder, accoudés au bastingage côté port. Le brouillard n'était maintenant plus qu'une légère brume et il commençait à pleuvoir.

Robinson semblait nerveux. Stewart remarqua également qu'il avait taillé sa barbe naissante et s'était coupé la lèvre supérieure en se rasant. Ce qui frappa le plus Stewart, cependant, c'était que l'homme ne ressemblait en rien à la photographie publiée dans le *Daily Mail*.

Un bateau émergea de la brume d'un gris d'acier et sa silhouette se précisa peu à peu.

« Il y en a, des marins, sur une si petite embarcation, commenta Robinson. Pourquoi sont-ils autant ? »

Stewart haussa les épaules. « Il n'y a qu'un seul pilote pour le bateau. Les autres sont sans doute ses amis qui vont s'offrir une petite virée à Québec. »

Robinson demanda encore s'il pouvait s'agir de médecins-majors. Le Dr Stewart répondit qu'il ne pensait pas que ce fut le cas.

Ils reprirent leur observation.

Kendall retourna dans sa cabine, où il gardait son revolver. Par précaution, il le glissa dans sa poche. Puis il remonta sur la passerelle de commandement.

EAUX TRAÎTRESSES

Ce matin-là, Dew et les journalistes s'étaient levés bien avant l'aube. À 4 h 30, parmi les beuglements de la corne de brume, ils entendirent le sifflet du navire. Les reporters se précipitèrent pour monter à bord du bateau-pilote, l'*Eureka*, et d'autres spectateurs prirent place dans une flottille de petites embarcations. La police empêcha la foule de pousser au large.

Dew comprit qu'il allait devoir modifier son plan. Il avait d'abord pensé se faire conduire sur le bateau à bord de l'*Eureka*, mais il voyait bien maintenant que cette meute de journalistes envahissant les ponts éventerait le piège bien avant qu'il n'ait réussi à atteindre le *Montrose*. Il restait par ailleurs la possibilité que les Robinson ne soient en fait pas Crippen et Ethel Le Neve. Le mieux, se dit-il, serait qu'il puisse monter à bord du *Montrose* sous un déguisement quelconque afin de pouvoir observer Crippen sans qu'il l'ait encore détecté. Un déguisement pourrait aussi éviter aux fugitifs d'être saisis de panique et de tenter une action inattendue, comme de sauter dans le fleuve ou de faire usage d'une arme. Dew et Mitchell avaient trouvé un revolver à Hilldrop Crescent, Crippen en avait peut-être un autre sur lui.

Dew demanda au chef pilote s'il pouvait lui emprunter son uniforme et sa casquette. Ce dernier accepta. Dew prit ensuite des dispositions pour accoster le bateau en compagnie du pilote prévu mais pas à bord de l'*Eureka.* Ils emprunteraient à la place une grosse barque. Les deux inspecteurs québécois viendraient avec eux.

Ils mirent leur embarcation à l'eau aussi loin que possible des journalistes. Quatre marins ramaient. Rapidement, le paquebot fut en vue, sa longue coque noire émergeant à peine de la brume et de la pluie. Dew rabattit la visière de sa casquette sur son visage.

Depuis le pont, les matelots leur lancèrent une échelle, qui s'immobilisa juste à la surface de l'eau. Le vrai pilote y monta le premier. Dew le suivit, ainsi que les deux policiers québécois. Tous accédèrent directement à la passerelle de commandement, où Dew se présenta à Kendall. Ils se serrèrent la main et se saluèrent cordialement. À ce moment précis, un homme de petite taille, jusque-là dissimulé par la cheminée, apparut sur le pont en contrebas. Dew l'observa attentivement.

Kendall regardait Dew. Il attendait que l'inspecteur donne un signe qu'il avait reconnu son passager. Mais le policier ne dit rien. Kendall conduisit la petite troupe jusqu'à sa cabine et fit appeler M. Robinson. Quelques instants plus tard, l'homme entrait, apparemment serein et joyeux.

Kendall se leva. Il glissa discrètement la main dans sa poche et saisit la crosse de son revolver. « Permettez-moi de vous présenter », dit-il.

Dew fit un pas en avant, la casquette toujours vissée sur la tête. Le passager sourit et tendit la main. Dew la lui serra et de sa main libre, il ôta son couvre-chef. D'une voix paisible, il prononça : « Bonjour, monsieur Crippen. »

L'expression du passager changea rapidement, se souvint plus tard Dew. D'abord étonné, puis perplexe, il finit par le reconnaître. D'une voix que le policier décrivit comme « calme et assurée », Crippen répondit au bout de quelques secondes : « Bonjour, monsieur Dew. »

Quand les détails devinrent publics, tous les Anglais s'accordèrent à dire que la discrète théâtralité de cette rencontre n'avait eu qu'un précédent : le jour où l'explorateur Stanley avait retrouvé le Dr Livingstone.

Dew dit alors à Crippen : « Vous allez être arrêté pour le meurtre et la mutilation de votre femme, Cora Crippen, au mois de février dernier. »

Le pari de Dew avait payé. « Durant ma longue carrière de policier, j'ai vécu de nombreux moments forts, rapporta-t-il, mais jamais je n'ai connu un tel sentiment de triomphe et de devoir accompli. » Il éprouva néanmoins ce qu'il décrivit comme « un pincement au cœur » pour le petit docteur. « Crippen avait été pris au seuil de la liberté. Douze heures plus tard, il aurait été en sûreté à Québec. »

Les policiers canadiens lui passèrent les menottes et le conduisirent dans une cabine vide. Kendall amena ensuite Dew devant la cabine n° 5 qu'avaient occupée Crippen et Ethel Le Neve durant la traversée.

Dew cogna doucement à la porte avant d'entrer. À sa grande satisfaction, il put constater qu'Ethel portait effectivement un costume de garçon.

Elle leva les yeux de son livre.

« Je suis l'inspecteur principal Dew. »

Ces présentations étaient superflues. Elle le reconnut immédiatement sous son uniforme de pilote. Elle poussa un cri, se leva, puis s'évanouit aussi soudainement que si elle avait reçu un coup de matraque. Dew la rattrapa au vol.

ÉPILOGUE

DANS LES AIRS

Crippen et Ethel Le Neve lors d'une audience préliminaire au tribunal de police de Bow Street.

QUELLE CORDE POUR LE PENDRE ?

Deux jours après l'arrestation, les policiers apprirent enfin que Crippen avait acheté 325 milligrammes de bromhydrate d'hyoscine. Peu de temps après, le Dr Willcox, à Saint Mary's, confirma que l'alcaloïde qu'il avait isolé était bien de l'hyoscine. Il avait réussi à retirer 0,026 gramme des restes disponibles, mais il savait que s'il avait pu analyser le corps entier, la quantité aurait été infiniment supérieure. Rien que 0,016 gramme aurait suffi à provoquer la mort. « Si la dose mortelle était administrée, dit-il, elle produirait sans doute d'abord un léger délire et une sorte d'excitation. Les pupilles deviendraient ensuite fixes. La bouche et la gorge seraient sèches, et rapidement, la victime se sentirait épuisée, puis elle perdrait connaissance et serait complètement paralysée. La mort surviendrait en quelques heures. »

Désormais Willcox et ses collègues étaient quasiment sûrs que ces restes étaient ceux d'une femme, même si cette conclusion se fondait uniquement sur des preuves circonstancielles, comme les bigoudis, la décoloration des cheveux et les morceaux de sous-vêtements féminins découverts dans la fosse. La question de l'identité de la victime demeura problématique jusqu'à ce que le Dr Pepper ait soudain l'idée de réexaminer les lambeaux de peau conservés à la morgue d'Islington. Un fragment – de quinze centimètres sur dix-huit – portait une marque longue de neuf. Ayant appris par l'inspecteur principal Dew que Belle avait subi autrefois une opération de l'abdomen, Pepper se pencha de plus près sur la question. Il était possible, selon lui, qu'il s'agisse d'une cicatrice. Il fit passer le prélèvement à Willcox, qui à son tour le confia au plus jeune membre de l'équipe médico-légale de pointe au ministère de l'Intérieur, le Dr Bernard Spilsbury, expert en cicatrices.

Les enquêteurs firent une autre découverte importante. Après examen approfondi, les lambeaux de pyjama trouvés parmi les restes humains correspondaient parfaitement au pantalon de celui qu'avait trouvé Dew à Hilldrop Crescent.

À Québec, en attendant son extradition, Crippen avait été placé dans une prison des Plaines d'Abraham, où il semblait avoir le moral et s'adonnait à sa passion pour la lecture. Ethel, malade, fut d'abord autorisée à rester au domicile d'un des inspecteurs canadiens, où Dew lui expliqua enfin qu'il avait trouvé une dépouille humaine dans la cave de Hilldrop Crescent. Elle le regarda, hébétée, totalement abasourdie.

L'inspecteur Mitchell arriva de Londres accompagné de deux policières pour aider Dew à ramener les prisonniers en Angleterre. Un matin à l'aube, ils firent discrètement monter Crippen et Ethel Le Neve dans deux voitures fermées et empruntèrent de paisibles routes de campagne noyées dans le brouillard jusqu'à un quai éloigné, où ils embarquèrent dans un petit bateau à vapeur sur la rivière. Personne ne les avait suivis. Peu de temps après, ils croisèrent le *Megantic* de la White Star Line, qui fit halte et les prit à son bord.

Dew et Mitchell traitèrent leurs prisonniers avec gentillesse. L'inspecteur principal se comportait même de façon si paternelle et si attentionnée qu'Ethel l'appelait « Père » pour le taquiner. Durant la traversée, il rendit visite plusieurs fois par jour à Crippen et à Ethel dans leurs cabines, et il ne manquait pas de leur demander si tout allait bien. Crippen lui semblait étonnamment serein. Il mangeait et dormait sans problèmes, bavardait avec intérêt de toute une série de sujets mais ne parlait jamais de Belle. « Il me déconcertait complètement, écrivit Dew. Il paraissait tout à fait heureux. Il ne nous causait aucun souci, et n'abusa jamais de la patience de l'inspecteur Mitchell ni de la mienne. Il donnait l'impression d'un homme tout à fait en paix avec lui-même. » Comme toujours, il se passionnait surtout pour la lecture. « J'allais moi-même lui chercher des livres dans la bibliothèque du bateau, attentif à ne pas choisir, évidemment, de romans policiers ou d'histoires de meurtre. Il aimait surtout les romans, et en particulier ceux qui tournaient autour d'une intrigue sentimentale. » À la prison de Québec, il avait lu *Les Tours de Barchester* d'Anthony Trollope, puis il l'avait signé et offert en souvenir à un des gardiens.

Dew interdit à Crippen et Ethel de se rencontrer. Entre 20 et 21 heures tous les soirs, le capitaine du *Megantic* faisait évacuer le pont pour permettre aux prisonniers de faire de l'exercice. Crippen se promenait le premier, Ethel en second, et on s'arrangeait pour qu'ils ne se voient même pas. Cette disposition était pénible pour Crippen, et un jour, il supplia Dew de le laisser la voir rien qu'une fois – pas lui parler, seulement la voir. « Je ne sais pas comment les choses vont tourner », lui dit Crippen. Elles peuvent se passer plus ou moins bien pour moi. Il se peut que je ne la revoie jamais, et je voudrais vous demander de me laisser l'apercevoir. Je ne lui parlerai pas. Elle a été mon seul réconfort durant ces trois dernières années. »

Dew accepta. Au milieu de l'Atlantique, à l'heure convenue, il amena Crippen devant la porte de sa cabine. Ethel apparut sur le seuil de la sienne à une dizaine de mètres. Ils se regardèrent et se sourirent. Ils n'échangèrent pas un mot. « J'étais obligé d'être présent, nota Dew. Mais alors que je ne les quittais pas des yeux, j'eus l'impression d'être un intrus. Pas un mot ne fut prononcé. Aucune agitation perceptible ni d'un côté ni de l'autre. Rien qu'un petit signe de la main. Pas plus. »

La rencontre avait peut-être duré une minute. Ils ne se revirent pas de toute la traversée.

Le procès de Crippen eut lieu le premier, le 18 octobre 1910. Quatre mille personnes tentèrent d'acheter des billets à l'Old Bailey : l'affluence était telle que les autorités décidèrent de ne délivrer des entrées que par demi-journées, pour permettre à un maximum de gens d'y assister. Parmi les spectateurs illustres, on comptait Sir Arthur Conan Doyle et W. S. Gilbert, du duo Gilbert et Sullivan. Durant le procès, une image sympathique de Crippen se fit jour. Les témoins le décrivirent comme bon et généreux, Belle, comme instable et dominatrice. Même ces dames de la Ligue des femmes artistes de music-hall ne trouvèrent aucune critique à formuler contre lui. Sous la plume des journalistes, l'affaire devint une histoire d'amour aux couleurs sombres : un homme triste et maltraité par la vie trouve l'âme sœur, qui lui voue en retour un amour profond et sincère.

Mais les preuves de ce qu'avait subi la victime dans cette cave furent ensuite apportées. À la barre, Spilsbury – trente-trois ans, beau à pleurer et un œillet rouge à la boutonnière

– vint témoigner qu'il avait déterminé sans aucun doute possible que la marque détectée sur le lambeau de peau de quinze centimètres sur dix-huit était bien une cicatrice, et avait selon toute probabilité été causée par une opération d'ablation des ovaires. À cet instant, on fit circuler parmi les jurés une assiette creuse contenant le fragment de peau en question.

Abusée par la jeunesse de Spilsbury et son air raffiné, la défense attaqua de front et fit comparaître deux médecins qui jurèrent solennellement que cette marque ne pouvait pas être une cicatrice. Spilsbury tint bon. Il s'exprima avec un tel calme et un tel aplomb qu'il emporta la conviction du jury et devint la coqueluche des journalistes. Cette affaire lui ouvrit une carrière sans précédent dans les annales de la médecine légale.

La cicatrice, le pyjama et l'achat d'hyoscine constituaient des preuves accablantes, mais chacun s'accorda à penser que l'élément décisif pour le succès de l'accusation fut un échange entre Crippen et le procureur, Richard Muir, l'avant-dernier jour du procès.

Muir demanda : « Tôt le matin du 1er février, vous étiez seul à la maison avec votre femme, n'est-ce pas ?

– Oui, répondit Crippen.

– Elle était encore en vie.

– Absolument.

– Connaissez-vous quelqu'un qui l'aurait revue en vie depuis ce jour ?

– Non.

– Connaissez-vous quelqu'un qui aurait depuis reçu une lettre d'elle ?

– Non.

– Connaissez-vous quelqu'un capable d'apporter la preuve qu'elle a quitté cette maison en vie ?

– Absolument personne. »

Le jury se retira pendant vingt-sept minutes et revint prononcer le verdict de culpabilité. Pour lire la sentence, le juge revêtit une écharpe noire.

Le procès d'Ethel eut lieu peu après, mais le jury décida qu'elle ne savait rien du meurtre et la relâcha.

Le 25 octobre 1910, Crippen fut transféré à la prison de Pentonville, dans son ancien quartier. Un gardien confisqua son argent et ses objets de valeur, lui fit retirer ses vêtements, inspecta ses oreilles et les espaces entre ses orteils, et lui donna un uniforme de prisonnier. Son incarcération n'empêcha pas une certaine Adele Cook d'écrire aux autorités de la prison en demandant qu'on lui permette de rédiger pour elle une ordonnance. Réponse : « La demanderesse est informée que si elle souhaite écrire directement à Crippen, elle peut le faire. »

Il fit appel de sa condamnation mais sans succès. Dans une lettre adressée à Ethel, il continue de clamer son innocence, affirmant qu'un jour les preuves surgiraient. Il reconnaissait néanmoins que son destin était scellé. Il écrivit : « C'est un grand réconfort pour mon cœur tourmenté de penser que toujours tu conserveras mon image dans ton cœur, et je suis convaincu, ma chérie, que nous nous retrouverons dans une autre vie. » Le 23 novembre, il se réveilla, conscient qu'il voyait le jour se lever pour la dernière fois.

Le directeur de la prison remplit l'indispensable formulaire de demande d'exécution, qui fut remis à John Ellis, un coiffeur de village qui arrondissait ses fins de mois en travaillant comme bourreau. Ellis nota soigneusement le poids de Crippen puis il consulta « le tableau des chutes » pour déterminer la longueur de corde nécessaire pour qu'il meure instantanément et sans effusion de sang. Ellis était connu pour être un bourreau efficace, bien qu'il ait tendance à ajouter quelques centimètres de plus que le strict nécessaire.

Ellis vit que Crippen pesait soixante-quatre kilos. Puis il vérifia la liste intitulée « Tour du cou du prisonnier » : l'homme était tout à fait dans la moyenne sur ce point. Ellis constata également que sa stature était proportionnelle à son poids et qu'il mesurait un mètre soixante-trois. Il décida d'une longueur de corde de deux mètres trente.

La dernière requête de Crippen au directeur de la prison, le major Mytton-Davies, fut qu'on place dans son cercueil un certain nombre de lettres et de photographies d'Ethel. Le directeur accepta.

À 9 heures précises, Ellis actionna l'ouverture du plancher et, un instant plus tard, la nuque de Crippen se brisait, sans bavures, au niveau de la troisième vertèbre cervicale. Heureusement pour toute l'assistance, sa tête ne se détacha pas.

Le surveillant de la prison nota tous les objets personnels restants : un pardessus, un gilet, un pantalon, deux chapeaux, quatre chemises, deux sous-vêtements, quatre chaussettes, six mouchoirs (dont un en soie), dix faux cols, deux nœuds-papillons, une paire de gants, une trousse de toilette, une brosse à dents, un peu d'argent et une paire de lunettes.

Ellis continua à faire quelques heures supplémentaires comme bourreau, et il joua même ce rôle dans une pièce de théâtre qui racontait l'histoire d'un criminel notoire nommé Charles Peace. Après la dernière représentation, on lui fit cadeau du gibet. Quand il n'était pas occupé à pendre des coupables ou à couper des cheveux, il faisait des démonstrations de son art dans les foires et sur les marchés.

Le 20 septembre 1932, il se suicida en se tranchant la gorge.

Le mystère continuait de flotter autour de l'affaire Crippen comme une nappe de brouillard au-dessus d'un cimetière. Un rédacteur du magazine *John Bull* adressa une lettre ouverte à Crippen peu de temps avant son exécution dans laquelle il lui demandait : « Est-ce *votre* main qui a commis cet acte, et votre *seule* main qui a tenté d'effacer toutes les traces de cette tragédie ? » Il ne croyait pas la chose possible. « Dites-moi par quelle force surnaturelle le corps d'une femme d'un tel poids a été transporté à la cave ? Avez-vous fait cela tout seul, avant de creuser le sol, retirer la terre, recouvrir le tout, replacer les briques et tout remettre en état – vous, un petit homme à moitié aveugle, vieillissant, faible et timide ? Ajoutons à cela le découpage du corps, et tout ça en vingt-quatre heures ! »

Le scénario présenté par *John Bull* défiait effectivement l'imagination. Il présupposait que Crippen avait tué Belle quelque part à l'étage, puis qu'il l'avait tirée jusqu'au sous-sol. Les preuves collectées autour de la fosse suggéraient bel et bien qu'à un moment ou à un autre, le cadavre avait été traîné par terre. On avait retrouvé des morceaux de corde et un mouchoir d'homme attaché pour former un nœud. On avait pu le passer autour du cou de Belle, et la corde en-dessous pour former une sorte d'anse afin de déplacer plus facilement le corps, au moins avant que le mouchoir ne se déchire.

Mais on pouvait aussi imaginer que Crippen n'avait pas tiré le corps de Belle *entier* jusqu'à la cave. Les morceaux de pyjama et de camisole suggéraient qu'elle était sur le point de se coucher au moment du décès. Il l'avait peut-être tuée là-haut. Il lui avait administré le poison, peut-être dans son verre de cognac du soir. Elle avait alors perdu un peu la tête et il l'avait conduite dans la salle de bains de l'étage. Là, elle s'était mise à faire plus de bruit que prévu.

Il est possible qu'il l'ait alors abattue comme l'indiquaient les récits des voisins – même si, encore une fois, de tels témoignages tardifs doivent être traités avec précaution. Il est plus probable qu'il l'ait étranglée en serrant son mouchoir autour de son cou. Elle s'est débattue mais a commencé à perdre conscience. Elle est tombée. Usant de toute sa force, Crippen l'a soulevée et placée dans la baignoire. Là, il lui a sectionné les carotides et a attendu que son corps se vide de son sang. La baignoire formait une sorte de table d'opération qui permettait de contenir les effusions de sang et de tout rincer sur place. Il n'aurait jamais pris le risque de laisser le moindre filet de sang derrière lui quand il porta la tête, les mains, les pieds et les os de Belle jusqu'au Regent's Canal, au marché aux bestiaux ou à tout autre endroit où s'en débarrasser. Il descendit le reste de la dépouille de Belle à la cave par fragments.

Cette hypothèse présente cependant aussi des failles. Si Crippen avait réalisé cette éviscération à la lumière et dans de bonnes conditions, il se serait sûrement aperçu qu'il avait laissé des indices dans les débris : les bigoudis, avec les cheveux restés collés ; les parties de la veste de pyjama ; le caraco ; le mouchoir noué. Leur présence au beau milieu des restes mortels suggère qu'il avait dû opérer dans des conditions beaucoup moins idéales que celles offertes par la salle de bains, et qu'il ne s'aperçut pas de leur présence parce qu'ils étaient masqués par le sang, les viscères et l'obscurité. Tandis que Belle gisait morte, à l'étage ou en bas, il creusa la fosse dans la cave, comptant sur la terre battue pour absorber le sang. Il la tira jusqu'à la fosse et c'est là qu'il entreprit son travail chirurgical. La lumière était faible. Le sang recouvrait tout. De l'amas des restes, il détacha la tête de Belle et les autres parties du corps dont il avait l'intention de se débarrasser, puis il alla les rincer dans la cuisine attenante.

Il les enveloppa soigneusement dans de la toile cirée ou un imperméable, puis les laissa dans la cave, où il pouvait raisonnablement penser qu'Ethel ne mettrait pas les pieds. Au cours des nuits suivantes, petit à petit, il emporta la tête, les os, les mains et les pieds.

La question la plus importante demeure : comment, pour commencer, un homme si doux et si gentil avait-il pu en venir à tuer ? Une hypothèse, avancée par un juriste important de l'époque, était que Crippen avait tué Belle par accident – qu'il aurait eu recours à l'hyoscine pour s'offrir une nuit de tranquillité mais qu'il aurait mal calculé la dose. Cela paraît improbable. Crippen n'ignorait rien des propriétés de ce produit, et savait combien il en fallait peu pour constituer une dose mortelle. La quantité exacte ne pourra jamais être établie avec certitude, mais ceux qui connaissent bien l'affaire pensent qu'il lui avait administré les 0,325 grammes.

Que Crippen ait voulu la tuer ne fait aucun doute. De toutes ces suppositions, il reste que, très probablement, il en était venu à haïr sa femme si totalement, et à avoir tant besoin d'Ethel, que le jour où Belle lui fit cette scène pour avoir négligé d'accompagner Paul Martinetti jusqu'à la salle de bains, quelque chose en lui se brisa. Aidé par la force de la gravité, il traîna le cadavre de Belle à la cave et, dans un emballement induit par l'adrénaline, il entreprit de la faire disparaître de la surface du monde aussi radicalement que si elle n'avait jamais existé. Un des trois magistrats désignés pour assurer l'accusation, Travers Humphreys, écrivit plus tard : « Je n'ai jamais considéré Crippen comme un grand criminel. Il avait commis une faute grave et il reçut le châtiment que la société prévoit pour ceux qui se rendent responsables du type de crime dont il était en toute justice accusé, mais dans un autre pays, je suis sûr qu'il aurait bénéficié de "circonstances atténuantes". »

Quant à savoir s'il avait été aidé, personne ne peut le savoir. Le jury d'Ethel accepta sans broncher sa défense qui consistait à affirmer qu'elle ne savait rien du meurtre. Et pourtant, certains aspects de sa personnalité entamèrent l'image d'une jeune compagne amoureuse et complice involontaire. Elle écrivait de façon sophistiquée. Elle était pleine d'audace et avait un goût pour l'aventure. Richard D. Muir, procureur à son procès comme à celui de Crippen, semble avoir douté de son innocence. Il écrivit plus tard : « La justice n'a pas été complètement faite. »

Les parties manquantes du corps de Belle ne furent jamais retrouvées, bien que Scotland Yard ait passé un certain temps à les chercher. On sonda même Regent's Canal sur toute la partie qui traverse Regent's Park. Un égoutier de Londres nommé Edward Hopper se présenta à la police et recommanda qu'on examine le « filtre » dans les égouts qui desservent le 38 et le 39, Hilldrop Crescent. « Nous avons attentivement inspecté toute une quantité de saletés et d'ordures qui se trouvaient dans ce filtre, mais n'avons trouvé aucune trace de chair ou d'os humains », nota l'inspecteur en charge, un certain Cornish.

L'expérience avait appris à Scotland Yard que les assassins anglais avaient tendance à fourrer les corps de leurs victimes dans des malles et à les abandonner dans des gares, si bien que la Brigade criminelle demanda aux responsables de toutes les gares de Londres et de sa banlieue de fouiller les consignes à la recherche de paquets ou de bagages abandonnés depuis le début février. Ils découvrirent des boîtes mystérieuses et des valises de toutes tailles, y compris une malle munie de trois cadenas à Cambridge Heath Station, de la Great Eastern Railway. La police en ouvrit certaines, mais, dans la plupart des cas, un simple examen extérieur suffisait. L'inspecteur Cornish, en charge là encore, conclut ainsi son rapport : « Aucune mauvaise odeur n'émane de ces bagages, nous sommes donc convaincus qu'ils ne contiennent que des objets à usage domestique ou des vêtements. »

Les dames de la Ligue recueillirent les restes de la dépouille de Belle à la morgue d'Islington. Le ministère de la Santé était heureux de s'en débarrasser, jugeant qu'« il y avait là une source de problèmes potentiels ». À exactement 15 h 15, le 11 octobre 1910, un petit cortège composé d'un corbillard tiré par des chevaux et de trois autres voitures traversa lentement et tristement le nord de Londres pour gagner le cimetière de Saint Pancras à East Finchley. Peu de temps plus tard, ces dames regardaient le cercueil de leur amie descendre en terre. La police n'était pas loin pour s'assurer que rien ne viendrait perturber la cérémonie, et ses agents rapportèrent que tout s'était « passé très tranquillement ».

L'inspecteur principal Dew considéra que l'affaire Crippen avait sonné pour lui l'heure de la retraite. Sa carrière avait commencé par une affaire de meurtre et de mutilation et se terminait par une autre de même nature. Il ressentait une grande compassion pour Crippen et Ethel Le Neve. Il écrivit par la suite : « L'amour de Crippen pour cette jeune femme, pour laquelle il avait pris tant de risques, était vraiment la chose importante de sa vie. »

Il se retira dans une maison de campagne appelée Wee House et, en 1938, publia un livre de souvenirs intitulé *J'ai capturé Crippen*, dans lequel il décrit l'affaire comme « le meurtre le plus mystérieux du siècle ». Il le dédia à son fils,

Stanley, mort pendant la Première Guerre mondiale, et à ses trois filles, dont l'une d'elles portait le prénom d'Ethel.

Il mourut à Wee House le 16 décembre 1947.

Le capitaine Kendall reçut la récompense de 250 livres promise par le ministère de l'Intérieur mais il n'encaissa jamais le chèque : il le fit encadrer.

La grande chasse à l'homme avait fait de Kendall une célébrité internationale et une star au sein de la Canadian Pacific Railway. Il fut rapidement promu et devint capitaine de l'Empress of Ireland, vaisseau à bord duquel il avait été autrefois premier lieutenant et qui avait conduit Marconi et Beatrice en Nouvelle-Écosse. Un peu avant 2 heures du matin, le 29 mai 1914, pratiquement à l'endroit où Dew était monté sur le *Montrose*, un cargo norvégien éperonna l'*Empress* au milieu d'une soudaine et épaisse nappe de brouillard. Le cargo recula et put se maintenir à la surface. L'*Empress* coula en quatorze minutes, pour un coût de 1 012 livres. Kendall fut projeté dans l'eau depuis la passerelle de commandement quand le navire se coucha soudain sur le flanc. Il survécut.

Les pertes auraient été beaucoup plus lourdes sans la présence d'esprit de Ronald Ferguson, l'opérateur en chef de la Compagnie Marconi, qui réussit à envoyer un appel de détresse avant que l'électricité du bateau ne soit coupée.

Une enquête détermina que Kendall n'était nullement responsable du désastre, mais la compagnie le consigna néanmoins dans un bureau à Anvers. Cela ne l'empêcha pas de connaître à nouveau l'aventure. Il s'y trouvait quand éclata la Première Guerre mondiale. Tandis que les Allemands se précipitaient pour s'emparer d'Anvers, Kendall reprit le gouvernail de son vieux bateau, le *Montrose*, et y embarqua, ainsi que dans un autre navire du même acabit, des réfugiés belges. Il tira le second à l'aide du premier pour aller les mettre en sécurité en Grande-Bretagne. Il s'engagea dans la marine royale et on lui confia un navire qui fut coulé par une torpille. Après la guerre, il travailla encore vingt ans pour la Canadian Pacific, de nouveau dans un bureau.

Durant la guerre, l'Amirauté acheta le *Montrose* et le mit à l'ancre à l'entrée du port de Douvres comme poste de surveillance, mais une tempête rompit ses amarres, il s'éloigna du port et alla s'échouer dans les Goodwin Sands, où George Kemp avait passé tant de nuits si éprouvantes à bord du bateau-phare *East Goodwin.* Le *Montrose* ne coula pas sans laisser de trace. Un mât resta en vue jusqu'au 22 juin 1963, où des navigateurs s'aperçurent soudain que le vieux bateau les avait finalement quittés.

Deux ans plus tard, le vieux capitaine disparaissait à son tour.

L'affaire du Dr Crippen devint le sujet de pièces et de romans, et attira même l'attention d'Alfred Hitchcock, qui en utilisa des bribes dans plusieurs de ses films, notamment *La Corde* et *Fenêtre sur cour*, et au moins un épisode des célèbres séries télévisées américaines, *Alfred Hitchcock présente.* Il y a un moment, dans *Fenêtre sur cour*, où le protagoniste incarné par James Stewart regarde le sinistre appartement situé dans l'immeuble d'en face et s'exclame : « Ça doit être un sacré boulot ! Par quel bout vous y prendriez-vous pour découper un corps humain en morceaux ? »

Crippen exerça également une fascination durable sur Raymond Chandler. L'écrivain s'interrogea sur les incohérences de l'affaire : comment un homme aussi manifestement intelligent et méthodique que Crippen avait-il pu commettre de pareilles erreurs ? Dans une lettre adressée en 1948 à un ami, Chandler réfléchissait : « Je ne vois pas comment un type qui entreprenait l'immense tâche de désosser, de faire disparaître toute trace d'identité sexuelle, sans parler de la tête de sa victime, n'aurait pas fourni le léger effort supplémentaire indispensable pour se débarrasser de la chair de la même façon plutôt que de l'enterrer. » Chandler ne partageait pas l'idée très largement répandue selon laquelle Crippen n'aurait pas eu d'ennuis si Ethel et lui étaient restés à Londres au lieu de s'enfuir après la première visite de l'inspecteur Dew. Chandler écrivit : « Un jour ou l'autre, Scotland Yard aurait fait des fouilles. » Il se demandait aussi : « Pourquoi un homme doté d'un tel sang-froid dans des situations extrêmes aurait-il commis l'erreur irréparable de donner à voir que Belle Elmore était partie sans emporter ses bijoux, ses vêtements et des fourrures ? Cela ne collait absolument pas avec la personne qu'elle était. »

Ce sont les bévues que tendent à commettre les criminels sous l'emprise de la panique. « Mais Crippen ne semblait pas du tout affolé. Il avait fait de nombreuses choses qui réclamaient un grand sang-froid. Pour un homme maître de lui et doté d'un cerveau comme le sien, certains de ces actes demeurent totalement incompréhensibles. »

Chandler avait de la compassion pour Crippen. « On ne peut pas s'empêcher de bien aimer ce type d'une certaine façon, écrivit-il dans une autre lettre. C'est un des rares assassins morts en gentleman. »

Une pièce intitulée *Captured by Wireless* (Capturé grâce à la TSF) fit une tournée en Amérique et, pendant une semaine en avril 1912, tint l'affiche de l'opéra de Coldwater, Michigan, la ville natale de Crippen. « La pièce est pleine d'humour d'un bout à l'autre », releva le *Coldwater Courier*. En Angleterre, l'affaire continua d'enflammer les imaginations pendant plusieurs décennies et inspira une autre production théâtrale, une comédie musicale intitulée *Belle, or the*

Ballad of Doctor Crippen (Belle, ou la Ballade du Dr Crippen). La première eut lieu le 4 mai 1961, au Strand Theatre de Londres, et comprenait une vingtaine de numéros musicaux, y compris « Coldwater, Michigan », « Pills, Pills, Pills » et la « Dit-Dit Song ». Le spectacle se maintint durant quarante-quatre représentations, mais ce fut un bide. L'Angleterre n'était pas encore prête à rire de cet amalgame tragique d'amour, de crime et de fantaisie. Le *Daily Mail* titra : « Partition pour humour malsain ».

Durant la Seconde Guerre mondiale, une bombe de la Luftwaffe qui manqua sa cible atterrit sur Hilldrop Crescent, détruisant complètement le 39 et une bonne partie du pâté de maisons.

LE MARIAGE QUI N'EUT JAMAIS LIEU

La saga Crippen contribua à faire entrer la radiotélégraphie dans les mœurs plus vite que tout ce qu'avait auparavant tenté la Compagnie Marconi – davantage en tout cas que toutes les lettres réunies de Fleming ou que les démonstrations les plus éclatantes de Marconi. Quasiment chaque jour, pendant plusieurs mois, les journaux parlèrent de la radiotélégraphie, du miracle qu'elle représentait, donnant tous les détails pratiques, expliquant comment les navires en se transmettant les messages pouvaient faire parvenir un marconigramme n'importe où dans le monde. Tous ceux qui s'étaient montrés sceptiques avant cette course-poursuite cessèrent brusquement de l'être. Le nombre de compagnies de navigation désireuses d'installer l'équipement TSF augmenta considérablement, de même que la demande publique de le voir rendu obligatoire sur tous les vaisseaux traversant l'océan.

Cet effet colatéral de l'affaire Crippen tendit à être rapidement oublié cependant, parce qu'un événement survint un an et demi plus tard qui paracheva le succès de Marconi.

En avril 1912, le *Titanic* heurta un iceberg et sombra, mais auparavant, l'opérateur de radiotélégraphie, un employé de Marconi, avait eu le temps d'appeler à l'aide.

Marconi et Beatrice devaient originellement être passagers sur le *Titanic*, invités de la White Star Line. Cependant Marconi annula et partit quelques jours plus tôt sur le *Lusitania*. Toujours aussi obsédé par le travail, il voulait profiter de la présence sur ce navire de la sténographe publique, dont il savait qu'elle était très efficace. Beatrice maintint sa réservation mais annula la veille de la traversée : leur fils Giulio avait eu soudain une très grosse fièvre. La famille louait alors une maison à Eaglehurst, dont le parc avait une tour du XVIIIe siècle qui surplombait l'estuaire de Southampton. Beatrice et sa fille Degna, alors âgée de trois ans et demi, montèrent au sommet et regardèrent l'immense paquebot qui partait pour sa traversée inaugurale. Elles agitèrent la main « et des dizaines de mouchoirs et de foulards nous rendirent notre salut », se souvint Degna. Ce départ attristait Beatrice. Elle aurait tellement voulu être à bord.

Dans ses observations à la Chambre des communes, Lord Herbert Samuel, ministre des Postes du Royaume-Uni, déclara : « Ceux qui ont été sauvés l'ont été grâce à un seul homme, M. Marconi… et sa magnifique invention. » Le 3 mars 1913, un bateau équipé de la TSF partit à la recherche des icebergs les plus dangereux et put en dresser la liste : ainsi fut officiellement mise en place en 1914 la Patrouille internationale des glaces. Depuis lors, aucun bateau au monde dans les eaux protégées n'a fait naufrage à la suite d'une collision avec un iceberg.

Marconi et Telefunken signèrent un accord. Les deux compagnies s'engageaient à ne plus remettre en question le brevet de l'autre ; elles formèrent un consortium européen pour partager leurs technologies et s'assurer que les deux systèmes pouvaient communiquer. La trêve ne dura pas bien longtemps. Le 29 juillet 1914, un groupe d'ingénieurs Marconi alla voir l'émetteur géant de Nauen, dont on disait que c'était le plus puissant du monde. Les directeurs de la Telefunken leur firent visiter les lieux et les traitèrent en hôtes de marque. Toutefois, à peine les hommes de Marconi eurent-ils tourné les talons que l'armée allemande prenait possession de la station et commençait à émettre un message ordonnant à tous les navires allemands de se diriger immédiatement vers un port de pays ami.

Le 4 août, à 23 heures, la Grande-Bretagne et l'Allemagne entraient en guerre. La station Marconi à Poldhu envoya un message à tous les navires de l'Amirauté : « Entamez les hostilités avec l'Allemagne. » Une équipe d'opérateurs Marconi commença immédiatement à espionner les transmissions allemandes, et avant la fin de la guerre, elle avait collecté plus de quatre-vingt millions de messages.

Presque aussitôt, les torpilles allemandes se mirent à traverser les mers qui bordent l'Angleterre. Le rapport Marconi annuel pour 1914 notait : « Des appels à l'aide ont été reçus presque quotidiennement. » Les cabines TSF des navires devinrent des cibles de choix. En 1917, un sous-marin allemand attaqua le *Benledi* et concentra son feu sur la cabine de radiotélégraphie du bâtiment, tandis que son opérateur Marconi tentait de joindre un navire de guerre américain pour obtenir de l'aide. Le bateau arriva et le sous-marin s'enfuit. Juste après, le capitaine du *Benledi* se rendit dans la cabine TSF et trouva l'opérateur assis à son poste. Tout était resté en place à l'exception d'un détail macabre : sa tête avait été emportée. Au total, la guerre devait tuer trois cent quarante-huit opérateurs Marconi, dont la plupart en mer.

Comme la renommée de Marconi grandissait et que son empire s'étendait, ses relations avec sa mère, Annie, son plus fidèle soutien, devinrent plus distantes. Elle mourut en 1920 et fut enterrée au cimetière de Highgate à Londres. Marconi n'était pas présent à ses funérailles. Degna écrivit : « Le passé pour lui était mort depuis longtemps. »

Il s'éloigna aussi progressivement de Beatrice. Ils passaient de moins en moins de temps ensemble et, bientôt, Marconi prit une maîtresse. Pendant un certain temps, Beatrice et Marconi tentèrent de préserver l'illusion de leur union, mais ils finirent par y renoncer. Marconi vendit leur maison de Rome, et Beatrice et les enfants allèrent s'installer à l'Hôtel de Russie dans la capitale italienne.

La liaison de Marconi se termina rapidement, mais Beatrice en avait assez. Elle demanda le divorce. Il accepta à contrecœur. Ils emménagèrent ponctuellement dans l'État libre de Fiume, où en 1923, le divorce fut prononcé. Deux ans plus tard, Marconi écrivit à Beatrice qu'il était sur le point de se remarier. Il avait cinquante et un an, la future mariée, dix-sept. L'idée que Marconi puisse avoir soudain envie de fonder un nouveau foyer, et sans doute une nouvelle famille, apparaissait à Beatrice comme une ironie du sort : lui qui avait été si absorbé par son travail qu'il ne lui avait jamais accordé la moindre attention, pas plus d'ailleurs qu'à leurs enfants. Elle lui répondit sans sa chaleur et sa cordialité habituelles. « Je voudrais te souhaiter tout le bonheur du monde, mais cette nouvelle m'afflige, car je me demande, après toutes ces années passées ensemble où la seule envie que tu exprimais continuellement était celle d'une liberté qui te permettrait de te concentrer sur ton travail alors que la famille t'entravait et te pesait, comment tu peux ressentir la solitude et le besoin d'un foyer – le désir de former de nouveaux liens !! Ces liens sont précisément ce qui avait fini par briser ton ménage et s'étaient soldés par un divorce. Je dois dire que je ne comprends pas. »

Marconi n'épousa jamais la jeune fille. Il se replongea dans son travail et passa de plus en plus de temps à bord de son yacht, l'*Elettra*. Il tomba de nouveau amoureux, cette fois de l'héritière d'une des lignées catholiques les plus aristocratiques de Rome, Maria Cristina Bezzi-Scali. Cette famille était liée à ce qu'on appelle « la noblesse noire », des hommes qui juraient allégeance au pape. Marconi demanda sa main, mais un obstacle s'éleva immédiatement. La loi du Vatican interdisait le mariage entre un homme divorcé et une catholique confirmée. Seule une annulation de l'union précédente leur permettrait d'envisager celle-ci. Marconi se renseigna et découvrit qu'une des bases possibles d'annulation pouvait être que l'homme et la femme se soient mariés sans l'intention d'obéir à la loi du mariage catholique. Il pourrait y parvenir, apprit-il, s'il arrivait à convaincre un tribunal ecclésiastique que Beatrice et lui avaient décidé avant le mariage qu'ils demanderaient le divorce au cas où leur union ne serait pas heureuse. Il avait pour ce faire besoin de l'aide de Beatrice.

Au nom du passé, elle accepta. Quand le moment de sa déposition approcha, Marconi lui fit répéter exactement ce qu'elle devait dire. Ses lettres témoignaient une fois de plus de sa tendance à faire peu de cas de la sensibilité d'autrui. Il écrivait par exemple : « Ils ne leur manquent plus que ton témoignage pour décider, mais je t'en prie, pense à relire mes lettres à ce sujet avant de faire ta déposition, parce que tant de choses dépendent du fait que tu leur dises que nous avions décidé de divorcer au cas où notre mariage ne serait pas heureux. Argutie légale que tout cela sur de petites questions de mots ou de pensées ! Pardonne-moi de t'écrire en grande hâte, mais je suis comme toujours terriblement occupé. »

L'Église prononça l'annulation, et peu de temps après, il épousait Bezzi-Scali.

Les inventions de Marconi, ainsi que les avancées techniques d'autres ingénieurs de par le monde, rendirent bientôt possible la transmission sans fil de la voix et de la musique. En 1920, la Compagnie Marconi invita Nellie Melba dans sa station de Chelmsford à chanter sur les ondes. Là, un ingénieur lui expliqua que sa voix serait transmise depuis la tour de la station. L'ayant mal compris, la célèbre soprano s'exclama : « Jeune homme, si vous croyez que je vais monter jusque là-haut, vous vous trompez lourdement. »

En 1926 encore, les passagers continuaient d'être fascinés par la TSF à bord des bateaux. Un voyageur nommé Sir Henry Morris-Jones conserva dans son journal le souvenir d'une traversée sur un second *Montrose*, mis à l'eau par la Canadian Pacific quelques années plus tôt. « Dans quel monde nous vivons ! s'étonnait-il. Un petit livreur de télégraphe m'apporte un message qu'on lui a confié à Hull deux heures plus tôt, et je suis à trois mille kilomètres de là, au beau milieu de l'océan Atlantique. »

Marconi se rendit compte, mais un peu tard, que sa façon d'appréhender la technologie sans fil durant sa conquête de l'Atlantique avait été une erreur. Il était obsédé par la hauteur des antennes et la puissance des émetteurs, jusqu'à ce qu'il découvre grâce à de nouvelles expériences que des ondes très courtes pouvaient traverser de longues distances beaucoup plus facilement et pour une dépense d'énergie bien moindre. Ses stations géantes s'étaient révélées inutiles. « Je reconnais que je suis entièrement responsable de l'adoption des grandes ondes pour les communications de longue distance, dit-il en 1927. Tout le monde m'a imité et a construit des stations cent fois plus puissantes que nécessaire si nous avions utilisé des ondes courtes. Aujourd'hui, je comprends mon erreur. »

D'autres scientifiques résolurent les énigmes qui avaient tant embarrassé Marconi au début de son travail. Oliver Heaviside, physicien et mathématicien, avança l'idée qu'il existait une strate de l'atmosphère qui faisait rebondir les signaux sans fil vers la terre. Cela expliquerait pourquoi les signaux pouvaient parcourir de longues distances par-delà l'horizon. D'autres confirmèrent son existence et la baptisèrent « couche de Heaviside ». Les scientifiques attestèrent également que la lumière du soleil excitait une zone de l'atmosphère connue sous le nom d'ionosphère, ce qui expliquait les distorsions de jour qui avaient posé tant de problèmes à Marconi.

En 1933, la cité de Chicago invita Marconi à assister à sa toute nouvelle foire internationale, l'Exposition des progrès du siècle, et décida que le 2 octobre lui serait entièrement consacré : ce serait le Jour Marconi. Le moment culminant de la journée fut celui où Marconi tapa trois points, la lettre S, sur l'émetteur extrêmement puissant de l'exposition : les stations de New York, Londres, Rome, Bombay, Manille et Honolulu les transmirent dans le monde entier, et le message revint à Chicago en trois minutes et vingt-cinq secondes.

En vieillissant, Marconi se montra de plus en plus distant avec son entourage. Au siège de sa compagnie, la Compagnie Marconi, il n'acceptait de prendre l'ascenseur que seul ou en compagnie de quelqu'un de connu, jamais un étranger. Il créa une station pour guetter des signaux en provenance de Mars et donna à ses opérateurs l'ordre de tenter de discerner « des signaux qui se répètent à un rythme régulier ». En 1923, il entra au Parti fasciste et se lia d'amitié avec Mussolini, même si, avec le temps, il se montra déçu du caractère de plus en plus belliqueux des fascistes et des nazis. Il méprisait Hitler.

Le 19 juillet 1937, Marconi fit une sévère crise cardiaque. À 3 heures du matin, il appela son valet: «Je suis vraiment désolé mais je vais vous mettre vous et mes amis dans un certain embarras. Je crains que ma fin n'approche. Accepteriez-vous de prévenir ma femme?» Quarante-cinq minutes plus tard, il était mort. La première personne étrangère à la famille qui vint prier à son chevet fut Mussolini. Les auditeurs entendirent la nouvelle à la radio dans le monde entier, assombrissant cette journée déjà endeuillée: la marine américaine venait d'annoncer qu'elle avait mis un terme aux recherches d'Amelia Earhart.

Ce même soir, l'humeur sombre de la journée s'égaya un peu, au moins pour les auditeurs qui se rassemblèrent autour de leur poste et qui écoutèrent sur les ondes de NBC les bouffonneries régulièrement programmées d'*Amos n' Andy*, la célèbre comédie à épisodes.

Le 21 juillet, le corps de Marconi fut exposé en l'état au palais Farnèse de Rome. Il faisait terriblement chaud, l'air était chargé des relents d'eau croupie du Tibre tout proche. Une foule de plusieurs milliers de personnes vint noircir la place du palais et envahit les rues attenantes comme une tache d'encre.

Beatrice vint seule et sans qu'on l'ait invitée. Même ses enfants – *leurs* enfants – n'avaient pas été avertis du déroulement de la cérémonie. Elle se présenta incognito. Elle avait maintenant cinquante-deux ans et était toujours aussi belle. À son tour, elle s'approcha du cercueil dans lequel il reposait.

Un jour, cet homme et elle s'étaient aimés. Il y avait entre eux une si longue histoire, et aujourd'hui, elle n'était même pas reconnue, elle n'était plus qu'un fantôme. Dix ans s'étaient écoulés depuis l'humiliation de l'annulation, et durant cette période, il l'avait, ainsi que leurs enfants, complètement effacée de sa mémoire.

Elle s'approcha de la bière, et soudain la distance qui s'était creusée entre eux s'évanouit. Elle se sentit terrassée et tomba à genoux. Ceux qui étaient venus rendre hommage à Marconi passaient derrière elle, l'avant-garde d'une longue file qui semblait traverser Rome.

Elle finit par se relever, convaincue qu'elle était restée anonyme. « Personne ne m'a regardée, écrivit-elle à Degna. Personne n'aurait pu me reconnaître. »

Elle sortit du palais dans la fournaise de l'après-midi et disparut dans la multitude qui attendait d'entrer.

À 18 heures, quand les funérailles proprement dites commencèrent, les radiotélégraphistes du monde entier marquèrent une pause de deux minutes. Pour la dernière fois dans l'histoire de l'humanité probablement, le « grand silence » s'installa pendant quelques instants.

FLEMING ET LODGE

Durant l'été 1911, Oliver Lodge, âgé de soixante ans, commença à rassembler ce qu'il appelait « un fonds de combat » afin d'intenter un procès à Marconi qui n'avait pas respecté le brevet qu'il avait obtenu pour la syntonie. Dès le 15 juin, ses alliés et lui avaient rassemblé 10 000 livres, soit plus d'un million de dollars d'aujourd'hui. Lodge écrivit à William Preece : « Ils sont clairement hors la loi et nous sommes en droit de réclamer des royalties. En conséquence, je fais tout ce que je peux dans ce sens. » Marconi avait déjà approché Lodge pour lui proposer de lui racheter ses brevets, apparemment inquiet de le voir obtenir gain de cause lors d'un procès, mais Lodge avait refusé de négocier.

Preece, désormais âgé de soixante-dix-sept ans, recommanda la prudence, même s'il tint à écrire : « Je reste entièrement d'accord avec vous et suis convaincu que votre attitude est la bonne. »

Cet été-là, Preece mit de côté son antipathie pour Marconi et négocia un accord aux termes duquel la Compagnie Marconi acquérait le brevet de Lodge pour une somme qui n'était pas révélée et acceptait de lui verser 1 000 livres par an tant que durerait ce brevet. Le 24 octobre 1911, Preece écrivit à Lodge : « Je suis ravi d'apprendre que la question est désormais réglée entre vous et la Compagnie Marconi. Je suis persuadé que vous avez bien agi et que vous n'obtiendrez ainsi que votre dû légitime. Il va vous falloir cependant rabaisser un peu son caquet à Marconi. On a l'impression aujourd'hui que plus rien ne l'arrête. »

Lodge perdit son fils cadet, Raymond, durant la Première Guerre mondiale, et il tenta d'entrer en contact avec lui dans l'au-delà. Il prétendit y avoir réussi. Il était sûr d'être parvenu à converser avec lui durant plusieurs séances organisées avec plusieurs médiums. Peu avant Noël 1915, il entendit son fils lui dire : « Je t'ai perdu. Je t'aime énormément. Père, s'il te plaît, parle-moi. » La conversation continua et, quelques instants plus tard, Lodge entendit : « Père, dis à maman que son fils sera auprès d'elle tout le jour de Noël. Nous serons des milliers à rentrer chez nous ce jour-là, mais le plus terrible, c'est que tous ne seront pas aussi bien accueillis qu'ils le souhaiteraient. Je vous en prie, gardez-moi une place. Il faut que je parte maintenant. »

En 1916, Lodge publia le récit de cette expérience qu'il intitula *Raymond* et dans lequel il offrait soutien et réconfort aux affligés : « Je conseille aux gens en général d'accepter l'idée que leurs chers disparus sont toujours actifs, utiles, présents et heureux – plus vivants que jamais en un sens –, et de se décider à mener une existence féconde en attendant de les rejoindre. »

Le livre connut un immense succès grâce aux très nombreux parents qui essayaient d'entrer en contact avec leurs fils, perdus au cours de la première des deux grandes guerres.

Avec le temps, les relations entre Ambrose Fleming et Marconi devinrent plus distantes, mais le vieil homme continua d'affirmer sa conviction que c'était à Marconi que revenait tout le crédit de l'invention de la radiotélégraphie. La compagnie le conserva comme conseiller jusqu'en 1931, date à laquelle elle traversa une de ses nombreuses crises financières et lui annonça que son contrat ne serait pas renouvelé. Il y vit une nouvelle trahison et changea d'avis. Il décida que c'était finalement Oliver Lodge qui avait inventé ce procédé et qu'il en avait fait la démonstration en juin 1894 lors de sa conférence sur Hertz à la Royal Institution.

Le 29 août 1937, Fleming écrivit à Lodge : « Il est tout à fait clair que dès 1894, vous pouviez envoyer et recevoir des *signaux alphabétiques* en Morse grâce aux ondes électriques et que vous les transmettiez à environ soixante mètres. L'idée de Marconi selon laquelle il aurait été le premier à le faire est fausse. »

Fleming avait alors quatre-vingt-huit ans mais il ne put s'empêcher d'exprimer une rancune de longue date : « Marconi était toujours prêt à s'attribuer tous les mérites, dit-il à Lodge, alors âgé de quatre-vingt-six ans. Il s'était conduit avec moi au sujet de la première transmission transatlantique de façon bien peu généreuse. J'avais mis au point pour lui les plans de sa centrale électrique, et le premier envoi fut réalisé grâce aux circuits que j'avais dessinés pour mon brevet anglais n° 3481 de l'année 1901. Mais il prit soin de ne jamais mentionner mon nom en relation avec cette prouesse scientifique.

Toutefois, concluait Fleming, ces choses finissent toujours par se savoir et justice est rendue. »

LE MOT DE LA FIN…

LA VOYAGEUSE

C'était le 23 novembre 1910, à Southampton. Une femme identifiée sur le manifeste du navire comme Mlle Allen embarqua sur le *Majestic* de la White Star Line. Elle avait vingt-sept ans mais on aurait facilement pu la prendre pour une adolescente.

Pour la deuxième fois en l'espace de quatre mois, elle s'était sentie obligée de recourir à une fausse identité. Bien que ce jour-là les circonstances soient différentes, la motivation était la même : échapper aux commérages et à l'attention publique. Elle avait été emportée par un véritable tourbillon : Londres, Bruxelles, Anvers, Québec, et durant toute cette période, elle s'était sentie davantage aimée et certainement plus libre que jamais auparavant. Maintenant, elle devait partir.

À bord du *Majestic*, elle tenta d'oublier ce qui s'était passé à Londres ce matin-là. Elle se changea les idées en admirant les merveilles du navire et en se préparant pour la traversée. À Camden Town, elle le savait, une cloche avait résonné quinze fois pour marquer le moment. Elle avait déjà entendu ce tintement, à Hilldrop Crescent, quand le vent soufflait dans la bonne direction, mais à cette époque, elle se sentait en sécurité et ce son, émanant de la prison, n'était alors que le signe du malheur d'un inconnu, aussi peu significatif pour elle que l'aboiement du chien d'un voisin.

À peine arrivée à New York, elle partit pour Toronto et prit le nom d'Ethel Nelson. Elle trouva un travail de sténodactylo. Mais elle continuait à se sentir en exil au Canada. En 1914, elle brava de nouveau les mers, infestées de sous-marins allemands, et rentra à Londres où, employée dans une boutique de meubles à quelques rues de New Scotland Yard, elle rencontra un certain Stanley Smith. Ils se marièrent et élevèrent deux enfants dans la paisible banlieue résidentielle d'East Croydon. Plus tard, Stanley et elle eurent des petits-enfants, mais il mourut peu après. Jamais il n'apprit la vérité sur le passé de sa femme.

Quelques années avant sa mort, Ethel reçut la visite de quelqu'un qui avait percé son secret. Il s'agissait d'une romancière qui écrivait sous le pseudonyme d'Ursula Bloom. Elle souhaitait écrire un livre sur le Dr Crippen et « le Meurtre de la cave des quartiers nord ». Ethel accepta de la rencontrer mais refusa de parler du passé.

À un certain moment, Ursula Bloom lui demanda cependant si, sachant tout ce qu'elle savait aujourd'hui, elle accepterait d'épouser le Dr Crippen au cas où il le lui proposerait.

Ethel fixa sur elle un regard intense – ce même regard que l'inspecteur avait trouvé si étonnant qu'il l'avait fait figurer dans son avis de recherche.

La réponse d'Ethel ne se fit pas attendre.

Londres, 1910: Saint Paul vue de Ludgate Circus, *une photographie d'Alvin Langdon Coburn.*

Crédits des illustrations

Pages 8-9 : carte de Londres de Bacon (1902) © Old House Books.

Page 23 : portrait de Gugliemo Marconi, reproduit avec l'aimable autorisation de l'Essex Record Office.

Page 93 : D. R.

Page 191 : photographie du lancement d'un cerf-volant, reproduite avec l'aimable autorisation de la Bodleian Library, université d'Oxford, MSS Marconi.

Page 289 : D. R.

Page 367 : portrait de Beatrice O'Brien, reproduit avec l'aimable autorisation de l'Essex Record Office.

Page 430 : D. R.

Page 480 : D. R.

Page 515 : photographie d'Alvin Langdon Coburn, *Saint Paul vue de Ludgate Circus*, extraite du livre *London*, 1910 ; photogravure ; collection the Prentice and Paul Sack Photographic Trust, reproduite avec l'aimable autorisation du musée d'Art moderne de San Francisco.

Table

MIXTE
Papier issu de
sources responsables
FSC® C003309

Les papiers utilisés dans cet ouvrage
sont issus de forêts responsablement gérées.

Mis en pages par Soft Office-Eybens (38)
Imprimé en France par Normandie Roto s.a.s.
Dépôt légal : février 2014
N° d'édition : 2465 – N° d'impression : 1400148
ISBN 978-2-7491-2465-0